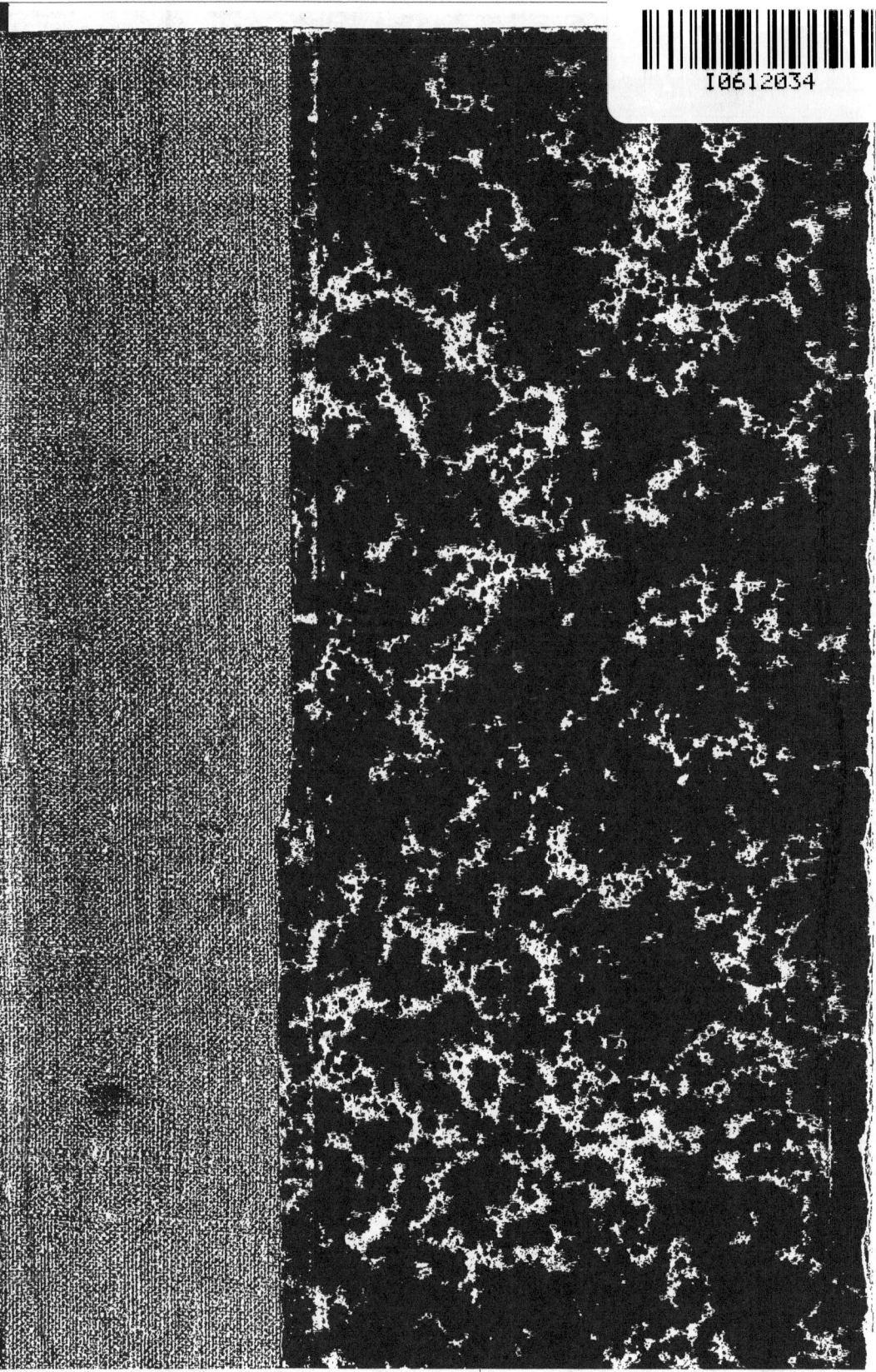

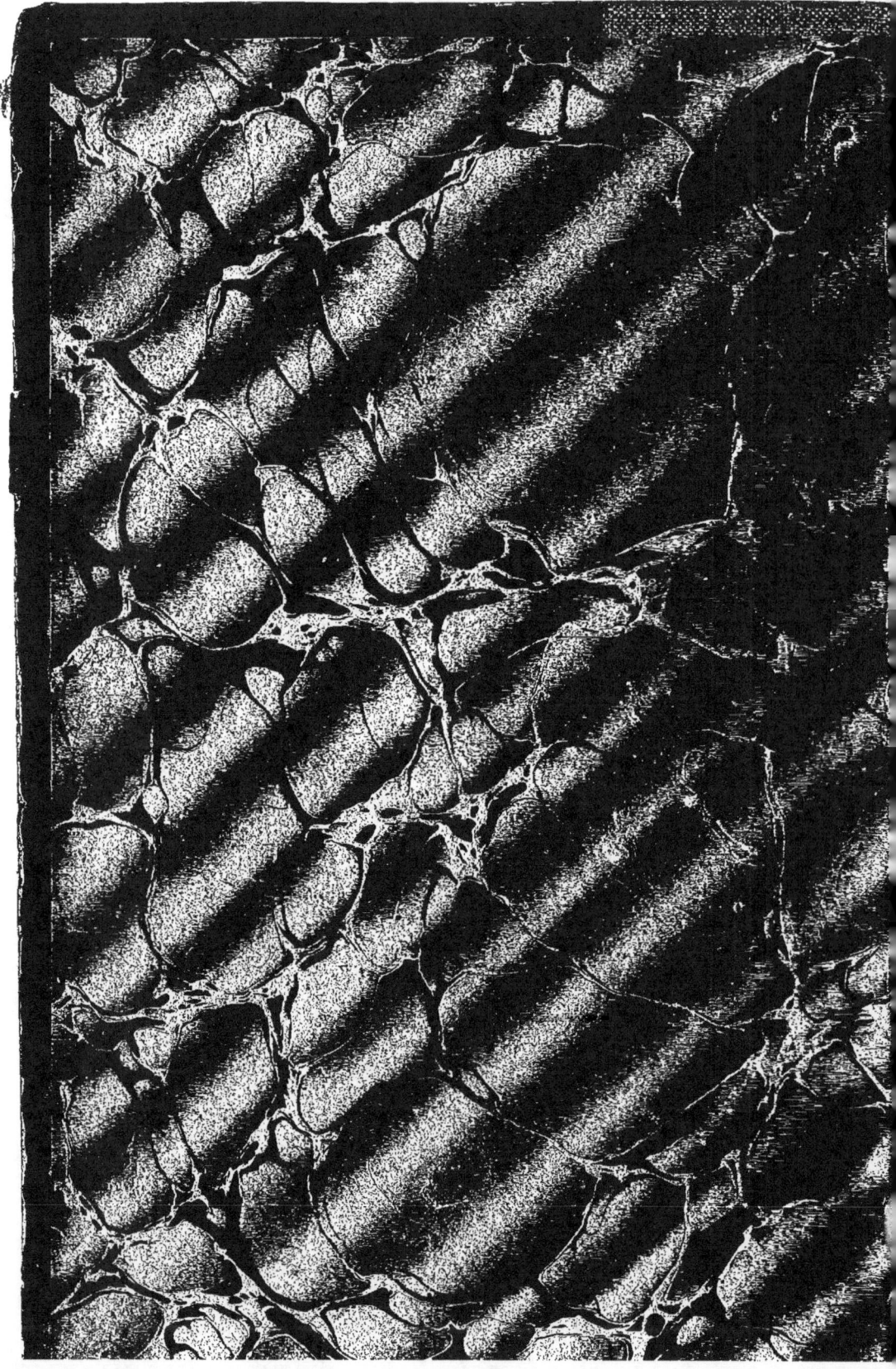

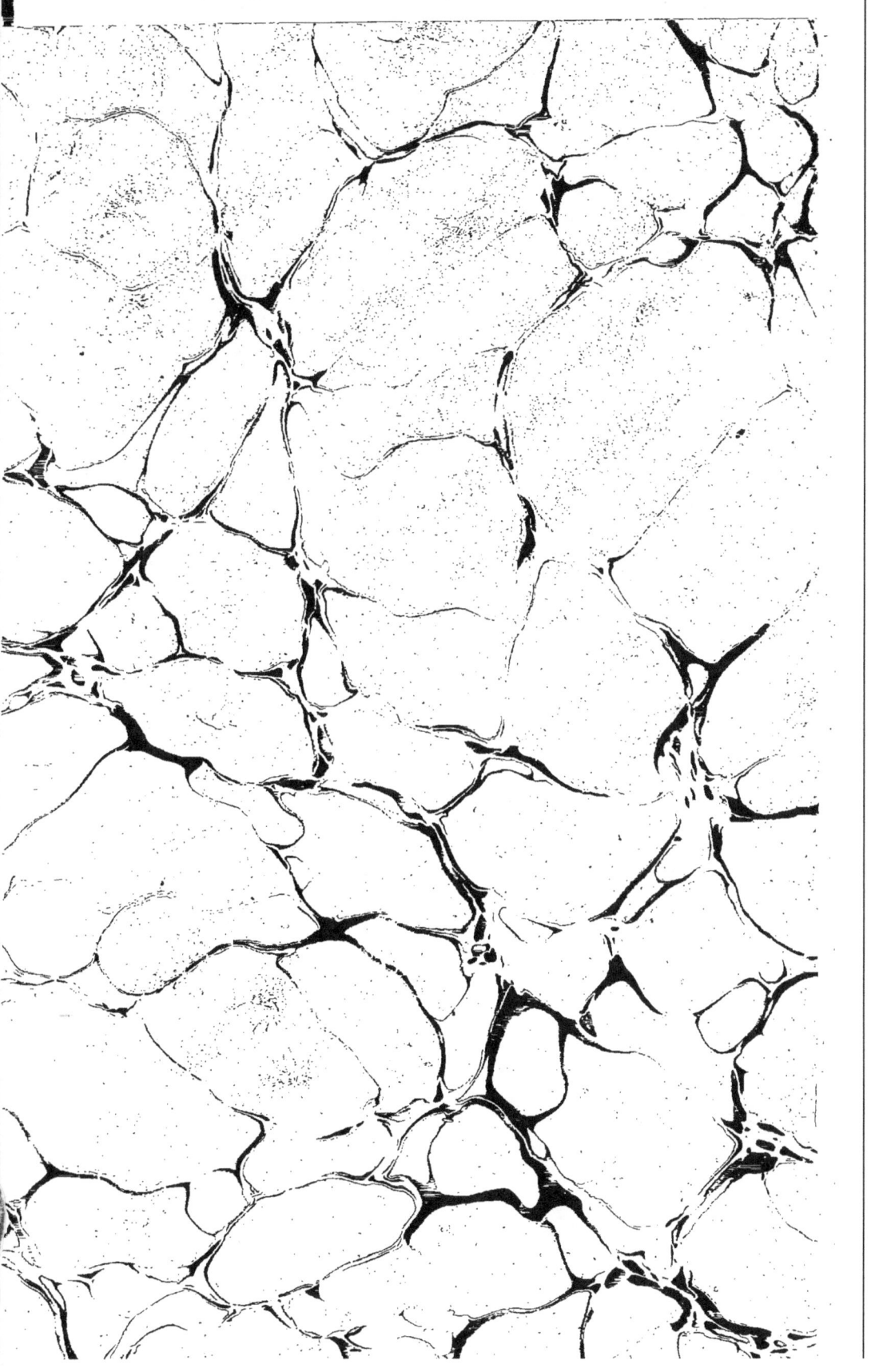

Hartwig Derenbourg

Membre de l'Institut

Opuscules

d'un

Arabisant

1868=1905

Antar. — Le Coran. — Ibn Al-Kiftî.
— La Haggadah de la Paque juive.
— Quatre lettres missives d'Alboa-
cen. — Michele Amari. — Adolphe
Franck. — Maximin Deloche. — Les
Derenbourg. — Bibliographie de
H. D.

PARIS

CHARLES CARRINGTON, Libraire-Éditeur
13, Faubourg Montmartre, 13

1905

8·Z

16:53

OPUSCULES D'UN ARABISANT

1868-1905

Hartwig Derenbourg

Membre de l'Institut

Opuscules

d'un

Arabisant

1868=1905

Antar. — Le Coran. — Ibn Al-Kiftî.
— La Haggadah de la Paque juive.
— Quatre lettres missives d'Alboa-
cen. — Michele Amari. — Adolphe
Franck. — Maximin Deloche. — Les
Derenbourg. — Bibliographie de
H. D.

PARIS

CHARLES CARRINGTON, Libraire-Éditeur

13, Faubourg Montmartre, 13

1905

A mon cher et vénéré Confrère

Monsieur Henri WEIL

Membre de l'Institut

A l'Homme !   Au Savant !   A l'Ami !

AVANT-PROPOS

Pourquoi ceci plutôt que cela? Pourquoi la Vie de Michele Amari plutôt que la Biographie de Silvestre de Sacy ? Que de curieuses ou subtiles théories je pourrais émettre pour justifier mes choix! Elles ne seraient que mirage et fiction. Les choses se sont passées plus simplement: j'ai réimprimé les morceaux pour lesquels mes entrailles de père avaient conçu le plus d'affection, comme étant mes enfants les plus oubliés ou les plus ignorés, par exemple « Antar » et « la Composition du Coran », deux péchés de jeunesse, « Adolphe Franck et la Société des études juives », fragment d'un discours prononcé dans une séance solennelle de cette Société savante, discours enfoui si profondément dans les annexes de sa *Revue* qu'il avait échappé à l'enquête clairvoyante, minutieuse, bien informée et bien conduite du dernier biographe de Franck, mon ami trop tôt disparu, le poète Eugène Manuel[1]. Ma collaboration au *Journal des Savants*

---

[1] Eugène Manuel, *Préface* (p. i-xxxii) en tête de Adolphe Franck, *Nouvelles études orientales*, Paris, 1896.

est largement représentée dans les *Opuscules d'un arabisant.* La série sur Michele Amari y ayant été interrompue brusquement par des circonstances indépendantes de ma volonté, je lui ai ajouté un supplément inédit, conçu dans la même pensée d'admiration pour un beau caractère d'homme et pour une science impeccable d'érudit.

Les deux derniers chapitres du volume risquent d'être dénoncés comme empreints d'un individualisme outré. Je ne nie pas qu'ils pourraient me faire accuser d'orgueil, voire même d'outrecuidance, je ne méconnais pas qu'ils auraient donné barre contre moi aux malveillants et aux détracteurs, s'il y en avait dans ce paradis terrestre, où les humains sont si bienveillants les uns pour les autres. Mon optimisme, héréditaire et inébranlable, maintiendra jusqu'à la fin sa résidence favorite, sa tour d'ivoire, avec la compagne qui l'a partagé, entretenu, affermi et sauvé de l'effondrement, avec ses amis les rêves, avec ses amies les espérances, que le vulgaire appelle des illusions.

Je n'ai d'ailleurs pas réédité *Les Derenbourg,* qui avaient paru en Amérique tronqués et écourtés, ni prolongé la bibliographie de mes livres, brochures et articles jusqu'au commencement de 1905 pour mes confrères d'aujourd'hui seulement, mais je me suis préoccupé surtout de faciliter la tâche à mon successeur, quel qu'il soit, un ami, un indifférent ou un inconnu, en tout état de cause condamné,

de par son élection, à me consacrer une notice.
Si je dure quelques années, je prends envers ce
savant, dont j'ignore jusqu'au nom et auquel je
regrette de ne pouvoir donner ma voix, l'engagement de mettre au courant, sans trop de retard, par
des suppléments la bibliographie actuelle, qui lui
est particulièrement destinée par son prédécesseur.

Brünig, ce 25 juillet 1904.

I

Le poète antéislamique Antar

Le poète antéislamique Antar [1]

Antar est pour les Arabes l'incarnation du Bédouin; le Prophète Mohammad regrette de ne pas l'avoir connu [2] et, après lui, les générations qui se succèdent concentrent sur ce héros tous les souvenirs que leur a légués la tradition nationale. La légende du vieil Antar, en passant de bouche en bouche, répétée et transformée par de nombreux *rhapsodes* [3], s'est enrichie pendant plusieurs siècles avant d'être fixée ; et la fantaisie orientale s'est donné libre carrière, ajoutant un trait à la physionomie du personnage, un fait d'armes à la liste de ses triomphes, un poème à la collection de ses vers [4]. Ainsi s'est formé le *Sîrat 'Antara*, le roman d'Antar qui, par l'étendue variable de son con-

[1] *Journal Asiatique* de 1868, II, p. 454-462, à propos de Heinrich Thorbecke, *Antarah, ein vorislamicher Dichter*, Leipzig, 1867. Dans ces quelques pages, j'ai substitué le populaire Antar au scientifique 'Antara.

[2] Caussin de Perceval, *Essai sur l'histoire des Arabes avant l'islamisme*, II, p. 521 ; III, p. 218.

[3] Il y avait des *'anâtira*, c'est-à-dire des hommes dont le métier était de colporter et de réciter les exploits d'Antar.

[4] Le poète et orientaliste Fr. Rückert a prouvé qu'un certain nombre des poésies attribuées à Antar dans le Roman d'Antar sont basées sur des vers qui se trouvent dans le *Diwân* du poète et qui sont réellement de lui ; cf. *Zeitschrift der deutsch. morg. Gesellschaft*, II (1848), p. 202.

tenu et par la nature des récits variés et divers qui s'y sont glissés tour à tour, était, comme les *Mille et une nuits*, destiné à rester anonyme. Un tel ouvrage est de ceux auxquels toute une nation a collaboré, dont personne ne se prétend l'auteur. Les noms d'Al-Asma-'î, d'Aboù 'Obaida, de Wahb ibn Mounabbih ne sont cités en tête de chaque paragraphe que pour donner plus d'autorité à ces aimables fictions. Leur lecture, qu'Aloïs Sprenger se plaignait de voir trop délaissée [1], peut être d'une grande utilité comme introduction à l'étude des plus anciens poètes arabes [2].

Mais, à côté de ce roman, ou plutôt de cette épopée, dont Antar est le héros, nous avons des documents sur son histoire et un recueil contenant vingt-sept de ses poésies [3]. M. Heinrich Thorbecke, ce doux géant qui, le 3 janvier 1890, a été terrassé en pleine activité, enlevé à notre amitié et à notre admiration, avait réuni dans sa substantielle brochure les matériaux qu'il avait trouvés sur le « poète antéislamique ». Et il avait pris comme base de son exposé le chapitre du *Kitâb al-agânî* sur Antar [4]. Les douze premières pages sont consacrées au texte de ce chapitre, qui est publié d'après les manuscrits de Gotha, de Paris et de Berlin; la dissertation et les notes occupent les pages 13-44. L'édition, comme la biographie d'Antar et les notes qui l'accompagnent, témoignent de beaucoup de science et d'érudition : on sent bien que les comparaisons et les citations sont puisées dans un riche trésor qui n'a

[1] Sprenger, *Das Leben und die Lehre des Mohammad*, III, p. 548.
[2] Thorbecke, *Antarah*, p. 33.
[3] Une partie de ces documents avait déjà été utilisée par le baron de Slane dans sa *Notice sur Antara* (*Journal asiatique* de 1838, I, p 445 et suiv.)
[4] Le chapitre a été traduit un peu librement par Perron dans le *Journal Asiatique* de 1840, II, p. 515 et suiv.

pas été réuni pour la circonstance, mais dans lequel un choix heureux a été fait avec discrétion et sûreté.

Aboû Ma'âya 'Antara (Antar) ibn Shaddâd ibn Mou-'âwya était le fils d'une esclave abyssine, nommée Zabîba. Aussi la couleur de ses traits fit-elle mettre Antar au nombre des « corbeaux des Arabes »[1].

Condamné par l'obscurité de sa naissance à l'esclavage, il ne fut reconnu par son père que lorsque ses exploits eurent rendu son nom célèbre. La femme légitime de son père, Soumayya (peut-être Souhaiyya) le persécutait et l'accusait d'avoir voulu la séduire. Schaddâd s'irrita contre son fils et le frappa violemment. Sur ces entrefaites, Soumaiyya, qui l'avait accusé, s'interposa en sa faveur et pleura sur les blessures qu'avaient faites ses calomnies. C'est à ce propos que le poète dit les vers suivants :

Est-ce que les larmes qui coulent des yeux de Sou-maiyya sont de vraies larmes? Pourquoi n'ai-je rien connu de semblable chez toi avant ce jour ?

Alors qu'elle se détournait de moi sans me parler, je croyais voir une gazelle de 'Ousfân impassible, aux yeux injectés.

Elle m'a préservé du bâton qui tombait sur moi ; et elle m'est apparue comme une statue vénérée qu'on visite souvent.

---

[1] L'époque antéislasmique compte trois « corbeaux des Arabes »; cf. Ibn Kotaiba, *Liber poësis et poëtarum*, éd. De Goeje, p. 131 : « Il était un des corbeaux des Arabes, et ils sont trois : Antar, Khoufâf ibn Nadba, dont la mère était noire, et qui a été nommé d'après elle, tandis que son père était 'Oumair, et Soulaik ibn Soulaka As-Sa'dî. » D'après le *Kâmoûs*, le sobriquet de corbeaux fut appliqué également un peu plus tard à des hommes remarquables par leur teint foncé, par exemple aux deux grands poètes Ta'abbata Scharran et Schanfarâ. Thorbecke a donné une savante notice sur Khoufâf ibn Nadba (p. 36, note 13).

Mon bien est votre bien ; esclave que je suis, je suis votre esclave. Ta punition s'est-elle donc détournée de moi ?

Oublies-tu mon courage, quand la lutte était chaude et que se précipitaient au combat les juments longues et élancées ?

Elles se précipitaient, alors que leurs selles étaient couvertes de sueur, tandis que leurs cavaliers les poussaient en avant, les narines gonflées, pleins d'ardeur ?

Quand je me mesurerai avec mon ennemi, je le frapperai de coups qui laissent leurs traces, de ces coups qui font pâlir la main de celui qui les reçoit et qui l'épuisent.

Antar, l'esclave poète, le guerrier juvénile [1], devait gagner sa liberté sur le champ de bataille. Dans une lutte que les 'Absites soutenaient contre une tribu voisine, son père lui cria « Au combat, Antar ! » Antar répondit : « Un esclave n'est pas fait pour combattre, mais pour traire les vaches et pour lier les chamelles. » Le père reprit : « Au combat ! tu es libre. » Il s'élança, en disant :

> *Je suis Antar, le fils d'une esclave ;*
> *Tout homme défend le ventre de sa mère,*
> *Que ce ventre soit rouge ou noir,*
> *Même l'homme dont les cheveux sont crépus.*

Antar prit alors part à la lutte et fit preuve d'une grande bravoure. Son père le reconnut et l'inscrivit sur ses tables généalogiques.

C'est de ce moment que date la vie propre du poète.

---

[1] Antar prit plus tard en horreur les luttes et les combats. On lui dit un jour : « Décris la guerre. » Il répondit : « Au début, lamentations ; au milieu, mystère; à la fin, déboire. » (Ibn 'Abd Rabbihi, *Al-'Ikd al-farid*, I. p. 36.

Il fit de nombreuses campagnes, accomplit des prouesses et, plus tard, on reprochait à sa tribu d'avoir eu un noir pour défenseur. Lui-même se vante plus d'une fois de son origine, il se considère comme un parvenu « dont la mère est de la race de Cham », mais il a « son épée pour se défendre ».

Ses exploits peuvent être partagés en trois groupes : les luttes contre les ennemis de 'Abs au jour de Dâhis, celles contre les familles de Tamîm et celles contre les Tayyites. Heinrich Thorbecke, à qui nous empruntons cette division, ne s'est pas contenté de nous tracer les contours du cadre ; il l'a rempli grâce au *Kitâb al-agânî*, grâce aussi au *Dîwân* [1] et aux notes qui y sont insérées en tête de chaque poésie. Ces notes peuvent devenir comme un commentaire suivi, parfois aussi servir de contrôle pour les notices biographiques de l'*Agânî*.

---

[1] Heinrich Thorbecke avait en 1867 annoncé une édition critique prochaine du *Dîwân*. Avec quelle perfection il l'eût exécutée, ses Collectanea conservés à la Bibliothèque de la Société asiatique allemande (voir *Zeitschrift d. deutschen morg. Gesellschaft*, XLV, 1891, p. 465-492, et en particulier p. 472) permettraient de le présumer même à ceux de mes confrères qui n'ont pas eu, comme moi, la chance d'avoir leurs épreuves revisées, leurs éditions améliorées par un collaborateur de cette puissante envergure. Le seul regret de ma reconnaissance posthume est d'avoir accaparé à mon profit une parcelle d'une existence studieuse qui devait être de si courte durée. Ma consolation, c'est qu'aucun crime n'a recruté autant de complices sans scrupules. Thorbecke, dans son abnégation altruiste, continuait les traditions de notre maître à tous deux, Leberecht Fleischer. Quant au *Dîwân* d'Antar, l'un des nombreux rêves que mon ami n'a pas réalisés, il a été publié presque aussitôt par le Nestor de nos études, aujourd'hui encore sur la brèche, le professeur W. Ahlwardt, dans ses *Divans of the six ancient Arabic poets* (London, 1870), auxquels il vient de donner des suppléments précieux dans les trois volumes de sa *Sammlung alter arabischer Dichter* (Berlin, 1902-1903).

Antar doit avoir atteint un âge très avancé puisqu'une glose parle de ses cent vingt ans. Il a dit lui-
même :

*Ce ne sont pas les fatigues de la guerre qui m'ont
épuisé, mais les années de ma vie qui se sont écoulées....*

Il y a dans l'*Agânî* trois versions sur les circonstances qui accompagnèrent sa mort. D'après la première, il fut tué par Wizr ibn Djâbir, de la tribu des
Banoû Nabhân ; selon la deuxième, après une défaite
de sa tribu, il tomba de cheval au moment où il voulait fuir et fut tué par les avant-postes des Tayyites.
Enfin, on raconte que, dans sa vieillesse, réduit à la
misère, il fut obligé de mettre tout en œuvre pour
vivre. Ayant à réclamer un jeune chameau à un homme
de Gatafân, il partit et mourut en route, frappé par un
de ces vents chauds d'été qui ne pardonnent pas.

A ces récits, M. Thorbecke aurait pu ajouter une
autre tradition qui est rapportée d'après Aboû 'Obaïda
par Ibn Doraid [1]. « Un des Banoû 'Abs est 'Antara
(Antar) ibn Shaddâd, un des cavaliers et des poètes
arabes. Il fut tué par un Tayyite, à ce que pensent les
Arabes et la plupart des savants. Mais Aboû 'Obaïda
le nie et dit : « Il mourut de froid à un âge très
avancé. »

J'aime mieux pour Antar la première tradition qui
le fait mourir sur un champ de bataille, en s'écriant [2] :

*C'est Ibn Salmâ, sachez-le bien, qui a versé mon sang.
Hélas! il n'y a à espérer ni de mettre la main sur Ibn
Salmâ, ni de venger mon sang.*

---

[1] Ibn Doraid, *Kitâb al-ischtikâk* (éd. Wüstenfeld), p. 17.
[2] *Agânî*, VII, p. 152; Ahlwardt, *The Divans*, p. 181.

*Lorsqu'il s'avance au milieu des montagnes de Tayy
à la hauteur des Pléiades, il est inébranlable.*

*Il tira sur moi sans crainte, avec une flèche bleuâtre,
pénétrante, au soir où l'on campa entre un pic et une
colline.*

Mais l'histoire n'a pas à se préoccuper d'embellir
ses personnages. Or, l'authenticité de ces vers est loin
d'être garantie par des preuves irrécusables.

II

La composition du Coran

La composition du Coran [1]

Je voudrais essayer de montrer ce qu'est le Coran dans son ensemble et comment s'est formée cette vaste collection de 114 *soûrates* ou chapitres.

Si nous considérions le Coran comme une œuvre divine, si nous avions pour la parole de Mahomet [2] la dévotion qui est imposée à ses adhérents, la piété diminuerait la liberté et la franchise de nos appréciations, et nous n'apporterions pas dans cette étude une somme suffisante d'impartialité et de désintéressement. Pour le Musulman, l'exégèse du Coran fait partie de la religion, car ce code divin émane d'Allâh, qui l'a révélé au Prophète. Mais nous, en étudiant le Coran, nous ne faisons pas de la théologie, nous jugeons une œuvre littéraire et nous lui assignons sa place dans l'histoire de l'humanité, sans nous laisser entraîner par un élan d'enthousiasme fanatique, mais aussi sans chercher à

[1] Leçon d'ouverture, faite au commencement de février 1869, d'un cours libre sur la langue et la littérature arabes, professé en 1869 et 1870 à la Sorbonne (salle Gerson), leçon qui a été publiée dans la *Revue des cours littéraires de la France et de l'étranger*, VI, numéro 5 du 17 avril 1869. Je n'ai pas osé transformer cet exposé, ancien et vieilli, qui a des rides trop visibles. Sauf quelques retouches nécessaires, je n'ai tenté de rajeunir et d'améliorer que les traductions du Coran.

[2] Je conserve cette prononciation incorrecte, imposée par l'usage, au lieu de Mohammad. De même pour Coran.

décrier ou à ravaler de parti pris un livre adopté et
consacré par une foi vieille aujourd'hui de douze
siècles.

La critique moderne fut naturellement amenée à
faire entrer le Coran dans le cadre de ses recherches.
Il y avait là un problème digne d'exciter la curiosité et
de provoquer la méditation. Le Mahomet de la légende
et le Coran de la tradition devaient-ils rester debout ou
céder la place au Mahomet et au Coran de l'histoire?
MM. Weil, Caussin de Perceval, Muir, Sprenger et
Nœldcke ont, chacun pour sa part, contribué à corri-
ger les erreurs accréditées et à leur substituer une
image ressemblante du Prophète. Michele Amari nous
donnera un jour l'ouvrage qu'il a composé sur le même
sujet [1], et que l'Académie des inscriptions et belles-
lettres a couronné en le mettant de pair avec ceux de
maîtres comme MM. Sprenger et Nœldeke. L'exégèse
du Coran est aujourd'hui une science, et un Anglais,
M. Rodwell, n'a pas craint, dans un essai peut-être
prématuré, de publier une traduction du Coran, disposé d'après la composition présumée des divers morceaux [2]. MM. Weil et Muir ont donné des listes chrono-
logiques des soûrates [3]. La saine appréciation du Coran
a aussi beaucoup gagné aux articles que M. Barthélemy
Saint-Hilaire a insérés dans le *Journal des Savants*
de 1863 et 1864. Ce résumé lucide sert fréquemment à préciser la pensée qu'il analyse, et restera longtemps la meilleure introduction à la connaissance du
Coran et de son auteur.

[1] Amari est mort en 1889, sans avoir consenti à réaliser mon
vœu. Voir sa biographie dans ce volume, p. 86 et suiv.

[2] Londres, 1861, in-12.

[3] M. Weil, *Mohammed der Prophet*, p. 364; M. Muir, *The life of
Mahomet*, II, p. 318.

Au moment où Mahomet parut, un grand mouvement des esprits agitait la péninsule arabique. La
poésie fut, comme partout ailleurs, l'expression première de cette excitation nouvelle, et les rythmes les
plus savants furent inventés spontanément et comme
instinctivement par des hommes doués d'une oreille
fine et d'un sentiment musical, que l'éducation n'avait
encore ni développé, ni altéré. Chaque tribu posséda
ses chantres, dont elle était fière, et dont les nobles
accents retentissaient dans les cœurs. La fermentation,
encore latente, éclata publiquement au contact de
l'ardeur poétique, et se répandit avec fracas de toute
part. Révolution dans la langue, révolution politique,
révolution religieuse, telles furent les conséquences
forcées et fatales de cet entraînement qui se commu-
niquait de proche en proche, et auquel aucune force
n'aurait pu résister.

Parmi les idées fécondes qui avaient germé dans
ces natures jeunes et exubérantes, l'idée monothéiste
paraît s'être accusée avec le plus d'énergie. On ne sait
pas à quelle époque le judaïsme avait pénétré pour la
première fois en Arabie. La question est assez obscure
pour qu'un savant comme M. Dozy ait en vain cherché
à y répondre dans ses « Israélites à La Mecque » [1].
Mais, en tout cas, les croyances des Juifs avaient
exercé une grande et salutaire influence sur des populations qui affirmaient leur communauté d'origine
avec eux, sur des populations qui se disaient issues
d'Abraham par Ismaël, comme les Juifs étaient les
descendants d'Abraham par Isaac. Un prince hymyarite,
Dhoû Nouwâs, s'était même converti au judaïsme. L'ac-

[1] Leipzig, 1864.

tïon de l'idée juive sur l'islamisme naissant [1] a, dès 1833,
été reconnue et démontrée par Abraham Geiger [2],
qui a ainsi préludé à cette série de travaux importants,
qui rendent son nom justement célèbre en Europe. Le
christianisme comptait aussi en Arabie de nombreux
adhérents : il dominait le Nord par les rois de Hîra et
de Gassân, le centre par Médine, le Sud par les évêchés
du Yémen. A côté de ces religions qui s'appuyaient chacune sur un livre révélé et qui n'ont pas pris racine
sur le sol de l'Arabie, il se constitua des groupes de
croyants, qui furent des Musulmans avant l'islamisme.
Ce sont ceux qu'on appelle les *hanîf,* littéralement
d'après les uns « les pieux », d'après les autres « ceux
qui inclinent vers les idées nouvelles ». Mahomet comprit quels services une telle secte, si j'ose ainsi désigner ces monothéistes, unis entre eux par leur haine
commune de l'idolâtrie, pouvait lui rendre pour le succès immédiat et pour le triomphe définitif de sa prophétie. Aussi Abraham lui-même n'est-il pour Mahomet
« ni un juif, ni un chrétien, c'est un *hanîf* » [3].

Pour que ces éléments divers, en se fondant et en se
pénétrant, pussent former une religion appropriée à
ces peuples et destinée à satisfaire leurs aspirations
en les réglant, il fallait qu'un homme se fît le
représentant de ces tendances encore mal définies, il

---

[1] Voir maintenant mon petit mémoire : *Les noms de personnes
dans l'Ancien Testament et dans les inscriptions himyarites,* dans
la *Revue des études juives,* I (1880), p. 56-60.

[2] *Was hat Mohammed aus dem Judenthume aufgenommen ?*
Bonn, 1833. Cette monographie a eu les honneurs d'une réimpression en 1902.

[3] *Coran,* III, 60. Les *Muhammedanische Studien* d'Ignaz Goldziher (Halle, 1889-1890), qui établissent avec autorité l'antithèse
entre l'islamisme et ce qui l'a précédé en Arabie, ont profondément modifié mon point de vue.

fallait qu'un homme sût imposer une discipline à ces âmes ardentes, éprises de liberté et enivrées par la transformation qui s'accomplissait autour d'elles et en elles-mêmes. Le rôle n'était pas plus facile dans la conception que dans l'exécution, et le courant ne pouvait être ni contenu, ni arrêté : il devait être dirigé..On sait que Mahomet a pleinement réussi, et que le Coran est aujourd'hui le livre sacré de plus de 100.000.000 d'hommes disséminés dans trois parties du monde [1].

Pour apprécier le Coran à sa valeur, pour en saisir la portée, soit comme œuvre littéraire, soit comme instrument de prosélytisme, il y a deux points qu'il faut examiner : sa composition successive et sa rédaction officielle. Comment les diverses soûrates ont-elles été composées, dans quel ordre et à quelle époque ? Comment sont-elles parvenues jusqu'à nous ? Les avons-nous dans leur intégrité ? N'ont-elles pas été changées et retouchées sous des influences religieuses ou politiques ? Le Coran, tel que nous le possédons, est-il en entier l'œuvre de Mahomet, ou n'est-il arrivé à sa forme actuelle que par une série de modifications et de remaniements ? Telles sont les questions principales que pose l'exégèse du Coran, et les limites où doit se renfermer notre entretien nous permettront à peine de les aborder. Mais du moins pourrons-nous constater l'intérêt que présentent les progrès importants réalisés, les résultats obtenus et les solutions données. Aucune recherche ultérieure n'aura le droit de les ignorer et l'on sera obligé de les accepter, même pour les continuer et pour les dépasser.

L'authenticité du Coran n'a jamais été mise en doute,

---

[1] M. Roûhî Khâlidî, le savant consul de Turquie à Bordeaux,. évalue le nombre actuel des Musulmans à 300,000,000. Cherchons la vérité entre les deux chiffres.

2·

et la science n'a fait que confirmer et sanctionner la
tradition qui nommait Mahomet comme l'auteur du
Livre dans tous ses chapitres et dans tous ses versets.
Les contradictions même qui abondent dans le recueil
actuel, et qui auraient pu faire contester l'unité de la
composition, ont paru une preuve de plus en faveur de
l'authenticité. A la lumière de l'histoire, on a vu que
ce manque d'harmonie entre les diverses parties répond
aux dispositions changeantes qui se sont succédé dans
l'esprit du Prophète. Aussi fut-il permis de se donner
carrière dans l'interprétation, mais la lettre est de
bonne heure devenue intangible. Les exégètes musulmans ne se seraient jamais permis de changer une
ligne du texte, de substituer une phrase ou même un
mot à un autre. Mais ils n'ont pas craint de tourmenter
le sens pour en tirer des conclusions forcées et favorables à leurs desseins. Ces erreurs voulues, ces
contre-sens prémédités ont été pour la première fois
introduits dans l'explication du Coran par 'Abd Allâh
Ibn 'Abbâs, surnommé « le rabbin » ou « l'interprète
du Coran » [1]. Il a formé de nombreux élèves qui ont
poussé jusqu'à ses dernières limites l'art de faire violence à un passage pour y mettre par surprise une intention qui n'était pas dans la pensée de l'auteur. Ce
fut le caractère de l'exégèse au premier siècle de
l'hégire. Au IIe siècle, on commença à étudier les mots
en eux-mêmes et à protéger le Coran contre l'invasion
de la langue vulgaire, qui peu à peu gagnait du terrain
et semblait en route pour usurper partout la place du
vieil arabe. Après avoir cherché, expliqué et détourné
les allusions du Coran, on en était venu à l'étudier au
point de vue de la langue même, en vue d'en faire la
base de la grammaire et du lexique.

[1] Nœldeke, *Geschichte des Qorans,* p. xxv.

Et cependant Mahomet était loin d'être un lettré : orphelin de bonne heure, il n'avait pas eu de direction, et il ne sut probablement jamais ni lire, ni écrire[1]. Mais les voyages nombreux qu'il avait faits avaient donné à sa pensée une maturité précoce et fourni à son intelligence des sujets de réflexion où elle se complaisait. Le manque d'instruction paraît être un garant pour la sincérité de la prophétie de Mahomet. Un esprit trop cultivé et d'où l'éducation aurait chassé la naïveté et la spontanéité premières, aurait été mal préparé à recevoir les inspirations de l'Esprit-Saint et de l'ange Gabriel. Le prophète qui parle en inspiré est appelé à montrer un mélange d'enthousiasme et d'abandon qui n'exclut pas l'élévation et la grandeur dans les idées, mais qui serait affaibli par les raffinements de la civilisation et par la précision réfléchie de la science. L'idée religieuse doit remplir et dominer le prophète à tel point qu'en la répandant, il se croit poussé par une impulsion irrésistible à faire connaître la parole de Dieu. Il est telles des prophéties de Mahomet, où il s'imaginait entendre résonner à son oreille le son des cloches, annonçant la révélation. Il en est d'autres où il pensait voir Allâh face à face et s'entretenir avec lui, soit dans ses veilles, soit pendant les heures de son sommeil. La prophétie a plus ou moins une part de songe, de rêverie et d'hallucination.

Chez Mahomet, il faut aussi tenir grand compte de son état nerveux. Dès sa première jeunesse, il avait eu de terribles attaques d'épilepsie. Les spectateurs devaient s'emparer de ce phénomène physique, si irrégulier et si inconstant dans ses effets, pour y chercher le signe d'une intervention divine. Mahomet lui-même ne dou-

---

[1] M. Sprenger a soutenu le contraire.

tait pas que les accès de son mal ne fussent pour lui
un avertissement, et c'est au sortir de telles crises qu'il
lança ses premières prédications, empreintes d'un
accent si farouche et d'une précipitation si agressive.
Ce sont comme des cris jetés au milieu de la douleur,
comme les vibrations qu'un corps maladif produit dans
une âme inquiète et agitée. On n'y rencontre pas le
calme mesuré des chapitres plus modernes, mais, en
revanche, au lieu de développements longs et prolixes,
nous avons encore la concision vigoureuse et la netteté
élégante. Plus tard, la variété des expressions devien-
dra l'uniformité plate et monotone d'un style, où les
mêmes mots seront sans cesse répétés, où le charme
du langage restera seul, mais sera impuissant à dissimuler l'absence des idées et le vide de la conception.
Le Prophète ne sera plus visité que de loin en loin par
le souffle divin, il sera soulagé de ces surexcitations que
la maladie lui apportait, et il dictera tranquillement à
ses disciples et à ses secrétaires cette série de longues
homélies, qui, en dehors de la première soûrate, forment le commencement du Coran. Bien plus, il ajoutera
lui-même, il intercalera, il changera, mais à tête repo-
sée, et sans le feu sacré de la révélation. On le voit, le
point de vue esthétique servira de puissant auxiliaire
pour une saine exégèse du Coran.

Il est permis de poser en règle générale que, dans le
Coran, les tirades les plus belles, les plus saillantes, je
dirai même les plus inspirées, sont aussi les plus
anciennes. La critique sans doute ne saurait admettre
le goût comme le seul arbitre chargé de prononcer sur
un point aussi délicat ; mais elle ne méconnaît pas non
plus les droits qu'il fait valoir à être un des juges appelés et consultés. Quant à l'ordre où les soûrates du
Coran se trouvent aujourd'hui dans le recueil, il n'a

aucune valeur historique ou chronologique, et les Musulmans eux-mêmes ne lui en ont jamais attribué une semblable. Divers chapitres ont été simplement juxtaposés, après avoir été à peu près ordonnés d'après la proportion de leur longueur. La première soûrate fait seule exception ; c'est une courte prière placée sur le seuil du livre comme pour servir d'introduction. Mais les autres morceaux de moindre étendue ont été relégués à la fin, comme c'est aujourd'hui encore un usage fréquent chez les Arabes, lorsqu'ils classent un volume de poésies pour constituer un *Dîwân*. Les interprètes du Coran ont de bonne heure compris que l'ordre des soûrates est artificiel, et ils ont eux-mêmes composé des listes où ils les passent en revue d'après la notion qu'ils se sont faite de leur composition. Ces tableaux [1] ne peuvent pas être admis sans contrôle ; ils n'ont d'ailleurs aucune prétention à être inattaquables ou infaillibles. L'accord est même loin de régner entre les nombreuses séries parallèles que nous ont transmises les savants indigènes, et, à côté de leurs opinions divergentes, il y a place pour des études plus approfondies et pour des trouvailles plus importantes.

La première difficulté est de distinguer entre les soûrates révélées à La Mecque et les soûrates révélées à Médine, entre celles qui précèdent et celles qui suivent l'hégire. Les données de la tradition sur cette question délicate ont pénétré jusque dans les textes du Coran. La mention du « Dieu clément, miséricordieux [2] » est

---

[1] En dehors des classifications citées par Nœldeke, *Geschichte des Qorans*, p. 47 et 58, et par Hughes, *A Dictionary of Islam*, p. 490-492, voyez celles que contient le *Fihrist* (édition Flügel), I, p. 25-28.

[2] Je ne traduis plus ainsi, l'adjectif *rahmân* n'étant pas

toujours précédée d'une indication sur l'endroit où
Allâh s'est fait entendre au Prophète, puis du nombre
des versets dont se compose l'ensemble du morceau.
Mais nous devons examiner ces indications avec liberté
et ne les accepter que lorsqu'elles sont confirmées, d'un
côté par l'histoire, de l'autre par l'étude impartiale
du chapitre auquel elles se rapportent. Et même, quand
elles nous paraissent exactes, il faut se demander si,
vraies pour le début du morceau, elles le sont également pour les autres parties agrégées. Car, les longues
soûrates ne sont pas venues d'un seul jet et le travail
de soudure n'a pas assez relié les divers fragments,
dont elles sont formées, pour qu'on ne puisse pas les
décomposer, les analyser et en retrouver les éléments.

Nous avons dit quelle ardeur sans frein, quelle passion inconsciente entraînait Mahomet au moment où il
fut appelé à prêcher la nouvelle religion. Cette flamme
intérieure devait se répandre au dehors et embraser
les cœurs. Dans cette première période, la phrase est
courte, hachée, entrecoupée ; il semble que le Prophète
s'arrête sans cesse pour écouter la parole de son Maître.
A chaque instant, la rime résonne comme pour
marquer le mouvement rapide de la pensée et du langage. On ne peut pas donner en français une idée de
ce rythme étrange, qui est au moins égal à la poésie,
mais avec une allure plus franche et moins chargée
d'entraves. La richesse et l'abondance des images
produisent parfois une certaine obscurité, mais bien-

employé en arabe et le dieu Ar-Rahmân ayant été, dans l'esprit
de Mahomet, le concurrent qui avait longtemps disputé la pré-
séance au victorieux Allâh. La formule qui, dans le *canon*
musulman, est en tête de toutes les soûrates, excepté la neuvième, est un compromis entre les deux rivaux du monothéisme
et je la traduis : « Au nom d'Allâh, le Rahmân miséricordieux. »

tôt l'idée se dégage avec un vif éclat. Mahomet ne
dissimule peut-être pas non plus assez la crainte qu'il
éprouve de voir sa prophétie traitée de mensonge et
d'imposture. De là tant de serments qui nous étonnent,
où il invoque le ciel, la terre, le monde entier, les
appelant à témoin de sa mission divine.

La tradition musulmane et la science moderne sont
d'accord pour considérer le commencement de la soù-
rate XCVI comme la première prophétie de Mahomet,
celle où son Maître s'adresse à lui pour lui faire connaître ses destinées : « Récite au nom de ton Maître [1],
qui a créé, qui a créé l'homme de sang coagulé.
Récite, car ton Maître est le plus noble. C'est lui qui a
enseigné l'usage du *kalam*, qui a enseigné à l'homme
ce qu'il n'avait pas appris. » Mahomet croyait avoir
entendu cet appel dans une promenade sur le mont
Hîra, au milieu de méditations solitaires : un ange
lui était apparu, lui ordonnant de se rappeler et de
propager les paroles révélées. D'après une autre version, c'est dans un rêve que l'ordre de son Maître
aurait été comme imprimé dans le cœur du Prophète.
Nous devinerions, si nous ne les connaissions, les combats qui se livrèrent dans l'âme de Mahomet : porté à
la timidité par sa nature, excité à l'action par des voix
intérieures qu'il ne pouvait étouffer, il songea un
moment à se donner la mort. Tout en s'imposant une
retraite de trois années, il semble avoir opéré dès cette
époque un petit nombre de conversions dans sa famille
et parmi ses amis les plus intimes.

Lorsque Mahomet rompit enfin le silence, sa prophétie, longtemps comprimée, jaillit impétueusement

---

[1] Mahomet ne connaît à ce moment ni Rahmân, ni Allâh, mais
seulement son Maître.

dans des prédications, qui se succédaient, paraît-il, presque sans interruption. La santé de Mahomet ne lui permettait pas de sortir sans qu'il fût enveloppé dans un manteau épais qui lui couvrait le corps entier. « O toi, l'homme au manteau (ainsi l'interpelle son Maître), lève-toi, puis lance des avertissements. Et ton Maître, honore-le ; tes vêtements, purifie-les ; l'idolâtrie, abandonne-la ; ne donne pas en demandant trop en retour. En face de ton Maître, prends patience. » Cette soûrate [1] semble avoir été vraiment prononcée à La Mecque et cet exorde, si plein de vivacité, appartient évidemment aux débuts du Prophète. Quelle énergie aussi dans la malédiction lancée par Mahomet contre son oncle paternel 'Abd al-'Ouzzâ ibn 'Abd al-Mouttalib, surnommé Aboû Lahab, dont il aurait voulu obtenir le concours et qui l'avait repoussé avec obstination [2] : « Puissent les deux mains d'Aboû Lahab périr et puisse-t-il périr ! Puissent sa fortune et ses biens acquis ne lui servir de rien ! Oui, il sera rôti à un feu enflammé, tandis que sa femme en portera l'aliment, en ayant au cou une corde formée de filaments de palmier. »

Plus nous avançons dans cette première période, plus nous avons besoin, pour nous diriger, d'un guide moins mobile et moins trompeur que le goût. Le même morceau peut produire sur des esprits bien doués une variété d'impressions telle qu'on a de la peine à les reconnaître comme les reflets d'une même image. Aussi ne peut-on étudier le Coran d'une manière profitable sans avoir d'abord une connaissance parfaite de la vie de Mahomet, sans en avoir suivi les péripéties, sans en avoir exploré les grandeurs et les petitesses.

---

[1] Soûrate LXXIV, 1-7.
[2] Soûrate CXI.

La biographie est le plus puissant auxiliaire de l'exégèse. Il semble difficile de les séparer l'une de l'autre.
Le Coran, œuvre de Mahomet, est le document le plus
sûr et le moins contesté pour son histoire, l'histoire de
Mahomet est un commentaire perpétuel du Coran.

Cependant les soûrates les plus anciennes expriment
souvent des idées tellement générales qu'on ne peut pas
exactement fixer la date de leur composition. C'est là
que le style seul peut d'ordinaire nous renseigner sur
l'époque où elles ont été prononcées. Qui hésiterait à
placer dans la première étape de la prédication ces
véhémentes apostrophes de Mahomet sur le jugement
dernier [1] : « Le choc, que sera le choc ? Qu'est-ce qui t'a
fait savoir ce que sera le choc au jour où les hommes
seront comme les papillons disséminés, et où les montagnes seront comme la laine bigarrée répandue en
flocons ? Alors, celui en faveur de qui les balances pen-
cheront, sera dans une vie de félicité et celui qui n'aura
pour lui que des poids légers sera perdu pour sa mère.
Qu'est-ce donc qui t'a fait savoir ce que sera le choc ?
Ce sera un feu brûlant. »

Avant de quitter la première époque de la vie de
Mahomet, je voudrais donner lecture des soûrates LXXXI
et LXXXII, qui appartiennent aux inspirations les plus
vivantes du Coran. Je cherche à reproduire aussi littéralement que possible les expressions et aussi le mouvement du texte. Seulement j'intervertis l'ordre et je
commence par la soûrate LXXXII intitulée : L'action de
se fendre, probablement la plus ancienne des deux :
« Lorsque le ciel se fendra, et que les étoiles se répan-
dront, et que les mers seront entr'ouvertes, et que les
tombeaux seront renversés sens dessus dessous, alors

[1] Soûrate CI.

seulement chaque âme humaine reconnaîtra ses actes du commencement et de la fin. O toi homme, qu'est-ce qui t'a égaré contre ton Maître si noble, qui t'a créé, t'a façonné, puis t'a mis en équilibre, puis t'a composé sous une forme telle qu'il la voulait? Mais vous, vous traitez la religion de mensonge, tandis que vous avez des gardiens nobles, inscrivant et sachant ce que vous faites. Aux pieux est réservé un lieu de délices, aux impies un feu auquel ils seront rôtis le jour du jugement, sans qu'ils puissent y échapper. Qu'est-ce qui t'a fait savoir ce qu'est le jour du jugement ; encore une fois, qu'est-ce qui t'a fait savoir ce qu'est le jour du jugement, ce jour où aucune âme ne pourra rien ordonner pour aucune autre, le droit d'ordonner n'étant en ce jour qu'à Allâh ? »

Voici maintenant la soûrate LXXXI, la soûrate intitulée : L'enroulement : « Lorsque le soleil sera enroulé, et que les étoiles descendront, et que les montagnes seront mises en mouvement, et que les chamelles grosses de dix mois goûteront le repos, et que les bêtes féroces seront assemblées, et que les mers seront gonflées, et que les âmes seront accouplées, et que la fille ensevelie vivante sera appelée à dire pour quelle faute elle a été tuée, et aussi lorsque les feuillets seront déployés, et que le ciel aura été changé de place, et que le brasier sera enflammé, et que le paradis sera rapproché, c'est alors que chaque âme reconnaîtra ce qu'elle a produit. Oui[1], je le jure par les planètes occultées qui courent vers leurs retraites, et par la nuit quand elle se couvre de ténèbres, et par l'aurore avec

---

[1] Ici et dans les serments analogues du Coran, LVI, 74 ; LXIX, 38 ; LXX, 40 ; LXXV, 1 et 2 ; LXXXIV, 16 ; XC, 1, je considère *là* non pas comme une négation, mais comme un « rassasiement » *(ischbâʻ)* vocalique de la particule affirmative *la*.

le souffle de son vent matinal, ceci est la parole d'un noble envoyé[1], plein de force et d'influence auprès de Celui qui est assis sur le trône, d'un envoyé qui mérite votre soumission et aussi votre confiance. Car, votre compatriote, qui n'est pas possédé des djinns, l'a vu au firmament distinct et il n'en garde pas pour lui le mystère. Ceci n'est pas la parole d'un Satan lapidé. Mais vous, où allez-vous ? Ceci n'est qu'un avertissement pour les mondes, pour ceux d'entre vous qui veulent marcher droit. Or, vous autres, vous ne voulez que ce que veut Allâh, le maître des mondes. » Quel psaume, et, je ne crois pas l'expression trop forte, quel psaume admirable, d'une beauté et d'une puissance incomparables !

Nous pourrions multiplier ces citations et traduire nombre d'autres passages qui sont placés par tous les exégètes dans la première période. Nous préférons nous arrêter seulement à un morceau qui semble être à la limite entre la première et la seconde manière de Mahomet. C'est la courte « prière » qui ouvre le Coran et qu'on appelle « l'Ouvrante », la « Suffisante », la « Mère du Coran ». Nulle part la formule de l'islamisme n'est mieux exprimée dans sa simplicité, nulle part les rigueurs du monothéisme ne sont affirmées avec plus de netteté : « Gloire à Allâh, le maître des mondes, le Rahmân[2], le miséricordieux, qui dirigera le jour du jugement. C'est toi que nous servons, et c'est toi que nous appelons à notre secours. Conduis-nous dans la voie la plus droite, dans la voie de ceux à qui tu as prodigué tes faveurs, dans la voie de ceux sur lesquels ne pèse aucune colère et qui ne s'égarent pas. » Encore aujour-

---

[1] C'est-à-dire d'un ange (*mal'ak* qui a le même sens). L'ange auquel il est fait allusion est l'ange Gabriel.

[2] Plus haut, p. 21, n. 2.

d'hui cette courte invocation, si saisissante, occupe la place d'honneur dans le rituel des Musulmans.

L'exaltation du Prophète ne pouvait pas se maintenir toujours au même degré d'intensité fébrile. Peu à peu le calme revenait dans son esprit, et l'âge avait sans doute arrêté les effusions débordantes de son tempérament nerveux. Il ne faut pas oublier que Mahomet avait quarante ans au moment où il sentit sa vocation. La deuxième période de la prophétie, qu'on en fixe le commencement avec Muir à l'an 10 de la révélation, ou avec Nœldeke à l'an 13, représente évidemment une époque de transition dans la vie et dans la prophétie de Mahomet. Elle nous fait parcourir les degrés qui séparent l'éloquence bouillante de ses plus anciennes prédications et la froideur glaciale des dernières. Les mêmes injonctions qu'il a lancées, soutenues autrefois avec chaleur, s'alanguissent chez lui avec le temps, quand elles ne lui deviennent pas tout à fait indifférentes. Le Prophète continuait à jouer son rôle, mais en politique avisé plus qu'en prédicateur inspiré.

Passons à la troisième période mecquoise. Nous y retrouvons l'écrivain, le rhéteur et l'orateur; le poète a disparu. Parfois un écho du passé se laisse percevoir et l'on reconnaît dans quelques passages heureux, qu'il faut chercher, l'ancienne éloquence, aujourd'hui éteinte, du Prophète communiquant son émotion vraie et proclamant la parole d'Allâh. Un caractère particulier de cette troisième période, c'est que le Prophète apostrophe sans cesse l'humanité entière. L'allocution : « O hommes » généralise pour l'avenir les doctrines du Coran. Ce sont les soûrates qui ont précédé immédiatement l'hégire. Mahomet n'y dissimule pas le découragement qu'il éprouve en voyant combien les idolâtres de la Ka'ba persistent à opposer de résistance à ses

exhortations. Les convertis sont rares et appartiennent,
soit à sa famille, soit à la classe la moins élevée, celle
qu'on peut le plus facilement gagner aux croyances
nouvelles.

Il fallait frapper un grand coup ou renoncer à poursuivre l'œuvre combattue avec un tel acharnement. Les
habitants de La Mecque, les Koraischites, restés pour
la plupart fidèles à leurs anciennes superstitions, accu-
saient le Prophète d'imposture et le menaçaient de leurs
persécutions. Mahomet fit d'abord sortir isolément ou
par groupes ses principaux adeptes ; puis il partit lui-
même ou plutôt il émigra de La Mecque. L'hégire (littéralement l'émigration) fut suivie d'une entrée triomphale
à Yathrib, qui devait bientôt recevoir le nom de Madînat
an-Nabî, « la Ville du Prophète », plus brièvement Al-
Madîna, Médine. La mission religieuse de Mahomet se
transforma dès lors en un prosélytisme par le *kalam*
et surtout par l'épée, et ce caractère particulier, l'appel
à la guerre sainte, est la marque des soùrates composées après l'hégire. Ici, plus que partout ailleurs, l'histoire et l'exégèse sont étroitement liées et, pour indi-
quer les traits qui distinguent cette quatrième période,
il faudrait en montrer l'origine historique et raconter à
grands traits les événements qui ont influé sur l'action
et sur le langage de Mahomet.

Tandis que les actes les moins graves, les gestes les
plus insignifiants du Prophète étaient interprétés, em-
bellis et glorifiés, les soùrates de Médine sont restées
inaltérées et peuvent seules donner la note juste de
l'histoire dans ce concert de panégyriques, où la vérité
est souvent sacrifiée à l'orgueil national. Mahomet était
devenu le chef temporel et spirituel d'un peuple guerrier, qui reconnaissait sa suprématie et s'offrait à l'aider pour apaiser ou pour abattre les révoltes. Nous

avons de nouveau le style calme et mesuré de la
troisième période ; mais presque chaque mot ren-
ferme une allusion à des faits connus, et le classement
chronologique devient à la fois plus facile et plus exact.
Mais il ne faut chercher dans ces productions ni grandeur, ni poésie. L'homme d'État, si j'ose ainsi parler,
ne laisse plus que rarement la parole au Prophète.

Si nous résumons ces considérations trop longues,
nous distinguerons quatre périodes dans la prophétie
de Mahomet, les trois premières jusqu'à l'hégire, la
quatrième après l'émigration à Médine. Aux défaillances
pathologiques et aux apostrophes véhémentes succèdent les prédications réfléchies et les paroles compas-
sées du Prophète désabusé ; mais, entre ces périodes
extrêmes, il y a une série de transitions, où les violences
d'autrefois se combinent peu à peu avec les tendances
finales. A Médine commence une nouvelle époque
dans l'existence et dans le langage de Mahomet : l'histoire y devient le seul critérium de l'exégèse ; les faits
qui dominent la situation envahissent peu à peu l'esprit
et la lettre des soûrates : la consolidation d'une puissance mal assise, la conduite à tenir à l'égard des
adversaires, les nécessités du prosélytisme, voilà les
préoccupations du moment. La vie active a remplacé
la vie contemplative, la politique a tué la conviction
prophétique du Prophète.

Il y a bien des questions que soulève le Coran, et
dont j'aurais voulu faire l'objet d'un examen rapide.
Comment de ces dictées éparses s'est formée la collection actuelle du Coran ? Quels points de vue ont prévalu dans le choix des morceaux ? Le Coran aurait-
il survécu à son auteur, s'il n'avait pas été d'abord fixé
par l'écriture, puis définitivement constitué par une
sorte de *canon* ? On raconte que, du vivant de

Mahomet, les fragments divers étaient reproduits sur des étoffes, sur des feuilles de palmier, sur des omoplates de chameau, sur de larges pierres, quelques-uns même confiés à la mémoire des auditeurs. Lorsque, sous le khalifat d'Aboù Bekr, Omar voulut le premier assurer la conservation du Coran, lorsqu'il entreprit de le publier, il dut puiser à toutes ces sources qu'on ne pouvait souvent atteindre qu'au prix de longues et pénibles recherches. La même révélation, entendue et recueillie par plusieurs compagnons du Prophète, avait revêtu des formes diverses dans les souvenirs de chacun ; comme toujours, l'intelligence et la réflexion avaient exercé une influence fâcheuse sur la pureté de la tradition ; tous, involontairement, et sans le savoir, ils avaient touché au dépôt qu'ils croyaient garder intact, et Omar se trouvait en face de variantes nombreuses et importantes.

Cette édition princeps n'eut jamais, qu'on me pardonne l'expression, d'autorité ecclésiastique ; elle resta la propriété de Omar et d'Aboù Bekr comme ces archives de famille qu'on converve religieusement, mais qu'on soustrait aux yeux du vulgaire. La propagation de l'islamisme ne pouvait cependant pas se faire seulement par le glaive ; il fallait que la nouvelle foi eût son Livre reconnu et accepté par tous. Aussi plusieurs versions circulaient-elles dans la péninsule, et les villes se prononçaient-elles pour l'une ou pour l'autre. C'était un danger pour l'unité de l'islamisme ; Othmân résolut de faire établir une rédaction seule authentique du Coran. Ce furent Zaid ibn Thâbit et quelques Koraischites, dont le dialecte ressemblait à celui du Prophète, qui furent chargés de prendre l'édition d'Aboù Bekr pour base de leur travail, de collationner les exemplaires qu'ils pourraient trouver et de restituer avec discernement le texte primitif intégral. On ne se permit ni interpolations, ni changements, même quand ils auraient pu être favorables à l'hérédité de la famille régnante. Et pourtant les livres sacrés peuvent devenir une arme trop puissante pour qu'un parti au pouvoir ne s'efforce pas de la faire servir à ses desseins.

Après avoir fixé le texte canonique, on résolut d'anéantir les éditions parallèles, qui avaient cours dans la péninsule, et la légende nous parle d'un immense au-to-da-fé.

Le texte canonique d'Othmân, qui est parvenu jusqu'à nous, a aussi son histoire. De nouvelles variantes y ont été introduites par les copistes, d'anciennes ont reparu ; mais les unes et les autres ne peuvent servir qu'à montrer la supériorité des leçons qui leur ont été préférées. La récitation du Coran devint bientôt une science, qui eut ses maîtres et ses disciples. Que de problèmes, auxquels il ne m'est loisible de toucher qu'en les effleurant ! Et les copies du Coran, où tant d'art et d'habileté ont été dépensés ! Les peuples, qui reconnaissent le Coran comme leur livre sacré, ont rivalisé d'ardeur, employant dans leurs copies les ressources de prestigieuses calligraphies. Et la classification des soûrates, et leur division en versets, et la vocalisation du texte, quels sujets d'étude minutieuse, sur lesquels il ne m'est pas permis de m'arrêter !

Et même, au point de vue de la langue, quelle importance n'a pas le Coran ! Tous les auteurs célèbres, dont les ouvrages nous ont été conservés, prennent pour modèle la langue de Mahomet et cherchent à s'en rapprocher; ils ont tous appris par cœur et retenu les cent quatorze soûrates et souvent ils en répètent les expressions, qui répondent à leur pensée ; ils croient composer au moment où ils se souviennent. Aussi, sans une connaissance approfondie du Coran, n'est-il possible de comprendre pleinement aucun écrivain arabe. Bien plus, l'étude du Coran est nécessaire pour expliquer les poètes qui nous sont restés de l'époque antéislamique. Cette assertion, qui au premier abord paraît un paradoxe, n'en est pas moins justifiée et confirmée par les textes, tels que nous les possédons. Or, ces œuvres ne sont pas de beaucoup antérieures à l'hégire, et certains dires populaires, qui étaient répandus dans les masses, sont entrés à la fois dans la prose rimée de Mahomet et dans les chants inspirés des grands poètes [1]. Les grammairiens de Basra, qui ont sauvé ces précieuses épaves de la vieille littérature arabe, ont souvent changé un mot, modifié une tournure pour y substituer l'expression ou la phrase usitée de leur temps. Ils voulaient faire disparaître la moindre trace des anciens dialectes et hâter leur absorption dans l'unité recherchée et réalisée par eux de la langue arabe. On peut donc affirmer que les effets du Coran ont été non seulement éprouvés dans l'ensemble de la littérature musulmane, mais que les anciennes productions, qui lui étaient antérieures, en ont elles-mêmes ressenti la répercussion.

[1] Ce passage, vieux de trente-six ans, a été reproduit sans changement dans le fond et dans la forme. Mon opinion n'a pas été modifiée par la contre-partie habilement présentée par mon collègue et ami, M. Clément Huart, d'abord dans sa *Littérature Arabe* (Paris, 1902), p. 24, ensuite dans une communication faite, le 22 avril 1904, à l'Académie des inscriptions et belles-lettres, résumée dans les *Comptes rendus* de 1904, p. 240-242 (*La poésie arabe antéislamique et le Coran*), et publiée dans le *Journal asiatique* de 1904, II, p. 125-167 (*Une source nouvelle du Qorân*). Mon point de vue a été, indépendamment de ma leçon oubliée et ignorée, mis en pleine lumière par David Margoliouth dans le *Journal of the Royal Asiatic Society of Great Britain and Ireland* de 1904, p. 572 et 573.

III

L'histoire des philosophes attribuée à Ibn Al-Kiftî

(1172-1248)

L'histoire des philosophes attribuée à Ibn Al-Kiftî (1172-1248) [1]

Nulle édition princeps d'un ouvrage inédit n'a été autant déflorée que celle de l' « Histoire des philosophes » avant son apparition. Les morceaux les plus importants, détachés de l'ensemble, ont donné au livre une réputation qu'il mérite, ont fourni à l'histoire littéraire des documents précieux qu'elle a enregistrés et utilisés, se sont portés garants du prix que les érudits attachent aux notices biographiques et bibliographiques dont il se compose ; mais, en même temps, ils ont fait tort évidemment à la publication actuelle en lui enlevant une grande part de sa nouveauté et par là même de son urgence. N'exagérons pas, mais ne dissimulons pas non plus la déception éprouvée. Elle ne provient pas seulement des fragments de l'œuvre, mis préventivement à notre portée, mais aussi de l'identité fréquente des renseignements donnés et de ceux que nous ont fournis au moins quatre ouvrages, antérieurs ou postérieurs, qui nous sont accessibles depuis plusieurs années par des éditions critiques : le *Fihrist*

[1] *Journal des Savants* de novembre 1904, p. 630-639, à propos de Ibn Al-Qiftî's *Ta'rih al-hukamâ*, auf Grund der Vorarbeiten Aug. Müller's herausgegeben von Prof. Dr Julius Lippert, Leipzig, 1903, in-4°.

al-ʿouloûm « Catalogue des sciences », composé par
Mohammad ibn Ishâk An-Nadîm en 377 (988) ; les
Classes des médecins, par Ibn Abî Ousaibiʿa, mort en
668 (1270); l'Histoire abrégée des dynasties, par Aboù
'l-Faradj Yoûhannâ Bar Hebræus [1], mort en 688 (1289),
dont les emprunts à l' « Histoire des philosophes »
tiennent du plagiat; enfin, le dictionnaire bibliographique de Hâdjî Khalifa, mort en 1068 (1658).

Ibn Al-Kiftî, « le fils de l'homme de Kift », le savant
qui a eu la conception de l' « Histoire des philosophes »,
a inspiré une monographie excellente et documentée à
mon regretté ami August Müller dans les *Actes du huitième congrès international des Orientalistes* tenu en
1889 à Stockholm et à Christiania [2]. M. le professeur
Julius Lippert s'est contenté, dans son introduction,
de résumer clairement cet exposé lumineux. J'ajouterai qu'un illustre contemporain d'Ibn Al-Kiftî, Kamâl
ad-Dîn Ibn Al-ʿAdîm, mort au Caire en 660 (1262) [3], a
mentionné son vizirat d'Alep à plusieurs reprises dans
sa *Zoubdat al-halab fi taʾrîkh Halab* « La crème du
lait frais, chronique d'Alep [4] ».

Je suppose qu'on accueillera avec faveur, comme un
complément original aux biographies connues, qui se
répètent les unes les autres, relatives à Ibn Al-Kiftî, le
passage original suivant que j'emprunte au *Kitâb at-*

[1] Je ne fais pas allusion à l'édition si méritoire d'Ed. Pocock
(Oxford, 1663-1672), avec une traduction latine, mais au texte
fixé par le P. A. Salhânî (Beyrouth, 1890).

[2] August Müller, *Uber das sogenannte Târich el-hukamâ des Ibn
el-Qifti*, dans les *Actes*, etc. Section I : sémitique (A), 1er fascicule (Leide, 1891), p. 17-36.

[3] Hartwig Derenbourg, *Vie d'Ousâma*, p. 569-593.

[4] Manuscrit 1666 de la Bibliothèque Nationale ; voir la traduction française de M. Edgard Blochet (Paris, 1900), p. 89, 190,
223, 224.

tâliʿ as-saʿîd al-djâmiʿ li-asmâʾ noudjabâʾ As-Saʿîd
« Livre intitulé : L'horoscope heureux, renfermant les
noms des hommes illustres de la Haute Égypte », par
Kamâl ad-Dîn Djaʿfar Al-Adfouwî, né à Edfou, mort au
Caire en 748 (1347). Ce dictionnaire biographique,
classé d'après les initiales, contient la notice suivante [1] :

ʿAlî ibn Yoûsouf ibn Ibrâhîm ibn ʿAbd al-Wâhid ibn
Moûsâ ibn Ahmad ibn Mohammad ibn Ishâk ibn Mohammad ibn Rabîʿa Asch-Schaibânî Al-Kiftî, le vizir, Djamâl
ad-Din Aboû 'l-Hasan fut auditeur du cours de traditions
professé à Misr par Aboû 't-Tâhir Ibn Bannân [2] et suivit à
Halab les cours de plusieurs maîtres. Il se réclama comme
autorité du *hâfith* Aboû 't-Tâhir As-Silafî, en vertu d'un diplôme [3].

Le *hâfith* Aboû ʿAbd Allâh Mohammad Al-Bagdâdhî [4]
a dit : J'ai entretenu des relations avec lui et j'ai constaté
l'abondance de ses supériorités, la richesse de ses connais-
sances, l'éclat de ses talents, sa grande autorité, son âme

---

[1] Manuscrit 2148 de la Bibliothèque Nationale, fol. 179 vᵒ-180
rᵘ. Je ne donne ici que la traduction française ; le texte arabe a
été publié dans le *Journal des Savants* de 1904, p. 631.

[2] Ou bien : Ibn Bounân. Les deux prononciations sont possibles pour le nom de ce savant oublié dont le nom est donné
plus complètement par Mouhyî ad-Dîn, un frère d'Ibn Al-Kiftî :
le *kâdi al-athîr* Mohammad ibn Mohammad Ibn Bannân (ou Ibn
Bounân) Al-Anbârî. Cf. A. Müller, *Actes,* etc., p. 34, et Yâkoût,
Mouʿdjam, IV, p. 711, l. 17.

[3] C. Brockelmann, *Geschichte der Arabischen Litteratur,* I,
p. 365. As-Silafî étant mort en 576 (1180) ou en 578 (1182), Ibn
Al-Kiftî aurait eu moins de huit ou de dix ans, lorsque le centenaire aurait muni l'enfant de son *idjâza* à son école d'Alexan-
drie. Cette précocité orientale n'est pas un fait isolé : un petit-
fils (*sibt*) d'As-Silafî, né deux ans après Ibn Al-Kiftî, est compté
parmi les disciples de son grand-père dans As-Souyoûtî, *Housn
al-mouhâdara,* I, p. 214.

[4] C. Brockelmann, *Geschichte der Arabischen Litteratur,* I,
p. 394.

généreuse, son visage épanoui, ses qualités aimables. Il a eu des rapports avec les maîtres dans toute science : grammaire, vocabulaire, jurisprudence, tradition, comparaison des sept lectures du Coran, principes fondamentaux de l'islâm, logique, astronomie, géométrie, histoire.

Ibn Ai-Kiftî a étudié la grammaire chez le *schaikh*, chez le savant Sâlih ibn Gâdhî [1] et il a reconnu, dans son livre intitulé : Les plus illustres grammairiens, combien il a profité de son contact avec lui. Il a aussi sa valeur littéraire. Ses panégyristes sont nombreux. Yâkoût de Hamâ [2] et d'autres ont fait son éloge. Il fut appelé au vizirat d'Alep au commencement de l'année 614 (avril 1217 de notre ère), puis il fut destitué, puis réintégré.

Parmi ses ouvrages en divers genres, je citerai : 1° Les récits sur les écrivains et leurs écrits ; 2° La notoriété donnée aux narrateurs qui traitent des plus illustres poètes ; 3° La chronique du Yémen ; 4° La Chronique d'Égypte jusqu'à l'époque de Saladin ; 5° La Chronique des Boûyides [3] ; 6° La Chronique des rois Seldjoûkides ; 7° Les poésies de ceux qui se nomment Yazîd ; etc.

Né à Kift [4] en l'an 568 (1172), il mourut à Alep en l'an 646 (1248). Il est l'auteur de poésies et de livres de littérature. Le *hàfith* ʿAbd al-Mou'min [5] l'a mentionné parmi

[1] Le manuscrit d'Oxford a Gâdî ; Mouhyî ad-Dìn, dans A. Müller, *ibid.*, p. 34, le nomme « le jurisconsulte (*al-fakih*) As-Sâlih ibn ʿÂdî Al-ʿAbdânî le grammairien (*an-nahwî*), le feutrier (*al-anmâtî*) de Misr. Sur le sens du mot *al-anmâti*, voir Ibn Khallikân, *Biographical Dictionary*, II, p. 186.

[2] C'est le célèbre géographe Yâkoût de Hamâ, mort à Alep en 626 (1229) ; cf. Yâkoût, *Mouʿdjam*, I, p. 12, l. 4-21 ; 262, l. 17-19, et les autres passages cités dans l'Index, VI, p. 577, l. 5-6.

[3] Manuscrit avec un *tá* en tête, remplacé par un *bá* d'après As-Souyoûtî, *Housn al-mouhâdara*, I, p. 319, l. 21, et d'après Hâdjî Khalîfa, *Lexicon bibliographicum*. II, p. 109, n° 2146.

[4] Kift est un bourg du Saʿîd, de la Haute Égypte.

[5] Ad-Dimyâtî « L'homme de Damiette », ainsi est dénòmmé Scharaf ad-Dîn Aboû Mohammad ʿAbd al-Mou'min ibn Khalaf ibn Abî 'l-Hasan At-Toûnî, le Schâfiʿite, né en 613 (1216), mort à la fin de 705 (1306). Voir As-Souyoûtî (Adh-Dhahabî), *Tabakât al-houffâth*, éd. Wüstenfeld, III. p. 65, n° 7.

ceux qui lui ont conféré le diplôme. Ibn Sa'îd [1] a parlé de lui.

La notice est terminée par une citation de quatre vers, deux d'Ibn Al-Kiftî et deux d'Ibn Sa'îd au sujet d'une esclave que le premier avait achetée.

Dans la liste des œuvres d'Ibn Al-Kiftî dressée par Dja'far Al-Adfouwî, l' « Histoire des philosophes » ne figure pas plus que dans les seize titres énumérés presque à la même époque par Khalîl As-Safadî [2], mort en 764 (1363), ni dans les dix-huit donnés par Ibn Schâkir Al-Koutoubî [3], mort la même année. On peut en conclure que l'ouvrage circulait avec l'attribution à un autre auteur et en effet le manuscrit 2112 de Paris nomme en tête et dans la souscription Mohammad ibn 'Alî ibn Mohammad Al-Khatîbî Az-Zauzanî qui date lui-même sa rédaction de 647 [4] (1249), c'est-à-dire de l'année qui suivit la mort d'Ibn Al-Kiftî. Dans un autre manuscrit entré plus tard à la Bibliothèque Nationale avec la Collection Schefer et coté 5889, les mêmes origines et la même date se retrouvent, avec le titre significatif de *Al-Mountakhabât wa 'l-moultakatât* « Les choix et les extraits [5] », comme dans plu-

---

[1] Ibn Sa'îd est Noûr ad-Dîn Aboû 'l-Hasan 'Alî ibn Moûsâ Al-'Anasi Al-Andalousî Al-Garnâtî Al-Magribî, né près de Grenade en 610 (1214), mort, selon les uns, à Damas en 673 (1274), selon d'autres, à Tunis en 685 (1286) ; cf. C. Brockelmann, *Geschichte der Arabischen Litteratur*, I, p. 336-337 ; II, p. 699.

[2] As-Safadî, *Al-Wâfi bi-'l-wafayât*, publié par G. Flügel dans Aboû 'l-Fidâ, *Historia anteislamica*, éd. Fleischer, p. 234, et par A. Müller, dans *Actes,* etc., p. 36.

[3] Ibn Schâkir Al-Koutoubî, *Fawât al-wafayât*, II, p. 97, éd. de Boûlâk de 1299 (1882).

[4] Slane, *Catalogue*, p. 375 a.

[5] Hartwig Derenbourg, *Les manuscrits arabes de la Collection Schefer à la Bibliothèque Nationale* (Paris, 1901), p. 33.

sieurs exemplaires et dans Hâdjî Khalîfa, *Lexicon bibliographicum*, VI, p. 166, n° 13107. Or, ces « choix et extraits » nous étant seuls parvenus, y a-t-il lieu de supposer qu'ils ont été empruntés à un ouvrage plus étendu, composé par Ibn Al-Kiftî, et d'espérer qu'une heureuse trouvaille nous permettra de substituer quelque jour l'original perdu à l'abrégé relégué désormais parmi les antiquailles ?

Ma conviction est établie et je crois pouvoir sans témérité affirmer que le statu quo est définitif. Ibn Al-Kiftî paraît avoir eu dans les sujets qu'il a traités l'esprit d'initiative plutôt que l'esprit de suite. Il voyait les lacunes de la science, se préoccupait de les combler, mais ne s'attardait pas à terminer la tâche commencée lorsqu'il en apercevait une autre de nature à solliciter son attention et à satisfaire sa curiosité toujours en éveil. Il a laissé plus d'un livre inachevé[1] : son répertoire des grammairiens n'aurait pas plus vu le jour que celui des philosophes, s'il ne s'était pas rencontré un Adh-Dhahabî, mort en 748 (1348), pour mettre au point, dans un résumé concis, la biographie de ceux-là[2], comme un siècle plus tôt, il s'était rencontré un Az-Zauzanî pour coordonner, en élaguant le superflu, les notes éparses recueillies sur ceux-ci par Ibn Al-Kiftî[3].

---

[1] As-Safadî et Ibn Schâkir Al-Koutoubî, *loc. cit.*, affirment qu'Ibn Al-Kiftî n'a terminé ni sa « Parole » sur le *Mouwatta'*, le code de la doctrine mâlikite, ni celle sur le *Sahîh* d'Al-Boukhârî. Sa Notice sur les poètes portant le nom de Mohammad, conservée à notre Bibliothèque Nationale sous le n° 3335, est une œuvre posthume d'après Slane, *Catalogue*, p. 583 *a* et *b*.

[2] L'autographe d'Adh-Dhahabî se trouve à la Bibliothèque de l'Académie de Leide sous le n° 876 de R. Dozy, *Catalogus*, II, p. 205-206 ; cf. Hâdjî Khalîfa, *Lexicon bibliographicum*, I, p. 441, n° 1280 ; IV, p. 154, n° 7929.

[3] Je crois que c'est à ces feuilles volantes que Mouhyî ad-Dîn, frère d'Ibn Al-Kiftî, fait allusion en lui attribuant « un livre qui

Son œuvre posthume a été présentée au public dès le lendemain de sa mort par un éditeur persan sur lequel nous ne possédons aucun renseignement et qui a devancé de plus de sept siècles et demi le jeune éditeur allemand, M. le professeur J. Lippert.

Rassembler les matériaux plutôt que les mettre en œuvre, amasser les documents dans les trésors d'une bibliothèque riche en raretés et accrue sans cesse par une suite non interrompue d'acquisitions menées avec une habile prodigalité par un bibliomane aussi forcené qu'avisé, consacrer à des recherches encyclopédiques les loisirs d'un vizirat, d'un ministère des finances intermittent, subi comme une corvée pesante, voilà quel fut le lot du vizir, du « *kâdi* le plus généreux » [1], fils et petit-fils de *kâdis*, haut dignitaire qui renonça spontanément aux avantages de la propriété et de la famille pour satisfaire, sans partage de son fait, son ardente et exclusive passion de collectionneur. Sa bibliothèque contenait maint autographe précieux qu'il avait disputé à prix d'or à l'élite des amateurs. La valeur en était estimée à 50,000 dinârs, c'est-à-dire à près de 700,000 francs. Il n'aurait jamais toléré que

comprend les récits relatifs aux philosophes »; voir A. Müller dans *Actes,* etc., p. 36, l. 2 et 3.

[1] Ibn Al-Kiftî est appelé *al-wazir al-akram,* « le vizir le plus généreux », le plus souvent *al-kâdi al-akram,* « le *kâdi* le plus généreux », ou encore *al-akram,* « le plus généreux »; voir sa biographie par son frère Mouhyî ad-Dîn, publiée par A. Müller dans *Actes,* etc., p. 34, l. 6 ; Yâkoût, *Mou'djam,* I, p. 12, l. 8 ; 262, l. 18 ; II, p. 28, l. 18; 276, l. 12; 309, l. 10 ; 516, l. 14 ; 591, l. 18 ; 934, l. 20 ; IV, p. 152, l. 15 ; Kamâl ad-Dîn Ibn Al-'Adîm, *Zoubda,* tr. Blochet, p. 189, 190, 223, 224 ; Ibn Khallikân, *Biographical Dictionary,* II, p. 491 ; III, p. 207 ; IV, p. 12 ; Ibn Schâkir Al-Koutoubî, *Fawât,* II, p. 96, l. 2 a f. ; Hâdjî Khalîfa, *Lexicon bibliographicum,* IV, p. 154 ; Hartwig Derenbourg, *Les manuscrits arabes de la Collection Schefer,* p. 33.

ses livres fussent dispersés et il les légua, par un testament en règle, à son maître, au prince Ayyoûbide d'Alep, Al-Malik An-Nâsir Salâh ad-Dîn Yoûsouf, l'homonyme et l'arrière petit-fils de Saladin [1]. On comprend qu'Ibn Al-Kiftî, acheteur insatiable et lecteur assidu de ses acquisitions, n'ait pas, surtout à l'époque de sa vie politique, réalisé avec son *kalam* tous ses rêves de compositions littéraires, historiques et biographiques.

Si des coupures ont été pratiquées par Az-Zauzanî dans les brouillons qui lui furent confiés, je suppose qu'il écarta certains noms insignifiants et qu'il supprima nombre de détails, qui lui paraissaient du remplisage, dans les articles qu'il admit. Mais l'appareil bibliographique ne se prête pas aux amputations et il a dû être maintenu dans sa plénitude. Or, c'est là le point important et nous pouvons nous réjouir des trésors qui ont été conservés. Nous pourrions apprécier avec plus de certitude encore la genèse du recueil sans la perte regrettable de l'abrégé, d'après Az-Zauzanî sans doute, par Aboû Mohammad 'Abd Allâh ibn Sa'd ibn Ahmad Ibn Abî Djamra Al-Azdî Al-Andalousî, mort au Caire en 675 (1276) [2]. C'est par suite d'une confusion entre deux écrits d'Ibn Al-Kiftî que M. le professeur Lippert parle d'une autre rédaction écourtée, d'un siècle plus

[1] An-Nouwairî, *Nihâyat al-arab*, d'après Quatremère, *Mémoire sur le goût des livres chez les Orientaux*, publié d'abord dans le *Journal asiatique* de 1838, II, p. 35-73 ; reproduit dans E. Quatremère, *Mélanges d'histoire et de philologie orientale*, p. 1-39 ; voir surtout p. 30-31.
[2] Hâdjî Khalîfa, *Lexicon bibliographicum*, IV, p. 135, qui complète C. Brockelmann, *Geschichte der Arabischen Litteratur*, I, p. 372, n° 15. Ajoutez-y également pour l'ouvrage 1 l'exemplaire de la Bibliothèque Nationale de Madrid, coté 480 dans Robles, *Catálogo*, p. 203 *a*.

moderne, qui aurait eu pour auteur Tâdj ad-Din Aboù Mohammad Ahmad ibn ʿAbd al-Kâdir Ibn Maktoùm Al-Kaisî le Hanafite, mort en 749 (1348)[1].

Ce qui n'est pas douteux, c'est que la commodité de l'ordre alphabétique d'après les initiales rend l'usage de ce dictionnaire aisé, les classements par matières étant toujours arbitraires et subjectifs. Aux deux index des noms propres de personnes et de lieux aurait pu être ajoutée avec profit une table des œuvres citées ; mais, pour utile et presque nécessaire qu'elle eût été, elle aurait risqué de grossir le livre démesurément. Il a fallu accepter ce sacrifice, mais je ne puis assez le regretter. Je me serais plutôt résigné à un format plus modeste, à des marges plus resserrées, à une publication d'un prix moins exorbitant. D'autre part, l'amoureux des beaux livres qu'était Ibn Al-Kiftî, s'il contemplait et maniait un aussi magnifique volume, se sentirait heureux de posséder et d'admirer, sur un rayon de sa bibliothèque d'outre-tombe, au moins un exemplaire de son Histoire des philosophes, adaptée par Az-Zauzanî, publiée dans une édition de luxe à son goût et à son usage par M. le professeur Julius Lippert.

Je disais en commençant combien cette mine de richesses scientifiques avait été exploitée au préalable, avant d'être ouverte dans son opulence aux recherches des travailleurs. Dans la seconde moitié du dix-huitième siècle, le prêtre maronite Michaël Casiri, chargé par « le très pieux et très religieux prince des Espagnes » Charles III, qui régna de 1759 à 1788, de cataloguer ses manuscrits arabes de l'Escurial, connut

---

[1] J. Lippert, *Einleitung*, p. 11 ; cf. C. Brockelmann, *Geschichte der Arabischen Litteratur*, II, p. 110, no 6.

l'ouvrage à travers un seul exemplaire médiocre, sans nom d'auteur, qui porte aujourd'hui le nᵒ 1778 (Casiri 1773) [1]. Il en tira nombre de hors-d'œuvre savoureux qui coupaient sa description au grand plaisir des lecteurs; il les leur offrit d'après la *Bibliotheca philosophorum*, comme il appelle cette collection anonyme de monographies [2].

Sur 400 articles environ, dont se compose le recueil complet, Casiri en a publié 115 [3] sans s'astreindre à les reproduire intégralement. Réduit pour ses extraits à un seul manuscrit qui n'est pas des meilleurs, il n'a pas pu arriver à un déchiffrement et à une élucidation comparables aux résultats qu'a obtenus M. J. Lippert, avec le riche appareil dont il disposait et avec la préparation que l'état des études arabes en Europe assure aux disciples formés par l'élite des maîtres contemporains. Pour les emprunts puisés à la même source que ceux de Casiri, M. Lippert cite encore Louis Amélie Sédillot [4], *Prolégomènes des tables astronomiques*

---

[1] M. Casiri, *Bibliotheca Arabico-Hispana Escurialensis*, Matriti, 1760-1770, 2 vol. in-folio. Casiri mourut à Madrid le 12 mars 1791; voir Hartwig Derenbourg, *Notes critiques sur les Manuscrits arabes de la Bibliothèque Nationale de Madrid* (Paris, 1904), p. 11 et 42.

[2] Le copieux index qui, dans la *Bibliotheca*, suit II, p. 352, permet d'y retrouver chacune des monographies.

[3] Et non pas 33, comme l'a prétendu M. Lippert, en ne comptant probablement que les morceaux de longue haleine. J'ai donné la liste des 115 articles en suivant l'ordre où ils figurent dans le texte complet. Voir le *Journal des Savants* de 1904, p. 636-637.

[4] M. Lippert a omis les prénoms, sans se douter qu'il y a eu deux Sédillot, « des mathématiciens au moins autant que des arabisants », comme je les ai caractérisés dans mon *Silvestre de Sacy*, éd. du centenaire de l'École (Paris, 1895), p. 59, le père, Jean-Jacques Emmanuel (1777-1832) et son second fils, un pâle reflet du père (1808-1875).

d'*Oloug Beg* (Paris, 1847) et le commentaire d'August Müller dans le second volume de G. Flügel, *Kitáb al-fihrist* (Leipzig, 1872). Je crois que cette liste n'est pas complète et qu'on pourrait y ajouter entre autres Wenrich, *De auctorum græcorum versionibus... commentatio* (Lipsiæ, 1842); Dʳ Lucien Leclerc, *Histoire de la médecine arabe* (Paris, 1876, 2 vol.); M. Steinschneider, *Die arabischen Uebersetzungen aus dem Griechischen* (Leipzig et Berlin, 1889-1896) [1]; du même, *Arabische Mathematiker mit Einschluss der Astronomen*, dans l'*Orientalistische Zeitung* de 1901, 1902 et 1903; H. Suter, *Die Mathematiker und Astronomen der Araber und ihre Werke* (Leipzig, 1900). Que de prélibations ont précédé notre jouissance pleine !

Aux trois groupes de manuscrits décrits et classés par M. Lippert s'ajoutent les deux parisiens et l'exemplaire de l'Escurial, tous trois se rattachant à la série α. Quant au manuscrit R, de la série γ, qui provient de la succession Michele Amari, il appartient maintenant à la Real Accademia dei Lincei à Rome [2].

La publication de l'Histoire des philosophes, rédigée par Az-Zauzanî sur les notes d'Ibn Al-Kitfî, a été intercalée par mon jeune collègue, M. le professeur Julius Lippert, au milieu de travaux consacrés par lui aux procédés et au développement de l'oculistique arabe, à l'instigation et avec la collaboration d'un illustre spécialiste berlinois, M. le professeur Dʳ J. Hirschberg. De ce fécond laboratoire sont sortis jusqu'ici : *Die Augen-*

[1] Une table générale de cet ouvrage, publié par bribes et par morceaux, a paru dans la *Zeitschrift der deuts. morg. Gesellschaft*, L (1896), p. 371-417.

[2] Al-Battani sive Albatenii *Opus astronomicum...* editum, latine versum... a Carolo Alphonso Nallino. Pars prima (Mediolani Insubrium, 1903), p. vɪɪɪ et ʟxvɪ.

heilkunde des Ibn Sina (Leipzig, 1902); il y a peu de
mois *Ali ibn Isa Erinnerungsbuch für Augenærtzte*
(Leipzig, 1904). On annonce, comme prêt pour l'impression, un nouveau volume, qui débutera par « Un choix
sur le traitement des maladies de l'œil », composé vers
l'an 1000 de notre ère par Aboù 'l-Kâsim ʿAmmâr ibn
ʿAlî de Mausil. On voit que cette branche de la littérature arabe médicale, si elle chôme en Europe depuis
au moins un quart de siècle, recommence à y être cultivée, exploitée, mise en valeur [1].

[1] M. Lippert n'est pas non plus étranger à J. Hirschberg, *Ueber
das ælteste arabische Lehrbuch der Augenheilkunde*, dans les
Sitzungsberichte de l'Académie de Berlin de 1903, p. 1080-1094 ;
tirage à part, nᵒ XLIX.

IV

La Haggâdâh de la Pâque juive
et
la miniature espagnole juive
à partir de l'an 1300

La Haggâdâh de la Pâque juive et la miniature espagnole juive à partir de l'an 1300 [1].

Parmi les éléments dont se composent les deux Talmuds, celui de Babylone comme celui de Jérusalem, on distingue d'une part la *Halâkhâh*, c'est-à-dire l'application de la loi mosaïque à la condition nouvelle des Juifs après·la destruction du second Temple en 70 et après la dispersion, d'autre part la *Haggâdâh*, vaste répertoire des légendes, paraboles et allégories qui circulaient autour de l'Ancien Testament et de ses personnages. En opposition avec la « voie » légale et obligatoire, le « récit » s'inspirait de la tradition populaire sans formuler de prescription religieuse et racontait, par exemple, la jeunesse d'Abraham, ses luttes avec Nemrod, son opposition violente à l'idolâtrie de son père Térah et autres histoires plus ou moins édifiantes qui n'ont point pénétré dans les textes canoniques [2]. C'est la *Haggâdâh* qui nous a conservé les

[1] *Journal des Savants* de novembre 1898, p. 657-668, à propos de D.-H. Müller und J. von Schlosser. *Die Haggadah von Sarajevo*, 2 vol. in-8° jésus, Wien, Alfred Hölder, 1898 : *Textband*, iv et 311 pages, avec un frontispice en couleurs, XXXVIII planches en chromotypie, 10 gravures, 8 chromotypies et 2 fac-similés dans le texte ; *Tafelband*, avec 33 phototypies et 2 chromotypies.

[2] M. Güdemann a opposé la *Haggâdâh* « récit oral », non pas à la *Halâkhâh*, mais au *Ketâb* « récit écrit » mentionné dans

trésors du folklore juif. Elle n'a que le nom de commun avec la *Haggâdâh* copiée et illustrée dans le manuscrit du musée régional de Bosna-Seraï ou Sarajevo,
la capitale de la Bosnie, manuscrit dont MM. D.-H.
Müller et J. von Schlosser viennent de publier une
description savante et une reproduction luxueuse.

La *Haggâdâh*, le « Récit », tel est le titre de l'opuscule que les juifs récitent dans leurs demeures le premier soir de la Pâque. La répétition accoutumée du
second soir provient seulement d'une erreur possible
dans la fixation de la néoménie par rapport à la
date immuable du 14 nîsân. A l'exception du grand
jeûne de *kippour*, et pour cause, les autres fêtes du
calendrier juif ont été allongées d'un jour en vue de
parer aux conséquences d'une supputation inexacte.
La cérémonie publique dans la synagogue achevée,
les fidèles rentrent pour prendre part à une réunion
privée, présidée par le chef de la famille, organisée
par lui et chez lui, ouverte, en dehors des parents,
à quiconque souffre de la faim et est dans le besoin,
accueillante à tous ceux qui se considèrent comme
associés eux-mêmes à la sortie d'Egypte [1], à tous ceux
qui aspirent à en célébrer l'anniversaire par la lecture
du « récit » tel qu'il est donné dans la *Haggâdâh*. La
raideur est bannie de l'assemblée convoquée pour rappeler « avec une grande joie [2] » l'événement capital
qui a fondé l'indépendance d'Israël après les 430 années
de captivité sur les bords du Nil. La prière est coupée

Ézéchiel, XIII, 9. Son mémoire, intitulé : *Haggada und Midrasch-
Haggada* a paru dans la *Jubelschrift zum 90. Geburtstag von L.
Zunz* (Berlin, 1884); cf. Joseph Derenbourg, *Haggada et légende*,
dans la *Revue des études juives*, IX, p. 301-305.
    [1] *Exode*, XIII, 8.
    [2] *Chroniques*, 2e livre, XXX, 21.

par quatre rasades régulièrement espacées, sans parler du dîner qui la divise en deux parties à peu près égales. L'ancienne fête du printemps, qui, à l'origine, avait fait appeler le mois entier « le mois des épis [1] » est devenue la fête nationale. C'est le souvenir le plus vivant chez Israël de ses souffrances passées. Le Décalogue ouvre par ces mots bien significatifs [2] : « Je suis l'Éternel, ton Dieu, qui t'ai fait sortir de l'Égypte, de la terre d'esclavage. » Et, en effet, les Israélites, après avoir abandonné la Syrie méridionale pour le Delta, s'évadèrent au début du XIIIe siècle avant notre ère sous le règne de Minéphtah pour se réfugier aux solitudes d'Arabie. Cette horde confuse, fuyant avec ses troupeaux, pauvre, mal armée, « anéantie, n'ayant plus de graine », comme Minéphtah la caractérise dans son chant de victoire [3], emportait, à l'insu du roi d'Égypte, des graines abondantes, vivaces et productives, qu'elle planterait, féconderait et ferait fructifier dans les terroirs les plus favorables à leur développement.

A quelle époque l'oraison de la Pâque, la lecture de la *Haggâdâh*, est-elle entrée dans la liturgie juive pour y remplacer l'immolation de l'agneau pascal, abolie au moment de l'exil, ainsi que les autres sacrifices [4] ?

[1] *Exode*, XIII, 4 ; XXIII, 15 ; XXXIV, 18 ; *Deutéronome*, XVI, I.

[2] *Exode*, XX, 2 ; *Deutéronome*, V, 6.

[3] G. Maspero, *Histoire ancienne des peuples de l'Orient classique*, II (Paris, 1897), p. 70, 71, 436, 437, 443.

[4] La première édition imprimée, sans voyelles, avec commentaire de Don Isaac Abravanel (Constantinople, 1505, petit in-folio), porte le titre de « Sacrifice de la Pâque ». Il en est de même des exemplaires de Venise, 1545, et de Bistrowitz, 1592, décrits par M. Steinschneider dans le *Catalogus librorum hebræorum in Bibliotheca Bodleiana*, col. 412 et 413. L'impression xylographique de Prag, 1526, dont MM. Müller et Von Schlosser ont publié le frontispice (*Textband*, p. 223) et dont l'Alliance israélite de Paris possède un exemplaire, débute par une invocation sans titre.

M. D.-H. Müller, dans le volume de texte (p. 3-18), a
consacré une courte monographie aux origines et à la
composition de ce petit livre. Le mot *Haggâdâh* n'est
ni biblique, ni mischnique ; la racine est déjà biblique
et la forme verbale dont il a été tiré est fréquente dans
l'Ancien Testament avec le sens de « faire connaître,
raconter [1] ». Il apparaît pour la première fois dans le
Talmud [2] pour désigner la *Haggâdâh* de la Pâque. Le
rite était plus ancien que cette dénomination. Elle
n'avait pas cours alors que, dès le début du IIIe siècle
de notre ère, Rabbî Yehoudâh An-Nâsî, le rédacteur
de la Mischnâh, consacrait à ces actions de grâce en
commun dans l'intimité du foyer domestique une
description qui ne diffère pas sensiblement du tableau
pittoresque que Henri Heine a dépeint d'après ses souvenirs personnels dans *Le rabbin de Bacharach*. C'est à
M. D.-H. Müller que j'emprunte l'idée de ce rapproche-
ment ingénieux. Le passage de la Mischnâh, qu'il a
traduit sans en rien omettre [3], méritait d'être rapporté
et élucidé intégralement.

Ce passage exhibe déjà la scène et le colloque entre
le fils qui interroge et le père qui répond. Après les
bénédictions initiales, la veillée pieuse commence
de nos jours, comme alors et bien auparavant sans
doute, par quatre questions que le plus jeune fils ou,
à son défaut, un autre enfant pose, soit au maître de la
maison, soit à l'ancien qui le supplée, sur « ce en quoi
cette soirée diffère des autres soirées [4] ». L'officiant

[1] Cette forme verbale est spécialement appliquée aux récits
qui concernent la Pâque dans *Exode*, XII, 26; XIII, 8.

[2] *Talmud de Babylone*, *Pesâhim*, 115 *b* et 116 *b*.

[3] *Textband*, p. 5-9.

[4] Les deux premiers mots de cette question ont été adoptés
comme titre par plusieurs éditions allemandes du XVIIe siècle ;
cf. Steinschneider, *loc. cit.*

amateur entonne alors sa mélopée, soutenu par les voix des convives qui l'incitent à presser les mouvements, afin d'arriver plus vite au dîner. Les omissions volontaires sont fréquentes dans cette série d'explications appuyées sur des citations bibliques, sur des discussions rabbiniques, sur la reconnaissance des bienfaits prodigués dans le passé, sur la foi dans l'appui futur du « Très Saint (béni soit-il !) ». Les dix plaies d'Égypte sont énumérées, ainsi que les miracles accomplis, dont chacun « nous aurait suffi », depuis la sortie d'Égypte jusqu'à la réunion des tribus dans le pays d'Israël. Ce prologue est terminé, après la commémoration de l'agneau pascal, des pains azymes et des herbes amères [5], par deux psaumes de l'euloge connu sous le nom de *hallêl*, les psaumes 113 et 114 du texte hébraïque.

Après quelques courtes cérémonies et le lavement des mains, le repas est servi. La viande rôtie au feu et les pains azymes y figurent de par la loi [1]. Il est achevé. On procède aussitôt à la « bénédiction de la nourriture », on récite les psaumes 115-118, fin du *hallêl*, ainsi que le psaume 136 proclamant « la grâce éternelle » de Dieu ; puis on s'enfonce dans des réflexions philosophiques sur « l'âme de tout vivant », empruntées aux offices du sabbat.

En dépit de la quatrième coupe de vin réservée pour le dénouement et de la bénédiction qui l'accompagne « sur la vigne et sur le fruit de la vigne » [2], l'épilogue mélancolique parut, dans le cours des temps, présenter un contraste choquant avec la « grande joie » que la délivrance des ancêtres suscitait dans les cœurs, avec

---

[1] *Exode*, XII, 8.

[2] Le texte de cette bénédiction présente quelques variantes dans la *Haggâdâh* de Sarajevo ; voir *Textband*, p. 51.

l'allégresse dont les assistants débordaient en louant le Seigneur, avec le besoin d'épanchements et de transports bruyants comme conclusion à une soirée commencée dans le recueillement de la commémoration solennelle. C'est à ce sentiment légitime, au désir de se séparer sur une impression de bonne humeur franche et expansive, que sont dues plusieurs des additions introduites après coup dans le texte adopté. Elles sont postérieures au manuscrit de Sarajevo [1] et à la plupart des manuscrits anciens ; elles n'ont pénétré ni dans le rituel du Yémen [2], ni dans les liturgies orientales. Tels sont deux poèmes alphabétiques, composés dès le XIe siècle, avec la Nuit et la Pâque nommées respectivement au bout de chaque vers [3]. Tels aussi trois morceaux, dont le premier, antérieur au XVe siècle [4], est plus répandu que les autres, qui sont probablement du XVe siècle, tous trois d'origine allemande ou polonaise, avec des couplets que l'officiant articulait et des refrains que l'assistance reprenait en chœur. Tel enfin le chant du chevreau, un appendice inattendu, sans aucun lien religieux ou littéraire avec ce qui précède [5], un morceau de *Haggâdâh*, ainsi que

[1] *Textband, loc. cit.*

[2] William H. Greenburg, *The Haggadah according to the rite of Yemen*, London, 1896.

[3] Un morceau contemporain ou à peu près constate en quelques lignes que la prière de la Pâque est terminée et qu'elle a été régulièrement faite.

[4] *Textband*. p. 15.

[5] A la littérature donnée p. 15, note 2, il convient d'ajouter Gaston Paris, *La chanson du Chevreau*, dans la *Romania*, I, p. 218-221, article omis dans la table décennale de ce recueil, reproduit dans la *Revue israélite*, III, p. 325-328. Parmi les contributions plus récentes, on utilisera avec critique G.-A. Kohut, *Le Had Gadya et les chansons similaires*, dans la *Revue des études juives*, XXXI (1895), p. 240-246.

nous l'avons définie en commençant, un hors-d'œuvre
déplacé dans la *Haggâdâh* de la Pâque. Il s'y est intro-
duit par effraction vers le milieu du XVIᵉ siècle [1] et y a
été définitivement rattaché dans le rite allemand. L'assemblée n'avait aucune hâte de se disperser et aurait
volontiers prolongé la séance jusqu'à l'aube, à l'exemple des docteurs énumérés presque en tête de la *Haggâdâh*, qui s'oublièrent la première nuit de la Pâque en
racontant à leurs disciples la sortie d'Egypte, au point
d'être surpris par le jour qui commençait à poindre
et par l'appel à la prière du matin.

Le manuscrit conservé à Sarajevo ne contient pas
seulement la *Haggâdâh*, dans sa forme concise avant
les accroissements. Elle n'y occupe que la seconde
place (fol. 1-50, d'après un numérotage spécial), comme
il appert de la description tracée avec le plus grand
soin par MM. David Heinrich Müller et Julius von
Schlosser (*Textband*, p. 19-92). Si l'exemplaire n'avait
soulevé que des problèmes paléographiques et philologiques, M. D. H. Müller, un maître des études hébraïques
et arabes, un épigraphiste faisant autorité dans les domaines divers des inscriptions sémitiques, se serait
passé de recourir à la collaboration de l'archéologue
qui a composé un Recueil de documents pour l'histoire
de l'art occidental au moyen âge [2]. L'illustration très
riche du livre réclamait l'examen d'un spécialiste, dont
l'enquête porterait sur la technique, la composition,

---

[1] Dans ce résumé, je me réclame surtout de L. Zunz, *Die got-
tesdienstlichen Vorträge der Juden* (Berlin, 1832), p. 126 et suiv.
La seconde édition de 1892 (voir p. 138 et suiv.) n'est qu'une
réimpression. J'ai aussi consulté M. Friedmann, *Das Festbuch
Haggadah* (Wien, 1895).

[2] J. von Schlosser, *Quellenbuch zur Geschichte des abendlæn-
dischen Mittelalters* (Wien, 1896).

l'origine et la date des miniatures sous le contrôle de l'orientaliste qui examinerait la calligraphie, appliquerait les règles de la diplomatique, apprécierait les notes éventuelles de copie ou de vente, noterait et au besoin discuterait les légendes explicatives des planches. Plus le point de départ entre les deux rédacteurs était éloigné, mieux leur accord au point d'arrivée assurait la conquête de la vérité. Ils l'ont recherchée avec autant d'ardeur que de succès ; nous les suivrons en pleine confiance, en profitant, chemin faisant, des résultats consignés dans le chapitre spécialement consacré par M. J. von Schlosser aux images inspirées par la *Haggâdâh*[1]. Ces vues générales reposent sur la comparaison de la *Haggâdâh* de Sarajevo avec les exemplaires analogues des dépôts européens. Les deux auteurs se sont associés dans cette tâche surérogatoire[2] et ont mis dans leur livre beaucoup plus que le titre ne permettait d'espérer. Ils sont allés plus loin encore et ont inséré, pour clore et pour compléter leur œuvre, un mémoire du regretté professeur David Kaufmann sur l'histoire de l'illustration des manuscrits par les Juifs[3].

Il y a en effet une question préjudicielle qui ne pouvait pas être éludée sans déconcerter le lecteur, quelle que fût la place où elle serait posée. Les Juifs ne violent-ils pas le code de l'Ancien Testament par les représentations figurées d'êtres vivants, hommes, femmes, animaux des deux sexes ? Le deuxième commandement du Décalogue, qui proscrit le culte des images, n'interdit-il pas absolument la reproduction de l'homme, que Dieu a fait à son image, à sa ressemblance[4], et de tou-

[1] *Textband*, p. 209-252.
[2] *Ibid.*, p. 93-208.
[3] *Ibid.*, p. 253-311.
[4] *Genèse*, I, 26 ; cf. I, 27 ; v, 3 ; IX, 6.

tes les créatures ? Le Décalogue porte expressément [1] :
« Tu ne te feras point d'idole, ni aucune figure des choses qui sont au ciel en haut, ou sur la terre en bas, ou
dans les eaux plus bas que la terre ; tu ne te proster-
neras pas devant elles, ni ne les adoreras. » Les préjugés d'un rigorisme outré ont pu voir dans cette défense
autre chose qu'une mise en garde contre l'idolâtrie ; en
réalité, si elle s'applique à la statuaire et aux reliefs,
elle laisse hors de cause le dessin, l'enluminure et la pein-
ture. Les scribes officiels des synagogues occupés à tracer les lignes de l'écriture carrée, les calligraphes des
accents si fins et si délicats qui indiquent les nuances
de la massore ne sont-ils pas les précurseurs des artistes juifs qui se sont crus autorisés à illustrer l'Ancien
Testament en général, le rouleau d'Esther et la *Haggâdâh* en particulier ? L'influence chrétienne a précipité
ce mouvement que le piétisme essayait encore d'entra-
ver et d'enrayer dans la seconde moitié du XIIe siècle.
Ces principes ont été mis en pleine lumière par David
Kaufmann dans sa dissertation, pour laquelle il n'a eu
qu'à puiser dans sa vaste science et dans sa riche bibliothèque.

C'est à cette tolérance de moins en moins contestée
qu'est due la conception réalisée magnifiquement dans
le manuscrit de Sarajevo. Le Musée l'a acquis en 1894
d'une très ancienne famille juive espagnole établie dans
cette ville. Du format in-quarto, mesurant 22 centimè-
tres en hauteur sur 16 en largeur, divisé en cahiers de
8 feuillets, il a été écrit sur du parchemin italien poli
et calciné. En tête du volume, qui commence à droite
pour finir à gauche, selon l'ordre sémitique, un album
de 66 compositions sur 34 planches, dont les 2 premiè-

---

[1] *Exode*, xx, 4 ; *Deutéronome*, v, 8. Je copie la traduction
d'Edouard Reuss, *L'histoire sainte et la loi*, II, p. 55 et 288.

res et la 26e divisées en 4 parties, et les autres en 2, à l'exception des planches 30, 32 et 34 remplies par un seul petit tableau. Les planches sont placées face à face sur le verso du premier feuillet, puis sur le recto du second, les deux pages intermédiaires restant vides, et ainsi de suite. De courtes légendes en hébreu indiquent les sujets traités, les principaux épisodes de l'histoire sainte depuis et y compris la création jusqu'à la bénédiction de Moïse au moment où il va mourir (fol. 1-31) ; le temple de l'avenir, avec le tabernacle et les deux tables de la loi (fol. 32); le père de famille distribuant à son entourage la *Haggâdâh* et les pains azymes (fol. 33) ; enfin (fol. 34) la synagogue, dont l'extérieur laisse voir un mur en pierres de taille régulièrement coupées, quatre fenêtres cintrées aux grillages entre-croisés et une large baie, également cintrée, permettant de reconnaître à l'intérieur le tabernacle exhaussé sur un piédestal, avec ses deux portes ouvertes, avec trois rouleaux de la loi dans leurs manteaux d'étoffes voyantes, avec deux lampes éternelles suspendues aux deux côtés. Tandis qu'une femme restée dans le sanctuaire avance la main vers l'un des rouleaux sacrés pour le toucher et pour baiser ensuite cette main bénie par le contact, les fidèles sortent, en se dirigeant, comme l'écriture, de droite à gauche, hommes, femmes, enfants, avec des houppelandes rouges et bleues surmontées de capuchons [1].

Je viens d'amplifier la notice sommaire [2] donnée à la fin de la description très exacte de cette illustra-

[1] Voir le portrait en pied, reproduit en couleurs, de Roven Salamo, juif espagnol, de 1347, ainsi que deux autres miniatures analogues, l'une en couleurs, l'autre en noir, dans la *Revue des études juives*, VI (1883), p. 268-269 ; cf. *ibid.*, XV (1887), p. 115.

[2] *Textband*, p. 44.

tion[1]. Je ne me permettrai sur cette table des matières
qu'une seule observation. En parlant du fol. 2 d, les
auteurs disent : « Septième jour. Repos du Sabbat de
Dieu. Jehovah, juvénilement imberbe, différant absolument du type chrétien, dans une longue robe rouge
avec capuchon, assis sur un banc sous un arc de
feuilles de trèfle. » Si peu réfractaire que soit l'Ancien
Testament aux anthropomorphismes, alors même que
l'homme y est considéré comme créé à l'image de
Dieu, j'ai peine à admettre la divinité de cet éphèbe
insignifiant dont M. J. von Schlosser lui-même a com-
paré la tête sans expression à celle d'un figurant de
théâtre[2]. Pour moi, l'artiste a au contraire voulu
éviter tout ce qui le rapprocherait de l'idolâtrie, et ce
scrupule l'a induit à symboliser le septième jour, le
jour du repos, sous les traits d'un juif quelconque vêtu
de rouge, semblable d'aspect et de costume à l'un des
personnages qu'au fol. 34 l'on voit sortir de la synagogue, immobile dans son calme indifférent, confor-
mant son inaction et sa pose nonchalante au quatrième commandement du Décalogue[3]. Ce qui donne
quelque vraisemblance à mon hypothèse, c'est que
l'œuvre des six jours s'achève sous nos yeux, sans que
le Dieu créateur y intervienne en personne, sans qu'il
apparaisse autrement que par les manifestations successives de ses volontés, sans que son image vivante
nous montre l'auteur de toutes choses. J'ajouterai qu'il
n'est pas moins absent de la scène où il tire la femme
de la côte de l'homme (fol. 3 v°), ainsi que de toute
l'illustration du volume. Comment l'unique exception
serait-elle Dieu se délassant de ses fatigues, « ayant

[1] *Textband*, p. 33-44.
[2] *Ibid.*, p. 232.
[3] *Exode*, xx, 11 ; *Deutéronome*, v, 12.

cessé l'œuvre de sa création » [1], quand la création s'est déroulée devant nous avec l'intention évidente de laisser dans les hauteurs invisibles Celui qui du firmament dirigeait ses rayons vers la terre ronde dégagée du chaos ? Je ne sais si je m'abuse ; mais la légende hébraïque, portant simplement « le jour du Sabbat », alors que l'espace vide semblait inciter à une rédaction plus longue, me paraît un argument de plus en faveur de mon interprétation.

Sur 34 planches, 33 sont rendues par des héliogravures, c'est-à-dire par des photographies en noir, répondant à 33 aquarelles. Les couleurs de l'original, or, jaune, rouge, bleu et blanc, ont été admirablement reproduites dans la chromotypie de la synagogue. Ce spécimen serait insuffisant comme élément d'appréciation sur l'enluminure du volume, si MM. D. H. Müller et J. von Schlosser, dans la dernière planche de l'atlas et dans le volume de texte, ne nous en avaient pas fourni des exemples nombreux et bien choisis, empruntés à la seconde partie du manuscrit, au texte de la *Haggâdâh*. Ils ne proviennent peut-être pas du même artiste ou des mêmes artistes, mais ils appartiennent sans aucun doute à la même école, au même groupe de miniaturistes, de rubricateurs. En dehors du fol. 25 annexé à l'atlas et représentant sur un fond quadrillé Rabbân Gamlî'êl qui, le fouet à la main, instruit trois élèves munis de leurs livres, ce sont : le frontispice devenu le frontispice du *Textband* ; le repas de la Pâque avec sur le devant de la table une esclave noire, une Mauresque très probablement (p. 3) ; un cartouche avec encadrement portant en lettres d'or

---

[1] *Genèse*, II, 2 et 3. Remarquez cependant que, dans l'un et l'autre verset, le verbe *Schâbat* est appliqué à Dieu.

battouschbâhôt[1] et surmontant trois colonnes, entre lesquelles un homme et une femme ont été plus tard
dessinés grossièrement à la plume en attitude de
prière, sans doute des possesseurs du manuscrit au
xv⁵ siècle (p. 18) ; un autre cartouche avec *hallalou*, le
haut des deux *lâméd* servant de support à deux dragons opposés l'un à l'autre, tenant dans leurs gueules
des branches d'épines (p. 21) ; un arbre imaginaire avec
des rameaux de fantaisie et des feuilles de vigne (p. 92) ;
deux dragons ailés se faisant pendant en sens contraire au bout de lignes courbes ornementales, terminées en formes d'ailes (p. 95); la tête et le corps d'un
bouffon avec une pèlerine à capuchon, sur deux pattes
de chien, au-dessus desquelles émerge une queue
d'animal terminée par des fleurs (p 207); deux dragons ailés se faisant vis-à-vis, leurs longs becs ouverts
faisant saillir leurs langues, leurs queues se rejoignant
symétriquement (p. 211); deux hommes placés face à
face, avec des manteaux rouges et des capuchons
bleus, soutenant avec leurs mains sur un fond quadrillé un pain azyme de grande dimension avec les
mots *massâh zou* en lettres d'or dans un cartouche
rectangulaire, les espaces vides au-dessus et au-dessous
étant comblés par des branches, des feuilles et des
fleurs, les deux têtes d'hommes étant surmontées par
deux mots empruntés à la *Haggâdâh* p. 252).

Ce fond quadrillé, comme celui du folio 25, comme
les fonds guillochés, échiquetés, losangés, étoilés, fleuris
et diaprés en or ou en couleurs, à l'imitation des étoffes
et des tapisseries[2], sont des témoignages d'origine, qui
permettent de dater et de localiser les miniatures qui

[1] Nos textes de la *Haggâdâh* ne portent pas cette forme ara-
méenne, mais la forme hébraïque *battischbâhôt*.
[2] *Tafelband*, fol. 3-24, 28 *b*, 29 *a*, 30, 31, 33 et 34.

ornent le manuscrit de Sarajevo. Le procédé du dessin à la plume colorié, avec un embryon de perspective, avec une palette réduite, je l'ai dit, aux teintes or, jaune, rouge, bleu et blanc, avec l'esquisse d'un paysage ou d'une forteresse, quelquefois, plus souvent, avec un réseau géométrique, sur lequel se détachent les personnages, appartient à la seconde moitié du xiiie siècle pour son apparition, à la première du xive pour son développement. Quant à son lieu de provenance, c'est le sud de là France, l'Aquitaine, d'où il s'est répandu vers le sud en Italie et en Espagne. Les habitudes d'ordre hiératique se mêlèrent, à ces époques et dans ces pays, à l'esprit satirique, comme sur les façades des églises gothiques. Ce sont les moines qui, dans les cloîtres, ont été les artisans de la renaissance calligraphique d'abord, picturale ensuite, où le profane avait envahi le sacré et s'était confondu avec lui sous l'influence de la chevalerie. Dans la France méridionale et en Italie, le christianisme, après avoir renouvelé cette forme d'art en la dégageant du type byzantin dont elle était l'héritière directe, en avait gardé le monopole [1], tandis qu'en Espagne des artistes juifs s'inspiraient des maîtres chrétiens, dont ils appliquaient la manière au Pentateuque, à l'Ancien Testament, à la *Haggâdâh*.

La *Haggâdâh* de Sarajevo est le plus ancien monument qui ait survécu au naufrage de la miniature espagnole telle qu'elle semble avoir été pratiquée vers l'an 1300 de notre ère par les Juifs de Tolède et de Barcelone. Sur le frontispice du manuscrit, au sommet, entre

---

[1] Pour cet exposé, j'ai choisi pour guides Auguste Molinier, *Les manuscrits et la miniature* (Paris, 1892), et G. Pawlowski, article Miniature dans la *Grande Encyclopédie*, XXIII (1898), p. 1049-1055, où, à la page 1055, on trouvera la bibliographie du sujet.

deux clochers byzantins, au-dessus d'une tourelle plus
petite,qui s'harmonise avec deux autres tourelles placées
horizontalement aux deux extrémités, on distingue les
armes d'Aragon, l'écu d'or à quatre pals de gueule.
L'artiste ou plutôt les artistes, car je crois reconnaître
plusieurs mains, ont été les précurseurs du Juif baptisé
qui, au xvᵉ siècle, a présidé à la décoration de la Bible
castillane exécutée pour le duc de l'Infantado (ms. I.
j. 3 de l'Escurial) et ornée de soixante-six grandes
miniatures représentant l'histoire biblique moins la
création, depuis Adam et Ève jusqu'aux Macchabées.
Ils ont été les primitifs dont a dû s'inspirer en les
continuant Raby Mosé Arragel[1], chargé en 1422 par
D. Luiz de Guzman, grand maître de Calatrava, de gloser
et d'historier une bible « en romance », la célèbre
Bible d'Olivarès, conservée au palais de Liria à Madrid,
parmi les trésors de la *Casa de Alba*. Samuel Berger a
montré dans la version et dans les peintures l'œuvre
collective, achevée en 1430, du rabbin de Maqueda et
de savants et artistes chrétiens, parmi lesquels au moins
un Franciscain et un Dominicain[2]. La *Haggàdàh* qui

[1] *Arragel* est une transcription du néohébraïque *harragîl* si-
gnifiant l'habile, l'expert, souvent joint par la copule à *hazzákên*
« le vieux », le schaikh. Dans le psaume xLV, 2, *màhir* a pour
équivalent dans la version chaldéenne *ragil*. Cette interprétation
de l'inexpliqué *Arragel* a été adoptée par mon regretté condis-
ciple et ami Samuel Berger dans son mémoire intitulé : *Les
bibles castillanes*, dans la *Romania*, XXVIII (1899), p. 522.

[2] Samuel Berger, *Les manuscrits de la Bible castillane enlumi-
nés en Espagne sous la direction des Juifs*, communication à la
Société nationale des Antiquaires de France; voir *Bulletin* de
1898, p. 226-231. Samuel Berger, pour la Bible d'Albe, renvoie au
livre presque introuvable de l'inquisiteur Joaquim de Ville-
nuova, *La leccion de la S. Escriptura in linguas vulgares* (Valence, 1791, in-folio) et à la notice contenue dans le *Catálogo de las
colecciones expuestas en las vitrinas del palacio de Liria. Le pu-*

nous occupe n'avait-elle pas également provoqué une collaboration entre chrétiens et juifs, entre les initiateurs et les initiés? C'est là une question que les miniatures anonymes, trop inégales à mon sens pour ne pas trahir des degrés dans les mérites des auteurs, ne permettent plus de résoudre.

Les migrations du manuscrit, avant qu'il parvînt dans l'asile inviolable d'un dépôt public, peuvent encore être suivies dans quelques-unes de leurs étapes. En 1510[1], il avait été l'objet d'une transaction, et l'acte de vente en caractères hébraïques cursifs révèle paléographiquement une plume italienne. Si l'attribution du manuscrit aux juifs espagnols n'est pas contestable, il a dû voyager de l'ouest à l'est sous la garde de juifs réfugiés, qui avaient adopté la voie de mer pour se rendre d'Espagne en Italie. Il y a séjourné quelque temps, comme l'atteste le visa du censeur romain Giovanni Domenico Victorini apposé en 1609. L'ancienne famille espagnole de Sarajevo, qui l'avait en sa possession, et qui est établie depuis plusieurs générations en Bosnie, semble l'y avoir apporté, à travers l'Adriatique, comme un héritage de ses ancêtres.

A la suite de la *Haggâdâh* (fol. 53-81 de la seconde pagination), le manuscrit de Sarajevo contient un « supplément poético-liturgique » composé de poèmes en hébreu, empruntés pour la plupart aux maîtres de la période espagnole-arabe. Cette anthologie a été étudiée avec méthode et rigueur par M. D.-H. Müller à tous les points de vue : provenance, métrique, langue, sujets

blica *La Duquesa de Berwick y de Alba, Condesa de Siruela* (Madrid, 1898, gr. in-8°), n° 32, p. 40-42, avec deux phototypies.

[1] Entre les deux dates possibles d'après le fac-similé (*Textbuch*, p. 26), je n'hésite pas à me prononcer pour la seconde, 1510 et non 1314.

de comparaison, classement des morceaux par ordre alphabétique des initiales, publication de pièces inédites et traductions en vers allemands, signées A. M. et S. Heller, de poèmes choisis. La place qu'occupe cette sélection dans le manuscrit me suggère la pensée que, dans la composition du volume, on s'était préoccupé de fournir des lectures d'ordre supérieur aux dévots infatigables qui, après les éclats de voix et de rire terminant la soirée en commun, tenaient à prolonger les deux premières nuits de la Pâque, isolés dans la prière à voix basse et dans la méditation silencieuse. C'est à eux qu'était destiné ce régal de strophes plaintives et ardentes au goût du jour.

MM. D.-H. Müller et J. von Schlosser, dans leur féconde collaboration, ont étendu leur enquête aux autres *Haggâdâhs* illustrées manuscrites qui leur paraissaient mériter cet honneur. Nous nous contenterons de marquer leurs itinéraires, sans nous y engager à leur suite. Ils ont passé tour à tour par les exemplaires espagnols, français, allemands et italiens, appartenant à la Bibliothèque Nationale de Paris [1], au British Museum, au Musée national germanique de Nuremberg, au comte de Crawford dans son château de Haigh Hall à Wigan, dans le Lancashire, à David Kaufmann qui vivait à Budapest, au baron Edmond de Rothschild

---

[1] Postérieure à 1898 est l'acquisition par la Bibliothèque Nationale d'une *haggâdâh* italienne, écrite sur vélin, abondamment et richement, illustrée au xvie siècle. Elle a été décrite par M. Moïse Schwab; voir *Une haggadah illustrée*, dans la *Revue des études juives*, XLV (1902), p. 112-132, avec 43 planches en photogravure, et *Le manuscrit hébreu N° 1388 de la Bibliothèque Nationale (une haggadah pascale) et l'iconographie juive au temps de la renaissance*, dans les *Notices et extraits des manuscrits*, XXXVIII, première partie (1903), p. 1-25.

à Paris, à M. Albert Wolf à Dresde [1]. Comme on le voit par cette énumération, les auteurs ont élargi leur terrain bien au delà du petit domaine que, d'après le titre de leur livre, ils s'étaient assigné tout d'abord. Ils ont promis peu ; ils ont tenu beaucoup.

[1] M. Moïse Schwab, dans son deuxième mémoire cité, p. 4 du tirage à part, signale trois autres exemplaires chez le baron David de Günzburg, à Saint-Pétersbourg. Un nouvel organe scientifique, *La Rivista israelitica*, qui paraît à Florence, vient de publier dans les numéros 4 et 5 de sa première année (1904) un intéressant article, intitulé : *Le miniature dell' Agada* et signé : Ernst Cohn de Berlin.

V

**Quatre lettres missives
écrites dans les années 1470-1475
par Abou 'l-Hasan 'Alî,
avant-dernier roi more
de Grenade**

Quatre lettres missives écrites dans les années 1470-1475, par Aboû 'l-Hasan 'Alî, avant-dernier roi more de Grenade[1].

INTRODUCTION

Les quatre lettres missives sont documents d'ultime date dans l'histoire de l'Espagne musulmane. Lorsqu'elles furent écrites dans les années entre 1470 et 1475, la chrétienté avait partout repris le dessus, excepté dans le royaume de Grenade. Les princes Nasrides n'avaient pas encore été dépossédés et chassés de leur Alhambra ; mais, affaiblis par l'hostilité de leurs voisins et par l'indiscipline de leurs sujets, ils ne possédaient plus qu'une autorité de nom et de forme sur les *cosas de Granada*[2]. Aboû 'l-Hasan 'Alî, l'*Alboacen* des chroniques andalouses[3], en était réduit à mendier des

[1] *Mélanges orientaux.* Textes et traductions publiés par les professeurs de l'École des langues orientales vivantes à l'occasion du sixième Congrès international des orientalistes réuni à Leyde (septembre 1883), Paris, 1883, p. 1-28. L'introduction a été abrégée et le texte arabe (p. 9-16) a été omis.

[2] J. Müller, *Die letzten Zeiten von Granada* (München, 1863), p. 56.

[3] Gayangos, *The History of the Mohammedan Dynasties in Spain* (London, 1840—1843, 2 vol. in-4), II, p. 540. Ce même roi est appelé *Abulhazen* dans la *Crónica de los rreyes católicos don fer-*

alliances, à désavouer ses généraux, à s'humilier devant ses vassaux et ses ennemis, à remercier avec effusion les uns et les autres pour le moindre témoignage de bienveillance, à leur promettre et à leur offrir un concours sans réserves et sans compensations. Les quatre lettres d'Aboû 'l-Hasan ont beau affecter un style pompeux et une forme déclamatoire. L'agonie de la puissance musulmane en Espagne se montre sous l'aisance affectée du langage. En 1474, Isabelle la Catholique et Ferdinand V montèrent sur le trône de Castille, après la rédaction des deux premières lettres, avant l'envoi des deux dernières ; dans les premiers jours de 1492, le royaume de Grenade succomba définitivement [1] ; son dernier prince, le fils d'Aboû 'l-Hasan, Aboû ʿAbd Allâh Mohammad, plus connu sous son prénom défiguré de Boabdil, après avoir poussé « un dernier soupir »[2], prit le chemin de

---

nando y doña isabel de Hernando de Pulgar, publiée par J. Müller d'après le manuscrit III. Y. 6 de l'Escurial. Voir *Op. cit.* p. 69, 82, 86, etc. A la fin du XVIᵉ siècle, Luis de Mármol le nomme Abil Hascen dans son *Historia de la rebelión y castigo de los moriscos*. Cf. Simonet, *Descripción*, etc. (2ᵉ éd., Granada, 1872), p. 257 et 258. Aboû 'l-Hasan ʿAlî, le dix-neuvième des rois Nasrides, occupa le trône de Grenade une première fois de 866 à 887 de l'Hégire (1461—1482 de notre ère), une seconde de 888 à 890 (1483—1485).

[1] Ferdinand V fit son entrée à l'Alhambra le 2 janvier 1492. Cf. G. Weil, *Geschichte der islamitischen Vœlker* (Stuttgart, 1866), p. 295.

[2] Boabdil « a poussé hors de Grenade conquise ce gémissement historique, *el último suspiro del Moro*, qui a baptisé un rocher de la Sierra d'Elvire ». Théophile Gautier, *Voyage en Espagne (Tras los montes)*, p. 221 (édition de 1879). Le nom que porte encore aujourd'hui ce point de la Sierra Nevada, a été complété d'après A. Germond de Lavigne, *Itinéraire général... de l'Espagne et du Portugal*, 3ᵉ éd. (Paris, 1880), p. 604.

l'exil [1]. Il mourut à Fez en 940 de l'Hégire (1533 de notre ère) [2].

Des quatre pièces diplomatiques, traduites dans l'ordre de leurs dates, la première est conservée à l'Académie de l'histoire de Madrid dans deux calques d'autant plus exacts qu'ils paraissent pris par une personne incompétente, qui ne possédait ni la science, ni la prétention d'expliquer ou de contrôler son texte. Si mes souvenirs sont exacts, la charte elle-même appartenait à l'archéologue D. Juan de Tro. Les originaux des trois autres documents sont entrés successivement dans

---

[1] J. Müller a publié, d'après le manuscrit 1758 de l'Escurial (Casiri 1753), fol. 83 rº, une lettre d'Ibn Al-Koûtiyya, datée de 896 de l'Hégire (1491 de notre ère) sur la situation faite en Afrique aux émigrés de Grenade. Voir *Beitræge zur Geschichte der westlichen Araber* (München, 1866—1878, 2 Hefte), I, p. 42—44.

[2] Al Makkarî, *Analectes sur l'histoire et la littérature des Arabes d'Espagne*, publiés par MM. Dozy, Dugat, Krehl et Wright (Leide, 1855-1861, 2 vol. in-4), II, p. 814 ; cf. Gayangos, *Mohammedan Dynasties*, II, p. 390. L'année 1538, que, dans ce dernier passage, une faute d'impression a substituée à 1533, a été reproduite dans Weil, *Geschichte der islamitischen Vœlker*, p. 396. La date incontestable de 1533 suffirait pour détruire l'hypothèse de C. Brosselard, qui a cru retrouver à Tlemcen le tombeau de Boabdil. L'épitaphe qu'il a publiée, *(Journal Asiatique* de 1876, I, p. 159-197), n'est pas celle de Boabdil, le « dernier roi de Grenade », mais celle de son homonyme Aboû 'Abd Allâh Mohammad, surnommé Az-Zagal, le frère et non le fils d'Aboû 'l-Hasan 'Alî. L'étude des documents, que nous publions plus loin, prouve avec évidence qu'à la ligne 10 du monument (*ibid.*, p. 175) il faut insérer Abî Nasr ibn al-amîr. Un maître arabisant, le sénateur D. Francisco Fernández y González, a traité cette question avec ampleur et l'a résolue définitivement dans son mémoire intitulé : *Corrección à una noticia de el Diario Asiático de Paris, acerca de una lápida sepulcral hallada en Tremecén y atribuida á Boabdil, último rey de Granada*. Voir *Boletín de la Real Academia de la Historia*, tomo I, cuaderno II (mayo 1878), p. 140-150.

la Bibliothèque de l'Académie de l'Histoire, où j'ai été autorisé à les étudier et à les copier. La deuxième lettre a été acquise la dernière ; elle a été longtemps dans les archives du comte d'Altamira.

L'Académie de l'Histoire de Madrid se proposait de traduire en espagnol ces quatres chartes destinées à accompagner la *Crónica latina de D. Enrique IV*[1]. Ce plan ancien sera-t-il jamais exécuté[1]? Vers la fin de 1834, dans une séance solennelle, le directeur de la compagnie, en quittant le fauteuil de la présidence, parlait à ses collègues de trois chartes (on ne connaissait pas encore la première), traduites par D. Francisco Antonio Gonzalez[2]. Dans le cas où la publication annoncée resterait à l'ordre du jour et devrait aboutir, l'Académie de l'histoire ne manquerait pas de provoquer un remaniement des anciennes traductions qu'elle possède, afin de les mettre au niveau des progrès que les études orientales ont faits en Europe et en Espagne pendant les cinquante dernières années. Un commentaire paléographique[3], historique et géographique, où aucune source d'information n'aurait été négligée, serait le complément naturel de cette version officielle et définitive. C'est aux arabisants de Madrid

[1] La chonique latine, qui doit constituer l'ouvrage principal, est intitulée : *Alphonsi Palentini historiographi gesta Hispaniensia ex annalibus suorum dierum colligentis*. Elle doit avoir pour appendice une *Colección diplomática de la Crónica de D. Enrique IV*. A travers de nombreuses péripéties, Henri IV occupa le trône de Castille de 1454 à sa mort en 1474.

[2] *Discurso leido á la Real Academia de la Historia en Junta de 28 de Noviembre de 1834 por su Director el Excmo Señor Don Martin Fernández de Navarrete, al terminar el trienio de su dirección* (Madrid, 1835, in-8). On y lit, p. 7 : «estas tres cartas traducidas por nuestro compañero D. Francisco Antonio González. »

[3] L'écriture (ai-je besoin de le dire ?) est l'écriture magrébine d'Espagne.

qu'il appartient d'écrire cette page de leur histoire nationale.

TRADUCTION FRANÇAISE

PREMIÈRE LETTRE MISSIVE

Au nom d'Allâh, le Rahmân, le Miséricordieux ! Puisse Allâh répandre ses bénédictions sur Moham-mad, sur sa famille et sur ses compagnons ! Puisse-t-il leur donner la paix !

De la part du serviteur d'Allâh, de l'émir des Musul-mans [1] 'Alî *Al-Gâlib Billâh* [2], fils de notre maître l'émir des Musulmans Aboû 'n-Nasr [3], fils de l'émir sancti-fié [4] Aboû 'l-Hasan [5], fils de l'émir des Musulmans

---

[1] Le titre d' « émir des Musulmans » est une variante de celui d' « émir des croyants » réservé aux khalifes de Bagdâd. Il pa-raît que le premier émir des Musulmans fut Yoûsouf ibn Tâ-schoufîn, le deuxième des Almoravides en 479 de l'Hégire (1086 de notre ère). Cf. Ibn Al-Athîr, *Chronicon*, X, p. 103; D. Francisco Codera, *Titulos y nombres propios en las monedas Arábigo-Espa-ñolas* (Madrid, 1878, in-4º), p. 31 et suiv,; *Tratado de numismática*, p. 194. Les rois Nasrides de Grenade ont tous adopté ce titre.

[2] Aboû 'l-Hasan 'Alî était surnommé *Al-Gâlib Billâh* « le vain-queur par Allâh », comme le fondateur et la plupart des mem-bres de sa dynastie. Cf. Ibn Al-Khatîb dans Casiri, *Bibliotheca Arabico-Hispana Escurialensis*, II, p. 260 ; *Journal Asiatique* de 1876, I, p. 175. Ce surnom est rappelé par la devise de la dynas-tie, telle qu'elle se trouve sur les monnaies frappées de leur temps et sur les murs de l'Alhambra : *Là gâlib illâ Allâh* « Il n'y a pas de vainqueur, hors Allâh. » Voir Codera, *Tratado de numismática*, p. 233.

[3] Aboû Nasr Sa'd *Al-Mousta'in*, le dix-huitième des rois Nas-rides.

[4] Le prince ainsi désigné n'a pas régné. Cf. l'inscription dans le *Journal Asiatique, loc. cit.*

[5] Aboû 'l-Hasan 'Alî.

Aboù 'l-Hadjdjâdj [1], fils de l'émir des Musulmans Aboù 'Abd Allâh [2], fils de l'émir des Musulmans Aboù 'l-Hadjdjâdj [3], fils de l'émir des Musulmans Aboù 'l-Walîd [4], le Nasride (puisse Allâh le fortifier par son secours [5] et l'assister de son indulgence !) aux deux chevaliers honorés, estimés, considérés, glorifiés, fidèles, le maréchal [6] Don Diego Herrandez et Martin Alfonso [7] de Montemayor [8], seigneur d'Alcaudique [9] (puisse Allâh les honorer tous deux de sa crainte et les réjouir par sa direction !). En réponse à votre salut, recevez nombre de salutations distinguées, que Nous vous avons adressées de Notre Alhambra [10],

[1] Aboù 'l-Hadjdjâdj Yoûsouf, le onzième des rois Nasrides.

[2] Aboù 'Abd Allâh Mohammad *Al-Gânî Billâh*, le huitième des rois Nasrides.

[3] Aboù 'l-Hadjdjâdj Yoûsouf, le septième des rois Nasrides.

[4] Aboù 'l-Walîd Ismâ'îl, le cinquième des rois Nasrides.

[5] Il y a jeu de mots entre Nasr et *binasrihi* du texte arabe.

[6] Dans les lettres deuxième et quatrième, il est appelé avec plus de précision « le maréchal de Castille ».

[7] La transcription régulière eût été, ici et plus loin, Alhonzo ou Alonzo, forme populaire pour Alfonso.

[8] Sur le « château-fort de Montemayor », voir Al-Idrîsî, *Description de l'Afrique et de l'Espagne*, par Dozy et De Gœje, p. 183 du texte ; 222 de la traduction ; Simonet, *Descripción del reino de Granada*, 2e éd., p. 132 et 210.

[9] Le nom d'Alcaudete s'était d'abord présenté à mon esprit ; mais Alcaudete est toujours transcrit en arabe par Al-Kabdhâk ; cf. Al-Idrîsî, *Description... de l'Espagne*, p. 204 du texte, 252 de la traduction ; Yâkoût, *Mou'djam*, IV, p. 27 ; Simonet, *Descripción*, p. 13, 94 et *passim*. L'identification d'Al-Kabdhîk avec Alcaudique m'a été suggérée par Simonet, *ibid*. p. 151, 286, 302, 306.

[10] On sait que l'Alhambra signifie le Palais Rouge. «Cette signification, dit M. Girault de Prangey, serait parfaitement confirmée par l'aspect actuel de ses murailles et de ses tours construites en tapia, car le temps et le soleil les ont colorées de teintes admirables». Cf. son *Essai sur l'architecture des Arabes et des Mores, en Espagne, en Sicile, et en Barbarie* (Paris, 1841), p. 124. C'est dans ce volume que Joseph Derenbourg, mon regretté père, a donné «une

qui s'élève à Grenade (puisse Allâh le garder! Gloire à Allâh, par l'effet de sa faveur et de sa protection!).

Et maintenant, sachez tous deux, ô chevaliers honorés, que votre écrit Nous est parvenu, que Nous avons compris tout ce que vous y avez mentionné, que Nous vous avons été reconnaissant de vos indications et de votre démarche, que Nous nous louons de votre amitié et de vos sentiments affectueux, et que Nous avons appris avec reconnaissance votre arrivée à Alcaudique et vos témoignages publics d'une affection pour Nous, que Nous ne mettons pas en doute. Vous aussi, Allâh le sait, vous comptez parmi nos plus fidèles amis, vous êtes l'élite de Nos familiers.

Nous avons été informé que Don Alfonso, avec ses cavaliers, s'est rendu à la rencontre du vizir de Notre Majesté, dans la direction de Guadix [1], et que celui-ci s'est avancé rapidement. Mais, de même que Nous n'avons encore reçu aucune nouvelle sûre, il n'a pu rien vous annoncer. C'est pour ce motif que Nous vous invitons à ne pas cesser de Nous faire connaître le surplus de ce qui aura lieu de votre côté; et, par contre, Nous vous communiquerons le surplus de ce qui aura lieu chez Nous. Nous chercherons à satisfaire tous les désirs que vous Nous exprimerez, et Allâh honorera en vous la piété.

révision des inscriptions de l'Alhambra » d'après le manuscrit actuellement coté 2106 à la Bibliothèque Nationale, qui contient les poésies d'Ahmad Al-Magribî, le neveu d'Al-Makkarî, reproduites en arabesques comme encadrements poétiques aux hautes murailles du Palais Rouge. Sur l'Alhambra au xve siècle, voir Rafael Contreras, *Estudio descriptivo de los monumentos árabes de Granada, Sevilla y Córdoba* (Madrid, 1878), p. 157-167.

[1] Wâdî Âsch=Guadix; cf. Al-Idrîsî, *Description... de l'Espagne*, p. 175, 202 et 203 du texte; 209, 247 et suiv. de la traduction.

Cet écrit a été rédigé le dix-neuf du mois de rabî'
premier, en l'an 875 [1].

La charte est authentique. Fin [2].

Au nom d'Allâh, le Rahmân, le Miséricordieux !
Puisse Allâh répandre ses bénédictions sur notre
maître Mohammad, sur sa famille et sur ses compagnons ! Puisse-t-il leur donner la paix !

Voici ce que nous portons à la connaissance de quiconque lira ou entendra lire ce noble écrit, Nous, le
serviteur d'Allâh, l'émir des Musulmans, 'Alî *Al-Gâlib
Billâh*, fils de notre maître l'émir des Musulmans Aboû
'n-Nasr, etc. [3]

Entre Nous, d'une part et de l'autre le chevalier
honoré, estimé, considéré, glorifié, modèle de fidélité,
Don Diego Herrandez [4] de Cordoue, comte de Cabra,
vicomte d'Iznajar, seigneur de Baena [5] et gouverneur [6]
d'Alcala [7] ; le chevalier honoré, estimé, considéré,
glorifié, Martin Alfonso de Montemayor, seigneur

[1] Le 15 septembre 1470 de notre ère.

[2] Le signe, qui termine chacune des quatre missives, est
abrégé de *Intahâ* « C'est fini ».

[3] La généalogie se poursuit comme dans la première lettre.

[4] Il ne faut pas confondre ce Don Diego Herrandez avec son
fils, le maréchal de Castille, cité dans la première lettre, et dont
il est de nouveau question plus loin dans la deuxième.

[5] Les positions respectives de Cabra, Iznajar et Baena sont
indiquées par Al-Idrîsî, *Description*, etc., p. 204 et 205 du texte ;
251 et 252 de la traduction. Sur Iznajar, voir aussi Simonet,
Descripción, etc., p. 4, 128.

[6] Dans l'arabe d'Espagne, *kâ'id* (espagnol *alcade* = *al-kâ'id*),
signifie surtout un gouverneur militaire, plutôt un commandant
de place qu'un général.

[7] Il s'agit d'Alcalá la Real. Voir Simonet, *ibid.*, p. 222 ; J. Müller, *Die letzten Zeilen von Granada*, p. 121.

d'Alcaudique ; enfin le chevalier honoré, considéré, estimé, glorifié, Egas Venegas, seigneur de Luque et d'Albendin [1] (puisse Allâh les honorer de sa crainte !) a existé une paix constante, une amitié sincère, et une affection pure, dont témoigne un traité signé pour un temps déterminé.

Or, comme cette amitié entre Notre Majesté et les susdits chevaliers grandit chaque jour et à chaque instant, et que Nous désirons la voir s'augmenter encore, Nous voulons aujourd'hui en renouveler l'expression et faire entrer dans Notre alliance et dans Notre amitié les chevaliers honorés, Egas Venegas, seigneur de Luque et d'Albendin ; Don Diego Herrandez, maréchal de Castille et grand vizir de Cordoue, et Don Martin, commandeur d'Estepa [2], tous trois fils du comte de Cabra.

Vous saurez donc, ô chevaliers honorés, ô excellents amis, Don Diego Herrandez de Cordoue, comte de Cabra, vicomte d'Iznajar, seigneur de Baena et gouverneur d'Alcala ; Martin Alfonso de Montemayor, seigneur d'Alcaudique ; aussi Egas Venegas, seigneur de Luque et d'Albendin ; Don Diego Herrandez, maréchal de Castille, grand vizir de Cordoue, et Don Martin, commandeur d'Estepa (puisse Allâh vous honorer de sa crainte !) que Notre Majesté noble renoue et renouvelle avec vous une paix cordiale, gage d'amitié solide et pure, pour cette année solaire et neuf autres années consécutives, à partir du premier janvier 1472 de l'ère

[1] Sur Luque, cf. Simonet, *Descripción*, p. 4, 94, 129 ; sur Albendin, p. 299, peut-être aussi p. 107, où il est parlé d'Albondon. Luque est aussi mentionné par Yâkoût, *Mou'djam*, IV, p. 365.

[2] D'après d'autres, ce serait Teba. Cf. Dozy, *Recherches sur l'histoire et la littérature de l'Espagne pendant le moyen âge* (3ᵉ éd., Leyde, 1881, 2 vol. in-8), I, p. 299.

du Messie jusqu'au trente-et-un décembre 1481 de la
même ère[1].

Nous nous engageons à être les amis de vos amis
et les ennemis de vos ennemis, à vous appuyer chaque
fois que vous en aurez besoin pour la défense de votre
territoire, dans la mesure de Nos ressources, contre
tous vos ennemis, à quelque catégorie qu'ils appartiennent, et pour l'espace de temps que vous détermi-
nerez. Au moment même, où vous Nous transmettrez
votre demande d'assistance, ou bien que vous donne-
rez mission à votre envoyé de faire appel à Notre concours, Nous vous aiderons dans la mesure de Nos ressources.

De même, Nous vous ferons savoir, ô chevaliers honorés, tout ce que Nous saurons et tout ce que Nous
apprendrons, que ce soit secret ou public, de ce qui
sera attentatoire à votre honneur. Nous vous informe-
rons promptement par un envoyé sûr, éprouvé, afin
que vous assuriez le salut de votre pays avant le ravage
de vos champs[2]. Lorsque Nous distinguerons un mal
qui peut vous atteindre, Nous ferons des efforts pour
l'éloigner de vous ; lorsque Nous distinguerons un
avantage ou une utilité que vous pouvez recueillir,
Nous ferons des efforts pour l'approcher de vous. Nous
conserverons l'amitié et l'alliance, stipulées entre Nous
et vous, dans les paroles et dans les actes.

Et sachez, ô chevaliers honorés susdits, que Nos fils
les émirs[3] (qu'Allâh leur accorde le bonheur !) garde-

---

[1] Les années musulmanes correspondantes sont 876-886.

[2] Le sens, que nous avons donné à *al-fasâd*, est emprunté à
J. Müller, *Die letzten Zeiten von Granada*, p. 117, note 1.

[3] L'un des fils, auxquels il est fait allusion dans ce passage,
est précisément Boabdil ou, en d'autres termes, Aboû 'Abd
Allâh Mohammad.

ront à votre égard cette paix, cette amitié et cette alliance, comme Nous la garderons, Nous, dans le privilège de Notre Majesté noble.

Quant à vous, par égard pour Nos amis fidèles et purs, et en vue de Nos illustres alliés, que vos bonnes relations avec Nous ne se démentent jamais et que votre amitié produise une alliance durable, où Nous ne mettrons pas en doute la sincérité de votre affection et la réalité de vos sentiments. Pour Nous, le pacte, que Nous contractons avec vous, est fondé sur la vérité de ce que Nous vous avons exprimé, et Nous vous jurons par Allâh l'unique, le juste, que tout ce que Nous vous avons promis, Nous l'accomplirons, Nous le tiendrons, Nous l'observerons avec sincérité [1] et fidélité en tout temps, sans perfidie et sans trahison.

Et, pour que cette convention fût valable et solide, Nous l'avons scellée avec Notre anneau bienheureux, qui émane de [2] Notre main noble, et Nous y avons placé notre cachet puissant, pour bien montrer que l'engagement a été pris par Notre noble Majesté dans les premiers jours du radjab unique, béni, en l'année 876 [3]. Allâh a connu l'autorité de cet engagement.

La charte est authentique. Fin.

Sur les débris du cachet, on lit encore : Allâh [4].

TROISIÈME LETTRE MISSIVE

Au nom d'Allâh, le Rahmân, le Miséricordieux !

---

[1] Je lis *bi's-sidki*, sur la proposition de D. Julian Ribera, correction que m'a communiquée en son nom D. Francisco Codera, dans une lettre du 9 mai 1884.

[2] J'ai imprimé *min* ; l'original porte *'an*.

[3] Seconde moitié de décembre 1471 de notre ère.

[4] Ou Billâh, qui proviendrait d'*Al-Gâlib Billâh*, surnom honorifique d'Aboû 'l-Hasan 'Alî.

Puisse Allâh répandre ses bénédictions sur notre maître Mohammad, sur sa famille et sur ses compagnons
Puisse-t-il leur donner la paix !

De la part du serviteur d'Allâh, de l'émir des Musulmans 'Alî *Al-Gâlib Billâh*, fils de Notre maître l'émir
des Musulmans Aboû 'n-Nasr[1], etc., au chevalier honoré
estimé, considéré, glorifié, modèle de fidélité, Don
Diego Herrandez de Cordoue, comte de Cabra, vicomte
d'Iznajar, seigneur de Baena et gouverneur d'Alcala
(puisse Allâh l'honorer de sa crainte et le réjouir par sa
direction !). En réponse à votre salut, recevez nombre
de salutations distinguées, que Nous vous avons adressées de Notre Alhambra, qui s'élève à Grenade (puisse
Allâh le garder par l'effet de sa faveur et de sa protection ! Gloire à Allâh !).

Sachez, ô chevalier honoré et comte haut placé, que
Nous avons reçu votre écrit, qu'il Nous a été remis par
le gouverneur Juan Inâda[2], que nous avons exécuté
entièrement ce que vous y avez mentionné, et que nous
avons ordonné au vizir de Notre noble Majesté (puisse
Allâh le combler de bonheur !) de s'entretenir avec
votre envoyé et de lui confirmer les intentions de Notre
auguste Majesté (puisse Allâh la rendre plus auguste
encore !), ainsi qu'il vous les exposera.

Quant à ce que vous avez dit de l'excursion et du
voyage, que vous projetez chez le prince de Castille[3],
Notre ami (puisse Allâh l'honorer de sa crainte !), puis-

---

[1] Généalogie comme dans la première et dans la deuxième
lettre.

[2] Tout en me bornant à transcrire ce nom, je me demande si
l'on ne devrait pas le traduire par Ignacio. La comparaison des
chartes espagnoles contemporaines et une connaissance plus
approfondie de l'onomastique arabico-espagnole peuvent seules
donner la solution du problème.

[3] A ce moment, le « prince de Castille » était déjà Ferdinand V.

que vous y trouvez votre intérêt, vous vous y rendrez en paix, si Allâh le veut.

Et sachez, ô comte haut placé, que Notre ami, votre fils le maréchal[1] (puisse Allâh l'honorer de sa crainte!), et votre pays sont chers à Notre cœur, et qu'il ne veut rien leur faire qui leur soit désagréable. Mais, ce qui est arrivé n'a eu lieu que par des motifs que votre envoyé vous exposera. Il n'est pas douteux[2] que parfois Nos cavaliers se sont laissés égarer par un mirage ; mais l'affection que vous Nous inspirez est connue, n'en doutez pas, et n'ajoutez pas foi à ceux qui vous diraient le contraire. Notre cœur réclame de vous que vous recommandiez aux troupes d'Alcala d'éviter les sorties inutiles.

Dans toute circonstance, Nous ferons ce qui vous agréera ; et Allâh honorera en vous la piété.

Cette lettre a été écrite le vingt-quatre du premier rabî', en l'an 880[3].

La charte est authentique. Fin.

A l'angle supérieur du recto, on lit en caractères arabes :

Le gouverneur d'Alcala[4].

On lit au verso comme adresse :

Le chevalier honoré, estimé, considéré, modèle de fidélité, Don Diego Herrandez de Cordoue, comte de Cabra, vicomte d'Iznajar, seigneur de Baena et gouverneur d'Alcala (puisse Allâh l'honorer de sa crainte!).

---

[1] Ce fils est Don Diego Herrandez, maréchal de Castille et grand vizir de Cordoue, dont il est également parlé dans la première, dans la deuxième et dans la quatrième missive.

[2] Lisez : *walà schakka*, ainsi que porte l'original.

[3] Le 29 juillet 1475 de notre ère.

[4] Le gouverneur militaire d'Alcala la Real, c'est Don Diego Herrandez de Cordoue, comte de Cabra, vicomte d'Iznajar ; voir plus haut, p. 78, l. 16, et note 4; et p. 79, l. 13 et 18.

QUATRIÈME LETTRE MISSIVE

Au nom d'Allâh, le Rahmân, le Miséricordieux !
Puisse Allâh répandre ses bénédictions sur notre maître
Mohammad, sur sa famille et sur ses compagnons !
Puisse-t-il leur donner la paix !

De la part du serviteur d'Allâh, de l'émir des Musulmans 'Alî *Al-Gâlib Billâh*, fils de notre maître l'émir des
Musulmans Aboù 'n-Nasr, etc[1], aux deux chevaliers honorés, estimés, glorifiés, fidèles, bien-aimés Don Diego
Herrandez, maréchal de Castille, et Martin Alfonso
de Montemayor, seigneur d'Alcaudique (puisse Allâh
les honorer de sa crainte et les favoriser de sa direction !). En réponse à votre salut, recevez nombre de
salutations distinguées, que Nous vous avons adressées de Notre Alhambra, qui s'élève à Grenade (puisse
Allâh le garder par l'effet de sa faveur et de sa protection ! Gloire à Allâh !).

Sachez donc tous deux, ô chevaliers honorés, que
Nous avons reçu votre écrit, que Nous avons exécuté
entièrement ce que vous y avez mentionné, et que
Nous vous avons été reconnaissant tant de vos intentions que de vos sentiments affectueux.

Le pacte, que vous avez demandé, vous fera honneur à vous-mêmes, et Nous avons ordonné au vizir de
Notre auguste Majesté (puisse Allâh le combler de
bonheur !) de vous écrire clairement quelle sera sa manière d'agir à votre égard. Sachez-le !

Dans toute circonstance, Nous ferons ce qui vous
agréera et Allâh honorera en vous la piété.

Cette lettre a été écrite le quatorze du premier djou-
mâdâ, en l'an 880[2].

[1] Généalogie identique à celle des trois premières lettres.
[2] 16 septembre 1475 de notre ère.

La charte est authentique. Fin.

A l'angle supérieur de droite, on lit sur le recto, en arabe :

Le maréchal et Martin Alfonso.

On lit au verso comme adresse, en arabe :

Les deux chevaliers honorés, estimés Don Diego Herrandez le maréchal et Martin Alfonso de Montemayor, seigneur d'Alcaudique (puisse Allâh les honorer tous deux de sa crainte !)

VI

Notice biographique
sur Michele Amari
(1806-1889)

Notice biographique sur Michele Amari [1].
(1806-1889)

AVANT-PROPOS

L'élection en décembre 1901 d'Alessandro D'Ancona parmi les correspondants étrangers de l'Académie des inscriptions et belles-lettres a ravivé en moi le plaisir que m'avait causé naguère sa belle publication de la Correspondance de Michele Amari, avec sa riche annotation, une véritable encyclopédie des hommes et des choses d'Italie au XIX° siècle. Les deux volumes [2] ont paru simultanément en 1896. Ils sont terminés (II, p. 315-397) par un éloge d'Amari, lu par Alessandro D'Ancona à Florence, le 21 décembre 1890, dans une séance publique de la R. Accademia della Crusca. Le 20 avril de cette même année, Oreste Tommasini avait à Rome rappelé devant la R. Accademia dei Lincei « la vie et les œuvres » de son illustre confrère [3]. Tous deux ont mis à profit des Esquisses autobiographiques (*Appunti autobiografici*), qu'Amari avait tracées lui-même en 1881 à l'instigation de Leone Carpi et que Mme Amari conserve pieusement dans sa villa aux environs de Florence. Des

---

[1] *Journal des Savants* de 1902, p. 209-222 ; 486-498 ; 608-622.

[2] Alessandro D'Ancona, *Carteggio di Michele Amari* (Torino, 1896), 2 vol., 589 et 407 pages in-8°.

[3] Oreste Tommasini, *Scritti di storia e critica* (Roma, 1891), p. 271-354.

raisons matérielles l'ont empêchée, à son grand regret
et au mien, de les mettre actuellement à ma disposition et j'ai dû me résigner à les entrevoir à travers les
citations qui en ont été faites. Je ne puis pas préjuger
absolument si elles ajouteraient quelques traits à la
figure que je vais essayer d'évoquer, non seulement
grâce aux documents que je viens d'énumérer, mais
encore grâce à une biographie un peu terne, mais
exacte, de Gustave Dugat (Paris, 1868)[1], à une étude
pénétrante de l'avocat F. G. Vitale (Milano, 1888)[2], à
un article juvénile et alerte de Danièl Halévy (Paris,
1897)[3]. J'ai aussi utilisé la brochure contenant les
Discours prononcés par divers orateurs dans une des
salles de l'Institut Royal des études supérieures à Florence devant le cercueil du sénateur Michele Amari le
18 juillet 1889[4] ».

Lorsque, en 1866[5], j'entrai au Cabinet des manuscrits de la Bibliothèque Impériale, j'y fus chargé de
reviser et de continuer, après une interruption de sept
années, le catalogue raisonné des manuscrits arabes,
qui avait était commencé par Michele Amari. Je m'en-
thousiasmai d'instinct pour le travail de mon prédé-

---

[1] Gustave Dugat, *Histoire des orientalistes de l'Europe* (Paris,
1868-1870, 2 vol. in-12), I, p. 12-24.
[2] *Il Risorgimento italiano, biografie storico-politiche d'illustri
Italiani contemporanei*, IV, p. 459-478. Je n'ai trouvé à Paris aucun
exemplaire de ce recueil. A l'instigation de Mme Amari, mon
confrère, l'arabisant C. Schiaparelli de Rome, élève d'Amari,
a fait copier pour moi avec la machine à écrire l'étude de
Vitale.
[3] *La Revue de Paris*, 1er mars 1897, p. 69-86. Cet article a été
provoqué par la publication du *Carteggio*.
[4] *Parole pronunziate da diversi oratori sul feretro del senatore
Michele Amari il giorno 18 di luglio 1889 in una delle sale del
R. Istituto di studi superiori in Firenze*; Firenze, 1889, 38 p.
[5] Slane, *Catalogue, Avertissement*, p. III, porte à tort 1867.

cesseur ; je devinai la probité de ses recherches et la justesse de ses conclusions, je considérai comme impertinente de ma part la prétention de songer alors à des retouches prématurées et j'occupai, sans la remplir, la « place vide auprès de laquelle, en 1860, Renan ne passait jamais sans éprouver un vif sentiment de regret » [1]. Mon ambition était d'achever l'œuvre d'Amari, en m'inspirant de son esprit et de son exemple. Mon admiration n'a fait que grandir et que s'étendre depuis que je connais et que je crois avoir compris, non seulement le savant orientaliste, mais encore l'homme, le patriote, l'écrivain, l'historien. Devais-je examiner séparément chacune des faces sous lesquelles Amari s'est montré à ses contemporains et est entré de son vivant dans l'immortalité ? Je ne l'ai pas cru. Tout se tient dans son existence à chacune des époques qu'elle a traversées, des étapes qu'elle a parcourues. Ses actes ont l'unité d'une œuvre bien conçue, aux nombreux volumes. Ses livres sont des actes. L'évolution de sa vie ressortira le mieux de sa biographie par l'exposé des faits et des idées dans l'ordre chronologique de leur succession [2].

Les quatre phases de son développement graduel et continu feront le partage naturel de cette notice :

[1] *Carteggio*, II, p. 86.

[2] C'est l'ordre chronologique, le plus logique de tous, avec des intercalations et des parallèles, qu'Amari a également préconisé en tête de la *Storia dei Musulmani di Sicilia*, I (1856), p. XXXII. Mon étude biographique contient de larges emprunts à une conférence que j'ai faite à la Sorbonne devant la Société d'études italiennes le 15 mars 1902, sous le titre : « Un historien et arabisant d'Italie : Michele Amari ». Ma conférence, provoquée par mon ami Charles Dejob, a été recueillie excellemment par M. Eug. Heymann, sténographe de la Chambre des députés, auquel j'adresse publiquement mes remerciements, avec le témoignage de ma reconnaissance.

1° Après l'enfance et l'éducation, Amari est avant tout un révolutionnaire palermitain, un autonomiste sicilien.

2o Le partisan des libertés locales et provinciales adopte l'idée de la fédération italienne sous un régime mixte, où aucune région ne soit absorbée par l'autre, où chacune conserve sa physionomie distincte et son gouvernement propre.

3° Les préférences personnelles cèdent le pas à la nécessité inéluctable de l'unité italienne, dont la direction ne peut être assumée que par la dynastie savoyarde des rois du Piémont, devenus rois d'Italie.

4o L'unité atteinte, elle ne peut être préservée que par un concours loyal au roi et aux institutions parlementaires. La personnalité d'Amari est arrivée à son entier déploiement jusqu'à ce qu'elle soit atteinte par la décadence et que, dans un recul plus rapide que la marche en avant, elle soit anéantie par la mort.

C'est dans la deuxième période que l'arabisant s'est greffé sur le patriote, pour ne plus être séparé de lui jusqu'au dénouement fatal. Ils sont unis par un lien constant, se prêtant un mutuel appui, poursuivant le même objet, passant par les mêmes transformations et les mêmes progrès, s'élevant dans leurs efforts en commun à l'apogée de leur puissance. Les prééminences d'un Amari autorisent à se glorifier d'être homme.

CHAPITRE PREMIER

ENFANCE ET JEUNESSE D'AMARI. — SA FUITE DE SICILE
ET SON ARRIVÉE A PARIS EN 1842.

Michele Benedetto Gaetano Amari [1], l'aîné des enfants
de Ferdinando Amari et de Giulia Venturelli, naquit à
Palerme le 7 juillet 1806 dans le logis de son grand-père
paternel, qui habitait la rue principale, appelée aujourd'hui officiellement le Corso Vittorio Emanuele,
sans que le peuple ait renoncé à la vieille dénomination arabe de Via del Cassaro, « rue du Palais ». Son
grand-père, qui lui aussi s'appelait Michele Amari,
occupait un troisième étage dans une maison sise au
coin de la ruelle appelée Strada della Mercede « rue
de la Merci ». Il exerçait la profession d'avocat, avait
peu de fortune, mais se faisait des revenus assez considérables par son activité et ses succès au barreau.
Quant au père de notre Amari, il était agent comptable
à la banque municipale de Palerme, fonctionnaire mal
rétribué, mécontent de son sort, aigri par la misère,
tribun acharné dans les discussions politiques et
religieuses, voltairien passionné pour la philosophie
française du xviiie siècle et pour les principes de la Révolution, frondeur aspirant au rôle de conspirateur, cause
de troubles fréquents pour l'intérieur calme et patriar-

---

[1] Giovanni Flechia, *Di alcuni criterii per l'originazione dei
cognomi italiani* (Roma, 1878), considère le nom d'Amari comme
syncopé de la forme pleine Aldomari, équivalent italien du nom
propre germanique Aldemar = Adhémar ; cf. le *Carteggio*, II,
p. 220.

cal qui l'avait recueilli avec sa progéniture. La désa-
grégation d'éléments aussi disparates s'imposait. Seul,
le petit Michele fut laissé à son aïeul ; il grandit auprès
de lui et de deux vieilles tantes non mariées, éprises
de leur jeune neveu.

Deux souvenirs de son enfance avaient persisté,
comme les deux premiers ferments de sa tendresse om-
brageuse pour la terre natale. A deux pas de sa demeure
étaient l'église et le couvent della Mercede, qui avaient
donné leur nom à la ruelle. Or, il avait le souvenir poi-
gnant d'avoir vu dans cette église le duc d'Orléans, le
futur roi de France Louis-Philippe, avec sa femme, la
duchesse Marie-Amélie, deuxième fille du roi Ferdinand IV [1]. Le duc portait un costume de hussard,
avec la culotte blanche collante. Le bambin, que ce
spectacle offusquait, avait bien de 4 à 5 ans. L'homme
fait rappelait aussi avec mélancolie une compagnie de
fantassins anglais, qui, en 1812, s'étaient postés dans la
rue du Palais avec leurs fusils chargés pour contenir la
foule sans cesse grossissante, rendue houleuse par les
nouvelles du continent et par la terreur de la peste
qui sévissait à Malte. C'est avec un sentiment de juste
orgueil, peut-être avec une sincère illusion, qu'Amari
vantait beaucoup plus tard les mesures hygiéniques de
précaution qui furent prises alors, sans qu'elles fussent
compromises par les superstitions en vogue des amu-
lettes et des recours aux saints.

L'éducation d'Amari fut confiée à des prêtres irre-
spectueux envers leurs soutanes, incapables d'inculquer
une foi dont ils étaient dépourvus. « Je n'ai jamais eu,

[1] Ce même prince fut Ferdinand IV de Naples, Ferdinand III
de Sicile, Ferdinand Ier des Deux-Siciles. Voir O. Tommasini,
Scritti di storia e critica, p. 279.

dit-il lui-même en 1881 [1], d'éducation religieuse pro-
prement dite. L'histoire sainte, les récits sur le Christ
étaient donnés pour des traditions. La religion consis-
tait à réciter le chapelet, à jeûner, à faire maigre, à
aller à la messe et à observer l'obligation pascale. Mon
confesseur ne m'enseigna pas plus le christianisme
que ne le firent mes éducateurs à la maison ou mes
précepteurs. Il en fut autrement pour la morale civique.
Outre l'exemple des mœurs pures des femmes de la
famille, des sentiments de probité, de justice et de
modestie m'étaient inspirés par les paroles de toutes
les personnes que je fréquentais, mon père, mon grand-
père, mes précepteurs, mes amis libéraux et illibéraux,
par les livres que je lisais. Je communiai pour la dernière fois à l'âge de douze ans. A treize ans, étudiant
la métaphysique à l'Université, j'étais matérialiste de
la tête à la pointe des pieds ; dans les discussions
solennelles, je combattais la spiritualité et l'immortalité de l'âme avec une telle férocité qu'un jour mon
professeur, le théatin Li Donni, partisan de la *Chronique* [2] en politique et peut-être aussi mécréant pour
son compte, mais spiritualiste en chaire, à bout d'arguments, lança sur moi sa barrette à trois cornes. »

Après avoir reçu deux fois par jour du prêtre Quat-
trocchi des leçons particulières de latin, d'italien et de
géographie et avoir, non seulement fait sa rhétorique,
mais appris la gymnastique dans une école privée

---

[1] Amari, *Appunti autobiografici*, dans le *Carteggio*, II, p. 368-369.

[2] Les Siciliens étaient divisés en *Cronici* et *Anticronici*, selon
qu'ils approuvaient ou blâmaient la politique du journal *La
Cronica di Sicilia*, fondé le 2 septembre 1813 pour soutenir le
maintien, pour réclamer au besoin le rétablissement de la constitution parlementaire et aristocratique, modelée sur la constitution anglaise, octroyée à la Sicile en 1812, sur injonction de
l'Angleterre, par l'autocrate napolitain Ferdinand IV.

tenue par deux prêtres, Campione et Gianfalo, Amari
entra à l'âge de onze ans dans ce qu'on appelait pom-
peusement l'Université, dans ce qu'en Italie, comme en
France, on désignerait sous le nom de lycée. « En
première année, nous dit encore Amari en 1881 [1], j'étu-
diai l'éloquence, la poétique et l'arithmétique, expli-
quant et apprenant par cœur Virgile, Horace, etc. La
deuxième année universitaire, je la consacrai de nouveau à l'éloquence latine et italienne, sous la direction
d'un élégant latiniste, le père Nascè, en y joignant la
philosophie, la géométrie et l'histoire naturelle. Troisième année : philosophie encore, droit naturel, mathématiques supérieures et physique expérimentale, celle-ci
exposée par Scinà. Quatrième année : économie politique et physique sous Scinà et Casano. Je suis resté
leur grand ami, parce que j'avais et que j'ai encore un
goût très prononcé pour les sciences naturelles. »

Les temps étaient durs. Il fallut renoncer à une cinquième année d'Université. Le jeune étudiant, qui aurait aimé devenir officier du génie, fut pourvu d'un
emploi civil immédiatement rétribué. Il put rester à
Palerme, où il débuta, en février 1828, au Ministère de
l'intérieur. Un mois après, son grand-père mourut
subitement et avec lui disparut l'aisance de la famille.
Les deux bonnes tantes se réfugièrent dans une retraite
cachée, Michele dans la maison de son père, qu'il
n'avait jamais habitée. C'était une vie nouvelle dont
la révolution politique, qui grondait sourdement, allait
encore augmenter les difficultés et aggraver les périls.

Le 14 juillet 1820 au soir, la fête de Sainte Rosalie
avait attiré le peuple de Palerme vers les illuminations
de la rue du Palais. Michele Amari se promenait avec

---

[1] Amari, *Appunti autobiografici*, dans le *Carteggio*, II, p. 369.

son père au milieu de la foule grouillante. L'insurrection d'Espagne et la proclamation d'une constitution à Madrid, avaient allumé de proche en proche jusqu'à Naples l'incendie, dont la propagation à Palerme se manifesta en ce qu'on vit tout à coup les nombreux affiliés arborer les insignes tricolores de la Charbonnerie, cette franc-maçonnerie des opposants, sur leurs poitrines, sur leurs chapeaux, à leurs balcons. Le lendemain, au rouge, au bleu et au noir qui distinguaient les « bons cousins » des « païens », Amari père et fils, comme les autres « fendeurs », adjoignirent le ruban jaune avec l'Aigle sicilien et la devise *Indépendance ou mort*. Des aristocrates de Palerme n'acceptaient pas la constitution démocratique espagnole, que le roi de Naples s'était résigné à proclamer. Michele, en dépit des entraves administratives, prit parti ouvertement pour la rébellion fomentée par les amis de son père, par son père lui-même. Pendant trois jours, on se battit dans les rues de Palerme ; les régiments napolitains tirèrent sur le peuple, mais durent céder à l'ardeur et au nombre de leurs adversaires, et le jeune homme vit le Cassaro encombré par les cadavres gisants, par les débris d'armes abandonnées, par les vêtements ensanglantés des morts et des blessés, tandis qu'aux râles et aux cris de douleur se mêlaient les chants joyeux des vainqueurs et les cris de : Vive Sainte Rosalie.

Le lieutenant du roi, gouverneur de l'île, ayant abandonné son poste, le gouvernement provisoire fut attribué à une Junte de sécurité et de tranquillité publiques, qui, réunie au Palais de l'archevêché, fut présidée par le cardinal Gravina, « parce qu'il était l'archevêque [1] ». Michele Amari, comme les autres employés du

[1] Amari, *Appunti autobiografici*, dans O. Tommasini, *Scritti*, p. 282.

Ministère, fut affecté au secrétariat de la Junte et y
apprit à connaître chez Ruggero Settimo, l'un des
membres, celui-là même qui devait, en 1848, présider
à Palerme le gouvernement sicilien, « ses tendances
favorables à la *Chronique*, ses sympathies pour la constitution anglaise et sa modération d'homme qui savait
penser au lendemain [1]». La capitulation du 5 octobre,
signée sur le navire anglais « Parker », se fit à des conditions
trop avantageuses à la Sicile pour ne pas être
d'avance annulées par des restrictions mentales.

La tyrannie de Naples s'appesantit de nouveau sur
l'île et les « huttes » des Charbonniers, dans leurs
« ventes », ne laissèrent pas clore l'ère des conjura-
tions. Michele avait repris son modeste emploi au
Ministère et le remplissait avec la même ponctualité qu'il
apportait à l'étude des actes de la Junte, tels qu'il les
avait recueillis et conservés. De même qu'il n'était pas
admis aux « rites bouffons » de la Charbonnerie, il ne
fréquenta pas non plus les conciliabules de 1822, dans
lesquels l'émeute se préparait « avec une étrange imprudence et vanité » et qui comptaient parmi leurs
discoureurs les plus entraînés, parmi leurs coopérateurs
les plus actifs, le père de notre Amari. « Un jour, écrit
celui-ci [2], en revenant de la secrétairerie, je trouvai, à
la porte, des soldats autrichiens et, à l'intérieur, des
sous-inspecteurs de la police, qui fouillaient les armoi-
res. Ils ne trouvèrent ni papiers ni armes, parce que
mon père avait brûlé ceux-là et que moi, pendant les
jours précédents, j'avais caché sous les toits les armes
et la collection complète des documents imprimés relatifs à 1820. » Ferdinando Amari, un des chefs de la

[1] Amari, *Appunti autobiografici*, dans O. Tommasini, *Scritti,
loc. cit.*
[2] Amari, dans le *Carteggio*, II, p. 323.

conjuration, fut arrêté et la famille se dispersa chez les parents. « Nous n'avions, ajoute Michele, qu'une maigre subsistance et très peu d'argent qui se réduisit à rien par l'entretien de mon père en prison. A 17 ans, sans autre ressource que mes appointements du Ministère, je restai chef d'une famille composée de ma mère, de deux frères et de deux sœurs. »

Les devoirs élèvent les individus à leur hauteur et l'école la plus fortifiante pour l'homme, c'est la lutte contre l'étreinte de l'adversité. On ne s'en dégage qu'au prix de combats qui épuisent les débiles, qui développent la trempe de la volonté chez les forts. Ferdinando Amari, ayant avoué son crime, ne fut pas exécuté comme les autres meneurs : la peine capitale fut commuée pour lui en trente années de bagne dans l'île de San Stephano. Son fils Michele prit congé de lui, d'abord par une visite dans son cachot, puis par des adieux au moment du départ, quand il fut embarqué avec les fers aux pieds pour être transporté à Naples. Au sujet de ces deux entrevues, Amari pourra écrire sans forfanterie, vingt-sept ans plus tard, en 1849[1] : « Le déchirement fut inexprimable, mais je me rappelle bien que la haine du despotisme et des Allemands, ainsi que le désir de la vengeance, l'emportèrent de beaucoup chez moi sur l'affliction. »

Michele avait pris des résolutions viriles. Il se prêta à lui-même, il prêta peut-être à son père un véritable serment d'Annibal, jurant de venger les souffrances de la Sicile et du forçat expatrié. Mais il eut la sagesse d'attendre le moment favorable pour assouvir son ressentiment. Ferdinand Ier, étant mort le 4 janvier 1825, eut pour successeur François Ier (1825-1830), qui laissa le trône à son fils, Ferdinand II, le *roi Bomba*, comme

[1] Amari, dans le *Carteggio*, II, p. 324.

l'histoire l'a surnommé. On ne peut que louer la tolérance de ceux qui, sous ces trois règnes, maintinrent
l'employé suspecté dans ses fonctions et la conscience
avec laquelle celui-ci s'en acquitta pour gagner sa
solde de 35 ducats par mois (400 francs environ), tandis que son esprit vaguait ailleurs et qu'il rongeait son
frein avec indignation. Son éducation physique lui parut insuffisante et il se préoccupa de la compléter en
y consacrant ses jours de liberté et ses heures quotidiennes de loisir. Les courses solitaires dans la plaine,
au mont Pellegrino, à Monreale et dans les environs
de Palerme, les nuits passées sur la dure, la natation,
les promenades à cheval, le tir à la cible, où il était
passé maître, et, par-dessus tout, la chasse pour laquelle il éprouva jusqu'à un âge très avancé une fer-
vente passion, devinrent ses distractions préférées par
lesquelles il se préparait à la guerre de guérillas qu'il
rêvait pour l'indépendance de son cher triangle insu-
laire. Dans cette période de sa vie, Naples intercepte
encore sa vision de l'Italie et son horizon ne s'étend
pas au-delà des Deux-Siciles, dont il voudrait briser
l'union artificielle pour en détacher la Sicile unique.
Il a noté plus tard cette impression de sa jeunesse dans
un style pittoresque : « A cette époque, dit-il, l'Italie
d'au delà du Garigliano ne se voyait pas de la Sicile,
parce que le royaume de Naples la cachait, parce que
le menu peuple en ignorait jusqu'au nom, parce que
les hommes cultivés, qui le trouvaient dans les livres
ne pouvaient pas ressentir d'affection pour des frères
dont ils ne connaissaient ni la face, ni le son de la
voix, dont ils n'espéraient rien, avec lesquels ils ne
croyaient jamais pouvoir coopérer à une même entreprise ; pour des frères dont, si l'un arrivait en Sicile
pour visiter le temple de Ségeste ou gravir l'Etna, il

serait traité d'étranger comme les gens des autres pays, à moins qu'il ne fût né à Naples, auquel cas il ne paraîtrait pas digne de ce nom honorifique [1]. »

Le danger de l'idée fixe fut conjuré par des occupations régulières d'une part et par la vie en plein air d'autre part sous un ciel pur avec un climat tempéré. Le rayon de soleil de l'amour échauffa aussi le cœur simple et tendre, ouvert aux plus nobles aspirations, de ce doux athlète, sain de corps et d'âme, ardent et timide, téméraire et circonspect, passionné et réservé. Ses confidences à l'archéologue Salinas n'ont voulu compromettre que lui-même. Il lui parle d'un amour malheureux [2] qui l'aurait ramené dans la voie des études, regrette son ancien manque de chasteté, vertu si nécessaire aux hommes studieux, et met certainement quelque exagération dans le rappel lointain des passions politiques et érotiques dans lesquelles il aurait consumé sa jeunesse [3]. Je ne crois pas à ces tempêtes incompatibles avec le caractère et l'existence d'Amari. Sa manière de faire la cour aux femmes qui ont touché son cœur se révèle bien plutôt dans cette traduction en vers italiens de Marmion, poème anglais en six chants par Walter Scott, qu'il fit imprimer à Palerme en 1832 en deux élégants volumes pour complaire à une jeune fille noble et qui lui valut les félicitations du célèbre romancier, « n'osant pas lui souhaiter la popularité qu'il a eu lui la bonne fortune de conquérir » [4].

---

[1] Amari, *Prefazione all' ediz. fiorentina del Vespro* (1851), p. xxv, d'après A. D'Ancona dans le *Carteggio*, II, p. 373-374 ; cf. Tommasini, *Scritti*, p. 275-276.

[2] « Innocent et malheureux », dit Amari dans ses *Appunti autobiografici* ; cf. Tommasini, *Scritti*, p. 284.

[3] *Carteggio*, II, p. 247 ; cf. p. 299.

[4] *Ibid.*, I, p. 1-2.

Michele Amari avait vingt-six ans. Il avait beaucoup
lu, médité plus encore, et s'était mis au courant de la
littérature anglaise, ancienne et moderne, comme des
littératures latine et italienne. Mais tout à coup il cesse
de composer et de traduire des vers. L'histoire locale
l'attire et la politique le guette. Il s'est abstenu de toute
participation active aux troubles de 1831 provoqués par
la révolution française de 1830, et s'est contenté d'intervenir en faveur des plus menacés entre ses compatriotes, dont il partageait les espérances sans admettre
avec eux l'opportunité du mouvement. Dès 1833, il a
été nommé associé de l'Académie d'Acireale, ce site
maritime délicieux où la légende a placé les amours
d'Acis et de Galathée. Ce n'est ni de Galathée, ni d'aucune nymphe qu'Amari est maintenant épris. La Sicile
s'est de nouveau emparée de lui et il s'est consacré
exclusivement à l'étude de son passé pour assurer son
relèvement dans l'avenir. Giuseppe Del Re avait publié
à Naples en 1830 une *Description topographique, physique, économique, politique des vrais maîtres de ce côté-
ci du Faro dans le royaume des Deux-Siciles,* dans la-
laquelle il faisait remonter à Roger II, grand-comte de
Sicile, roi des Pouilles, de Calabre et de Sicile en 1130,
les droits historiques et imprescriptibles des Bourbons
sur la Sicile. Amari réfuta cette opinion erronée dans
des *Observations* d'autant plus convaincantes qu'elles
étaient appuyées sur la critique impartiale de documents authentiques. L'Académie des sciences de Palerme, qui venait d'élire Amari, publia le mémoire en
1833 dans son recueil intitulé : *Éphémérides scientifiques et littéraires pour la Sicile.*

Amari s'absorbait dans un labeur incessant : il faisait
réimprimer avec deux de ses collègues du Ministère et

augmentait d'une préface et d'additions [1] « Un choix de
quelques mots très usités qui ne sont pas dans les voca-
bulaires italiens » : il s'occupait surtout à compulser les
archives et les livres pour rédiger, comme suite à ses
Observations, une monographie des Vêpres siciliennes [2].
Mais voici que, pendant l'été de 1837, le choléra, importé de Naples, s'abattit sur la Sicile avec une telle
violence que les victimes du fléau dépassèrent à Palerme seule trente mille. Amari sacrifia au bien public
ses recherches et ses travaux personnels : il se multiplia
pour calmer la terreur panique des habitants affolés,
crédules et défiants, superstitieux et accusateurs, les
uns ayant l'abnégation de soigner les malades, les
autres la lâcheté de les abandonner à leur malheureux
sort. Les premiers cas furent constatés dans la nuit du
6 au 7 juin. Amari écrivait le 27 [3] : « Etant presque seul
au Ministère à diriger les mesures imposées par l'état
sanitaire, je suis très fatigué et j'envoie un déluge de

[1] Palerme, 1835. Le titre italien complet, donné par D'Ancona
d'après Amari, dans le *Carteggio*, II, p. 396, est *Elenco di alcune
parole oggidì frequentemente in uso, le quali non sono ne' voca-
bulari italiani con la corrispondenza di quelle che vi sono am-
messe*. La première édition (Milan, 1812), que les trois jeunes
Palermitains déclaraient anonyme, a été restituée par M. D'Ancona à son auteur, G. Bernardoni ; celui ci avait voulu combattre l'invasion des gallicismes dans l'italien, conséquence
de l'invasion et de la domination françaises en Italie.

[2] Le plan d'une étude approfondie sur la constitution sicilienne
de 1812 avait été précédemment conçu, réalisé en partie par
l'assemblage des matériaux, abandonné après un premier brouil-
lon, avant la mise en œuvre définitive. Ces copeaux provenant
de l'atelier, pour emprunter le langage de Max Müller, ont été
ramassés plus tard et utilisés dans les pamphlets rédigés par
Amari à Paris, en français, sous les titres de : 1o *Quelques observations sur le droit public de la Sicile* (Paris, 9 février 1848, 22 pages) ; 2o *La Sicile et les Bourbons* (Paris, janvier 1849, 108 pages),
avec un *Post-scriptum* (Paris, 29 mars 1849, 30 pages).

[3] Amari, *Appunti autobiografici*, dans Tommasini, *Scritti*, p. 292.

dépêches qui ne disent rien et qui contiennent rarement quelque mesure de précaution, quelque remède
énergique et efficace, mais toujours des paroles et des
sornettes... Le choléra, je ne le crains pas, parce que
je suis solidement bâti et que je n'ai aucune raison
d'aimer une vie sans amour, sans gloire, sans divertis-
sements, mais non sans amertumes et sans désagré-
ments. L'émeute, je la crains encore moins, mais l'un
et l'autre m'afffigent pour mon infortuné pays et pour
mes amis les plus chers... Et, à vivre dans une ville
si triste et si exposée, je suis naturellement plein de
tristesse et d'ennui. »

Lorsque le choléra *bourbonien* cessa d'être déchaîné
contre Palerme et la Sicile, Amari espéra que le gouvernement *bourbonien* récompenserait par un avancement mérité le zèle qu'il avait déployé, tandis que ses
supérieurs se dérobaient. Ses actes d'héroïsme furent
considérés par eux comme des reproches à leur adresse
et on n'eut garde de les lui pardonner. Il avait servi le
pays et non le gouvernement qui ne lui était redevable
d'aucune récompense. Afin d'éviter les protestations de
l'affection et de l'admiration populaires, on leur enleva
l'homme qu'elles acclamaient et on le comprit dans un
chassé-croisé entre les fonctionnaires napolitains et siciliens. Le 9 mars 1838 fut décrété son transfert à
Naples et le 9 juillet son attribution au bureau des affaires civiles près le Ministère de grâce et de justice.
«La force de l'iniquité, écrivait-il de Naples le 12 juin[1],
m'a arraché à ma Palerme, à mes parents besogneux
et caducs[2], à mes sœurs, à mes frères, à mes amis, à ce

---

[1] *Carteggio*, I, p. 29.
[2] Ferdinando Amari avait obtenu en février 1832 une commu-
tation de sa peine en deux années d'internement dans la forteresse de Palerme. La grâce royale lui fit encore remise des

qu'on a de plus cher et de plus sacré au monde et j'ai dû, pressé et contraint, me préparer à changer contre un autre séjour le sourire de ma patrie, la fécondité malheureuse de la terre où je suis né, les tombes des miens, les commémorations des gloires du pays, la vivacité des visages de mes concitoyens, le son agréable de l'idiome qui a été le père de l'italien, et qui éveille mille et mille souvenirs très chers à qui l'a parlé dans ses jeunes années et l'a entendu des bouches de ceux qu'il a le plus aimés. Exilé, sans autre péché que d'aimer mon pays, puni au moment où j'espérais la rémunération des sueurs répandues, des risques encourus, des mérites reconnus, lorsque j'attendais la réalisation d'ambitions légitimes, je me vois maintenant dans le malheur et dans la désolation : l'espérance même, que jeune et fort, j'avais caressée, s'assombrit. »

Dans l'exil napolitain, Amari écrivit d'abord son Catéchisme sicilien anonyme, par questions et par réponses, qui ne tarda pas à circuler dans toute l'île, écrit de propagande destiné à y ranimer la foi dans un meilleur avenir [1]. Puis il se remit à ses Vêpres : il avait apporté de Palerme plusieurs chapitres ébauchés qu'il parfit à Naples, pourvu des trésors mis à sa disposition aux Archives de l'Etat [2]. Les recherches terminées, Amari, à force de démarches et de supplications, obtint,

---

deux derniers mois. Il mourut en 1850. J'emprunte ces détails au *Carteggio*, II, p. 370, note 13. Je ne sais pas comment M. A. D'Ancona concilie l'emprisonnement en février 1832 avec la libération signée le 5 juillet 1834. L'intervalle entre ces deux dates est plus long que les vingt-deux mois assignés à la réclusion.

[1] *Carteggio*, I, p. 77.

[2] Ce fut un privilège, car les Archives n'étaient pas ouvertes librement aux érudits ; cf. Amari, *Storia dei Musulmani di Sicilia*, I, p. XXXII.

le 22 septembre 1840, sa réintégration à Palerme avec
le titre de « fonctionnaire de première classe au Ministère et à la Secrétairerie d'Etat près le Lieutenant général de Sa Majesté dans les territoires au delà du
Faro ». Ses appointements mensuels, qui avaient été
précédemment de 35 ducats, furent portés à 45, soit
500 francs environ.

C'était mieux qu'il n'avait souhaité, lui qui ne demandait que « le bonheur de la grenouille qui se nourrit
d'eau et de limon, mais qui chante à son gré ». Mais,
pour jouir tranquillement des faveurs qu'Amari obtenait enfin comme une réparation tardive, il aurait dû
arrêter des travaux commencés, enfouir ses documents,
renoncer à ses revendications, garder par devers soi
dans l'ombre l'œuvre qu'il avait polie avec amour pour
la faire briller en pleine lumière, renoncer à la perspective d'améliorer le présent de la Sicile par la connaissance de son passé, aliéner sa liberté, vendre son
servage et abdiquer les droits de sa conscience. Ce
n'est pas un Michele Amari qui eût jamais souscrit à un
tel accommodement. Son âme a été encore émue par le
spectacle que lui offre Palerme après une absence d'un
an et demi à peine[1] : « La ville dépeuplée, les indus-
tries languissantes, sur de nombreux visages la faim,
sur tous le dédain des injustices subies et le souci de
celles qui vont s'appesantir, ma mère vieillie de dix
ans dans un si court espace de temps ; ma famille dans
une situation que je n'ose pas décrire. » Le sacrifice
s'accomplira, quelles qu'en soient les conséquences
matérielles, et la première édition des Vêpres sort en
mai 1842 de la typographie Empédocle, avec le titre
anodin de *Une période des histoires siciliennes du*

---

[1] *Carleggio*, I, p. 36.

xiiie *siècle*. L'auteur, en imprimant son livre, y a lui-
même atténué quelques expressions trop hardies, mais
le censeur, le chanoine Rossi, a donné son *placet* sans
réclamer la suppression d'une virgule [1].

A l'origine, Amari avait voulu écrire un roman historique à la manière et peut-être sous l'influence du
Cinq Mars ou une conjuration sous Louis XIII, d'Alfred
de Vigny. La venue d'Alexandre Dumas à Palerme en
1835 [2] et les entretiens qu'il y eut avec Amari ont pu
ne pas être étrangers à cette conception. Mais Amari,
lorsque, « avec une patience de bénédictin », il fut
parvenu à dominer son sujet, prit le parti de n'y introduire aucun élément fictif et de le traiter gravement en
historien. Il ne lui suffisait pas d'écrire un *testo di
lingua*, il arriva à la conviction et tint à la porter dans
les esprits que le soulèvement des populations siciliennes contre la domination de Charles d'Anjou, frère de
Saint Louis, que le massacre des chevaliers Francs le
deuxième jour de Pâques au premier coup de vêpres le
30 mars 1282, ne furent pas les conséquences d'une
conspiration ourdie par Giovanni da Procida, médecin
et gentilhomme de Salerne, avec la complicité de trois
potentats, mais qu'ils résultèrent du mécontentement
universel, donnant le branle à un mouvement « subit,
uniforme, irrésistible, désiré mais non tramé, résolu
et exécuté en un clin d'œil » [3]. La révolte contre la
tyrannie et les ignominies des conquérants n'avait pas
été l'œuvre d'un homme, mais d'un peuple en fureur,
brisant ses fers, vengeant son esclavage par l'extermi-
nation de ses oppresseurs étrangers, versant le sang
plutôt que de subir plus longtemps le déshonneur.

[1] *Carteggio*, I, p. 44.
[2] *Ibid.*, I p. 16 et II, p. 178 et 380.
[3] Amari, *Vespro, ibid.*, II, p. 334.

Pour compléter sa démonstration, Amari poursuit le récit des péripéties brusques et sanglantes qui suivirent les Vêpres jusqu'à ce qu'en 1302 le traité de paix, signé à Caltabellota, ait assuré l'indépendance de la Sicile. Le savant est en même temps un écrivain et un évocateur qui frissonne et qui fait frissonner. « Aucun sujet, dit Amari [1], ne répondait mieux à mes intentions. Cinq siècles et demi d'antiquité à opposer à la censure ; une révolution... terrible, victorieuse, grâce à laquelle s'étaient dissipées les haines municipales qui déchiraient la Sicile vers 1282 et qui se turent alors pour être déchaînées ensuite de nouveau jusqu'au delà de 1820. La conscience ou la vanité me dirent que le livre pouvait servir la chose publique et j'affrontai en connaissance de cause le danger que je voyais clairement. Telle est la somme de mes ruses. »

Les allusions à la situation de la Sicile en 1842 étaient transparentes. On souleva les masques sous lesquels étaient cachés les contemporains et des clefs coururent, dont l'exactitude ne laissait subsister aucun doute. L'édition de mille exemplaires fut vite épuisée ; Messine en acheta plus que Palerme. Le succès d'un tel livre, c'était le gain d'une bataille. Le gouvernement de Naples s'en émut comme d'une défaite et interdit la réimpression projetée [2]. Le censeur complaisant fut destitué, ainsi que d'autres victimes de ce succès littéraire qui était gros d'émeutes. Amari fut destitué de ses fonctions et appelé à Naples le 20 octobre pour se justifier. Ses amis lui conseillèrent de ne pas se rendre à un appel qui était la préface d'un procès, ou encore du cachot, peut-être du bagne sans

[1] Id., Préface de l'édition de Florence (1851), dans Tommasini, *Scritti*, p. 290.
[2] *Carteggio*, I, p. 62.

procès. Son père lui avait sans doute dépeint souvent ses sombres années de captivité. Sa mère était morte le 5 février 1842 et il s'était senti seul dans sa maison, seul au monde[1]. Une fuite précipitée, habilement concertée et dissimulée, valait mieux qu'un supplice inutile qui aurait privé la Sicile d'une tête, d'un bras et d'une âme[2]. C'est sur la France et sur Paris qu'Amari jeta son dévolu.

L'accusé, pendant que les gendarmes le recherchaient, s'embarquait furtivement le 25 ou le 26 octobre sur une tartane française en destination de Marseille, avec un passeport que le consul de France à Palerme lui avait délivré au nom d'Alexandre Dupont, négociant. Il n'arriva pas à destination sans encombre. Le bateau à voiles, après avoir quitté le port de Palerme, y rentra bientôt après, rapportant le précieux dépôt qui lui avait été confié. Le pauvre Amari aurait couru un danger sérieux s'il n'eût été caché dans un grenier situé à l'écart, où il resta pendant quinze jours, souffrant de la faim, de la diète, de la mélancolie, roulant dans son esprit les pensées de Machiavel et de Benjamin Constant. Il fut ensuite transbordé sur un autre bateau français qui mit à la voile le 14 novembre au soir pour la France[3]. Le 4 décembre, le proscrit débarqua à Toulon[4] et de là gagna Marseille et Paris.

[1] *Carteggio*, I, p. 43-44.
[2] « Tête belle, droite et robuste, âme très généreuse », dit Pietro Giordani en parlant d'Amari dans une lettre du 9 novembre 1842 ; cf. le *Carteggio*, I, p. 62.
[3] Amari, *Appunti autobiografici*, dans Tommasini, *Scritti*, p. 300.
[4] *Carteggio*, I, p. 63.

CHAPITRE DEUXIÈME

AMARI DEVENU ARABISANT A PARIS POUR ÉCRIRE L'HISTOIRE
DE LA SICILE MUSULMANE. — SON MINISTÈRE DES FINANCES
DANS LE GOUVERNEMENT RÉVOLUTIONNAIRE SICILIEN DE
1848. — DEUXIÈME SÉJOUR A PARIS DANS LE POSTE
DE COMMISSAIRE SPÉCIAL PRÈS LA RÉPUBLIQUE FRAN-
ÇAISE. — RETOUR A PALERME, BIENTOT SUIVI D'UN TROI-
SIÈME EXIL A PARIS EN MAI 1849.

Paris était enseveli sous une couche épaisse de neige
lorsque la malle-poste y déposa l'exilé. Sa réputation
d'écrivain l'y avait précédé, et quelques exemplaires
des *Vêpres siciliennes* étaient parvenus à ceux de ses
compatriotes, qui étaient ses frères par les idées et par
les espérances. Les deux foyers des revendications
siciliennes étaient Londres et Paris. Selon les tempé-
raments, les goûts et les affinités, on s'échauffait et on
se réchauffait à l'un ou à l'autre, souvent à l'un et à
l'autre. Il s'était établi un va-et-vient continuel à travers le détroit, et il semble que les difficultés des
voyages en faisaient valoir les attraits à une époque où
ils étaient réservés à un petit nombre de privilégiés.

Ce ne fut pas sans avoir un serrement de cœur
qu'Amari vit s'ouvrir l'année 1843 sur la mansarde
étroite, sans air et sans feu, où le reléguait la misère
dans la grande ville, « la patrie incontestable de tous
les persécutés [1] ». Cette « patrie » nouvelle ne s'était
pas présentée tout d'abord à Michele Amari sous sa

---

[1] Massimo D'Azeglio, dans le *Carteggio*, I, p. 96.

parure de charme pénétrant qui finit par inspirer un amour spécial à ses enfants d'adoption. Le temps n'avait pas tardé à redevenir « très doux et, certains jours peut-être, à la température de Palerme[1] ». Malgré la nostalgie initiale, Amari ne tarda pas à s'acclimater dans ce milieu sympathique, où les Français de marque lui firent une réception aussi cordiale que ses compagnons de bannissement. Ces transplantés comme lui, c'étaient le comte Pellegrino Rossi, Giacinto Carini, Terenzio Mamiani, le baron di Friddani, les deux Pepe, Guglielmo et Giuseppe, Filippo Canuti, Cesare Airoldi, le marquis Arconati Visconti, sans compter les femmes patriotes et aimables, la princesse di Belgiojoso, une héroïne de roman[2], et la marquise Arconati Visconti, une correspondante délicieuse et attentive[3], sans compter les comparses des deux sexes empressés à saluer la venue et à rechercher la connaissance d'un homme jeune encore et déjà célèbre[4]. Guglielmo Libri seul, après s'être montré affable, courtois et même généreux de promesses, avait changé d'attitude à l'égard d'Amari. Celui-ci s'en étonne naïvement dans une lettre à Antonio Panizzi[5] : « Je sais bien que, si l'on ne me connaît pas personnellement, on peut émettre une opinion défavorable sur ce que

---

[1] Lettre d'Amari, du 19 janvier 1843, dans le *Carteggio*, I, p. 84.

[2] Sous ce titre : *Une princesse italienne à Paris. Christine Trivulzio Belgiojoso*, Mademoiselle Dora Melegari a finement analysé dans le *Temps* du 1er août 1902 le livre de Raffaello Barbiera: *La principessa di Belgiojoso. I suoi amici e nemici. Il suo tempo.* Sur la princesse, voir Amari dans le *Carteggio*, I, p. 81 et 537; D'Ancona, *ibid.*, I, p. 81-82.

[3] Cinq lettres de Costanza Arconati ont été insérées *ibid.*, I, p. 106, 151, 200, 202, 225.

[4] Voir l'impression qu'Amari fit sur Giuseppe Arcangeli, *ibid.*, II, p. 380.

[5] *Ibid.*, I, p. 118.

j'ai écrit et se montrer mal disposé envers moi. Mais, une fois la connaissance ébauchée, un galant homme (le cas serait différent avec une femme, plus différent encore avec un coquin), un galant homme, dis-je, ne peut qu'acquérir de l'amitié pour moi, car je suis certainement un honnête homme. » Mais c'est précisément ce que n'était pas Guglielmo Libri, pas plus qu'il n'était un galant homme !

Les Français qui accueillirent de prime abord l'étranger n'étaient pas moindres que Thiers, Villemain, Guizot, Michelet, Edgar Quinet, Augustin et Amédée Thierry, Longpérier, le duc de Luynes, Charles Lenormant, Hase, Reinaud, Buchon, l'éditeur du *Panthéon littéraire*, Alexandre Dumas que, nous l'avons vu, il avait déjà connu et goûté en Italie. Le cours de Michelet au Collège de France n'avait pas d'auditeur plus passionné que ce jeune historien, plein d'enthousiasme pour les nationalités mortes dont le maître annonçait en prophète la résurrection prochaine. Il prenait pour la Sicile les appels chaleureux que son professeur lançait en faveur de la Pologne. Mais le dîner que lui offrit Thiers, la soirée chez le ministre Villemain, les invitations des Thierry et de la colonie italienne, l'assiduité au cours de Michelet, les succès de bon aloi dans les salons n'empêchaient pas Amari d'être sans ressources, d'avoir faim et froid, d'aspirer à ces amitiés intimes, « qu'on ne prend pas et qu'on ne quitte pas comme un vêtement [1] ». Il rencontra heureusement, pour le tirer d'affaire en attendant une meilleure aubaine, les deux frères Baudry, qui, devançant leurs temps, avaient fondé une « librairie européenne », destinée à répandre en France la connaissance des

[1] Lettre d'Amari, du 22 février 1843, dans le *Carteggio*, I, p. 86.

langues et des littératures étrangères. Les *Vêpres sicilien-nes*, arborant cette fois leur vrai titre devant l'ancien, dans une réédition qui ne serait pas une simple réim-pression, étaient appelées à prendre place, dès le mois d'avril 1843, dans leur Collection des meilleurs au-teurs italiens[1]. Le traité, signé le 4 mars, stipulait une somme de 1,000 francs attribuée à l'auteur. L'année ne se passa pas sans qu'une contrefaçon éhontée, tour-nant le livre à l'exaltation de la cour de Rome, parût à la librairie religieuse de Debécourt, sous le titre de : *Les Vêpres siciliennes* ou *Histoire de l'Italie au* xiiie *siècle*, par H. Possien et J. Chantrel. « Je déclare hautement, écrit Amari à la fin de septembre[2], que, sur les 460 pages de ce livre, 390 ne sont qu'une traduction du mien, très littérale ordinairement, quelquefois un peu libre, jamais sans erreurs. » Amari se consola de ce «pil-lage » par la vogue de sa nouvelle rédaction que, par une revision méticuleuse du style, il avait réussi, sans rien changer au fond, à rendre de langue moins exclu-sivement sicilienne et plus véritablement italienne[3].

L'exemple des frères Baudry ne trouva pas d'imita-

---

[1] *Collezione de' migliori autori italiani antichi o moderni*, vol. XXXIX et XL, contenant Michele Amari, *La guerra del Vespro siciliano, o un periodo delle istorie siciliane del secolo* xiii ; se-conda edizione accresciuta e corretta dall' autore e corredata di nuovi documenti, I, viii-348 p. ; II, 372 p. La préface porte à la fin : « Parigi, Aprile 1843. »

[2] *Carteggio*, I, p. 127, note 1.

[3] Amari, en parlant de cette revision littéraire, se demande s'il est parvenu à la forme qui, à lui-même, lui paraîtrait la meilleure (édition de Paris, I, p. 1). Les changements apportés au style de l'ouvrage ont obtenu, malgré les défiances de l'au-teur, l'approbation sans réserve d'un Alessandro Manzoni (*Carteggio*, I, p. 152). L'édition deuxième de Paris fut reproduite sans changement dans une réimpression clandestine et non au-torisée par l'auteur, comme 3e édition, à Lugano, en 1844.

teurs parmi les éditeurs parisiens, « qui n'achètent que
des drames ou des romans [1] ». Quel remède apporter
à la détresse d'Amari, puisque les circonstances le con-
damnaient à se passer des relations avec les personnes
qu'il avait chéries le plus vivement, des chasses avec
son chien Giaour gardé et soigné à Palerme, de la vue
de son cher Mont Pellegrino, des courses parmi les
arbres et les édifices qui avaient réjoui son enfance, du
contact avec ces fripons au parler et à l'accent siciliens,
qu'il s'était plu naguère à écouter devisant sur la plage,
de la lutte avec ces paires d'yeux noirs qui l'avaient si
souvent assailli aussi brusquement que le démon saint
Antoine dans le désert? Amari, exilé de son pays, se
décida à en étudier le passé pour s'y réfugier contre les
tristesses présentes. Il se proposa de remonter au delà
de l'époque normande jusqu'à la période musulmane
et peut-être jusqu'à la domination byzantine. Le 30
mars, veille de l'anniversaire des Vêpres siciliennes, il
écrivait de Paris à Giovani Notarbartolo di Sciarra, resté
à Palerme [2] : « Je vais très bien. Mon pauvre corps (*cor-
picciuolo*) résiste à dix à douze heures d'études par jour,
comme il supportait 10 à 12 milles de courses avec mes
chiens sur le Mont Pellegrino... Je ne suis ni sourd à
quelques éloges, ni indifférent à l'espoir de mettre en
lumière le passé de notre malheureux pays, en écri-
vant son histoire, comme personne ne l'a fait jusqu'ici. »

L'originalité de la tentative que méditait Amari con-
sistait dans l'adjonction des documents arabes et grecs
aux documents italiens dont il avait tiré les éléments

---

[1] Lettre d'Amari, du 17 juillet 1843, dans le *Carteggio*, I, p. 110.
[2] *Ibid.*, I, p. 98. C'est d'une combinaison de cette lettre avec
d'autres confidences au même ami (*ibid.*, I, p. 86) qu'est formé
ce paragraphe.

de sa première monographie. C'est probablement l'illusion d'apprendre pratiquement l'arabe qui l'avait
poussé à vouloir, dès son arrivée en France, se faire
incorporer dans la légion étrangère à Alger. Le gouvernement lui aurait assuré les vivres et le coucher,
même une solde, pour insignifiante qu'elle fût, et il se
serait instruit par la fréquentation des indigènes. Par
la même occasion, il eût satisfait son goût pour la
chasse, « la maladie principale de sa vie ».

On le sauva de cette aventure par l'assurance d'une
subvention régulière et par l'insistance amicale de con-
seillers judicieux. Puisque l'un des enfants de la Sicile
se préparait à s'armer de tous les moyens, dont une
saine érudition dispose, pour élucider les trois siècles où l'islamisme y prévalut, n'était-ce pas un devoir
national d'assurer à ce patriotique effort des loisirs studieux sans préoccupation matérielle, de le soustraire
au fléau, qui le menaçait, des leçons d'italien au cachet [1]. Amari opposa d'abord un refus au projet de
souscription à son profit. On veut, dit-il plaisamment,
lui donner les moyens « d'aller courir les théâtres, de
caresser les grisettes, de s'habiller en dameret, de dîner
en gastronome [2] ». Quelle ironie d'orgueilleux ! Il capi-
tulera, en acceptant, sous forme de prêt, l'avance d'une
pension alimentaire, qui ne prévoit ni les spectacles,
ni la luxure, ni la toilette, ni les excès de table. On se
cotise pour subvenir sans parcimonie aux besoins plus
que modestes d'un ascète laborieux et de son vieux
père, impotent et aigri, qui est demeuré en arrière à
Palerme [3]. Amari nous a conservé la liste de ses bien-

---

[1] *Carteggio*, I, p. 110.
[2] Lettre d'Amari à Panizzi, du 10 mars 1883, *ibid.*, I, p. 89.
[3] *Ibid.*, I, p. 92 et 109.

faiteurs. Mariano Stabile, « par délicatesse et par générosité », ne lui a révélé leurs noms que lorsque tous
deux furent exilés ensemble à Paris en 1850 [1]. Amari a
ainsi énuméré les souscripteurs d'après l'ordre alphabétique [2] : Cesare Airoldi, Massimo D'Azeglio, la signo-
ra Carpi, le baron di Friddani, la famille Gargallo,
Giovanni Merlo, Domenico Peranni, le marquis Ruffo,
le duc di San Martino, le prince di Scordia, le comte
de Syracuse [3], Mariano Stabile, Troysi, Salvatore Vigo.
Cette association, que favorisait sans souscrire ouvertement le prince di Granatelli, alors président de
l'Académie palermitaine des sciences et lettres, maintint son action réconfortante de 1844 à 1846 [4], et, s'il y
eut quelques défections ou quelques retards dans les
payements, les deux promoteurs, le baron di Friddani
et Césare Airoldi, surent les dissimuler à leur ombrageux
et fier ami.

Celui-ci s'était laissé convaincre que, sous Reinaud
et Hase, il apprendrait l'art d'exploiter « l'immense mine
des manuscrits de la Bibliothèque Royale [5] » plus fruc-
tueusement que par des séjours prolongés dans les
pays musulmans et en Grèce. En dehors de Reinaud, il
eut la bonne fortune de fréquenter deux arabisants aussi
avisés que Noël Des Vergers et le baron Mac Guckin de
Slane. C'était l'école de Silvestre de Sacy dans ses
représentants les plus autorisés [6]. Bien que Reinaud

[1] *Carteggio*, II, p. 15.
[2] Amari, *Storia dei Musulmani di Sicilia*, I (1854), p. xxxv.
[3] Le comte de Syracuse, qui vivait à Paris, était le frère cadet
du roi *Bomba*, de Ferdinand II (voir plus haut, p. 99).
[4] Peut-être même jusqu'en 1848, d'après Amari, *Solwan el
Mota'* (Florence, 1851), p. viii.
[5] Préface de l'édition de Paris des *Vêpres siciliennes*, I, p. ii.
[6] J'avais un remords d'avoir omis Noël Des Vergers parmi les
orientalistes qui ont été formés par Silvestre de Sacy ; voir mon

ait été un pâle reflet du grand homme dont il eut en 1838 le périlleux honneur de continuer les leçons, le prestige de l'École de Paris continue à y attirer disciples et auditeurs. Les successeurs actuels de Caussin de Perceval, de Defrémery et de Reinaud s'appliquent et s'appliqueront à mériter et à maintenir le bénéfice de cette affluence persistante qui leur est échue par voie d'héritage.

La méthode directe, qu'on essaie aujourd'hui d'expérimenter en France, n'y exerçait pas encore ses ravages [1]. La grammaire, qu'on traite en suspecte et qui se défendra, je l'espère, contre les menaces d'élimination ou de déchéance, régentait maîtres et étudiants sans se heurter à aucune opposition. Amari se mit à l'école à trente-six ans chez Reinaud et à trente-huit chez Hase, chez « papa Hase [2] », comme il appelle familièrement cet helléniste de premier ordre, Allemand égaré à Paris qu'il a honoré par sa science, étonné par ses allures, désavoué par le legs de sa bibliothèque à la ville de Breslau [3].

L'histoire de la Sicile byzantine ne devant être

Silvestre de Sacy, édition du centenaire de l'École des langues orientales vivantes (Paris, octobre 1895), p. 56-59. J'ai comblé cette lacune dans l'édition publiée au Caire en 1904.

[1] Je n'ai pas changé d'opinion depuis l'exposé de mes idées, que j'ai publié dans *L'islamisme et la science des religions* (Paris, 1896), p. 87-93. Mon point de vue a eu l'honneur d'être adopté par un homme que j'admire et que j'aime, D. Eduardo Saavedra, doyen de l'Académie de l'Histoire à Madrid. Il a traduit en espagnol cette partie de mes conférences dans la *Revista de geografia comercial* (Madrid, Julio-Setiembre de 1886), p. 96-98.

[2] *Carteggio,* I, p. 179, lettre d'Amari du 5 décembre 1845.

[3] Michel Bréal, *La jeunesse d'un enthousiaste. La jeunesse de M. Hase,* dans la *Revue des deux mondes* du 15 mars 1883, p. 347-367.

abordée par Amari que par régression après achèvement de ses travaux sur la domination musulmane,
il commença par concentrer son activité sur la culture
intensive du champ de l'arabe. Avant son départ de
la Sicile, il lui était tombé entre les mains un volume,
qui éveilla d'abord sa jalousie, comme une incur-
sion étrangère sur le terrain de son choix. M. Noël
Des Vergers avait eu l'audace de publier et de traduire
les passages relatifs à la Sicile de l'Histoire universelle, intulée : *Les exemples* (*Al-'Ibar*), compilée au
xive siècle de notre ère par le Tunisien Ibn Khal-
doûn [1]. Cette lecture avait démontré péremptoirement
au jeune historien la nécessité, qui s'imposait à lui,
d'étudier à fond, dès qu'il en trouverait l'occasion, la
langue et la paléographie arabes, s'il voulait avec compétence remonter dans le passé de son île au delà des
Vêpres siciliennes. On ne pouvait s'en tenir à « la maigre récolte » faite par Rosario Di Gregorio malgré le
titre de: *Rerum Arabicarum quæ ad historiam siculam
spectant Ampla Collectio* [2]. L'essai de Noël Des Vergers
renouait la chaîne interrompue depuis 1790 [3]. Le chemin était de nouveau ouvert. Amari s'empressa d'y
entrer.

[1] Noël Des Vergers, *Histoire de l'Afrique sous la dyanstie des
Aghlabites et de la Sicile sous la domination musulmane*. Texte
arabe d'Ibn Khaldoun, accompagné d'une traduction française
et de notes. Paris, 1841, in-8o.

[2] Panormi, 1790, un volume in-folio ; cf. D'Ancona, dans le
Carteggio, I, p. 199, note 1. Dans cette note, M. D'Ancona
confond les deux Caussin de Perceval, le père et le fils.

[3] Je ne mentionne que pour mémoire l'*Histoire de Sicile* traduite de l'arabe d'An-Nouwairî, par le citoyen J.-J.-A. Caussin,
publiée en 1802 à la suite des *Voyages en Sicile*, par le baron de
Riedesel. Ici, comme partout ailleurs, j'ai substitué, pour le
nom de l'auteur, ma transcription à celle qui est employée par
les uns et les autres.

L'élève de Reinaud était jugé mûr en 1845 pour imprimer et traduire en français, dans le *Journal asiatique*, « journal de paix et d'érudition [1] », la *Description de Palerme au milieu du Xe siècle de l'ère vulgaire*, par Ibn Ḥaukal [2]. A la fin de la même année, il était admis à publier dans le même recueil le *Voyage en Sicile* de Mohammad Ibn Djobair de Valence sous le règne de Guillaume le Bon. Au texte arabe il ajoutait « une traduction française et des notes [3] ». Ce sont des œuvres de début, mais non de débutant, que leur auteur a sans doute retouchées, mais dont il annonçait déjà la mise au point le 28 juillet 1844 [4]. Pas de ces incertitudes qui trahissent les premiers pas dans une voie inexplorée. L'historien s'est doublé d'un arabisant et l'un est à la hauteur de l'autre. Celui-ci du reste fréquente non seulement le dépôt de la Bibliothèque Royale, qu'il sera plus tard appelé à inventorier, mais il va passer le mois de septembre 1845 à Oxford, à Cambridge, à Londres [5], où, mis en présence de nombreux

[1] *Carteggio*, I, p. 159.

[2] *Journal asiatique* de 1845, II, p. 73-114 ; cf. celui de 1846, p. 241-242. Une édition complète du « Livre intitulé : *Les voies et les royaumes* » par Ibn Haukal a été donnée par M. J. De Goeje, dans sa *Bibliotheca geographorum arabicorum*, II (Leide, 1873).

[3] *Journal asiatique* de 1845, II, p. 507-545, continué dans celui de 1846, I, p. 73-92 et 201-241. Le voyage d'Ibn Djobair de Grenade à La Mecque pendant les années 578-581 de l'hégire (1182-1185 de notre ère) a été publié par William Wright (Leide, 1852). Un de mes disciples, M. Emmanuel Thubert, en prépare une traduction intégrale. Nous espérons, lui et moi, qu'il pourra collationner le texte de Wright avec le manuscrit conservé dans la grande mosquée de Fez ; voir le catalogue manuscrit 4725 de la Bibliothèque Nationale, cité par Ed. Fagnan, dans *Homenaje a D. Francisco Codera* (Zaragoza, 1904), p. 111. n. 1. Des « fragments » (*noubadh*) se trouvent aussi à l'Escurial sous le nᵒ 488, 3ᵒ; voir mes *Manuscrits arabes de l'Escurial*, I, p. 328.

[4] *Carteggio*, I, p. 145.

[5] *Ibid.*, I, p. 171, 173 et 178.

manuscrits arabes, il les déchiffre, les copie et les dépouille avec l'ardeur et la fougue d'un novice, avec la
perspicacité et la sagesse d'un vétéran.

Ni la description de Palerme au xe siècle, ni celle de
la Sicile au xiiie n'absorbent Amari au point de lui laisser
oublier un instant les maux de son île opprimée au xixe,
ou de lui faire considérer comme définitive sa « toute
petite hégire [1] », ainsi qu'il a rétrospectivement appelé
son émigration à Paris [2], en se comparant au Prophète
des Musulmans. Il désire abréger son « hégire » et,
comme le Prophète, quitter Médine pour La Mecque
reconquise. Et pourtant le séjour à l'étranger a modifié ses conceptions. Le patriotisme provincial, dont son
cœur déborde, s'élargit peu à peu, maintenant que le
cap napolitain ne dérobe plus à sa vue le reste de
l'Italie. L'avènement du Pape Pie IX en 1846 a été, à
ses yeux, comme aux yeux de ses compatriotes et de
tant d'autres spectateurs plus désintéressés, le commencement d'une ère libérale, d'une aurore de salut pour
le grand pays affaibli par ses divisions. Amari ne sou-
haite pas pour cette agglomération d'hommes l'unité
politique dans laquelle la Sicile risquerait de perdre sa
physionomie particulière et de se confondre dans l'ensemble, mais la fédération fraternelle qui permettra
aux forces des États composant la grande famille italienne de se coaliser pour la défense de leurs intérêts

[1] Amari. Préface à la neuvième édition du *Vespro* (Milan,
1886, 3 vol. in-8°), I, p. viii.

[2] « Émigration », telle est la traduction exacte du mot arabe
hidjra, que nous avons transformé en *hégire* et qu'il est d'usage
de traduire par « fuite ». Cette erreur traditionnelle provient des
circonstances pénibles qui imposèrent au Prophète son « émigration » de La Mecque à Yathrib, comme s'appelait alors
Médine. Voir plus haut, p. 29.

communs[1]. Mais, dans cette phase de son évolution, Amari n'admet pas qu'en dehors des Autrichiens, ces intrus qu'il faut chasser, on touche aux possessions, on discute les droits, on se partage les territoires d'aucun des princes détenteurs de l'autorité, pourvu que la Sicile soit détachée et rendue indépendante du royaume des Deux-Siciles, que la préponderance de Naples aurait dû faire appeler plutôt le royaume des Deux-Naples. Il se contenterait à la rigueur d'une union à la manière de la Suède et de la Norvège, non pas à l'image de l'Angleterre et de l'Irlande[2]. « A la fin de 1847, dit Amari[3], lorsque se produisit le bouillonnement des âmes en Italie et que de toute part on parlait de réforme, j'avais mis un peu de côté les Musulmans pour traiter des Bourbons, en publiant l'œuvre posthume de Palmieri sur la « constitution du Royaume « de Sicile jusqu'en 1816, avec une introduction et de « nombreuses notes[4] ».

L'ouvrage était dédié par son auteur au Parlement anglais. Amari mit son introduction anonyme, datée de *Italia*, décembre 1846, et publiée à Lausanne en 1847, sous les auspices de « cet autre Parlement sans tête, sans nom et sans statuts, qui, des Alpes à la pointe de Lilybée, commence dès maintenant à délibérer sur ses

[1] *Carleggio*, I, p. 376, 381, 384, 395, 396, etc.

[2] *Ibid.*, I, p. 191.

[3] Amari, *Solwan el Mota'*, p. XI.

[4] *Saggio storico-politico sulla costituzione del Regno di Sicilia infino al 1816, con un' Appendice sulla Rivoluzione del 1820, Opera postuma di Niccolo Palmieri, con una Introduzione e Annotazioni di Anonimo ;* Losanna, Bonamici, 1847. Je cite d'après l'exemplaire de la Bibliothèque Nationale, coté K, 12893 ; voir le *Catalogue des imprimés de la Bibliothèque Nationale,* Noms d'auteurs, II, col. 815. La fiction d'une *Italia* imaginaire, lieu d'origine de l'Introduction rédigée à Paris, est caractéristique de l'évolution qui s'était accomplie dans les idées d'Amari.

propres affaires ». Ce pamphlet de politique italienne
contemporaine [1] » fut répandu par centaines d'exemplaires en Sicile, où la révolution grondait, n'attendant
qu'une amorce pour s'enflammer. Amari la lui fournit;
on y réimprima secrètement son Introduction [2] et bientôt elle fut dans toutes les mains, échauffant tous les
cœurs, sans qu'aucune indiscrétion trahît la provenance
de la traînée de feu et de lumière qu'elle propageait.
Les mobiles les plus nobles avaient empêché Amari
de proclamer hautement sa collaboration à une publication séditieuse. Il ne craignait pas de se compromettre, et d'ailleurs son séjour en France le mettait à
l'abri des vengeances bourboniennes. C'est sur ses
amis, adeptes de ses opinions, hommes d'opposition
courageuse, restés au pays, appelés à retenir ou à déchaîner le courant populaire, que s'exerceraient les re-
présailles. Il importait que ces chefs fussent maintenus à leur poste d'attente et de préparation, lorsqu'il
faudrait renoncer à toute chance d'un dénouement pacifique, d'un accord amiable entre la Sicile résignée,
mais non satisfaite, et Ferdinand II, « mal conseillé,
mais non disposé à trahir sottement la cause italienne [3] ».

La révolte éclate à Palerme le 12 janvier 1848 [4], le

[1] *Carteggio*, I, p. 194.

[2] D'Ancona, d'après le marquis di Torrearsa, dans le *Carteggio*,
I, p. 193, notes. D'Ancona. *ibid.*, signale la publication à Palerme, en 1848, de la partie intitulée *Storia della Rivoluzione del
1820, con note critiche di Michele Amari*. Je ne sais vraiment ce
qu'est l'édition de Paris, citée par O. Tommasini, *Scritti*, p. 311,
n. 1.

[3] Amari, dans le *Carteggio*, I, p. 238.

[4] G. Romano-Catania, *Rosalino Pilo e la Rivoluzione siciliana
del 1848-1849* (Roma, 1904; extrait de la *Nuova Antologia*), p. 13-
15.

jour même de la fête du roi Ferdinand, plus d'un mois avant la révolution de Paris contre Louis-Philippe. Les troupes napolitaines, bloquées par le peuple, n'ont opposé qu'un simulacre de résistance du 12 au 26. C'est l'effondrement de la tyrannie, la perspective de l'émancipation. Les événement de Sicile préludent à ceux qui se préparent dans Paris surexcité. Ils y sont accueillis, selon les opinions, avec sympathie ou avec indignation. Amari ronge son frein et se désole de ne pas faire le coup de feu contre les suppôts du roi *Bomba*. Les lettres qu'il reçoit attisent encore la fièvre qui le dévore. De Florence, Costanza Arconati lui écrit le 18 janvier [1] : « Oui, venez. Je me fais une idée très triste de la vie d'un Italien amoureux de la patrie, absent de l'Italie à l'heure présente. Si les nouvelles qui circulent aujourd'hui sont vraies, la Sicile aura suivi votre conseil. Je suis chaque jour plus émerveillée de la rapidité avec laquelle s'avance le feu italien. » Et de Palerme, Mariano Stabile lui adresse le 24 l'appel vibrant du lutteur lancé dans la mêlée [2] : « Nous sommes depuis le 12 en pleine révolution. Nous avons un Comité général de défense et de salut publics présidé par le maréchal Settimo, et dont je suis le Secrétaire général... Le peuple a été et continue à être sublime. Les hautes classes ont montré leur confiance dans le peuple, le peuple a mis sa confiance en nous... Tout le monde parle de toi et te désire. Le jour de ton arrivée sera un jour de fête publique. »

Un cas de force majeure empêchait le proscrit d'obéir à l'élan de son cœur, aux démarches de ses amis. Dans sa noble discrétion, dont il ne s'est jamais départi, sans que son âme ouverte manquât jamais à l'expres-

[1] *Carteggio*, I, p. 225.
[2] *Ibid.*, I, p. 228 et 229.

sion franche et sincère de ce qu'elle ressentait, il n'accuse personne, il ne récrimine pas contre les individus qui entravent son départ, il attaque seulement et « maudit le destin qui le retient loin de la Sicile, pendant qu'on y combat et qu'on y meurt pour la liberté [1] ». Tout en criant : « Vive Palerme et la Sicile ! [2] », Amari voit maintenant plus loin. Le mouvement insurrectionnel se communique de proche en proche à l'Italie entière et c'est pour tous ses frères, pour l'île à la fois et pour la péninsule, qu'Amari réclame des constitutions libérales dans une ligue dont la solidarité sera affirmée par un traité d'union offensive et défensive. L'arabisant sicilien a changé de ton en regardant la marche des événements du haut de son observatoire parisien. Le 27 janvier, il écrit à ses éditeurs Bonamici de Lausanne [3] : « Le gouvernement de Naples jette le gant à toute l'Italie, à toute l'Europe civilisée... Heureux ceux qui combattent en Sicile pour la liberté italienne, tandis que d'autres se consument de désir et d'anxiété sur la terre étrangère ! La guerre étant déchaînée, quel que soit le succès, je ne veux pas que manque aux commentaires sur l'œuvre de Palmieri le nom de Michele Amari. » L'auteur revendique hautement son Introduction comme une arme de guerre dont il connaît le maniement et dont l'origine divulguée augmentera la portée.

Le 3 février, Amari adresse une sorte de proclamation collective « aux amis Siciliens [4] » pour les féliciter de leur valeur, de leur bon sens, de leur constance et de leur modération. Il a enfin réussi à se procurer un

---

[1] Amari (24 janvier 1848), dans le *Carteggio*, I, p 230.
[2] Id., *ibid.*, I, p. 237.
[3] Id., *ibid.*, I, p. 238.
[4] Id., *ibid.*, I, p. 239-240.

passeport[1]. Mais il retarde son départ pour rédiger au plus vite un manifeste destiné à démontrer que la Sicile ne demande pas au roi l'octroi d'une constitution nouvelle, mais la convocation de son Parlement, le retour à la loi politique de 1816, le règlement du contrat avec Naples.

Dès le 9, cette autre arme était aiguisée et Amari, qui espérait le concours moral de la France en faveur des révoltés, la dégainait sous forme d'une plaquette rédigée en français, qu'il intitulait : *Quelques observa-vations sur le droit public de la Sicile*[2]. Après avoir affirmé que « le peuple sicilien a été le premier en Italie à remplacer par ce mot de constitution celui fort vague de réforme », Amari termine sa démonstration par cette éloquente péroraison : « J'espère que les nouveaux Ministres de Naples, soutenus par l'opinion publique de Naples, de toute l'Italie, de toute l'Europe, commenceront leur gouvernement par un acte solennel de justice en convoquant le Parlement sicilien qui aurait dû siéger depuis longtemps selon l'article 10 de la loi du 11 décembre 1816. Le Parlement sicilien, appelé à délibérer sur les termes de l'union politique de la Sicile à Naples, ne fera pas défaut à la cause italienne, j'en suis sûr, je le sens bien dans mon cœur. Le Parlement sicilien saura remplir sa mission aussi bien que le peuple a rempli la sienne les armes à la main. C'est le peuple du seul état d'Italie qui, après le naufrage de 1815, sauva une planche sur laquelle on lisait encore le mot de LIBERTÉ. »

Amari croit encore à la possibilité d'un lien fraternel entre Naples et Palerme sous un même roi constitu-

---

[1] Amari, dans le *Carteggio*, I, p. 239 ; cf. p. 172.
[2] Paris, imprimerie de Poussielgue, 1848, 22 p., sans couverture et sans titre autre que celui qui est en tête de la page 1.

tionnel, avec des garanties suffisantes pour sauvegarder
contre les excès de l'absolutisme les droits des deux
pays associés. Il sera moins disposé à entrer en composition avec le despote, lorsqu'il respirera l'air embrasé
sur le théâtre de la lutte. « Parti le 17 février, écrit
Amari[1], je fus à Palerme le matin du 1er mars et, le
soir du même jour, ils m'avaient déjà nommé Membre
du Comité révolutionnaire, dans lequel ils firent ensuite
de moi le Vice-Président de la section de guerre[2]. Le
Parlement ayant alors été convoqué, je fus élu, parmi
les députés de Palerme, le deuxième par le nombre des
suffrages après Ruggero Settimo[3] ; ensuite, après l'ouverture des Chambres, je fus mis en croix au Ministère
des finances. »

Dans l'énumération des honneurs dont Amari fut
accablé aussitôt après son retour et que, « au risque
de compromettre sa réputation, il accepta[4] », il oublie
de nous dire qu'un des premiers actes du nouveau
gouvernement fut de l'appeler, dès le 2 mars, à la
chaire, vacante depuis la mort de Rosario Di Gregorio,
de droit public sicilien et qu'en cette qualité il prononça,
le 20 mars, le discours d'ouverture à l'inauguration solennelle de l'Université[5]. Ce fut une journée sans lendemain, le professeur improvisé ayant plus d'aptitude
que de goût pour l'enseignement public. Cinq jours
plus tard, le 25 mars, le Parlement était ouvert et le
Ministère, présidé par Mariano Stabile, se présentait

[1] Amari, lettre de Paris du 24 novembre 1848, dans le *Carteggio*,
I, p. 450-451,
[2] Le 8 mars.
[3] Le 16 mars, par 2.370 voix, deux de moins seulement que
Ruggero Settimo.
[4] Amari, *Appunti autobiografici*, passage communiqué par
Tommasini, *Scritti*, p. 313.
[5] D'Ancona, dans le *Carteggio*, II, p. 347.

devant la « Chambre des communes » avec une déclaration qu'Amari, dans ses Notes autobiographiques,
reconnaît avoir rédigée [1]. Lorsque, le 29, il vint confirmer son acceptation du Ministère des finances, il le
fit avec la modestie d'un financier qui avait à Paris un
budget à peine supérieur à 150 francs par mois [2], qui
maintenant, à court d'appointements et de subventions,
en était réduit à loger chez son beau-frère Giuseppe
Del Fiore [3]. Si le Ministre n'avait pas de domicile, il
veillait aux destinées d'une caisse qui n'avait presque
pas de ressources, où chacun demandait à puiser, où
personne ne voulait rien verser. « On se refusait à payer
les impôts, écrit Amari [4]; tous voulaient des emplois,
par injonction du peuple souverain. Dix-huit heures
par jour je restais au travail, à me sentir déchirer l'âme
par les postulants ou les oreilles par les honorables
Membres des deux Chambres, qui ne se sentaient
Membres qu'à condition de faire opposition au Ministère pour préserver les libertés publiques menacées
sans trêve par les Ministres, par moi, par Mariano
Stabile, etc., nous qui, pendant quinze années, avions
mis nos têtes sous la hache pour cette cause. A dire
vrai, je paraissais personnellement le moins usurpateur
de tous, et le Ministère tint jusqu'en août; quand moi
et mes collègues nous nous retirâmes, ce fut par suite

---

[1] Amari, *Appunti autobiografici*, cités par D'Ancona, dans le
Carteggio, II, p. 383. Amari a donné une traduction française *in
extenso* de ce « Discours lu par le vénérable Président » dans son
« mémoire », intitulé *La Sicile et les Bourbons* (Paris, janvier 1849),
p. 74-87. J'y vois une raison de plus de lui attribuer l'original italien.

[2] C'est ce que j'infère d'une lettre d'Amari, dans le *Carteggio*,
I, p. 235.

[3] Amari, *Appunti autobiografici*, dans Tommasini, *Scritti*,
p. 313, n° 3.

[4] Lettre de Paris, citée plus haut, du 24 novembre 1848; voir
le *Carteggio*, I, p. 451.

de l'opposition faite par la Chambre des pairs à un projet d'emprunt que j'avais proposé et qui avait été consenti à l'unanimité par la Chambre des communes. »

L'amertume du pouvoir dans ces temps troublés n'avait été adoucie pour le Ministre des finances que par le sentiment d'un devoir à remplir, d'un service à rendre. Le 13 août, il quitta sans regret des fonctions qu'il n'avait pas sollicitées, mais subies « par ordre du premier citoyen d'Italie », qu'il avait essayé de résigner le 14 juin[1], sans obtenir alors que l'on mît fin à ses « tortures ». Le rêve d'une « fédération italienne des Etats-Unis d'Italie » s'évanouissait dans les brumes d'un avenir lointain : la Sicile, « en guerre avec le roi de Naples, en paix avec les frères italiens du royaume de Naples[2] », avait vainement offert, le 10 juillet 1848, la couronne à Ferdinand de Savoie, duc de Gênes, fils de Charles-Albert, roi de Piémont[3], « par une sorte de prévision fatidique de la domination heureuse qu'établirait sur l'île la dynastie gardienne des Alpes[4] »; l'Europe monarchique regardait avec une curiosité hostile un mouvement qui ne rencontrait une neutralité plutôt bienveillante que dans la France républicaine et dans l'Angleterre parlementaire; enfin, le roi de Naples, Ferdinand II, n'attendait qu'une occasion favorable, un temps opportun, la répression des trou-

[1] Amari, dans le *Carteggio*, I, p. 255.
[2] Amari, *ibid.*, I, p. 243 et 244.
[3] La lettre, écrite par Ferdinand de Savoie pour « ne pas accepter l'honneur qu'on veut lui faire », datée de Milan 6 août 1848, adressée par le prince au marquis Lorenzo Pareto, ministre des affaires étrangères du Piémont, a été publiée par M. G. Romano Caetana, *op. cit.*, p. 19-20, d'après l'autographe déposé au Musée de Palerme.
[4] Tommasini, *Scritti*, p. 314.

bles qui l'avaient menacé dans sa résidence de Naples
les 14 et 15 mai, pour écraser la rébellion, minée
d'avance par sa durée, par l'insuffisance de ses ressources, par la rivalité de ses meneurs, par l'incapacité
de ses généraux, par les dissensions intestines, la
mollesse et les excès de leurs soldats désœuvrés.

Ruggero Settimo, président du gouvernement de
Sicile [1], appela, le 13 août 1848, à la présidence du
nouveau Ministère Vincenzo Fardella, marquis di Torrearsa, depuis le 13 avril président de la Chambre des
communes [2]. Ce grand seigneur, ouvertement affilié à la
révolution de janvier, se réserva le double portefeuille
des affaires étrangères et du commerce. Alors qu'Amari
se flattait de goûter un repos chèrement gagné, alors
que sa présence éclairait d'une lueur de sérénité la
vieillesse sombre de son père, qu'il se préparait à respirer
librement l'air vivifiant de sa ville natale et à reprendre
ses courses dans la campagne et ses ascensions sur son
son cher mont Pellegrino, il fut, sans délai et sans
merci, sollicité d'apporter à l'étranger un concours
immédiat à ses successeurs, arraché à sa vie de famille,
condamné à s'expatrier. Son premier exil, qui lui avait
fait voir Paris et entrevoir Londres, suggéra l'idée de
lui infliger le deuxième, qui lui permettrait d'utiliser
dans ces deux villes, au profit de la Sicile, son expérience des hommes et des choses. Le 31 août, Amari
fut muni d'instructions écrites signées par le marquis
di Torrearsa, en qualité de « Commissaire spécial du
Pouvoir exécutif du royaume de Sicile près la République française et près le Gouvernement britan-

___

[1] J'emprunte ce protocole à Amari, *La Sicile et les Bourbons*,
p. 88.
[2] D'Ancona, dans le *Carteggio*, I, p. 287.

nique [1] ». Il doit se rendre à Londres, en passant par Paris, où il se concertera avec le « représentant » officieux de la Sicile, son ami le baron di Friddani. On accrédite le Commissaire spécial, à Paris, auprès du général Cavaignac, président de la République, et du citoyen Jules Bastide, ministre des affaires étrangères ; à Londres, auprès de lord Palmerston, ministre des affaires étrangères dans le cabinet whig présidé par le comte John Russell, et auprès de lord Minto. Le jeune négociateur saurait-il d'emblée tenir tête aux « vieux renards de la diplomatie » [2] ? Ses instructions lui intimaient l'ordre de joindre ses efforts à ceux de ses collègues, le baron di Friddani à Paris, Luigi Scalia et le prince Granatelli à Londres, pour obtenir des deux puissances la reconnaissance officielle de la Sicile, irrévocablement séparée du royaume de Naples, placée sous la souveraineté offerte par le vote du Parlement au duc de Gênes, qui finira par l'accepter, ou, à son défaut, conférée à un prince de la maison de Toscane [3] ; une intervention pressante ou au moins une médiation efficace pour arrêter le roi de Naples, si, au mépris des engagements qu'il a pris avec l'Angleterre et la France, il trame, ainsi que l'affirme lord Napier, une expédition pour chercher à usurper de nouveau ses anciennes conquêtes ; enfin, un appui moral et matériel prêté franchement au Statut nouveau que le Commissaire aura pour mission spéciale de défendre à Londres en ce qu'il a de contraire aux idées et aux usages aristocratiques de l'Angleterre.

[1] Ces instructions sont reproduites intégralement dans le *Carteggio*, I, p. 264-266.

[2] Expression empruntée à *ibid.*, I, p. 362.

[3] La clause relative au prince de Toscane devait rester secrète et ne pas être communiquée par Amari à ses collègues. Voir cependant le *Carteggio*, I, p. 297 et 298.

Amari s'embarqua, sans protester et sans tarder, sur un vapeur de guerre anglais, la *Porcupine*. Ce fut pour lui un déchirement de cœur que ce départ hâtif, mais la voix publique l'avait indiqué à un Ministère composé exclusivement de ses amis [1]. Le 4 septembre, il est en rade dans le golfe de Naples, à la barbe du tyran [2], y apprend avec émotion le bombardement par le roi Bomba et la résistance héroïque de Messine [3], arrive à Marseille le 7, à Paris le 10 [4]. L'arabisant de la veille et du lendemain n'y fréquente plus avec suite ni ses anciens professeurs, ni les manuscrits tant aimés de la Bibliothèque devenue Nationale [5]. On le rencontre dans les antichambres, il court les audiences, il assiste et il prend part aux réceptions officielles, il s'accroche dans les soirées des ministères et partout ailleurs aux personnages, qu'il obsède et qui essaient en vain de se dérober. On concède à son insistance des promesses vagues qui aboutissent le plus souvent à d'amers déboires. Sa santé de fer lui permet de faire sans relâche la navette entre la gare du Nord à Paris et celle de London Bridge à Londres [6]. Ses entretiens çà et là développent les qualités de son esprit observateur. Dans le véritable *Libro Verde*, que M. D'Ancona nous a transmis sur cette période de négociations pénibles et absorbantes [7], que de croquis vivants, rapides, ressemblants, malicieux sans aigreur, spirituels sans pré-

---

[1] *Carteggio*, I, p. 451.

[2] *Ibid.*, I, p. 274.

[3] *Ibid.*, I, p. 273 et 281. La ville, ravagée, décimée et ruinée, capitula le 7 septembre, non sans avoir infligé des pertes sérieuses aux assiégeants ; cf. *ibid.*, I, p. 282 et 291.

[4] *Ibid.*, I, p. 282.

[5] *Ibid.*, I, p. 547-548.

[6] *Ibid.*, I, p. 307, 310, 314, etc.

[7] *Ibid.*, I, p. 267-566.

tention, Amari a tracés de sa plume bien taillée, à
l'image de Ferdinand II, « le roi sacripant [1] », de lord
Palmerston, « un whig aristocrate, pratiquant l'art
d'écouter en silence avec autant d'attention que de
patience [2] », de lord Normanby, « le vrai roi de
France à l'époque actuelle », de Thiers, « l'esprit le
plus élevé et le premier orateur qui reste à la France,
ce petit avorton », avec sa « forte odeur de parvenu,
cette miniature de réactionnaire [3] », du général Cavaignac, « chef du gouvernement en titre et de fait »,
toujours aussi loyal et de plus en plus impopulaire,
aux réparties d'une rondeur et d'une brusquerie solda-
tesque [4], du « très honnête » Bastide [5], du candidat
Louis Napoléon, le « Napoléonide », comme Amari
l'appelle avec irrévérence [6], parce qu'il le juge un
homme « inepte, qui n'a ni talents, ni habiletés, ni
qualités autres que des qualités médiocres [7] ». La correspondance diplomatique d'Amari contient aussi des
jugements sommaires et tranchants sur Mazzini, « excellent et saint, mais nullement politique [8] », sur Garibaldi,
« qui n'a jamais été un général, mais un chef résolu et
rien d'autre [9] », sur ses deux « amis incrédules et républicains [10] », Michelet, « affolé de la Sicile [11] », et Edgar

[1] *Carteggio*, I, p. 310, 314, 315, etc.
[2] *Ibid.*, I, p. 297, 399, 560 et 561.
[3] *Ibid.*, I, p. 285.
[4] *Ibid.*, I, p. 423 et 490. Le mot « parvenu » est en français ;
cf. *ibid.*, I, p. 549.
[5] *Ibid.*, I, p. 316, 320, 336, 342, 400, 425, note, 488 et 489.
[6] *Ibid.*, I, p. 410.
[7] *Ibid.*, I, p. 313 et 347.
[8] *Ibid.*, I, p. 422.
[9] *Ibid.*, I, p. 431. Amari ne soupçonnait pas alors le rôle qu'il
jouerait pour seconder Garibaldi dans la libération définitive de
la Sicile. Cf. aussi *ibid.*, I, p. 415.
[10] *Ibid.*, I, p. 480.
[11] *Ibid.*, I, p. 345.

Quinet, « écrivain pour l'Italie [1] », pour ne citer qu'un petit nombre de célébrités incontestées.

La reprise des hostilités entre les troupes du tyran dépossédé et ses anciens sujets, voilà un duel qu'il faut éluder à tout prix, tout en se préparant à l'affronter, s'il devient inévitable. Un double remède s'impose pour parer aux dangers que court la Sicile. Amari sent vivement que, d'une part, il importe d'accroître les forces militaires dont elle dispose, afin qu'elle soit en état de se défendre contre les assaillants et de les tenir en respect, que, d'autre part, la grande famille italienne, des Alpes à Lilybée, en deçà et au delà du Phare, doit s'associer dans une fédération intime, sans aucun remaniement de territoire, avec l'admission à titre égal de toutes les subnationalités géographiques, ethniques ou historiques, sous le patronage de l'Angleterre et de la France plutôt que de l'Autriche et de la Russie [2].

Pour faire figure dans ce pacte, qui laissera à chaque état son indépendance [3], la Sicile a besoin de montrer combien son concours peut devenir précieux et recherché, combien son appoint mérite considération, quelle quantité et quelle qualité d'auxiliaires elle mettra en ligne dans l'intérêt de la cause commune. La diplomatie ne peut pas se passer d'une victoire sicilienne [4]. C'est pourquoi, tandis que les deux nations amies se bouchent les oreilles pour ne rien entendre, Michele

[1] *Carteggio*, I, p. 346. Voir au bas de cette même page la savante et judicieuse note, par laquelle M. D'Ancona démontre que « Quinet mérite vraiment ce nom, et celui d'ami de l'Italie ». Voir aussi *ibid.*, I, p. 550.

[2] Amari, *La Sicile et les Bourbons* (Paris, janvier 1849), p. 91 et 105 ; *Post-scriptum* (Paris, 29 mars 1849), p. 29-30.

[3] Amari, *La Sicile*, p. 91 ; cf. *Carteggio*, I, p. 486.

[4] *Ibid.*, I, p. 322.

Amari et son collègue, le baron di Friddani, entament
à Paris, leur « point stratégique [1] », des pourparlers
avec plusieurs officiers disponibles de toute armè et
de toute origine : ce sont le vieux général français
« vert et valide », Jacques de Trobriand, « impatient
de faire avec nous sa dernière campagne [2] », le Polonais Louis Mieroslawski, le *condottiere* né des soulève-
ments européens [3], le colonel polonais Wiercinski,
« l'homme de la chose [4] », le colonel Gærtner de
Brunswick [5] et d'autres, bien décidés à tenter l'aventure. On mettra sous leurs ordres des combattants de
l'empire encore solides, des républicains exaltés avides
de transporter au dehors leurs personnes et leurs idées,
des troupes cosmopolites à la solde de qui les enrôle [6].
Les achats de canons, de fusils, de matériel et de mu-
nitions sont, non seulement tolérés, mais encouragés [7],
et, le 3 octobre 1848, le général Cavaignac se laisse
aller à promettre « un petit crédit [8] ». On marchande
et on se dispose à équiper le vapeur l'*Hellespont* [9]. Les
préparatifs de guerre se poursuivent ouvertement à
Palerme et à Paris, sous le couvert d'un armistice
arraché au roi de Naples par la médiation franco-
anglaise, qui lui lie les mains [10], parfois interrompus et
souvent contrariés par la disette des finances, avec la

[1] *Carteggio*, I, p. 410.
[2] *Ibid.*, I, p. 343, 344, 354, 391, 405, 417, 430, 431, 459, 514.
[3] *Ibid.*, I, p. 515, 568, 571 et 582.
[4] *Ibid.*, I, p. 391, 405, 418, 429, 459, 472.
[5] *Ibid.*, I, p. 343-344.
[6] *Ibid.*, I, p. 308.
[7] *Ibid.*, I, p. 322, 364, 395, 426, 427; cf. p. 459.
[8] *Ibid.*, I, p. 342; cf. p. 413.
[9] *Ibid.*, I, p. 282, 307, 335, 351, 355, 356, 357, 373; cf., sur d'autres vapeurs à acquérir ou acquis, *ibid.*, I, p. 302, 391, 427, 499,
540. 551; II, p. 1 et 2.
[10] *Ibid.*, I, p. 394.

connivence avérée des deux puissances neutres. La
Sicile puise un regain de confiance dans l'ardeur impé-
tueuse de ces recrues bruyantes, dans l'inaction pro-
longée du roi Bomba, qui se réserve pour le printemps
prochain, dans le succès éclatant d'un emprunt forcé
qui fut couvert sans difficulté dans « ce pays des
miracles » et qui remplit pour un moment les caisses
vides des Siciliens à Palerme et à Paris [1].

Un sage comme Amari, tout en coopérant aux
mesures qui relèvent les courages de ses compatriotes,
ne se dissimule pas la nécessité urgente de résoudre à
bref délai le problème de l'union, « puisque, pour le
moment et pour longtemps, il ne sera pas question
d'unité en Italie [2] ». Il faut lire d'un bout à l'autre le
remarquable rapport rédigé en français, que le 8 décembre 1848, Michele Amari et le baron di Friddani
adressèrent au ministre Bastide [3]. On y reconnaît la
précision et la fermeté de pensée et de langage qui
distinguent les écrits d'Amari, scientifiques ou politiques, historiques ou littéraires, et je n'hésite pas à le
dénoncer comme le rédacteur du manifeste, signé par
lui et par son collègue de Paris, qui n'hésita pas à souscrire les termes de son éloquente déclaration.

La situation est ainsi dépeinte dans un tableau saisissant, destiné à porter la conviction dans l'esprit du

---

[1] *Carteggio*, I, p. 499; lettre du marquis di Torrearsa à Amari du
19 décembre 1848. L'emprunt était de 100.000 *onze*, dit la lettre;
Amari (*La Sicile*, p. 39) parle d'un million et demi de francs qui
auraient été versés. L'*onza* sicilienne, sur laquelle je n'ai pas
trouvé à me renseigner, valait donc 15 francs. Un projet d'emprunt, à contracter à Paris, venait d'échouer misérablement
après des remises successives; cf. le *Carteggio*, I, p. 417, 458-
459, 495-496, etc.

[2] Amari, *La Sicile et les Bourbons*, p. 104.

[3] *Carteggio*, I, p. 485-488.

Ministre auquel est adressé cet exposé lumineux [1] :
« La Sicile, dans sa révolution de 1848, ne s'est pas écartée
un seul instant du principe de l'union nationale de l'Italie. Les objets de cette révolution ont été : 1º d'abroger un
pouvoir illégal et despotique ; 2º de chasser un prince
sanguinaire, l'ennemi de ses peuples, de l'Italie et de
la civilisation ; 3º enfin de briser non pas un lien fraternel, mais une chaîne d'esclavage, forgée par les traités
de 1815... Maintenant, sous le coup de la réaction de
la Lombardie et de Naples, il ne reste d'autre parti
à prendre que de consolider au plus tôt les idées de
fédération. Il ne paraît pas difficile qu'on tombe
d'accord sur deux points essentiels : l'élection populaire pour la Diète Constituante et l'admission, à titre
égal, de toutes les subnationalités historiques ou géographiques : Piémont, Lombardie et Vénétie, Toscane, États
Romains, Naples, Sicile. Peut-être les différents projets
formés en Piémont, en Toscane, à Rome, ne tarderont-
ils pas à se fondre en un seul, et celui-ci à recevoir la
sanction des Parlements, des Princes et des peuples...
Personne ne peut douter de l'efficace coopération de la
France à la fédération italienne, quand on a pour
gages les principes proclamés par la République, le
haut intérêt politique de la France à voir l'Italie constituée d'après ces principes, les déclarations réitérées
de l'Assemblée nationale et du Pouvoir exécutif pour
l'affranchissement de l'Italie. Quant à la Sicile en particulier, ne devrait-elle pas compter sur l'appui de la
France pour devenir un des membres indépendants de

[1] On aura profit à étudier la genèse et le développement de
ce point de vue, qui va toujours en s'élargissant dans l'esprit
clairvoyant d'Amari, en lisant, dans l'ordre où ils se suivent, les
passages suivants publiés dans le *Carteggio*, I, p. 376, 377, 381,
384, 395-397, 462, 464, 466 (important), 470, 483, 492 et 499.

la fédération? Les hommes d'État appelés aux Conseils de la République connaissent trop bien l'histoire et la position actuelle de la Sicile pour ne pas être convaincus que l'union de cette île à Naples, sous Ferdinand de Bourbon, est devenue impossible, et ce lien fragile et odieux ne servirait qu'à attirer les ambitions de l'étranger sur la Sicile [1]. La République a reconnu de fait l'indépendance de cette île ; le canon français a salué cent fois le pavillon sicilien. La France ne pourrait sourire à un despote, qui le foulerait tout sanglant à ses pieds ».

Au moment où Amari s'évertuait à placer sous la sauvegarde de la France le pavillon sicilien « aux trois couleurs italiennes [2] », les pensées à Paris et dans les départements convergeaient vers l'élection présidentielle fixée au 10 décembre 1848. Qui l'emporterait, du général Cavaignac ou du prince Louis Napoléon ? Les pronostics les plus autorisés étaient d'accord pour annoncer avec certitude que le suffrage universel réservait au prince une majorité écrasante. Amari eût préféré ne pas croire à cette issue qu'il considérait comme une calamité pour la France [3]. Mais il avait assisté aux progrès des « idées napoléoniennes [4] » et il se rendait à l'évidence. Il s'indignait déjà en prévoyant

[1] Le 28 février 1849, Amari, à la page 30 et dernière de son *Post-scriptum* à *La Sicile et les Bourbons*, agitera devant la France et l'Angleterre, témoins sympathiques, mais spectateurs immobiles, le spectre d'« une garnison napolitaine, croate ou cosaque, peu importe », mise par l'Autriche ou la Russie dans « l'île la plus importante de la Méditerranée, qui, dans le commerce comme dans la guerre, pouvait devenir la clef de l'Italie et de l'Orient ».

[2] *Carteggio*, I, p. 486.

[3] *Ibid.*, I, p. 338, lettre d'Amari du 30 octobre 1848.

[4] J'emprunte cette expression au titre d'un des premiers opuscules de Louis Napoléon (Paris, 1839).

que, dans les rues de la capitale, « la neige serait
teinte du sang versé [1] » et que les protestations des
meilleurs républicains risquaient d'amener la guerre
civile. Amari n'entretint jamais aucune relation directe
ni avec le Prince Président, ni plus tard avec Napoléon III, empereur des Français.

Drouyn de Luys ayant été nommé, le 20 décembre,
Ministre des affaires étrangères, Friddani et Amari,
admis auprès de lui le 25 [2], essayèrent de le gagner à
la cause de leur malheureux pays avec autant de chaleur qu'ils l'avaient fait auprès de son prédécesseur, le
citoyen Bastide, et trouvèrent en celui-là un interlocu-
teur aussi sourd à leurs prières, mais moins aimable
et plus décourageant que ne l'avait été celui-ci. Le Ministère des affaires étrangères n'a pas cessé d'être, dans
les pays civilisés, celui dans lequel les traditions se
perpétuent avec le plus de continuité, quel que soit le
régime, royauté, république ou empire. Néanmoins,
Drouyn de Luys met à dessein plus de raideur et de
sécheresse dans son accueil pour accentuer plus nette-
ment l'attitude désormais inexorable de la France
envers la Sicile. Le baron di Friddani ne veut plus
gravir les marches du Ministère ; et moi, écrit Amari [3],
« je vais seul subir avec dédain toutes ces humilia-
tions, qui sont pour moi un sacrifice fait au pays ».

Ce fut à la parole écrite, comme à un instrument
plus efficace d'action sur gouvernants et gouvernés,
qu'Amari, pour s'épargner le retour de pareilles « humi-
liations », résolut d'avoir recours dans l'accomplissement de sa mission. Il organisa une propagande active

---

[1] *Carteggio*, I, p. 410.
[2] Giovanni Lucifora, dans les *Memorie della Rivoluzione siciliana* (sur cet ouvrage, voir p. 150, note 2), I. p. 229.
[3] *Carteggio.*, I, p. 532; cf. p. 563.

par des insertions d'articles dans les journaux français et anglais, ainsi que dans celles des Revues qui donnent le branle à l'opinion publique [1]. A ses *Quelques observations sur le droit public de la Sicile*, vieilles de près d'une année [2], il médite de substituer un manuel où il mettra en parallèle les droits sacrés de la Sicile et les méfaits iniques des Bourbons. Ferdinand II n'a-t-il pas donné récemment de nouveaux gages à la réaction en recueillant, le 25 novembre, à Gaète; le Pape Pie IX, qui a été mis en fuite par l'insurrection romaine, ses sujets ne lui ayant pas pardonné sa volte-face au libéralisme de ses débuts [3]? Amari parle d'abord d'un « opuscule documenté de 200 à 300 pages [4] », qu'il ne signera pas de son nom, pour ne pas froisser les convenances parlementaires [5], et finalement il condense la matière dans une plaquette de 108 pages, datée de janvier 1849, en tête de laquelle on lit : *La Sicile et les Bourbons, par Amari, membre du Parlement sicilien* [6]. Le 29 mars, « malgré la répugnance que lui inspire ce blasphème contre les droits sacrés de la Sicile », il reproduit dans un *Post-scriptum* [7] le projet de constitution de Gaète, en cinquante-six articles, proposé à la Sicile, comme « concession royale », par Ferdinand II le 28 février, et Amari, conformément à ses opinions profondément enracinées, justifie « le refus de ces condi-

---

[1] *Carteggio*, I, p. 350, 356, 367, 371, 481, etc.

[2] Les *Quelques observations* sont du 9 février 1848; voir plus haut, p. 125.

[3] *Carteggio*, I, p. 471. « Révolution heureuse à Rome », avait écrit Amari, aussitôt que la nouvelle lui en était parvenue; cf. *ibid.*, I, p. 453, une lettre précisément datée du 25 novembre 1848.

[4] *Ibid.*, I, p. 416. Si c'est là un « opuscule », que sera un livre ?

[5] *Ibid.*, I, p. 414.

[6] Paris, A. Franck; cf. *Carteggio*, I, p. 521, note, 527-528.

[7] Paris, Plon, 30 pages; y voir p. 4-14.

tions par le Comité sicilien », et juge sévèrement « le
refus par Ferdinand des conditions que le Comité lui
proposait à son tour [1] ». Il préconise la solution des
difficultés pendantes dans une brochure anonyme dont
le titre indique suffisamment l'objet : *La médiation française dans les affaires de Sicile* [2], en même temps que,
sous un titre analogue [3], il publie à Londres, en la
signant de son nom, une traduction anglaise de son
Post-scriptum, allégée du texte de la « charte offerte ».

Devançons Amari en Sicile, dont la situation s'est
aggravée, et à Palerme, où il abordera le 16 avril 1849 [4].
Pendant qu'il écrivait, « comme on dit en Sicile, avec
le sang aux yeux [5] », les événements se précipitaient
et la catastrophe finale paraissait imminente. La patience
du roi Bomba est à bout ; il a laissé passer l'hiver l'arme
au bras, sans coup férir, non pas seulement par longa-
nimité, mais aussi sur les instances réitérées, impérieuses, de l'Angleterre et de la France. Les prétentions
de la Sicile ont, dans le Prince Président et dans son
Ministre des affaires étrangères, des antagonistes plutôt que des alliés. Si l'étiquette républicaine n'est pas
effacée en France, le gouvernement se solidarise avec
les rois pour acheminer le pays vers la restauration de
l'empire. Il y a plusieurs mois que l'Angleterre, « pacifique et réactionnaire [6] », a déçu les espérances qu'avait
mises en elle Amari, « à l'origine anglophile, sinon anglo-

---

[1] Amari, *Post-scriptum*, p. 29.

[2] Paris, Plon, sans date (1849), 14 pages gr. in-8°.

[3] *The anglo-french Mediation in Sicily or Post-scriptum to Sicily
and the Bourbons*, London, 1849 ; cf. Tommasini, *Scritti*, p. 315,
note. La Bibliothèque de l'Institut de France possède un exemplaire de cette traduction anglaise.

[4] *Carteggio*, I. p. 569, 580, 582 et 586.

[5] *Ibid.*, I, p. 511.

[6] *Ibid.*, I, p. 389.

mane ». « A présent, écrit-il le 6 décembre 1848 [1], ne me
parlez pas de John Bull. » La crise ministérielle si malen-
contreuse qui, à Palerme, renversa du pouvoir, le 15 février 1849, des hommes tels que le marquis di Torrearsa et
ses collègues, dont la vertu et le dévouement rehaussaient
l'autorité au dedans et au dehors, aurait pu avoir des conséquences graves pour la Sicile, si Pietro Lanza, prince
di Butera, chef du nouveau cabinet, n'avait pas inspiré
et mérité pleine confiance [2]. Il inaugura ses fonctions
en recevant de Gaète la « charte octroyée », datée du
28 février [3], accompagnée d'un ultimatum. « Les conditions ci-dessus, dit en terminant le roi de Naples [4], seront considérées comme non avenues, non faites et non
promises, si la Sicile ne se soumet pas immédiatement
à l'autorité de son légitime souverain. Dans le cas où
l'armée royale se verrait dans la nécessité d'agir pour
reprendre possession de cette partie des pays du Roi,
la Sicile s'exposerait à tous les dommages qu'entraîne
la guerre et à la perte des avantages que lui assurent
les présentes concessions. » Cette proclamation aux
Siciliens, avec les « dispositions » que le Roi « se réserve de formuler à la fin de juin de l'année courante »,
commençait par une amnistie « pour tous les faits et
délits politiques [5] ». Amari, dans son indignation cour-
roucée, avant d'entreprendre une analyse partiale de la
« charte octroyée », la flétrit comme une « étrange

[1] *Carteggio*, I, p. 480.
[2] Amari n'approuve pas tous les choix et demande « un changement partiel ». Lettre du 7 mars 1849, *ibid.*, I, p. 549. M.
D'Ancona, *ibid.*, note, énumère les membres du Ministère au
15 février et ceux qu'il s'adjoignit dans un remaniement conforme aux vœux d'Amari, en date du 13 mars.
[3] Voir plus haut, p. 139.
[4] Amari, *Post-scriptum*, p. 14.
[5] *Ibid.*, p. 5 et 6.

concession royale qui commence par l'insulte et le
mensonge et finit par la menace d'une guerre d'exter-
mination [1] ».

Au cas où les Siciliens n'acquiesceraient pas au pardon et à la rentrée en grâce accordés au « pays de
Cérès [2] » s'il abandonne les armes pour la charrue,
l'ouverture des hostilités serait fixée au dixième jour
après le refus des propositions [3]. La répression énergique, implacable, ne chômerait pas, le bourreau, qui
en est chargé, n'étant autre que le généralissime Carlo
Filangieri, prince de Satriano, « le boucher de Messine [4] », qui a remis l'ultimatum aux ministres pléni-
potentiaires anglais et français à Naples, Sir William
Temple et Alphonse de Rayneval, pour qu'il fût communiqué au Gouvernement du Royaume de Sicile par
les amiraux anglais et français Parker et Baudin [5].
Amari ne se soucie plus que d'aller immédiatement
faire le coup de feu à Palerme, où le sort de la Sicile
se décidera, comme en janvier 1848. Sa conscience lui
enjoint de s'associer autrement que de loin aux périls
et au destin de ses anciens amis politiques. Au premier
coup de canon, il quittera Paris et regagnera son poste,
qui peut devenir périlleux, à la Chambre des communes, dans les rangs de la Garde nationale mobilisée,
dans les troupes de citoyens qui sortiront à la rencontre de l'ennemi. Il aspire à combattre et à mourir pour

[1] Amari, *Post-scriptum*, p. 14.
[2] Expression du Roi dans sa proclamation; *ibid.*, p. 5.
[3] *Carteggio*, I, p. 551.
[4] *Ibid.*, I, p. 310 et 550; Amari, *Post-scriptum*, p. 4.
[5] D'Ancona, dans le *Carteggio*, I, p. 557. C'est l'amiral Baudin
qui a indiqué expressément la durée du délai au prince di
Butera. Quant à l'amiral Parker, il n'avait spécifié aucune date
pour la rupture de l'armistice. Lettre du prince di Butera du 8
mars 1849, *ibid.*, I, p. 551.

la noble cause, dont il espère la victoire, en conseillant la résistance jusque sous le couteau [1]. Ce n'est pas à Palerme, où ses sentiments les plus intimes le poussent à exposer sa vie allègrement, c'est à Londres, où « la confiance immense » du prince di Butera lui a fait « l'honneur d'une importante mission [2] », qu'Amari va se rendre tout d'abord. Il part le 8 mars 1849, la mort dans l'âme, pour tenter une démarche suprême auprès de lord Palmerston, silencieux et impénétrable à son ordinaire, avec la complicité active de lord Minto, « toujours courtois et amoureux comme un père à l'égard de la Sicile [3] ». Dans ces entretiens, la candidature éventuelle de Ferdinand de Savoie, duc de Gênes, à la royauté de la Sicile, est de nouveau posée et soutenue par Amari, mais sans qu'il obtienne créance sur l'acceptation possible du prince, au moment où son père, Charles Albert, roi de Sardaigne, abandonné à lui-même par l'Angleterre et par la France, était combattu sans merci par l'Autriche [4]. Amari, rentré à Paris le 13 mars [5], n'y rencontra pas de dispositions plus favorables à la Sicile. La « crainte des rouges [6] » y prédominait. Les propositions « très infâmes » du roi Bomba paraissaient acceptables, et le mieux serait de

[1] *Carteggio*, I, p. 496, 519, 526, 528, 530, 537, 556, 562, 563, 566, 580, 582. Ma rédaction donne le sens et en partie les termes de ces passages écrits pour la plupart du 16 décembre 1848 au 22 mars 1849.

[2] *Ibid.*, I, p. 549.

[3] *Ibid.*, I, p. 552 ; cf. p. 553 et 557.

[4] *Ibid.*, I, p. 556, 560 et 566. Les hostilités contre le royaume de Sardaigne, reprises après une trêve le 12 mars, aboutirent le 23 à la défaite de Novarre, qui eut pour conséquence l'abdication de Charles Albert en faveur de son fils aîné, Victor Emanuel II.

[5] *Ibid.*, I, p. 556.

[6] *Ibid.*, I, p. 563.

s'y résigner. Amari n'admet pas qu'on transige et, le 27, il écrit de Paris au marquis di Torrearsa[1] : « Notre politique est unique et très claire, et l'on ne peut s'y tromper. Résister et nous faire égorger, ne jamais céder, surtout ne jamais faire une ligne de convention que dans l'avenir on puisse alléguer comme une renonciation à nos droits... Combattons sans compter sur aucun appui. »

Le principe de non-intervention est donc invoqué par les deux Puissances indifférentes, qui donnent carte blanche au roi Bomba. Après avoir vainement attendu la soumission du Gouvernement sicilien, il donne à son armée l'ordre de prendre l'offensive. Il commence par s'emparer de Taormina, mal défendu par Mieroslawski[2]. Le 6 avril, vers le soir, c'est Catane qui se rend « après une courte résistance traversée par mille malentendus et parce qu'une partie de la troupe s'est débandée[3] ». Ces échecs étaient des symptômes de la démoralisation générale qui, d'avance, condamnait l'île vaincue à de nouvelles souffrances et à une oppression pire que celle du passé. Dès le 9, le prince di Butera épanche « en ami et confidentiellement[4] » sa douleur et son désespoir dans le cœur d'Amari, qui souffre plus que jamais, dans cette période critique, de n'avoir pas su échapper à sa servitude parisienne. Il la secoue enfin et arrive à Palerme le 16 avril.

Le spectacle qui le frappe et qui le navre, aussitôt qu'il a mis le pied dans sa ville natale libre encore du joug napolitain, c'est le laisser-aller qui y règne, l'iner-

[1] Torrearsa, dans le *Carteggio*, I, p. 558.
[2] *Ibid.*, I, p. 565-566.
[3] *Ibid.*, I, p. 568 ; cf. p. 571.
[4] Le prince di Butera à Amari, le 9 avril ; *ibid.*, I, p. 566 ; cf. p. 568.

tie des chefs, l'indiscipline des soldats, le mauvais
vouloir de la bourgeoisie, lasse de quinze mois de révolution dans l'isolement d'une île, épouvantée de l'apparition et des progrès du choléra, qui y choisit le plus
souvent ses victimes. Il venait payer à la Sicile le tribut de son sang et il trouve Palerme à la veille d'une
catastrophe dont elle ne s'alarme pas, d'une capitulation plus désirée que redoutée, d'une reddition en faveur de laquelle la Garde nationale et le Parlement
sicilien sont disposés favorablement [1]. Les bateaux à
vapeur français s'apprêtent à supprimer leur relâche à
Trapani, sur la route de Marseille à Malte. « Il faut
absolument, écrit Amari dès son débarquement [2], conserver ce service, au moins tant que notre bannière
n'est pas abattue à Palerme... S'il cessait, nous per-
drions l'unique voie de communication qui nous reste
dans les conditions présentes, dont nous ne pouvons
pas pressentir la durée. » S'il avait connu plus tôt la
populace dont le contact l'effarouche maintenant, qu'il
avait crue attachée à ses droits et acharnée contre les
Bourbons, il aurait sans doute montré quelques défaillances de la volonté dans l'accomplissement de son
mandat à Paris et à Londres. Ce qui le désole, c'est
que le grondement du canon ne couvre pas la voix de
la diplomatie et des diplomates, que « la Sicile ne veut
plus combattre pour sa liberté [3] ». Il n'a plus retrouvé
le Ministère Butera qui, le 14 avril, a dû céder la place
à un « fantôme de Ministère, dont l'âme est le baron
Riso, devenu préteur de Palerme ». Comme les médecins se succèdent au chevet des moribonds, nombreux
sont les cabinets qui président l'un après l'autre à l'ago-

---

[1] *Carteggio*, I, p. 582.
[2] *Ibid.*, I, p. 569-570.
[3] *Ibid.*, I, p. 570.

nie du Gouvernement du Royaume de Sicile. Le dernier, le ministère de la ploutocratie, des appétits et de
la capitulation, n'a pas laissé les meilleurs souvenirs[1].
Le 20 avril, Amari assiste à un Conseil extraordinaire
des notables, convoqué par le « très saint »[2] et vénérable Président du Gouvernement, Ruggero Settimo.
Amari, La Farina et quelques autres parlent contre la
reddition. Une autre séance est tenue le lendemain.
Amari s'abstient cette fois d'intervenir, parce qu'il ne
se sent soutenu que par une minorité impuissante[3].

« Tout effort de ma part, écrivait Amari quatre mois
plus tard, après avoir eu le temps de la réflexion sur
ce qu'il avait vu et éprouvé[4], tout effort de la part
d'un autre auraient été vains, et je vous confesse qu'il
nous manqua le courage de déchaîner une guerre
civile comme prélude à la continuation de la guerre
contre les Croates ou les Cosaques, comme vous vous
plaisez à les appeler, du roi de Naples. Le peuple
nous aurait suivis; mais qui pouvait répondre de la
modération d'un peuple qui avait bu les premières
gouttes du sang de ses concitoyens, d'un peuple qui,
sous l'empire des lois, a l'habitude d'être malheureu-
sement trop enclin à répandre le sang? Le rôle de
chef d'une multitude... me fait peur, à moins que je
ne voie la probabilité d'une issue heureuse, qui justifie
toujours les moyens par la sainteté de la cause victorieuse. Nous nous laissons, pour ainsi dire, chasser

[1] D'Ancona, dans le *Carteggio,* I, p. 573, note.
[2] Amari, *ibid.*, I, p. 563.
[3] Amari et D'Ancona, *ibid.*, I, p. 576; cf. Giovanni Lucifora,
dans les *Memorie della Rivoluzione siciliana* (sur cet ouvrage,
voir p. 150, note 2), I, p. 227.
[4] Le 6 août 1849; cf. le *Carteggio,* I, p. 582-583. Nous avons
déjà donné des fragments de cette lettre d'Amari à Giovanni
Arrivabene.

par la Garde nationale que nous aurions pu, en une
demi-journée, renvoyer dans ses foyers. »

Amari, déçu, désenchanté, réveillé brusquement de
ses illusions, déprimé par le dégoût de tant de bas-
sesses et de complaisances, presque « chassé » par ses
compagnons de la Garde nationale, éprouva l'impatience de s'éloigner avec la même intensité avec laquelle,
naguère, il avait rongé son frein, lorsque mille causes
avaient différé son départ. Il avait eu la consolation de
revoir son vieux père, débris d'un lointain passé. Une
autre diversion aux nausées dont il souffrait lui fut
fournie par l'arabisant qui sommeillait en lui. « Au
bout d'une semaine, dit-il, dans une lettre à M. Adrien
de Longpérier écrite à la fin de 1849 [1], je fus obligé de
chercher un asile à l'étranger. L'idée me vint alors
d'employer les deux derniers jours, faute de mieux, à
l'estampage de l'inscription de la Couba... Montés sur
des échelles jusqu'à un petit escalier tournant en pierre,
que je crois né avec le château [2], nous gagnâmes la
terrasse qui sert de toit et d'où l'on jouit d'une vue
magnifique. On estampe l'inscription sous nos yeux,
et M. Cavallari se charge d'en reprendre les traits au
crayon, en examinant l'inscription d'en bas à l'aide
d'une bonne lunette. C'est ainsi qu'a été pris le calque

[1] *Revue archéologique* de 1849, p. 669-683. Le passage cité est
p. 682.

[2] Le palais de la Couba (correctement la *Koubba* « la Coupole »),
le Trianon des rois de Sicile, aux portes de Palerme, remonte
au XIIᵉ siècle de notre ère, ayant été construit, d'après le texte
de l'inscription arabe, par Guillaume II le Bon, vers 1180. Le
pluriel se rapporte à Amari et à ses deux collaborateurs, l'habile artiste Saverio Cavallari et le colonel Giacinto Carini, « mon
ami et maintenant mon compagnon d'exil ». Sur le premier, voir
D'Ancona, dans le *Carteggio*, II, p. 62; sur le second, plus haut,
p. 111; D'Ancona, dans le *Carteggio*, I, p. 577; G. Pipitone
Federico, *Michele Amari e Francesco Perez durante e dopo l'esilio*
(Palermo, 1904), p. 55, n. 1; plus bas, p. 150.

que je me suis empressé de vous soumettre. » Amari
racontera plus tard au professeur Antonio Salinas [1]
comment il avait eu « la folie de risquer une chute de
cette hauteur en circulant sur les poutres, pendant que
la milice municipale, commandée par le patriote Mor-
tillaro et excitée par le virus de Filangieri, voulait
tailler en pièces ces révolutionnaires qui avaient troublé la paix publique. Mais, dans l'espace d'une semaine,
j'échappai, non seulement à ces deux espèces de mort,
mais aussi à une troisième sur l'écueil des Porcelli. »

Arrivé à Palerme avec une charge d'armes pour
y faire son devoir, Amari en repartait, portant sous le
bras une petite cassette où étaient déposés ses travaux
arabes. Il les avait laissés en 1848 chez son beau-frère
Del Fiore, lorsque avait commencé son deuxième exil.
Il y avait là ses copies de textes arabes, ses notes et
la première ébauche de l'histoire, aux trois quarts rédigée. Embarqué sur la frégate à vapeur l'*Odin* le 23
avril 1849, où il fut admis à se réfugier avec trois de ses
collègues, Mariano Stabile, le marquis di Torrearsa et
le prince di Scordia, Amari fut transbordé le lendemain
dans le port de Trapani sur le vapeur français le
Rhamsès. Une demi-heure après, le *Rhamsès* donnait
droit contre un écueil bien connu qui s'élève au-dessus
des eaux dans ces parages, et cela en plein midi, en
plein calme. L'*Odin* revint en arrière pour recueillir
les naufragés et les transporter à Malte, puis de là à
Marseille. Amari, en regagnant dans les premiers jours
de mai Paris où il était acclimaté, dut sentir son âme
soulagée d'un poids qui l'avait oppressée démesuré-

---

[1] *Carteggio*, II, p. 245-246, lettre du 5 mars 1879; cf. *ibid.*, II,
p. 18 et 114; Amari, *Frammenti dell' iscrizione arabica della
Cuba, lettera del prof. Michele Amari al prof. A. Salinas ;* Palermo,
B. Virzi, 1877; in-4o, 15 p., 1 planche.

ment. Il n'avait pas égaré la précieuse cassette, la seule marchandise qu'il lui importât de sauver [1].

Son troisième exil avait été imposé à Michele Amari par le triomphe de la réaction, qui jugeait sa présence à Palerme compromettante, éventuellement dangereuse pour les intérêts du parti. Et cependant sa conscience timorée lui reprocha sa désertion, lorsqu'il fut informé qu'un simulacre de résistance s'organisait à Palerme. Il se frappa la poitrine, comme si spontanément il s'était sauvé devant le danger. Scrupules admirables d'une nature supérieure, qui s'accuse au lieu d'accuser ceux qui s'étaient rendus coupables de son départ forcé ! Dès le 14 mai, Amari écrit de Paris à Mariano Stabile, réfugié près de Marseille, au Château des Mamlouks [2] : « Je ne saurais t'exprimer suffisamment la douleur, la honte, le désespoir, l'anéantissement qui me dévorent, surtout aujourd'hui. La nouvelle de ce qui s'est passé à Palerme le 30, que tu me transmets, s'accorde avec celle du *Daily News* datée de Messine du 2 mai et reproduite dans le *National* d'aujourd'hui. Tout n'était donc pas fini à Palerme ! Nous sommes donc par erreur et par précipitation des *déserteurs*, des *déserteurs* à la cause dont nous avons été les promoteurs ! Bien que ma conscience ne m'accuse même pas d'un moment d'égoïsme ou de peur, ce mot *déserteur* sonne à mon oreille comme la trompette du jugement dernier à celle d'un croyant. »

Une députation, à la suite des résolutions votées le 20 et le 21 avril 1849 par le Conseil extraordinaire des notables [3], avait été envoyée pour faire sa soumission

---

[1] Ce paragraphe est formé par la combinaison du *Carteggio*, I, p. 568, 580-581, 583 et 586 ; II, p. 246.

[2] *Ibid.*, I, p. 571.

[3] Plus haut, p. 146.

au général Filangieri au nom de la ville, traîtreusement
« dégarnie de toute défense. La députation, après avoir
couru après Filangieri sans avoir pu le trouver, s'en
retourna elle-même furieuse. La mesure de l'indignation étant comble, le peuple s'insurgea le 29 avril,
chassa le gouvernement réactionnaire, créa un autre
gouvernement, ouvrit les prisons, s'empara des forts,
et une partie de la Garde nationale s'unit à lui. Vous
voyez par le *Constitutionnel* qu'on a continué pendant
huit jours sous ce nouveau gouvernement. Quel malheur
que le peuple ait attendu une semaine pour vouloir
ce qui était conseillé par Agnetta, par votre serviteur
Amari, par La Farina, Raeli, Pisani, Carini, Ciaccio,
etc. ! Mais personne ne nous appuyait et, pour montrer un peu de bravoure, ils ont attendu l'éloignement
de 500 personnes environ, parmi les meilleures et les
pires. A présent, que fera-t-on ? Pourront-ils résister à
la longue [1] ? »

Le 15 mai [2], Palerme capitula. La Sicile renoua avec

[1] Michele Amari et le baron di Friddani à Granatelli et Scalia,
de Paris, le 17 mai 1849, dans le *Carteggio*, I, p. 576-577.

[2] Giovanni Lucifora, *Ricordi della Rivoluzione siciliana del
1848. Dal 13 gennaro 1848 al 15 maggio 1849,* dans les *Memorie
della Rivoluzione siciliana dell' anno MDCCXLVIII pubblicate nel
cinquantesimo anniversario del* XII *gennaio di esso anno* (Palermo,
1898, 2 vol. gr. in-8º), I, 284 pages, avec un numérotage spécial.
Malgré la date de 1898, l'impression de cet important recueil de
documents authentiques et de mémoires originaux n'a été terminée que le 31 octobre 1904, comme il appert d'une suscription
à la fin du second volume. Le *Municipio di Palermo* m'a expédié,
le 25 janvier 1905, ces deux beaux volumes imprimés aux frais
de la ville par décision du *Consiglio Communnale,* trop tard pour
que j'aie pu en faire état dans ma narration, sauf pages 138,
146 et ici. Voici quelques emprunts additionnels : page 105,
note 1, ajoutez : Des extraits du Catéchisme sicilien ont été
publiés par Alfonso Sansone dans les *Memorie*, I, p. 18-21. —
P. 122, note 4, ajoutez : Voir aussi Giuseppe Lodi, *Il 12 gennaio*

le royaume de Naples « ce lien fragile et odieux »,
qui était pour elle, « non pas un lieu fraternel, mais
une chaîne d'esclavage [1] » et qu'elle avait inutilement
essayé de briser. Amari et ses « très chers collègues
de martyre [2] » se réservèrent pour une occasion plus
propice. Le 20 janvier 1850, Amari écrit à Paris au rédacteur en chef de la *Démocratie pacifique* [3] : « J'ai foi
dans la destinée de l'Italie, et je vois qu'elle a frappé
d'un aveuglement complet un pape et un roi, pour les
atteler à son char et les pousser en avant dans sa
propre voie. »

1848, dans les *Memorie*, I, 16 pages. — P. 127, note 2, après
Carteggio, II, p. 283, insérez : Cf. Giovanni Lucifora, *Ricordi*,
dans les *Memorie*, I, p. 34 et 284. — P. 123, ligne 17, au lieu de
la couronne, lisez plutôt : « le trône vacant », d'après Giovanni
Lucifora, *Ricordi*, dans *Memorie*, I, p. 59. — P. 128, note 3,
ajoutez : La même lettre a été aussi publiée d'après l'autographe
par Giovanni Lucifora, *Ricordi*, dans les *Memorie*, I, p. 99.

[1] Plus haut, p. 136, d'après Amari, dans le *Carteggio*, I, p.
485.

[2] Amari appelle ainsi Granatelli et Scalia, *ibid.*, I, p 574.

[3] *Ibid.*, II, p. 7. La *Démocratie pacifique*, journal quotidien,
paraissant à Paris, était devenu l'organe des revendications
siciliennes ; il s'était engagé à insérer chaque semaine au moins
un article consacré à leur exposé et à leur justication : « Il nous
a paru bon, écrit Amari à Perez le 6 novembre 1849, que l'élite
des émigrés et, autant que possible, celle des restés dans la
terre de Pharaon, reçussent ces avis siciliens, qui en guise de
consolation, qui comme réconfort, qui pour son instruction. »
Voir G. Pipitone Federico, *Michele Amari e Francesco Perez*,
p. 42 ; cf. p. 53.

CHAPITRE TROISIÈME [1]

AMARI DEVENU PARTISAN RÉSOLU DE L'UNITÉ ITALIENNE.
— IL COMMENCE A PUBLIER SON HISTOIRE DES MUSUL-
MANS DE SICILE ET RÉDIGE LE CATALOGUE DES MANU-
SCRITS ARABES DE LA BIBLIOTHÈQUE IMPÉRIALE DE
PARIS. — EN 1859, AMARI A FLORENCE. — LA RÉVOLU-
TION DE 1860 EN SICILE ET GARIBALDI, AMARI ÉTANT A
FLORENCE LE SECRÉTAIRE ET LE CAISSIER D'UN COMITÉ
DE PROPAGANDE. — AMARI, ENVOYÉ PAR LE COMTE DE
CAVOUR A PALERME VERS GARIBALDI, ACCEPTE DE CELUI-
CI LE PORTEFEUILLE DE L'INSTRUCTION PUBLIQUE, PUIS
CELUI DES AFFAIRES ÉTRANGÈRES. — ANNEXION DE LA
SICILE ET RETOUR D'AMARI A FLORENCE. — AMARI EN
1861 SÉNATEUR, DE LA FIN DE 1862 A AOUT 1864
MINISTRE DE L'INSTRUCTION PUBLIQUE DU ROYAUME
D'ITALIE. — SON MARIAGE EN 1865 AVEC UNE FRANÇAISE.
— ROME CAPITALE EN 1871. — AMARI ÉMIGRE DE FLO-
RENCE A ROME A LA FIN DE 1872, APRÈS AVOIR ACHEVÉ
SON HISTOIRE DES MUSULMANS DE SICILE.

Amari, rendu à sa misère parisienne [2], « prêt à
recommencer la lutte, au risque de se rompre les bras

---

[1] Ce qui suit, jusqu'à la fin de la *Notice biographique sur
Michele Amari*, est inédit.

[2] Le 13 février 1850, l'ancien Ministre du gouvernement révolutionnaire de Sicile écrit à Francesco Perez qu'il possède deux
francs cinquante ; le 17 décembre 1855, il ajoute mélancolique-
ment qu'une loi devrait être promulguée, interdisant aux pauvres d'étudier autre chose que l'abécé et l'arithmétique ; voir
G. Pipitone Federico, *Michele Amari e Francesco Perez durante
e dopo l'esilio*, p. 34, 53 et 70.

ou de se fendre le crâne dans un nouvel effort tenté
avec une autre chaleur et moins de modération senti-
mentale », resta pendant les deux premiers mois « dans
la plus cruelle inertie, dans la tristesse et dans la stu-
pidité [1] », sans « savoir prendre sur lui d'écrire une
lettre, de faire une visite. J'allais, dit-il [2], en frétil-
lant comme un somnambule, en délirant dans le vaste
champ des regrets. » Sa santé corporelle était restée
excellente, mais sa bourse persistait à rester « phtisique,
c'est-à-dire très maigre, et condamnée irrévocablement à mort [3] ». La science, cette consolatrice des
tristesses et des souffrances morales, cette libératrice
des cœurs ulcérés et des âmes endolories, pouvait
seule lui apporter le calme, l'apaisement, le repos des
aventures et un morceau de pain [4]. Il était parti de
Paris chargé d'armes pour faire son devoir en Sicile et
il rentrait à Paris, rapportant pour toute richesse la
petite caisse contenant ses réserves de travaux arabes [5].
L'éditeur Le Monnier, de Florence, s'était substitué
aux amis d'autrefois pour lui assurer le strict nécessaire [6] dans une mansarde de vingt pieds de long sur

---

[1] *Carteggio*, I, p. 579 et 585.

[2] *Ibid.*, I, p. 583.

[3] *Ibid.*, I, p. 586.

[4] *Ibid.*, I, p. 579 et 583 ; II, p. 52. En 1857, Amari se résigne
à donner, trois fois par semaine, une leçon d'italien. « Une
heure et demie ou deux de perdues, six francs de gagnés. » Voir
ibid., II, p. 50.

[5] *Ibid.*, I, p. 580.

[6] En dehors des 1.200 *lire* que valurent au traducteur les
Consolations politiques, dont il va être parlé, Le Monnier, à l'ins-
tigation du baron di Friddani, acheta d'avance l'*Histoire des Mu-
sulmans de Sicile*, moyennant quinze mille *lire*, sur lesquelles
Amari en touchait deux cents par mois. Voir O. Tommasini,
Scritti, p. 319, n. 3 ; D'Ancona, dans le *Carteggio*, II, p. 351 et
387. Sur les stipulations complémentaires ultérieures, voir
G. Pipitone Federico, *Michele Amari e Francesco Perez*, p. 57-66.

douze de large, sans même le luxe d'un siège pour quelque visiteur inattendu [1]. Le premier volume de l'*Histoire des Musulmans de Sicile* nécessitant encore plusieurs années de recherches, Amari, pour payer un à-compte sur sa dette envers son éditeur, lui livra le manuscrit, prêt pour l'impression, des *Conforti politici di Ibn Zafer* [2]. Ces « Consolations politiques » sont dues à un polygraphe sicilien du douzième siècle, « réfugié et famélique » comme Amari, « mort dans la paix d'Allâh et avec les prières du Prophète ». Amari écrit, le 6 novembre 1849, à Francesco Perez [3] : « Je t'assure que la dépouille est vraiment précieuse quant à la forme et quant au fond et que, si je ne devais pas la voler pour vivre, je la pillerais afin de la montrer à l'Italie, qui n'a jamais pensé qu'un de ses fils circoncis, deux siècles et demi avant Boccace, ait écrit un livre sur le même sujet que lui, dans une langue aussi élégante, sans rien de lubrique, livre plus élevé que celui de l'auteur toscan dans les conceptions politiques. »

La science orientale n'a pas absorbé les pensées

[1] Le réduit qui abritait Amari était juché sous les toits, au 48, rue de Luxembourg, la rue Cambon actuelle. En 1851, les largesses de Le Monnier permirent au pauvre Amari d'occuper un logement plus salubre, 11, rue du Mont-Thabor ; voir G. Pipitone Federico, *Michele Amari e Francesco Perez*, p. 38-52 et 55-80.

[2] *Solwan el Mota'... di Ibn Zafer... Versione italiana di Michele Amari, sul testo arabico inedito, non tradotto in alcuna lingua dell' Occidente.* Firenze, Le Monnier, 1851, in-16. L'original arabe a paru depuis lors à Boûlâk en 1861, à Tunis en 1862, à Beyroûth en 1883. Sur un exemplaire arabe de ce livre, illustré de superbes miniatures, voir mes *Manuscrits arabes de l'Escurial*, I, p. 355-358. Sous le titre de *Waters of Comfort*, une traduction anglaise, par Miss Percy, calquée sur la « Version italienne », parut dès 1853 à Londres en 2 vol. ; cf. le *Carteggio*, II, p. 56.

[3] G. Pipitone Federico, *Michele Amari e Francesco Perez*, p. 42 ; cf. p. 40, 43 et 55.

d'Amari au point de lui faire oublier ses soucis pour l'avenir de la Sicile. Mais son horizon de patriote s'est élargi et s'étendra désormais à la péninsule italique entière. Voici en quels termes il présente ce livre des *Consolations politiques* pour le roi parfait, « plus singulier que le griffon, plus merveilleux que l'alchimie, plus rare que l'or vermeil [1] » :

« En rendant à l'Italie une œuvre politique écrite sur son territoire, il y a six siècles, je n'ignore pas, dit Amari en 1851 [2], que c'est comme si je lui offrais l'arsenal du roi Roger, lorsque notre malheureuse patrie réclame des fusils à percussion, des canons Paixhans et des frégates à vapeur pour se soulever contre les vainqueurs de 1849. Nous n'avons pas encore fondé la ville dont nous sommes les citoyens. Nous vivons dans l'intervalle entre deux guerres, ou, pour mieux dire, entre deux campagnes d'une même guerre, et, à cause de cela, avant tout autre savoir, nous devons apprendre l'art de la victoire, étudier nos forces et celles de l'ennemi, étudier les erreurs et les fatalités qui nous ont perdus. D'ailleurs, les faits de 48 et de 49 ont bien montré que la lame italienne tranchait, mais que, si elle ne portait pas des coups mortels, c'est qu'elle ne trouvait aucune soudure avec la poignée. Il convient donc de travailler aujourd'hui à la poignée de l'épée qui est le gouvernement civil ; il convient que les écrivains italiens, petits et grands, dans les livres, dans les brochures, dans les journaux, traitent sans cesse les problèmes que soulève la condition politique, religieuse et sociale du pays, les embarras qui, en partie, nous ont été légués par l'histoire et, en partie, nous ont été causés par les progrès généraux de l'humanité.

[1] Citation d'Ibn Thafar, dans Amari, *Versione*, p. iv et 200.
[2] Commencement de l'*Introduccione* au *Solwan el Mota'*.

Heureusement que ces travaux préparatoires abrège-
ront au moins la période des incertitudes et des dissensions et que le peuple italien s'acheminera vers
cette unité de vie politique, dans laquelle il doit entrer
tôt ou tard. »

L'évolution est complète : le séparatiste et le fédéra-
liste ont fait place à l'Italien qui écrit le 18 juin 1852[1] :
« Le nom d'Italie, sacré pour tous — et c'est le seul,
mais incommensurable progrès qu'a fait la patrie — le
nom, dis-je, d'Italie unit maintenant dans un commun
amour les compatriotes nés dans quelque province que
ce soit. C'est ainsi qu'au lieu de l'ancienne inimitié
territoriale, la division n'a plus subsisté sur le but à
atteindre, mais sur les moyens de parvenir à réaliser
notre régénération[2]. » Aussi Emerico Amari, son homonyme, mais non son parent, lui écrivit-il de Gênes,
le 14 décembre 1853[3], à la nouvelle qu'Amari avait
enfin envoyé à Le Monnier le premier volume de sa
Storia dei Musulmani di Sicilia, volume publié par
celui-ci en 1854 : « Je me réjouis, comme d'une gloire
nationale, de ce que tu as accompli le travail d'Hercule, que seul tu étais en état de concevoir et de
mettre à exécution. Il sera un monument sicilien, dû
par une contradiction originale à qui, dit-on, ne pense
plus qu'il y ait une Sicile, mais plutôt je ne sais quelle
province de je ne sais quelle Italie. En pensant combien
en 1853 les partis se sont modifiés, au point que moi, qui,
en 1837, était maudit par toi comme un italianiste, je
dois lutter aujourd'hui avec toi pour le municipalisme,

[1] *Carteggio*, II, p. 19.
[2] Bien caractéristique est également le titre d'un instrument
de propagande façonné par Amari et que Mazzini fit imprimer à Londres en 1852 : *Istruzione populare per gli Italiani di
Sicilia.*
[3] *Carteggio*, II, p. 25-26 ; cf. p. 227.

ma tête se confond, et je dis en moi-même : Vanité
des vanités, et nous sommes tous vanité. Quoi qu'il
en soit, moi municipaliste et toi italianiste, moi Sicilien jusqu'au bout des ongles et toi Italien jusqu'à la
pointe des cheveux, nous sommes frères et je t'aime
comme vieil ami ; toi auteur des *Vêpres* et de
l'*Histoire des Arabes*, je te vénère comme l'honneur de
la Sicile ; toi victime de la colère bourbonienne,
je te vénère comme un martyr de la cause *sicilienne* de *Sicile*, je te mets au nombre des pères de
la patrie ; et, aussi vrai qu'est mon entêtement, je
t'espère parmi les plus francs défenseurs de notre
indépendance au moment voulu. Tu seras Italien, et
je crois l'être moi aussi, mais j'attendrai toujours en
vain de lire de mes yeux ou d'entendre de mes oreilles,
et de ta main et de ta bouche, que, pour être Italien,
un Sicilien doive accepter le baptême napolitain. Tant
que tu ne me le diras pas, il n'y aura entre toi et moi
d'autre différence que celle qui existe entre l'amoureux
de la centralisation française et le partisan de la fédération américaine. »

Le premier volume de l'*Histoire des Musulmans de
Sicile*, précédé par quelques hors d'œuvre de moindre
étendue, d'égale érudition [1], parut à Reinaud en faveur
de son élève un titre suffisant pour lui confier, vers
la fin de 1854, à la Bibliothèque devenue Impériale, la

---

[1] Fin 1849. *Lettre à M. Ad. de Longérier sur l'origine du palais
de la Couba, près Palerme*, avec une planche donnant le texte
de l'inscription arabe (voir p. 147, note 1) ; en 1850, pour
l'*Encyclopédie nouvelle* de Léon Renier, les articles Védas,
Vehema, Visigots ; en 1851, la belle et savante *Introduccione* de
LXXVII pages aux *Consolations politiques* ; en 1853, les *Questions
philosophiques adressées aux savants musulmans par l'empereur
Frédéric II*, avec le texte arabe d'Ibn Sab'în, dans le *Journal
asiatique* de 1853, I, p. 245-274.

refonte du Catalogue des manuscrits arabes. Amari, surtout préoccupé de l'Italie et de la Sicile, n'avait pas protesté ouvertement en 1851 contre le coup d'État[1], en 1852 contre le rétablissement de l'empire. Son silence prudent, mais non calculé, permit de lui offrir un emploi qui, s'il était une consécration officielle de sa science, n'apportait qu'une légère augmentation de son pécule : cinq francs par jour pour cinq heures de présence effective au Cabinet des manuscrits, « beaucoup moins, dit-il, que ce dont on a besoin pour vivre misérablement à Paris[2] ». Nos budgets, qui s'enflent tous les ans, n'ont pas jusqu'à présent jeté un regard de compassion vers ces humbles serviteurs des hautes études, qui acceptent une réclusion claustrale sans protester contre l'indifférence à leur égard de ce que l'on appelle les pouvoirs publics.

Amari, dès son arrivée au Cabinet des manuscrits, fut présenté par Reinaud à un jeune orientaliste de 33 ans, employé modèle et ponctuel qui travaillait dans une embrasure de fenêtre, comme un saint dans une niche, au dépouillement des manuscrits syriaques[3]. Il y avait dans l'accueil qu'il fit au nouveau venu un reste de manières ecclésiastiques onctueuses qui dénonçaient l'évadé de Saint-Sulpice, un accent de sincérité cor-

[1] Amari, dans ses *Appunti autobiografici*, ne se gêne pas pour dire finement que « le deux décembre est devenu le jour de l'an des Français » ; voir Tommasini, *Scritti*, p. 334.

[2] *Carteggio*, II, p. 33 ; cf. p. 42, 49, 53, 56, 164. Amari, malgré la fatigue de ses yeux, avant de se rendre à la Bibliothèque, travaillait quatre à cinq heures chez lui, d'après ce qu'il raconte à son ami Perez le 2 décembre 1854 ; voir G. Pipitone Federico, *Michele Amari e Francesco Perez*, p. 59.

[3] *Catalogue des manuscrits syriaques de la Bibliothèque Impériale*, p.215 *a*, n° 282. Le prédécesseur d'Ernest Renan dans cet emploi subalterne avait été Salomon Munk, son successeur fut Michel Bréal, Toussaint Reinaud demeurant conservateur.

diale qui laissait pressentir le futur avocat du diable, comme Augustin Thierry, cité par Amari [1], a familièrement appelé Ernest Renan. L'intimité fut vite scellée entre ces deux hommes supérieurs qui aimaient et poursuivaient la vérité [2]. Ses études sur Averroès avaient amené Renan dans le nord de l'Italie et à Rome. Il avait rapporté de deux voyages scientifiques un vif enthousiasme pour l'Italie, ses artistes et ses penseurs. Que n'a-t-on recueilli les paroles qu'échangèrent dans leurs rencontres quotidiennes [3] deux collègues, qui s'échappaient volontiers de l'Orient pour deviser sur les destinées de l'Occident. Les fragments de correspondance, que nous a conservés M. D'Ancona [4], ne sauraient nous dédommager de tant de paroles intimes envolées sans avoir été saisies au passage.

Notre admirable collection de manuscrits arabes était alors divisée en deux parties : l'Ancien fonds, de 1.683

[1] *Carteggio*, II, p. 162.

[2] A la fin de 1855, Michele Amari publia dans la *Rivista Enciclopedica* de Turin une notice sur l'*Histoire des langues sémitiques* de Renan, « ce chef-d'œuvre de l'école sceptique moderne, qui anatomise la Bible comme s'il s'agissait de l'Histoire de Tite-Live ». Voir G. Pipitone Federico, *Michele Amari e Francesco Perez*, p. 72.

[3] Amari, ministre du royaume d'Italie, après avoir reçu la *Vie de Jésus*, écrivait, en français à Renan le 28 juin 1863 (*Carteggio*, II, p. 164) : « Mille tonnerres sur le ministère et la politique ! A l'heure qu'il est, j'aurais dévoré votre livre, attendu depuis quelques mois, désiré, vous en rappelez-vous ? depuis 4 ou 5 ans, lorsque je quittais pour quelques moments mon catalogue et je vous poussais contre les rayons de la salle en vous priant d'entreprendre un ouvrage sur les origines du christianisme : vous, le seul capable d'aborder un tel sujet... »

[4] *Carteggio*, passages cités dans les index, II, p. 400 et 402, au nom de Renan. Lorsque mes amis Psichari, dans leurs hommages posthumes à la mémoire de leur père et beau-père, aborderont la *Correspondance*, ils n'auront garde d'oublier ces 36 lettres, les unes d'Ernest Renan, les autres de Michele Amari.

volumes, de 1.626 numéros, composé surtout des acquisitions qui, au XVIe et au XVIIe siècles, avaient été faites en
Orient à l'instigation du cardinal Mazarin, du chance-
lier Séguier et du contrôleur-général Colbert, par des
voyageurs habiles et compétents[1] ; le Supplément,
formé peu à peu par les apports des couvents après
la révolution de 1789, de l'Égypte après la campagne
de Napoléon Ier, des bibliothèques publiques pari-
siennes qui, sous l'empire, furent contraintes à cette
amputation, aussi par des dons qu'on ne saurait trop
encourager lorsqu'ils n'encombrent pas les rayons de
non-valeurs inaliénables, enfin par un choix heureux
d'acquisitions intelligentes. Pour l'Ancien fonds, il
n'existait auparavant que le *Catalogue* suranné de 1739[2],
préparé par des feuillets détachés dont le plus grand
nombre, signés d'Ascari, maintenant insérés dans les
manuscrits eux-mêmes, sont datés de 1735, 1736 et
1737. Quant au Supplément, un premier déblaiement,
opéré par le baron Mac Guckin de Slane, avait contribué largement à l'inventaire en deux volumes, copié
par Ch. Defrénery en 1846 et signé « par M. Reinaud[3] ».
Amari rédigea des bulletins relatifs aux manuscrits de
l'Ancien fonds, qui y étaient cotés 1-881 ; du Supplément, qui portaient les numéros 1-534, 885-954. Ces
notices sont aujourd'hui conservées, dans le Fonds
arabe unifié, sous les numéros 4494-4501, immédiatement avant mes bulletins cartonnés sous les numéros

---

[1] Léopold Delisle, *Le Cabinet des manuscrits de la Bibliothèque
Impériale*, I, p. 279 et suiv. ; p. 439 et suiv. ; II, p. 78 et suiv. ;
Henri Omont, *Missions archéologiques françaises aux XVIIe et
XVIIIe siècles*, 2 parties, Paris, 1902.

[2] *Catalogus codicum manuscriptorum Bibliothecæ Regiæ* (Pari-
siis, 1739), I, p. 99-269.

[3] Voir Slane, *Catalogue* (Paris, 1883-1895), p. 714 *b* et 715 *a*,
numéros 4482, 4486 à 4491, surtout 4492 et 4493.

4502-4507, ce dernier constituant un *Supplément au Supplément arabe,* comme je l'ai naguère intitulé. Plus de mille manuscrits, entrés depuis lors au Cabinet des manuscrits, trop tard pour être admis dans le *Catalogue* imprimé, attendent une description raisonnée qui n'est méritée que par une minorité, vraiment supérieure[1], de ces accroissements, qui ne sont pas toujours des enrichissements[2].

Dans le *Catalogue,* par le baron de Slane[3], on lit à la page 87 à propos du manuscrit coranique 324 : « 4800 feuillets, provenant de 227 exemplaires acquis en 1830. Les feuillets ont été classés par M. Amari. » Cette constatation sèche n'apprécie pas à sa valeur l'effort intense et l'intuition divinatoire qui ont été obligatoires pour dépouiller les éléments dispersés des 227 Corans, pour leur assigner des dates approximatives et pour suivre la marche de l'écriture koûfique, c'est-à-dire de l'écriture hiératique, à travers ses étapes jusqu'à sa fusion dans sa sœur laïque, dans l'écriture courante, le *nashki* des copies profanes. Il y a là des matériaux précieux pour une paléographie arabe, pour laquelle des exemples ont été amassés, qui n'a pas encore été codifiée[4].

[1] J'ai annoncé, dans le *Journal des Savants* de 1901, p. 179, que je renseignerais le monde savant sur ces richesses cachées ; j'espère être mis en mesure de le faire.

[2] A propos de Berlin, cette pléthore malsaine a été diagnostiquée de même par moi dans la *Revue critique* de 1888, I, p. 41.

[3] En dépit de cette étiquette bibliographique, les rédacteurs successifs du *Catalogue* ont été Michele Amari (1855-1859), Hartwig Derenbourg (1866-1870), le baron Mac Guckin de Slane (1871-1878), enfin Hermann Zotenberg (1878-1895), qui a ici, comme dans les autres catalogues de nos manuscrits orientaux, achevé l'œuvre de ses prédécesseurs pour en abréger les longueurs et pour en rendre les conclusions accessibles aux travailleurs.

[4] La *Paléographie arabe* de J. J. Marcel (Paris, 1828, in-folio)

Le premier résultat du séjour d'Amari à la Bibliothèque Impériale fut sa *Bibliotheca arabo-sicula*, plus
de sept cents pages de textes arabes, publiés en 1857
sous les auspices de Fleischer à Leipzig par la Société
asiatique allemande, laborieuse compilation, dont il
n'eut « d'autre récompense que dix exemplaires et la
couronne du martyre »[1]. Cette besogne terminée, le
récolement des Corans et l'espoir de « devenir sous
peu un Crésus »[2] lui suggérèrent l'ambition de con-
courir pour un prix de l'Académie des inscriptions et
belles-lettres, qui avait proposé comme sujet la Chro-
nologie du Coran. Je suppose que Reinaud avait choisi
cette question en préjugeant la candidature unique
et le succès certain d'Amari, qu'il voyait à ses côtés
occupé à des reconnaissances préparatoires. Les concurrents imprévus ne furent pas moindres que Theodor Nœldeke et Aloïs Sprenger. Le prix, décerné le 6
juillet 1859, fut, après avoir été porté de 2.000 à 3.000

a des rides, à l'instar des planches, publiées autrefois dans la
Grammaire arabe de Silvestre de Sacy, supprimées avec raison
dans la réimpression actuelle entreprise par l'Institut de Car-
thage. Outre les bulletins de Michele Amari sur les Corans de
la Bibliothèque Nationale, on pourra utiliser, comme base du
manuel que je préconise, les beaux fac-similés de l'*Oriental Pa-
leographical Society* (London, 1875-1883) et les reproductions
photographiques qu'Ahlwardt a donnés à la suite de son vaste
répertoire en dix volumes des manuscrits arabes de Berlin.

[1] *Carteggio*, II, p. 49. Deux suppléments ont paru à Leipzig en
1875 et en 1887. Amari a traduit lui-même ses textes arabes en
italien, avec des notes historiques, comme appendice à la
réimpression de Muratori, *Rerum italicarum Scriptores*, dans le
même format grand in-4o. J'ai sous les yeux une édition in-8o,
Turin, Bocca, 1880-1881, 2 vol. Dès 1855, Amari avait commencé
la traduction italienne et rattachait dans sa pensée son recueil
à celui de Muratori ; voir le *Carteggio*, II, p. 39 ; cf. p. 223, 225,
226 et 245.

[2] Amari, *ibid.*, II, p. 57, lettre du 31 janvier 1859, où il parle

francs, partagé également entre les trois rivaux[1], aucun d'eux n'étant proclamé *primus inter pares*. Seul, des trois, la mémoire d'Amari dort inédit à l'Institut de France, ayant été jugé insuffisant par son auteur, qui en a interdit la publication et qui, en 1885, l'a qualifié de vieilli[2].

En 1858 avait paru le deuxième volume, aussi parfait que le premier, de l'*Histoire des Musulmans de Sicile*, ce chef-d'œuvre scientifique et littéraire[3], aussi profondément conçu que sagement composé et brillamment écrit. La vie de Michele Amari se continuait, sans secousse et sans déplacement, à Paris que, affirmait-il le 12 mars 1858[4], « je n'ai pas quitté une seule journée depuis le court voyage que je fis en janvier 1855 pour des recherches historiques au *British Museum* et à la Bodleienne d'Oxford ». Avant la fin de 1858, Amari avait dressé pour le duc Honoré Théodoric d'Albert de Luynes, qui avait mis à contribution son invité de 1844[5], une *Carte comparée de la Sicile moderne avec la Sicile du* XIIe *siècle d'après Édrisi et d'autres géographes arabes*, qui était accompagnée d'une *Notice* explicative considérable. Carte et notice parurent en 1859.

Dès janvier 1859, une nostalgie dévorante envahit

évidemment des 2,000 francs qu'il attendait du prix. Le 9 février, Amari comptait encore toucher les 2,000 francs ; voir G. Pipitone Federico, *Michele Amari e Francesco Perez*, p. 75.

[1] Ch. de Cherrier fit entendre contre le partage de la somme augmentée une protestation injustement passionnée ; voir le *Carteggio*, II, p. 60-62.

[2] D'Ancona, *ibid.*, II, p. 387. Sprenger n'a pas publié à part son mémoire couronné, mais il en a infusé la moelle, les membres et la chair dans son livre suggestif : *Das Leben und die Lehre des Mohammed*, Berlin, 1861-1865, 3 vol. in-8°.

[3] Amari, dans le *Carteggio*, II, p. 49 et 53.

[4] Amari, *ibid.*, II, p. 51.

[5] Amari, *ibid.*, I, p. 138 ; cf. I, p. 156 ; II, p. 49.

l'âme de Michele Amari, le Sicilien austère et résigné, qui, « comme le sublime Manin, conservait gaiement sa foi dans la résurrection de son pays, qui déjeunait avec un morceau de pain et qui se chauffait en gardant son manteau sur les épaules [1] ». Ce régime d'anachorète convenait à sa sobriété et les mensualités de l'éditeur Le Monnier, jointes aux indemnités, capricieusement rognées [2], de la Bibliothèque Impériale, suffisaient largement aux maigres besoins d'Amari. Mais il étouffait dans sa prison, cherchait un moyen de s'en évader, et applaudissait des deux mains, dans le feu de son enthousiasme surexcité, à l'appel vibrant que l'empereur Napoléon III adressait le 3 mai à son armée avant de la conduire au combat pour le Principe des nationalités, afin de réaliser avec elle « une Italie libre jusqu'à l'Adriatique ». Noble conception, dont la France démembrée expie cruellement la réussite ! Nos populations avaient de sombres pressentiments, qui ne se sont dissipés qu'au bruit des tambours et à la nouvelle répandue que les Autrichiens très nombreux et très sanguinaires menaçaient le Piémont [3]. « Les républicains, ajoutait Amari, sont absolument d'accord avec le gouvernement sur la question de la guerre ; quant aux légitimistes et aux orléanistes, toujours incurables, ils sont forcés de se taire et de se poser en bons Français. » Amari n'y tient plus, il est saisi d'une « fière révolte contre l'arabe et l'histoire, les livres, la petite table, le porte-plume auxquels, depuis trop longtemps, l'habitude et le besoin le ramènent » [4].

[1] Lettre de Madame Luisa Amari, veuve de Michele, datée du 6 mai 1902, adressée à l'auteur de cette notice.
[2] Ch. de Cherrier, dans le *Carteggio*, II, p. 62.
[3] Amari, *ibid.*, II, p. 59 ; cf. p. 58 et 205.
[4] Amari, *ibid.*, II, p. 54.

«Vers le 20 mai [1], Amari n'est plus à Paris, mais à Florence, ayant été appelé le 4 comme professeur de langue et histoire arabes à l'Athénée de Pise par le Gouvernement Provisoire Toscan, qui, après avoir expulsé le grand duc Léopold II et s'être substitué le 27 avril à la dynastie des cadets de la maison d'Autriche, s'honorait, huit jours seulement après sa constitution, en rouvrant les portes de l'Italie à l'arabisant sicilien [2]. Celui-ci est à Florence, haletant, l'œil aux aguets, l'oreille tendue, l'esprit agité, à l'affût des nouvelles. Elles sont favorables à la cause italienne : le 4 juin, la victoire des troupes franco-sardes sur les Autrichiens à Magenta, le 8 l'entrée de Victor Emanuel à Milan, le 24, la victoire décisive de Solferino. Mais soudain la marche en avant s'arrête court, les pourparlers s'engagent et aboutissent le 11 juillet aux préliminaires de paix signés à Villafranca di Verona, le 10 novembre à la paix de Zurich. L'empereur d'Autriche François Joseph Ier, ce vétéran assis aujourd'hui encore sur un double trône d'épines à Vienne et à Budapest, cédait à l'Empereur Napoléon III la Lombardie que celui-ci rétrocédait aussitôt à Victor Emanuel. Les Autrichiens restaient provisoirement à Venise et dans le quadrilatère, Ferdinand II, le roi Bomba, à Naples et en Sicile.

Amari, désappointé, navré, abasourdi, retourne à Paris, sous prétexte de ne pas y laisser en souffrance et d'y régler ses grandissimes affaires [3]. Il y est pro-

---

[1] Amari, dans le *Carteggio*, II, p. 59. Je m'imagine que cette lettre à François Sabatier est du 9 plutôt que du 19 mai 1859.

[2] Le décret portait entre autres considérants qu'Amari « avait tant illustré l'Italie par ses écrits» ; voir D'Ancona, *ibid.*, II, p. 360; cf. p. 58 et 59.

[3] Tommasini, *Scritti*, p. 336.

bablement de passage, lorsque, à la séance du vendredi
6 juillet 1859, la Commission le désigne avec ses deux
copartageants comme lauréat de l'Institut[1]. Mais, après
une courte apparition aux alentours de la rue Richelieu[2], il n'avait pas attendu, avant de repartir, son
élection par l'Académie des inscriptions et belles-
lettres parmi ses correspondants étrangers. Elle eut lieu
le 23 décembre par 13 voix contre 8 à l'illustre archéologique Gian Battista de Rossi. Toussaint Reinaud
lui écrit le jour même du vote[3] qu'il a été «vivement
soutenu par M. Hase, M. Victor Leclerc, M. de Longpérier, M. Jomard, M. Berger de Xivrey, etc.» Il ne
nomme ni Renan, ni lui-même, parce qu'ils sont les
promoteurs de « l'idée[4] ». Un sentiment peut-être
inconscient de partialité jalouse empêche Reinaud de
porter sur cette liste Jules Mohl[5], à qui la dictature des
études orientales en France avait été dévolue sans
conteste, de par son autorité native, de par la supériorité de son caractère et de son intelligence, de par
l'étendue et la profondeur de son savoir, de par
un consentement tacite, subi par certains grincheux,
accordé de bonne grâce par les confrères les plus éminents et par les amateurs soucieux d'une saine direction. Mohl n'a jamais laissé passer une occasion de

[1] Plus haut, p. 162-163.
[2] La Bibliothèque occupe un quadrilatère qui avait plusieurs
enclaves, annexées depuis lors, formé par les rues de Richelieu,
Colbert, Vivienne et des Petits-Champs. L'entrée du Cabinet des
manuscrits était et est rue de Richelieu.
[3] Reinaud, dans le *Carteggio*, II, p. 67-70.
[4] *Ibid.*, II, p. 68, l. 1.
[5] L'impartialité sereine de Mohl s'élève à la plus noble bienveillance dans la *Notice* qu'il a consacrée à Reinaud en tête du
Catalogue de sa bibliothèque (Paris, 1868).

louer Amari et ses œuvres [1]. Il lui a certainement donné sa voix et l'appui de son influence. Reinaud, en excellent collègue qu'il était, ne cite pas non plus Léopold Delisle, dont je soupçonne, dont je n'ose pas affirmer la connivence au triomphe de son zélé collaborateur de la veille, à peine échappé de cette Bibliothèque à laquelle lui, il est resté fidèle, qu'il dirige avec autant d'amour que de clairvoyance, après y avoir gravi un à un les degrés de la hiérarchie pour parvenir au sommet.

Dans une lettre en français, datée du 29 décembre 1859 [2], adressée de Florence à Ernest Renan, Amari exprime naïvement sa surprise et chaleureusement sa reconnaissance : « Vous n'y allez pas de main morte lorsqu'il vous passe quelque chose par la tête ; voilà ma nomination projetée au mois d'octobre et obtenue au mois de décembre, nonobstant des difficultés que je ne me dissimulais pas, dans la conviction que je pouvais compter plutôt sur l'amitié des membres influents de l'Académie que sur mes propres titres. Je vous en remercie bien profondément ; d'abord, parce qu'on doit être infiniment flatté d'avoir obtenu une distinction aussi importante que le patronage de Renan ; ensuite, parce que cette nomination me place très bien dans mon propre pays. Vous m'avez obligé, et en même temps vous avez rendu heureux mes amis et des personnes qui me connaissent à peine, mais qui sont flattées de ce qu'un Italien a été nommé membre correspondant de l'Institut [3].

[1] Mohl, *Vingt années d'études orientales* (Paris, 1879-1880, 2 vol.), I, p. 500 ; II, p. 28, 160-162 et 454.

[2] Amari, dans le *Carteggio*, II, p. 64 et 65. La date doit être ainsi rectifiée d'après celle de l'élection, le 23 décembre, et d'après celle du *Moniteur* toscan du 25, qui y est cité ; voir plus bas, p. 169. Voir encore Renan, dans le *Carteggio*, II, p. 85.

[3] L'Académie des inscriptions et belles-lettres comprend 40

L'Italie revoyait chez elle l'un de ses fils les plus
aimants et les plus attachés à sa grande et à sa petite
patrie, à l'Italie libérée jusqu'à l'Arno et à la Sicile
toujours asservie. Revenu dans la grande, il se sentait
mieux placé pour servir et hâter la délivrance de la
petite. Le Paris de l'empire ne s'aperçut pas qu'un
grand étranger, inconnu de la cour et ignoré du peuple,
l'avait quitté sans esprit de retour. Ses intimes regret-
tèrent pour eux son départ sans oser pour lui l'en blâmer. Le catalogue des manuscrits arabes revint à son
état de stagnation, jusqu'au moment où, en 1866,
M. Taschereau, administrateur général de la Bibliothèque Impériale, me choisit à mes débuts en vue de
le remettre en mouvement. Pour impatient qu'Amari
fût de briser sa chaîne, il avait décliné en janvier 1859
une chaire de géographie et de statistique que des amis
lui destinaient à l'Université de Turin. Il argua de son
incompétence en ces matières, sa conscience ne lui
permettant « d'assumer la grave charge de l'enseignement » que si on lui confiait un cours sur l'histoire et la
littérature arabes, les deux seules spécialités qu'il eût
faites siennes [1]. Il n'occupa jamais la chaire que, nous
l'avons vu, il avait acceptée à Pise, bien qu'elle répon-
dît à ses goûts et à ses aptitudes. On disposa autrement
de celui que Fleischer invitait à être « le régénérateur
de la science de l'Orient parmi ses compatriotes [2] ».
Pendant qu'Amari, dans sa dernière fugue à Paris,

membres ordinaires, 10 membres libres, 8 associés étrangers,
40 (alors 30) correspondants étrangers et 30 (alors 20) correspondants français. Le protocole ignore le terme de membre
correspondant, qui a été écarté à bon droit, bien qu'il soit usuel
ailleurs, en Allemagne, par exemple.

[1] Amari à D'Ancona, dans le *Carteggio.* II, p. 54-56 ; cf. G. Pipitone Federico, *Michele Amari e Francesco Perez*, p. 74-75.

[2] Fleischer, dans le *Carteggio*, II, p. 64.

devisait avec ses meilleurs amis et qu'il prenait définitivement congé d'eux pour aller le plus tôt possible
s'acquitter de ses devoirs à l'Athénée de Pise[1], il
apprenait tout à coup son changement de destination.

Dans l'intervalle, Florence avait revendiqué et obtenu pour elle Michele Amari. Pise dut céder sa conquête. Cet épisode se dénoua à son détriment, comme
tant d'autres dans l'histoire de la rivalité séculaire
entre les deux villes toscanes. « Si par hasard, écrit
Amari à Renan en français[2], il vous est tombé sous les
yeux le *Moniteur* toscan du 25 décembre, vous avez
vu avec étonnement la création d'un *Istituto d'Inse-
gnamento Superiore*[3] à Florence, dans lequel on a niché
ma chaire d'arabe. A part le décousu et les duplica-
tions ou lacunes qu'on remarque dans les chaires, on
pourrait blâmer de trop de luxe le gouvernement d'un
pays, qui possède les Universités de Pise et de Sienne
et qui vient d'y augmenter le nombre des chaires et le
traitement des professeurs (vous savez que maintenant
nous avons 4.000 francs). Mais, après tout, on a agi
avec de bonnes intentions, et l'argent que l'on dépense
dans l'instruction publique n'est jamais perdu. »

L'ouverture du nouvel *Istituto* fut célébrée le 20 janvier 1860 par un *Discorso inaugurale* d'Amari qui y
adapta sans doute les matériaux réunis pour sa première leçon préparée, espérée et ajournée de Pise.
« Après avoir brièvement énuméré les victoires de la culture italienne depuis le moyen âge, dit M. D'Ancona[4], et

[1] Plus haut, p. 165.
[2] *Carteggio*, II, p. 65-66.
[3] La fondation de Ridolfi s'appelait et s'appelle l'*Istituto di
Studi superiori pratici e di Perfezionamento*, titre copié par
Duruy en 1879 lorsqu'il créa l'*Ecole pratique des hautes-études*
de Paris.
[4] D'Ancona, dans le *Carteggio*, II, p. 361.

insisté plus spécialement sur les institutions scolaires de la Toscane, l'orateur termina en augurant que la liberté renouvelée et l'indépendance restituée à la patrie feraient aussi refleurir les disçiplines intellectuelles. » Amari, arabisant de premier ordre, n'était pas né professeur et n'avait de goût que pour ce que les Allemands appellent des *privatissima* avec un seul élève, deux ou trois au plus. Il n'a jamais dirigé une classe, ni présidé à ces colloques heureusement renouvelés du moyen âge éducateur [1], mais il a communiqué sa méthode, ses principes et son érudition à un choix de disciples triés, aimés, dirigés, ses collaborateurs d'élection [2].

[1] Sur l'histoire de ce système qui, dans un auditoire restreint, fournit à chacun l'occasion d'affirmer sa vocation, sa compétence et sa valeur, je recommande la thèse consciencieuse et exacte de mon ancien collègue, qui vient de mourir et à qui j'adresse l'hommage de ma plus haute estime, Louis Massebiau : *Les colloques scolaires du seizième siècle et leurs auteurs* (1480-1570), Paris, 1878.

[2] Le vénérable Fausto Lasinio, successeur d'Amari dans la chaire de l'*Istituto*, n'était pas son élève. L'étaient Lupo Buonazia, professeur à l'Université de Naples, et Celestino Schiaparelli, professeur d'arabe à l'Université de Rome, qui, en 1883, eut l'honneur de signer avec Michele Amari l'*Italia descritta nel libro del Re Ruggiero*, compilato da Edrisi, testo arabo con versione e note. Je songe ensuite à l'existence, brisée avant l'âge et avant la récolte, d'Isaïa Ghiron (D'Ancona, dans le *Carteggio*, II, p. 313), qui, en 1868, dédia à son maître les *Iscrizioni arabe della R. Armeria di Torino*. La liste des dédicaces agréées par Amari, liste dressée par Tommasini, *Scritti*, p. 340, n. 1, révèle peut-être quelques-uns des élèves qu'il avait formés, David Castelli et Angelo de Gubernatis par exemple. Mon ami, Ignazio Guidi, professeur des langues sémitiques à l'Université de Rome, mis au premier rang en Europe comme arabisant et comme sémitisant, aussi modeste qu'érudit, regrette de n'avoir jamais été l'élève de Michele Amari. Nous nous sommes rencontrés, lui et moi, vers 1860 à Paris, au cours de Reinaud, nous nous sommes suivis de près à Leipzig. lorsque, dans l'hiver de 1865-1866, j'y ai participé aux leçons de Fleischer avec Ethé, Georg Hofmann, Loth, Prym, Sachau, Thorbecke, Wünsche *e tutti quanti*.

Bien vite, Amari n'apporte à sa chaire qu'une attention intermittente. Son cœur bat avec celui de l'Italie
renaissante [1], ressuscitée, frémissante, oubliant ses
querelles locales, tournant ses yeux attendris vers le
Piémont, réclamant avec frénésie son unité amorcée,
ébauchée, subitement entravée dans son essor, appelant à grands cris Victor Emanuel comme son libé-
rateur et comme son roi. Amari apprend sans étonnement, mais non sans émotion, l'annexion au Piémont
de l'Émilie, c'est-à-dire de Parme, Plaisance, Modène,
Reggio, Ferrare, Bologne, Ravenne, Forli, sanctionnée
par le plébiscite du 12 mars 1860, puis de la Toscane par
celui du 15. Le feu se propage et finira par s'étendre,
non seulement à la péninsule entière, mais aussi à
l'île méridionale, à la Sicile. « Les victoires de Magenta
et de Solferino ont été saluées à Palerme, à Messine, à
Catane, avec les mêmes démonstrations qu'à Naples,
Rome et Venise [2]. »

Au commencement de mars, Mariano Stabile, l'ancien ministre révolutionnaire palermitain [3], assagi par
les épreuves et par l'expérience, demande à entretenir Napoléon III lui-même pour solliciter son intervention en vue d'affranchir la Sicile, maintenue sous
la domination autrichienne par procuration [4] donnée
au roi de Naples François II qui, le 22 mai 1859, avait
remplacé sur le trône son père Ferdinand II, le roi
Bomba, à Sa Majesté Bombicella vassal volontaire de

---

[1] « La noble renaissance qui semble poindre de toutes parts
parmi vous », expression d'Ernest Renan dans une lettre du 17
mai 1860 à Amari, dans le *Carteggio*, II, p. 85.

[2] *Ibid.*, II, p. 76; Amari au directeur de la *Nazione*, 20 avril
1860.

[3] Plus haut, p. 116, 123, 126, 127, etc.

[4] *Carteggio*, II, p. 76.

l'Autriche[1]. C'est à ce sujet que Mariano Stabile écrit de Paris le 10 avril à Michel Amari[2] : « Après plus d'un mois d'attente, je finis par recevoir une lettre du Grand Chambellan pour m'avertir que l'empereur ne pouvait pas m'accorder l'audience, mais qu'il l'avait chargé de me recevoir et d'écouter tout ce que j'aurais voulu lui exposer. Au jour et à l'heure indiqués, je fus donc aux Tuileries, et mon audience dura une heure et demie. Le duc de Bassano fut très aimable et abonda toujours dans mon sens. Nous convînmes que je rédigerais un mémoire sur toutes les choses dites et qu'il le présenterait aussitôt à l'empereur. Mon mémoire terminé, je le fis réviser par Madame Cornu et, avec une sainte patience, je le copiai de ma meilleure écriture... Mon mémoire fut remis un jour avant celui où les journaux publièrent les nouvelles télégraphiques d'une insurrection en Sicile. »

La révolution a éclaté le 9 avril 1860 aux cris de : *Viva Vittorio Emanuele !*[3] Le comte di Cavour, renommé président du Conseil des ministres le 16 janvier, a sous main encouragé les rebelles et fourni des subsides aux provocateurs les plus ardents et les plus écoutés. Ce serait un feu de paille, rapidement noyé dans le sang après avoir flambé inutilement, sans deux aliments nécessaires pour en prolonger la combustion : l'argent italien et un chef populaire. Le héros, ce fut Garibaldi qui débarqua le 11 mai à Marsala [4] avec ses 1.000, ou plutôt avec ses 1.005 volontaires[5], « ramenant l'humanité

---

[1] *Carteggio*, II, p. 75.
[2] *Ibid.*, II, p. 72-73.
[3] Amari, *ibid.*, II, p. 76 ; cf. p. 71, 82 et 96.
[4] *Ibid.*, II, p. 86.
[5] 770+235 ; voir P. Spangaro, l'un des lieutenants de Garibaldi, lettre du 8 mai, *ibid.*, II, p. 81.

aux temps héroïques et presque à la mythologie »[1]. Quant aux fonds, ils furent demandés à une souscription nationale ouverte vers le 15 avril, à laquelle furent appelés à contribuer, non seulement les sujets de Victor Emanuel, non seulement les habitants de la Sicile ainsi que ceux de Naples et Sicile, mais encore les Italiens séparés de leurs frères, mais unis à eux par leurs communes aspirations, leurs concitoyens des états pontificaux, du quadrilatère vénitien et de l'étranger. Les sommes recueillies devaient être mises à la disposition d'un Comité exécutif, qui siégait à Gênes et dont le comte Michele Amari était le président, par un Comité de propagande qui siégait à Florence et dont l'arabisant Michele Amari avait accepté d'être le secrétaire en même temps que le caissier[2].

« Depuis tantôt deux mois, écrit notre Michele Amari en français à Renan le 4 juin[3], je ne suis bon qu'à faire la chasse aux nouvelles de l'insurrection[4], à procurer des moyens pour l'aider, surtout à réunir de l'argent par pièces de dix sous, de vingt francs, etc., etc. A cet effet, l'on organisa à Florence un Comité dont je suis le secrétaire et le caissier ; l'on se mit en correspon-

---

[1] Amari, dans le *Carteggio*, II, p. 90.

[2] « Les Italiens de toutes les provinces, libres ou non », écrit Michele Amari au comte Michele Amari le 20 avril (*ibid.*, II, p. 73). La similitude de leurs noms et prénoms, leur résidence simultanée à Florence comme sénateurs du royaume d'Italie, expliquent le post-scriptum d'une lettre que l'orientaliste m'a fait l'honneur de m'écrire le 16 janvier 1868 et qu'on trouvera plus loin : « Adresser Professeur et Sénateur pour éviter l'équivoque d'un homonyme. » A la mort de ce Michele Amari en janvier 1877, la mort de notre Amari fut annoncée, comme aussi déjà en février 1870 lorsque disparut Émerico Amari ; voir *ibid.*, II, p. 227.

[3] *Ibid.*, II, p. 91.

[4] On était souvent mieux informé à Paris qu'à Florence ; voir Mariano Stabile, *ibid.*, II, p. 86.

dance avec Garibaldi ; l'on organisa tant bien que mal
la première expédition, qui a eu des résultats aussi
prodigieux, grâce au génie du célèbre partisan italien
et au courage, au dévouement et à la constance opi-
niâtre de mes compatriotes insulaires. J'allais prendre
un fusil et m'embarquer, lorsque la prise de Palerme
est venue me dispenser pour le moment de la guerre
sacrée. Probablement je partirai pour la Sicile dans
quelques jours, mais en voyageur, pour aller voir si
ma maison est brûlée, si mes parents sont au nombre
des vivants[1]. » Une semaine auparavant, le 29 mai,
Michele Amari, écrivait en italien au comte, son homonyme[2] : « Tu sais que je me propose de partir avec la
troisième expédition. Je l'ai promis et je me le dois à
moi-même, pouvant encore, avec mes 53 ans accomplis,
faire mes trois ou quatre étapes et tirer mes coups de
fusil comme les autres. Mais, si Garibaldi est entré à
Palerme avant le départ de l'expédition, je ne veux pas
aller me présenter comme candidat au ministère[3] ou à
une Commission. Les acteurs, bons ou mauvais, de
1848 ne doivent pas remonter sur la scène sans y être
appelés. »

Or, Garibaldi, muni par les soins d'Amari des 100,000
lire, que la souscription nationale avait mises à sa disposition[4] « au nom du roi Victor Emanuel II », débarqua

---

[1] La mère d'Amari était morte en 1842 et son père en 1850 ;
voir plus haut, p. 99, 104, 109 et 147. Son beau-frère Del Fiore
(plus haut, p. 127, 129 et 148) vivait-il encore ? Je ne sais et ne
puis préciser à quels « parents » Amari fait allusion.

[2] *Carteggio*, II, p. 39.

[3] « Je ne me soucie pas plus que toi, écrit Amari à son homonyme le 6 juin 1860, de me coucher une seconde fois dans ce lit
de Procuste d'un Ministère sicilien. » *Ibid.*, II, p. 94. « Je refu-
serai toute part au gouvernement » ; autre lettre du 13 juin du
même au même, *ibid.*, II, p. 95.

[4] *Ibid.*, II, p. 79, Giuseppe Garibaldi à Michele Amari, 4 mai
1860 ; cf. p. 84, 88, 90, 93, 221.

sur la côte occidentale de l'île à Marsala, le 11 mai, avec ses « chasseurs des Alpes [1] », comme il avait surnommé ses volontaires, s'arrogea la dictature le 14, battit le 15 à Calatafimi les troupes napolitaines commandées par Landi et prit possession de Palerme le 27, avant l'entrée en campagne de la troisième expédition, de celle qui aurait dû ramener Amari dans sa ville natale. Celui-ci différa son départ de Florence, où il jugeait sa présence utile pour y mener la propagande auprès de « ceux qui aiment la patrie et la liberté » en faveur d'« une souscription qu'aucune loi ne peut interdire chez un peuple libre. [2] » Tout marche à souhait. Il n'y a plus de Napolitains qu'à Messine [3]. » Garibaldi est parti pour conquérir les Calabres et le royaume de Naples, après avoir nommé Depretis prodictateur pour la Sicile [3]. « La grande peur d'Amari, républicain de la veille converti par raison comme Garibaldi au royalisme, est qu'en l'absence du dictateur, la Sicile, débarrassée des Bourbons, ne veuille faire un essai de république démocratique et sociale pour étendre cet essai avec Ledru-Rollin à la France et avec Kossuth à la Hongrie. [5] » Le programme

[1] *Carteggio*, II, p. 82, Spangaro à Amari, 8 mai 1860.

[2] *Ibid.*, II, p. 84, Amari au directeur de la *Nazione*, 16 mai 1860.

[3] Le 28 juillet 1860, Messine fut enfin occupé par les volontaires de Garibaldi, qui, peu de jours après, « fut accueilli avec enthousiasme ». (Depretis à Amari, *ibid.*, II, p. 115). La citadelle ne se rendit que le 13 mars 1861 au général italien Cialdini.

[4] *Ibid.*, II, p. 107-108; passage très intéressant sur Agostino Depretis dont Amari loue, dès juillet 1860, « l'intelligence et la fermeté, la science administrative, la pratique des affaires et l'habileté politique ». Amari, admirateur de Depretis (*ibid.*, II, p. 108, 110, 112-135), lui devint, en 1879, hostile (*ibid.*, II, p. 243, 246, 247, etc.).

[5] *Ibid.*, II, p. 93. Michele Amari au comte Michele Amari, 6 juin 1860.

d'Amari comporte comme premier article « l'annexion au Piémont », comme deuxième article « l'Italie une, mais sans administration centralisatrice. »[1] Le ministre Farini juge à propos de mander Amari à Turin au milieu de juin pour le présenter au comte di Cavour, à la recherche d'un patriote sûr et circonspect qui puisse, sans le compromettre, se charger en son nom d'une mission confidentielle auprès de Garibaldi. Le comte discerne au premier coup d'œil quel concours efficace lui apportera « l'illustre auteur des *Vêpres*, un homme très capable qui pourrait rendre quelques services à Garibaldi, si celui-ci voulait l'écouter[2] ». Une conférence, présidée par Cavour dans son domicile privé, réunit Amari avec plusieurs Napolitains de marque, en vue d'une consultation sur la Sicile. « Étaient présents La Farina, Francesco Perez, le prince di San Giuseppe et d'autres[3]. » Amari, d'accord avec Cavour sur tous les points, se laissa convaincre par lui qu'il y avait urgence à son expédition pacifique en Sicile, où sa personne, son prestige, sa parole aideraient puissamment à y faire prévaloir leurs idées. Le 29 juin, Amari s'embarque à Gênes et, après « un bon voyage de 54 heures », arrive à Palerme « sain et sauf » le dimanche 1er juillet, à sept heures du soir[4].

Le surlendemain, Michele Amari esquisse ses « im-

[1] *Carteggio*, II, p. 95. Amari à Amari, 13 juin 1860.

[2] Lettre de Cavour du 28 juin au contre-amiral Di Persano, pour lui recommander Amari, dans Cavour, *Lettere*, ed Chiala, (Torino, 1884), III, p. 276, cité d'après Tommasini, *Scritti*, p. 337, et d'après D'Ancona dans le *Carteggio*, II, p. 389; cf. Amari, *ibid*, II, p. 97-98.

[3] Amari, *Appunti autobiografici*, communiqués par D'Ancona, *ibid*., II, p 389.

[4] *Ibid*., II, p. 96. Lettre d'Amari à son homonyme, datée de Palerme, 3 juillet 1860; cf. *ibid.*, II, p. 107.

pressions de la première journée » à son « très cher » con-
fident, avec qui il agit de concert [1] » depuis qu'il a foulé
de nouveau le sol italien, le comte Michele Amari :
« J'ai vu hier Garibaldi... Il m'a répété très clairement
ne vouloir que l'annexion à la royauté constitutionnelle
de Victor Emanuel..., le régime pour lequel le peuple
s'est prononcé à l'unanimité..., le régime le plus
avancé dont jouisse aucun peuple, y compris les Etats-
Unis d'Amérique... Crispi [2] m'a exprimé les mêmes
idées... Il me présenta au général comme un des
nôtres, c'est-à-dire des vrais Italiens, etc.; il me dit
ensuite que Mazzini ne pouvait rien souhaiter d'autre,
que lui-même n'avait jamais désiré et ne désirait
aucune solution différente. Sa mauvaise humeur
n'éclatait qu'au sujet de La Farina, auquel, selon
Crispi, le général ne savait pardonner ni son vote
dans la question de Nice, ni sa servilité à l'égard du
Ministère. Si je ne me trompe, ces heurts proviennent
plutôt d'ambitions et de rancunes personnelles que de
dissentiments sur la direction politique... A Palerme, on
ne relate ni les vols, ni les homicides, ni les autres violences de 1848 [3]... Fais-moi la faveur d'accuser réception
de sa dépêche au comte de Cavour, auquel je t'auto-
rise à communiquer ce que j'ai écrit. »

L'optimisme d'Amari, mieux informé, ne lui fait pas
fermer les yeux sur la confusion et les dilapidations
de l'administration militaire, non plus que sur les
désordres de tout genre dans les provinces, « tandis

[1] *Carteggio*, II, p. 117.
[2] Crispi était alors secrétaire de la Dictature. Note de D'Ancona, *ibid.*, II, p. 100. Cet homme d'État, « avec ses allures de
partisan et de factotum », n'a jamais éveillé chez Amari une vive
sympathie, *ibid.*, II, p. 101, 108, 113, 114, 117, 119, 121, 123, 126-
128, 131 133, 135.
[3] Plus haut, p. 146 et 150.

qu'à Palerme la sécurité des personnes et des transactions commerciales est assurée comme en temps de paix [1] ». L'annexion est urgente, et « Garibaldi ne menace plus de la différer jusqu'à la conquête du Vatican et de la place Saint-Marc » [2]. Mais, avec son flair instinctif des nécessités politiques, le « dictateur glorieux, populaire et ignorant des choses de ce monde » [3] devine les collaborateurs dont il lui faut solliciter et exiger le concours, afin que son œuvre, loin de péricliter, s'affermisse et se consolide. Amari est du nombre. Il a beau se défendre et refuser d'entrer à l'aveugle dans ce qu'il appelle sévèrement « un ministère de commis » [4]. Garibaldi ne cache pas que, « si les honnêtes gens » [5] se dérobent, il appellera au pouvoir les officiers de son état-major. Ce danger triomphe des résistances de Michele Amari, qui, le 10 juillet, accepte le « petit » portefeuille de l'instruction publique [6]. Le 13, il écrit à un ami anglais en français : « Votre lettre du 22 juin ne m'a pas trouvé précisément en prison, mais dans quelque chose de semblable : un ministère pendant une révolution... Espérons que la nécessité d'un sacrifice pareil cesse bientôt et

---

[1] *Carteggio*, II, p. 109, combiné avec *ibid.*, II, p. 98; cf. aussi p. 119.

[2] *Ibid.*, II, p. 99; cf. p. 136.

[3] *Ibid.*, II, p. 101.

[4] *Ibid.*, *loc. cit.* La lettre CCCXLIV (*ibid.*, II, p. 99-105) est évidemment d'un jour au moins antérieure au 10 juillet, puisque, le 10, Amari « inconnu et austère », comme il s'y qualifie lui-même, céda aux instances de Garibaldi.

[5] *Ibid.*, II, p. 106-107, Amari à Cartwright. A cette même lettre sont empruntés les autres passages entre guillemets de ce paragraphe.

[6] Les Travaux publics avaient été rattachés à l'Instruction; cf. Amari, *ibid.*, II, p. 120; Tommasini, *Scritti*, p. 337; D'Ancona, dans le *Carteggio*, II, p. 361.

que l'on me rende à ma liberté. Je vous avoue que
Garibaldi est un homme charmant, séduisant, un
homme de Plutarque, franc, loyal, aimable et d'un
cœur excellent, aussi bon que brave. »

Amari se sent dépaysé, surtout dans les questions
relatives au personnel de son Ministère, après avoir
été absent pendant « douze ans, pour ne pas dire dix-
huit ». Il aimerait être allégé d'une charge qui lui
pèse, fuir la terreur des candidats aux fonctions publiques et le supplice des audiences, abandonner une
position secondaire, ne plus servir sous les ordres de
Crispi, retourner à sa chaire de Florence [1]. Le plébiscite est ajourné, de peur qu'il ne « lie les bras à Garibaldi » dans sa campagne napolitaine. En revanche,
Crispi a imaginé et le prodictateur a ordonné, le 3 août,
de faire prêter serment à Victor Emanuel et au Statut
par les fonctionnaires de tout ordre, et c'est ainsi que,
le 9, les magistrats de Palerme ont juré, « contrai-
rement à la logique de l'école, mais selon la logique
de la politique et de la révolution » [2]. Amari, ministre
récalcitrant, a été transféré par Depretis à un autre
« petit portefeuille, celui des affaires étrangères » [3]. Le
18 août, il demande à le résigner, en invoquant auprès
du prodictateur, non plus seulement des raisons de
convenance personnelle, mais aussi la crainte de « ne
pas être l'interprète de la pensée du gouvernement lui-
même dans les questions de politique étrangère » [4].
Ayant obtenu satisfaction sur le point en litige, Amari
n'insiste pas et c'est lui qui, le 4 septembre, s'occupe

[1] *Carteggio*, II p. 107; combiné avec *ibid.*, II, p. 114, 120, 134,
140, 143.
[2] *Ibid.*, II, p. 115 et 116 ; cf. p. 121.
[3] *Ibid.*, II. p. 120 ; cf. p. 124.
[4] *Ibid.*, II, p. 124.

de rédiger une proclamation au peuple sicilien pour
l'inviter au plébiscite et un projet de décret pour en
arrêter la date prochaine, les considérants et la formule [1]. Les partisans de la convocation d'une assemblée, « les indépendentistes et les autonomistes »,
d'accord avec les « faux amis de Garibaldi » et avec les
« mazziniens plus ou moins déguisés », ont « mis des
entraves à l'annexion » [2]. Le ministère Depretis avait,
dès le 14 septembre, menacé Garibaldi de sa démission collective. Elle fut aussitôt acceptée par le dictateur, venu incontinent à Palerme pour imposer sa
volonté et pour instituer la prodictature d'Antonio
Mordini. Michele Amari, s'il y consent, est sollicité de
conserver son portefeuille à l'exclusion de ses collègues. Mais il se solidarise avec eux dans ses actes
conformes à ses opinions et, en se défendant de vouloir
« allumer même un semblant de guerre civile », se
déclare l'avocat intransigeant des mesures révolutionnaires, lorsque, le 7 octobre, il écrit en français [3] :
« L'annexion prononcée par les insurgés, confirmée
par les municipalités, est le vœu certain et général
de la Sicile. Qu'un plébiscite lui donne une forme
légale, et la conscience la plus scrupuleuse sera satisfaite amplement. »

Le prodictateur Mordini, après avoir « joué sa dernière carte en proclamant pour le 21 octobre l'élection
des membres d'une assemblée » [4], fut contraint de
s'infliger un démenti à lui-même et de convoquer par
ordre, pour ce même jour, le peuple sicilien dans ses
comices en vue d'accepter ou de rejeter le plébiscite,

[1] *Carteggio,* II, p. 131 et 137.
[2] *Ibid.,* II, p. 134 et 135.
[3] *Ibid.,* II, p. 136.
[4] *Ibid.,* loc. cit.

tandis que, au même jour également, les électeurs du royaume de Naples avaient été appelés aussi à se prononcer pour ou contre son annexion au royaume de Sardaigne. Le 3 novembre, avant la proclamation du recensement officiel, Amari constatait déjà en Sicile 400,000 oui et 400 non [1]. Les Deux-Siciles donnèrent à Victor Emanuel 1,304,208 oui en face de 10,327 non.

Le succès était éclatant : le patriotisme fougueux d'Amari avait préparé et remporté pour son île natale le triomphe décisif de ses idées et de ses aspirations. Les citoyens de Palerme, prêtres et laïques, s'étaient rendus aux urnes « avec joie, presque avec frénésie », sans « trouble pour la tranquillité et l'ordre publics » [2]. Le gouvernement local, loin de garder rancune à l'intervention heureuse d'Amari, avait, quelques jours auparavant, le 17, nommé l'ancien ministre professeur émérite de littérature arabe à l'Université de Palerme, le ramenant ainsi, sans faire peser sur lui aucune charge, dans la chaire où il n'était monté qu'une seule fois après y avoir été appelé par le Comité sicilien de 1848 [3]. Amari se réjouit avec une entière reconnaissance d'accepter le titre honorifique qui le rattachait à l'Université où il avait fait ses premières études et à la ville où il était né, qu'il avait toujours aimée en fils affectueux. L'orientaliste placé au Ministère de l'Instruction, l'abbé Gregorio Ugdulena [4], à l'exemple de Garibaldi et du prodictateur Mordini, doublait, triplait, centuplait les grades et les emplois [5]. Or, étant mieux

---

[1] Amari, dans le *Carteggio*, II, p. 139.

[2] Amari, *ibid.*, *loc. cit.* Palerme vota l'annexion presque à l'unanimité, 36,232 oui, 20 non, 15 bulletins nuls sur 36,237 suffrages exprimés.

[3] Plus haut, p. 126.

[4] D'Ancona, dans le *Carteggio*, II, p. 102-103.

[5] Amari, *ibid.*, II, p. 145.

que personne à même d'apprécier la science d'Amari,
il voulut faire violence à son désintéressement en réta-
blissant pour lui, par le même arrêté, les vieilles fonctions d'historiographe de la Sicile, avec 2.500 *lire*
d'appointements. Amari craignit d'aliéner son indépendance d'écrivain « dans cette république sans magistrats, comme il convient que soit celle des lettres ». Il
refusa catégoriquement le poste, « aussi ridicule que
celui d'un poète césarien », la « sinécure qui, à ses yeux,
était un anachronisme ou une chinoiserie », le « cadeau
venant du parti hostile à l'annexion ». Elle était heureusement consommée et l'arabisant, avant son retour
à Florence, eut la joie, non seulement d'avoir « échappé
miraculeusement à l'épreuve de faire partie du gouvernement de la Sicile sous Montezemolo », nommé
d'abord commissaire extraordinaire, puis gouverneur
général par Cavour, « et même au fardeau d'une croix
de SS. Maurice et Lazare », mais encore d'assister en
spectateur enthousiaste à la réception que le peuple de
Palerme fit, le 1er décembre 1860, à Victor Emanuel
et en convive résigné « au grand dîner que donna le
roi ». En décembre, Amari écrit de Florence en français : « Tout ce que vous en avez lu dans les journaux
reste au-dessous de la réalité... J'ai repris mes travaux
et ma chaire, bien résolu à ne reparaître sur la scène
de la politique que comme député de Palerme ou de
tout autre collège électoral » [1].

Amari, revenu à ses « anciennes amours non politiques » [2], en fut bientôt distrait par sa nomination dans

[1] Les passages de ce paragraphe, placés entre guillemets, sont
empruntés au *Carteggio*, II, p. 137-141. *Ibid.*, II, p. 144, Amari
« avoue qu'il aimerait à entrer comme député sicilien au Parlement national. » Voir encore Huillard-Bréholles, *ibid.*, II, p. 149-
150 ; Cavour, *ibid.*, II, p. 152 ; Tommasini, *Scritti*, p. 338.

[2] Fleischer, dans le *Carteggio*, II, p. 146, en français.

une fournée de sénateurs, le 20 janvier 1861 [1], lors de
la convocation du premier parlement italien. Camillo di
Cavour, « le grand ministre italien », comme l'appelle
Amari et comme il est fermement convaincu que la
postérité le nommera [2], ne nie pas qu'il a contribué
lui aussi à l'élection d'Amari comme sénateur du
royaume. « Il m'a paru, écrit Cavour le 4 février en
réponse aux remerciements du très cher professeur [3],
et il me paraît encore que notre Sénat ne répondrait
pas pleinement à son objet de réunir en son sein les
plus grandes illustrations italiennes, si vous n'en étiez
pas. C'est pourquoi je ne saurais vous conseiller de
préférer le rôle de député à celui de sénateur. Dans le
vrai concept de la hiérarchie constitutionnelle, le Sénat
représente avant tout l'aristocratie générale de l'intelligence. Aussi, dans la grande œuvre de la réorganisa-
tion italienne, aura-t-il une part non moins importante que celle qui revient à la Chambre des députés.
Dans l'espoir de vous voir bientôt à Turin, je vous
renouvelle les expressions de ma considération la plus
distinguée ».

L'appel de Cavour fut entendu et Michele Amari
abandonna de nouveau ses « chers et excellents travaux littéraires » [4] de Florence pour la vie politique
de Turin. Il participa au vote de la loi qui, le 17 mars
1861, éleva Victor Emanuel II, roi de Sardaigne, au
rang de Victor Emanuel Ier, roi d'Italie. Ce titre était
tombé en désuétude depuis qu'il avait été porté par

---

[1] D'Ancona, dans le *Carteggio*, II, p. 362.
[2] Amari, *ibid.*, II, p. 143.
[3] Cavour dans Tommasini, *Scritti*, p. 338 et 339, et dans le
Carteggio, II, p. 152.
[4] Ch. de Cherrier, *ibid.*, II, p. 147.

Napoléon Ier de 1805 à 1815. La période héroïque des tergiversations, des atermoiements, des tâtonnements, dss ballottements dans le vide, des incertitudes, des doutes sur une situation précaire et sur un avenir mal assuré, était close pour l'Italie, pour son nouveau roi et pour le sénateur fraîchement éclos, l'arabisant Michele Amari.

Le 6 janvier 1861, Ch. de Cherrier, au regret d'être resté célibataire, écrivait à Michele Amari, alors âgé de cinquante-quatre ans passés [1] : « Je voudrais vous voir marié. A votre âge, la chose est encore possible ; si vous tardez beaucoup, elle ne le sera plus. Croyez-moi, il est bien triste d'être seul quand l'on est parvenu à la vieillesse. Évitez cet isolement, vous ne vous doutez pas de l'ennui qu'il donne. C'est en ami que je vous parle ; si vous ne m'écoutez pas, vous vous en repentirez plus tard. Ne pouvez-vous trouver à Florence une femme d'une trentaine d'années avec une certaine fortune ? J'insiste sur ce point, ainsi que M. Reinaud, qui vous aime et désire comme moi vous savoir heureux. »

Le départ d'Amari, transféré à Turin et lancé subitement dans une atmosphère qu'il n'avait pas encore respirée, lui fit ajourner tout projet matrimonial. Ses « objections » n'avaient pas été une fin de non recevoir ; mais, « battu par l'orage »[2], il ne se sentait pas assez rapproché du port. Il en était même plus éloigné que jamais par l'apprentissage qu'il allait faire

---

[1] Ch. de Cherrier, dans le *Carteggio*, II, p. 147. Quelques mois auparavant, le 9 mai 1860, Ch. de Cherrier, qui croyait Amari « arrivé à 52 ans », lui disait en connaissance de cause : « Vous ne pouvez vous figurer combien l'isolement est affreux, lorsque la vieillesse est venue » (*ibid.*, II, p. 83).

[2] *Ibid.*, II, p. 82.

à Turin où, dans la session de 1861-1862, en dehors de ses discours en matière d'instruction et de politique, il ne rédigea pas moins de cinq rapports, tous sur les obligations contractées par l'Italie envers la province de Sicile [1]. Pour consolider la conquête et l'union, Ratazzi offrit au sicilien Michele Amari le portefeuille de l'instruction publique dans le Ministère qu'il parvint à constituer le 3 mars 1862. Cavour était mort le 6 juin 1861, et le baron Ricasoli, son gouverneur de la Toscane avant d'être son successeur à la présidence du Conseil, avait déployé au pouvoir plus d'énergie que de souplesse. Amari ne se laissa pas persuader cette fois et refusa d'interrompre sa vie paisible et laborieuse, partagée entre ses études de prédilection et le mandat qui lui avait été conféré par le roi. Le 10 décembre, le cabinet Peruzzi-Minghetti triompha de ses résistances. Ce fut, comme à son ordinaire, par raison et non par inclination, qu'il céda : ce mariage avec la direction des affaires publiques était bien différent de celui que ses amis rêvaient pour sa maturité demeurée juvénile. Le bonheur espéré d'une union tardive était différé par son acceptation forcée d'un Ministère qui en reculait la réalisation. L'atteindrait-il jamais ?

Voici donc Michele Amari redevenu Excellence et, en dépit des grandeurs, « toujours le même, intègre, désintéressé, inébranlable et infatigable » [2]. Voici l'arabisant, ainsi qu'il écrit le 20 décembre à l'un de ses intimes, à François Sabatier [3], « enchaîné

---

[1] D'Ancona, dans le *Carteggio*, II. p. 389.

[2] Fleischer, *ibid.*, II, p. 146.

[3] Sur François Sabatier, un Français de Montpellier transplanté à Florence et sur sa femme, la célèbre cantatrice viennoise d'origine, Caroline Ungher, de quinze ans plus âgée que lui, voir l'*Avant-propos* anonyme qu'a rédigé la seconde femme

depuis dix jours à un poste, d'où il regarde une lanterne magique, à travers laquelle défilent très rapidement professeurs, étudiants, sénateurs, députés, amis
et non amis, présents ou absents, ceux-là avec la voix
et l'impétuosité des actes, ceux-ci avec des lettres, tous
demandant pour soi ou pour d'autres des chaires, de
l'argent, des dispenses, des privilèges, des emplois, ou
donnant des conseils, ou se plaignant de Matteucci
et du règlement, etc., etc. Ce spectacle alterne avec la
lanterne magique des lettres à signer, avec les faces
de la bureaucratie piémontaise, qui veut mettre dans
son lit de Procuste l'enseignement public de toutes les
autres provinces, commander aux instituteurs et aux
professeurs comme à autant de soldats et tirer une
infinité de cercles concentriques et de rayons du centre
Turin jusqu'à la circonférence la plus éloignée. Vous
voyez, conclut Amari, qu'il y a de quoi devenir fou,
de quoi, ce qui est pire, me crétiniser. A présent, si je
ne me trompe, je commence à distinguer quelque ligne
et quelque couleur dans cet arc-en-ciel confus de la
lanterne magique. Nombre de députés et de sénateurs
partent en hâte pour leurs maisons et nous ne sommes
plus obligés de rester trois ou quatre heures à la
Chambre. Il me plaît d'espérer que mon étourdisse-
ment se calme. Vous voyez que déjà je vous écris, je
l'espère, sans déraisonner[1]. »

Quinze jours plus tard, le 5 janvier 1863, Amari écrit

de Sabatier, Mme Maria Boll-Jung, comme préface à la publication posthume de son mari : *Le Faust de Gœthe* (Paris, 1893);
voir aussi Alessandro D'Ancona dans le *Carteggio*, I, p. 141-142.
[1] Amari, dans le *Carteggio*, II, p. 158-159; cf. Amari, *ibid.*, II,
p. 167 et 176. Après le refus d'Amari, Matteucci, ancien membre
du Sénat piémontais et correspondant de l'Institut de France,
avait accepté, occupé et réglementé le Ministère de l'instruction
dans le Cabinet Ratazzi.

à Perez : « J'ai voulu concentrer la concentration, com-
mencer sans secrétaire général, rédiger et signer toutes
les lettres... Il fallait connaître par soi-même ce quartier de la bureaucratie, comme les curieux ou les mora-
listes vont se plonger dans les mauvais lieux de la
Cité de Londres pour les étudier. Jusqu'à présent, j'ai
fait la correspondance plutôt que les affaires. Sous
peu de jours, j'aurai un secrétaire général qui allégera
un peu ma charge [1]. »

Le passage d'Amari au Ministère de l'instruction
publique se prolongea jusqu'en septembre 1864. A cette
époque de transition, où les yeux étaient braqués sur
Venise et sur Rome, qui manquaient à la grande patrie,
« on ne pouvait pas se flatter que le sentiment général
prendrait une vive part aux choses de l'instruction
publique, réservées du reste, par leur nature, à la méditation des sages qui sont toujours la minorité. Je
dirai cependant, à l'éloge d'Amari, ajoute un témoin
oculaire qui appartient à l'élite de cette minorité,
M. Alessandro D'Ancona [2], alors déjà professeur titu-
laire de littérature italienne à l'Université de Pise,
qu'Amari, pendant son Ministère, ne désorganisa pas
les services qui lui étaient confiés par des propositions
intempestives et des réformes violentes, mais qu'il
chercha à y remettre de l'ordre, de la justice, de l'harmonie, de l'unité, en procédant avec circonspection et
pondération. » Le ministre ne se laissa pas oublier du
monde savant. Dans l'intervalle entre sa corvée de
Palerme et son « acte d'abnégation » [3] de Turin, Amari
avait consacré ses loisirs de Florence à des fouilles

---

[1] G. Pipitone Federico, *Michele Amari e Francesco Perez*, p. 86.
[2] D'Ancona, dans le *Carteggio*, II, p. 363. Amari, (*ibid.*, II,
p. 167) écrit : « J'ai réglé les concours, mais je les ai maintenus. »
[3] Expression d'Ernest Renan, *ibid.*, II, p. 163.

dans les archives de cette ville. Il en publia les résultats « comme Ministre de l'instruction publique de
l'Italie » [1]. Un de ses meilleurs élèves, Isaia Ghiron, fut
attaché à son cabinet pour être placé à la portée de
ses leçons particulières clandestines, continuation intermittente de son enseignement public [2]. Enfin, le
prêt des manuscrits au dehors, « qui se pratique sur
tout le continent européen, de la Russie à la France »,
eut un chaleureux défenseur dans celui qui, « pauvre
et exilé en France, avait eu chez lui, de 1842 à 1859,
tous les livres et manuscrits qu'il avait voulus de la
Bibliothèque de Paris et aussi un de Saint-Pétersbourg ». Aux mesures restrictives et illibérales qu'une
« croisade » [3] essaye de lui arracher, Amari répond par
l'offre de sa démission : « Deux mots d'interpellation,
dit-il, un ordre du jour contraire ou douteux sur ce
point et tout embarras cessera pour mes adversaires
comme pour moi [4]. »

Amari resta prisonnier du Ministère et de la politique
jusqu'à la chute du cabinet dont il faisait partie et qui,
après avoir failli se disloquer le 28 juin 1864 [5], se dis-

---

[1] Amari à Ernest Renan, en français, dans le *Carteggio*, II,
p. 162, en lui adressant un exemplaire de son ouvrage : *I Di-
plomi Arabi del R. Archivio Fiorentino. Testo originale con la
traduzione letterale e illustrazioni*. Firenze, 1863, in-4°. *Un
Appendice* parut en 1867.

[2] Tommasini, *Scritti*, p. 340.

[3] Amari, dans le *Carteggio*, II, p. 179.

[4] Amari, Comparetti, D'Ancona, Mommsen, dans le *Carteggio*,
II, p. 176-179. La cause du libre échange scientifique n'a pas
jusqu'ici remporté la victoire partout en Europe, l'Angleterre et
l'Espagne étant restées protectionnistes sur ce terrain, où les
« accords internationaux » pourraient si aisément s'augmenter
d'un codicille. Je l'appelle de tous mes vœux dans le *Journal
des Savants* de janvier 1905, p. 51.

[5] Minghetti à Amari, dans le *Carteggio*, II, p. 182.

soudre au commencement d'août[1], ne survécut que
quelques jours à la convention du 15 septembre stipu-
lant le transfert de la capitale à Florence. Turin
dépossédé se révolta contre les arrangements pris
entre l'empereur Napoléon III et le roi Victor-Emanuel Ier. La répression violente de l'émeute acheva un
Ministère usé, divisé, qui avait terminé sa tâche et qui
se survivait sans force et sans prestige. Un des derniers actes d'Amari, avant qu'il fût libéré de cette
galère[2], avant qu'il eût « glissé dans le sang de
septembre 1864, comme disent les Burgraves de
Turin »[3], avait été, le 5 mai, sa résistance à Pasquale
Villari, qui demandait l'exemption de la conscription
pour les élèves de l'École normale de Pise. Le grand
citoyen Amari ne craint ni l'impopularité, ni les
attaques des évincés : « La conscription, écrit-il cou-
rageusement[4], est la base de l'Italie. Aussi aimerais-je
échanger une paire d'élèves de l'École et une douzaine
de professeurs de l'enseignement secondaire contre
un seul fantassin. Traitez-moi de barbare tant que vous
le voudrez. »

La lutte contre les sollicitations et contre le favori-
tisme avait été menée par Amari ministre, uniquement préoccupé de l'intérêt général[5], sans trève, sans
merci et sans capitulation. Il savait refuser avec obstination et courtoisie ce qui lui était demandé avec
insistance et à grand renfort d'arguments persuasifs.
Son budget, « enflé »[6] par la création, antérieure à lui,

[1] L. Cibrario à Amari, dans le *Carteggio, loc. cit.*
[2] Même lettre, *ibid., loc. cit.*
[3] Amari à Renan, *ibid.*, II, p. 189.
[4] Amari à Villari, *ibid.*, II, p. 180.
[5] Amari à Fr. Sabatier, *ibid.*, II, p. 169.
[6] L. Cibrario à Amari, *ibid.*, II, p. 181.

de fonctions inutiles, avait besoin d'être dégonflé par
des saignées abondantes. Il se définit lui-même, au
moment où il pratique cette opération, « un centaure
avec visage de sagesse et corps d'économie[1] ». C'est
ainsi que son ami Antonio Salinas, désireux de faire
prolonger une mission en Grèce, est sommé, avec des
ménagements de forme délicieux, de reprendre dès
l'automne de 1863 ses fonctions à l'*Archivio* de Palerme, en attendant une chaire d'archéologie à l'Université, qu'il « gagnera à la pointe de la baïonnette »,
s'il suit « la voie la plus digne » en demandant à faire
un cours libre[2]. C'est ainsi qu'Henri Martin, Michelet et
Renan s'étant coalisés avec « l'excellent et respectable
M. Dubois » et avec Vacherot pour faire nommer Challemel-Lacour, alors âgé de trente-six ans, professeur
de littérature française à Turin[3], Amari, « écrasé par
l'autorité de Renan et charmé par la conversation de
M. Challemel lui-même », se soumet « honnêtement »
à l'avis contraire de l'Université, qu'il aurait eu le droit
d'annuler en vertu de son pouvoir discrétionnaire. « Je
n'ai donc, écrit-il à Renan en français[4], à regretter

---

[1] Amari à Salinas, dans le *Carteggio*, II, p. 167.
[2] Même lettre, *ibid.*, II, p. 167-168.
[3] *Ibid.*, II, p. 169-173.
[4] *Ibid.*, II, p. 174. Il est piquant de voir Ernest Renan plaider
alors la cause de Challemel-Lacour, son successeur à l'Académie française, qui, dans son discours de réception, prononcé
le 25 janvier 1894, trahit la cause de son modèle, désappointa
nombre de ses auditeurs et de ses lecteurs par son langage qui
dénotait l'homme de parti et le pamphlétaire, plutôt que le fin
lettré, « plein d'esprit et de tact » (Michelet, *ibid.*, II, p. 171), et
conspira ouvertement avec les détracteurs du maître penseur
et du maître écrivain, alors qu'il était appelé à prononcer
l'éloge de l'un et de l'autre. Gaston Boissier, dans sa réponse au
récipiendaire, a tracé de son ami un portrait exact, véridique,
vécu, compris et saisissant de ressemblance.

que l'accomplissement d'un devoir dur et désagréable, mais bien un devoir d'après ma conscience. »

L'attitude d'Amari au Ministère de l'instruction publique ne serait pas retracée sous toutes ses faces, si je passais sous silence son horreur du cléricalisme et des congrégations, sa passion pour la prédominance de la société laïque sur « les légions mitrées et tonsurées du Vicaire sur terre[1] ». Le 28 juin 1863, il écrit à Ernest Renan en français[2] : « Nous allons discuter aujourd'hui dans le Conseil un projet de loi sur la suppression des ordres religieux dans les provinces où elles existent encore et sur le règlement des biens ecclésiastiques dans tout le royaume. Le pays est parfaitement disposé à accepter cette loi et nous n'avons aucune raison de ménager la mauvaise secte qui nous joue les tours les plus pendables à chaque moment... Il est probable que les *Ignorantins* seront obligés de se retirer de toute l'Italie actuellement italienne avant même la séparation des ordres. » Le 19 mars 1864, Amari écrit en italien à Fr. Sabatier[3] : « J'ai jeté feu et flamme pour chasser les sœurs de la Conception (*Concezione*), constituer l'hôpital et y assigner aux cliniques 70,000 francs annuels sur les biens ecclésiastiques. Ce qui m'a réussi. Le jour de ma victoire dans cette bataille a été l'unique et le seul où, pendant ces quinze mois, je me sois réjoui d'être ministre. »

Une joie moins courte était réservée à l'ex-ministre, lorsque, le 5 octobre 1864, il recouvra son « petit paradis perdu[4] », sa chaire d'arabe à l'Institut de Florence. Le gouvernement, placé sous la direction du

---

[1] Amari à Renan en français, 22 mai 1865, dans le *Carteggio*, II, p. 189.

[2] *Ibid.*, II, p. 165.

[3] *Ibid.*, II, p. 178-179.

[4] Fleischer, *ibid.*, II, p. 171 ; cf., le même, *ibid.*, II, p. 191.

général Lamormora, l'y rejoignit bientôt, sans se
laisser arrêter par l'encyclique pontificale du 22 décembre. Victor-Emanuel entra dans sa nouvelle capitale le 13 février 1865. La Chambre des députés y
établit son siège le 28 avril et le Sénat le 14 mai.

Le séjour à Turin pendant la session de 1864 avait
encore fait ajourner des espérances que la réunion
à Florence des occupations d'Amari allaient permettre
enfin de réaliser. Il fréquentait assidûment chez M. et
Mme François Sabatier [1], l'hiver dans le palais de la
rue Renaï, l'été, surtout pendant les vacances parlementaires, dans la villa Sabatier-Ungher, dite *La Concezione*, « La Conception », située aux portes de Florence [2]. Une jeune orpheline française, Louise Caroline
Boucher, avait été recueillie dès sa plus tendre enfance
par ce ménage sans enfants [3], adoptée par ce couple
« de grand cœur, de belle intelligence », élevée dans
un milieu hospitalier aux savants, aux gens de lettres,
aux artistes [4]. Le 3 novembre 1860, Amari s'informe
par lettre de ce que devient « l'aimable Louise [5] » ; le
29 octobre 1865, il l'épouse et ses noces sont célébrées
en l'église paroissiale de Santa Lucia de' Magnoli, à
Florence, les témoins étant l'irlandais John Ball et le
sicilien Vito Beltrani [6]. Le nouveau marié avait 59 ans

---

[1] Plus haut, p. 185.

[2] *Avant-propos* placé en tête de Fr. Sabatier, *Le Faust de
Gœthe*, p. VII.

[3] D'Ancona, dans le *Carteggio*, I, p. 142.

[4] *Avant-propos* cité, p. VII et VIII.

[5] Amari dans le *Carteggio*, II, p. 140.

[6] D'Ancona, *ibid.*, II, p. 392. John Ball est l'objet d'une notice
intéressante dans A. De Gubernatis, *Dictionnaire international
des écrivains du jour* (Florence, 1891), p. 135 b-136 a. A la l. 11
du paragraphe, lisez février 1855 au lieu de février 1865. Quant
à Beltrani et à ses relations de 1848 avec Amari, D'Ancona a
parlé de lui, comme d'un « ami perdu », dans le *Carteggio*, I, p.
135-136 et 587.

sonnés, mais ses traits énergiques, loin d'exprimer une langoureuse résignation, annonçaient un homme qui a pris son parti et qui dit : « Je ne veux ni abandonner mes amis, ni tourner le dos à mes ennemis. » Sa photographie de fin 1863 faisait dire à Fleischer[1] : « J'aime à penser que la sérénité de vos traits est le reflet de celle de votre intérieur, et je prie le bon Dieu de vous les conserver l'une et l'autre dans le Ministère et hors du Ministère. »

Louise Caroline Boucher avait animé par l'expansion de sa jeunesse, de sa grâce et de sa beauté, la vie des deux êtres supérieurs qui avaient aimé, gâté, façonné en elle une fille de leur choix ; Luisa Amari se manifesta du premier au dernier jour la parure et la flamme du foyer, dont le rayonnement fut une source intarissable de chaleur pour son mari et pour sa maisonnée. Elle lui donna les joies de la paternité. Amari eut deux filles, les *signorine* Carolina et Francesca, et un fils, Michele qui, avec sa veuve inconsolée, toujours vive et sémillante, gardent pieusement et honorent grandement sa mémoire.

Le plébiscite du 21 et du 22 octobre 1866 ayant scellé l'annexion de Venise à l'Italie, Michelet écrit presque aussitôt à Amari ce joli petit mot[2] : « Ma joie a été double de savoir : Premièrement, que vous êtes presque complet, que vous avez Venise, cette chère fleur de notre Italie, qui ferme presque sa couronne ; deuxièmement, d'apprendre que votre vie si agitée a maintenant un foyer et un nid. — Cela, et la patrie, quoi de plus en ce monde ? »

« Ancré dans le port du mariage, voilà Amari rejoignant ses chers Bédouins et aspirant à pleins

[1] Fleischer, dans le *Carteggio*, II, p. 171.
[2] Michelet, *ibid.*, II, p. 193-194.

poumons l'air du désert. » « Mais apparemment, lui
écrit Fleischer avec une sympathie souriante [1], ces chers
Bédouins seuls ont-ils laissé quelque vide dans votre
âme, pour vous faire sentir le besoin d'une compagne
non bédouine. » Le vœu de Charles de Cherrier s'accomplit. Après avoir crié *Bravo* sur son conseil suivi
et sur l'union contractée, il ajoute [2] : « Espérons que
l'orage est désormais passé et que la seconde moitié
de votre vie vous dédommagera du malheur de la
première moitié. » Avec la nature placide et bonne
d'Amari, je ne crois pas qu'il se soit jamais considéré
comme la victime d'événements funestes, comme la
proie d'infortunes accablantes. Mais le bonheur parfait
ne s'est réalisé pour l'homme que par la sollicitude de
la femme aimée, pour le savant que par l'apaisement
de la recherche et de la découverte, pour le patriote
que par l'unité italienne avec Rome capitale.

En attendant que ce rêve devienne une réalité en
1871, quels beaux jours s'écoulent à Florence dans les
délices de l'intimité la plus confiante en pleine lune de
miel, dans l'enchantement de l'étude reconquise, dans
la satisfaction des devoirs strictement remplis à l'Institut des études supérieures, au Sénat et à la présidence des commissions diverses auxquelles ses com-
pétences ne lui permirent pas de se dérober [3] ! Son
enseignement ne fut pas interrompu par ses droits à
la retraite et il le continua sans traitement jusqu'à la
fin de 1872. Le mari amoureux et aimé qui « a maintenant un foyer et un nid » [4] vit en homme d'étude plutôt
qu'en membre du Parlement, ne va pas dans le monde

---

[1] Fleischer, le 18 nov. 1865, dans le *Carteggio*, II, p. 190-191.
[2] Ch. de Cherrier, *ibid.*, II, p. 191.
[3] D'Ancona, *ibid.*, II, p. 394.
[4] Michelet, *ibid.*, II, p. 194; cf. plus haut, p. 193.

et travaille en désespéré pour achever l'histoire de la Sicile musulmane [1], ayant renoncé à faire désormais lui-même celle de l'Italie contemporaine. Spectateur attentif et vigilant, conseiller indépendant et prudent, savant laborieux et probe, il défend son ménage contre les caquets et les indiscrétions. La France, pour laquelle il a été parfois injuste, lui paraît une seconde patrie, maintenant qu'il a épousé une femme française, et il ne se souvient plus de ses déconvenues lointaines, mais seulement des gracieusetés qui lui ont été prodiguées pendant près de vingt années d'exil parisien [2].

Ma visite chez lui en septembre 1867, pendant un congé de la Bibliothèque Impériale, amena entre nous un échange d'idées sur le travail qu'il avait commencé, sur la tâche qu'après lui j'avais eu la témérité d'assumer. Mon prédécesseur m'intimida par son allure solennelle, sa parole calme et mesurée, heurta ma fougue juvénile, sa vaste science me parut un château-fort à côté de mon humble cabane et la fin de l'entretien me produisit un effet de soulagement. Comment le pygmée que j'étais avait-il tenté de se hausser jusqu'à un travail de géant, hors de sa portée et au-dessus de ses moyens ? L'impression que je ressentis se prolongea jusqu'à mon retour à Paris et, après cette leçon de modestie, je me remis à l'œuvre interrompue avec une moindre dose de sécurité en mes forces, avec la volonté ferme de les accroître.

Excepté lorsqu'il me parla de mon père, son cadet, presque son contemporain, la courtoisie charmante de mon hôte ne me laissa pas oublier un seul instant qu'il éprouvait le sentiment juste de sa supériorité sur son continuateur.

[1] Amari, dans le *Carteggio*, II, p. 196.
[2] Amari, *ibid.*, II, p. 198 ; cf. p. 263, 264, 272.

J'étais imprégné de cette sensation, plutôt bienfaisante qu'encourageante, lorsque, le 16 janvier 1868, Michele Amari me fit l'honneur de m'écrire de Florence (7, Piazza dell' Independenza), en français :

« Monsieur. En bon chrétien que je suis, et même catholique, apostolique et romain, j'admets l'identité du père et du fils, et je m'adresse à vous pour votre propre compte ainsi que pour celui de votre père.

« *Ab jove initium* [1]. Je dis donc à Monsieur Joseph, mon ancien camarade à l'école de M. Reinaud, que je le remercie pour son *Essai sur l'histoire et la géographie de la Palestine*, avec toute la force du sentiment que m'inspirent l'importance du sujet et l'ancienne date de notre connaissance, un quart de siècle ni plus ni moins. M. Derenbourg arrache des enveloppes obscures d'un galimatias religieux des pages d'histoire qui ont la plus haute importance. L'esprit juif a été l'un des facteurs [les] plus actifs dans la civilisation du moyen âge, soit par le christianisme, qui se ressent un peu trop de Jéhovah et de la théocratie, soit par l'entremise de nos chers amis les Musulmans. Il est temps d'interpréter l'histoire des Juifs sans préjugés d'aucune espèce, ni mosaïstiques, ni chrétiens, ni même philosophiques.

« Maintenant c'est votre tour. J'avais déjà approuvé, en lisant le *Journal asiatique*, le savoir et la sagacité dont vous avez donné un essai aussi heureux dans votre article sur les pluriels arabes. Je m'empresse d'ajouter à l'expression de ce jugement celle de la reconnaissance que je vous dois pour votre cadeau.

« Je profite de cette occasion pour vous prier de me donner un renseignement que vous m'avez promis à

---

[1] *Sic.* Amari veut dire évidemment : *A Jove principium.*

Florence. Y a-t-il un dictionnaire berbère-français autre que celui de Venture de Paradis ; ou seulement le dictionnaire français-berbère, publié récemment à la suite du prix proposé par le Ministère de la Guerre ?... S'il y a un bon dictionnaire berbère-français, je le préfère... Vous savez peut-être que j'ai besoin de consulter un dictionnaire berbère pour l'édition que l'un de mes élèves fait en ce moment [1] d'un dictionnaire de poche arabe-latin et latin-arabe de la fin du XIIe au commencement du XIIIe siècle, œuvre d'un italien, très probablement de Pise, résidant à Tunis ou Bougie, etc. J'y ai trouvé plusieurs vocables anarabiques.

« Puisque je vous demande une lettre, j'ose encore ajouter un autre ennui. Benjamin de Tudèle, que je ne connais que par la traduction anglaise de Asher, dit que la ville de Palerme occupait l'espace de 2 milles carrés. De quelle espèce de milles se sert-il, le véritable ou supposé auteur du voyage ? Et d'après le texte doit-on interpréter deux carrés d'un mille ou bien le carré de deux milles de côté ? Je penche à l'opinion qu'il s'agit de milles arabes de Sicile, dont se servait Édrizi.

« Offrez mes salutations affectueuses à Monsieur votre père, ainsi qu'à nos amis des manuscrits Delisle, Michelant, Claude, et à MM. Taschereau et Ravenel. Et votre catalogue avance-t-il ?

« Adieu, cher M. Derenbourg, agréez les sentiments distingués de votre dévoué M. Amari [2]. »

---

[1] L'ouvrage a paru en 1871 sous le titre de *Vocabulista in arabico*, pubblicato per la prima volta... da C. Schiaparelli, alunno del R. Istituto di studi superiori.

[2] Le post-scriptum indiquait les précautions à prendre pour éviter l'équivoque de l'homonymie entre les deux Michele Amari habitant la même ville ; voir plus haut, p. 173, n. 2.

Cette lettre condescendante eut-elle des lendemains ou des surlendemains ? Je répondis de mon mieux aux questions qui m'étaient posées, mais je ne trouve trace, ni dans mes notes, ni dans mes souvenirs, d'un commerce épistolaire entre le maître et le débutant. Mon admiration n'a fait que grandir à mesure que j'ai pu de mieux en mieux apprécier les mérites de mon correspondant éphémère. J'ai essayé, mais sans succès, de le revoir à Pise en 1885, alors qu'il habitait la Via Fibonacci, 12 [1]. Notre entrevue de 1867 ne devait pas se renouveler.

Ce n'est pas à moi, ce n'est pas à mon père, ce n'est pas à Ernest Renan, ni à aucun de ses amis de France, que, le 13 mars, aussitôt après la guerre de 1871 et les préliminaires de paix, Amari exprime sa sympathie pour la nation vaincue, rançonnée, démembrée, pantelante. C'est auprès du célèbre bibliographe allemand Otto Hartwig qu'il épanche son indignation des conditions exorbitantes imposées par l'Allemagne victorieuse, conditions « que n'excuse pas le moins du monde à ses yeux la nécessité de s'assurer pour l'avenir ». Amari, qui présage le relèvement de la France, ajoute [2] : « L'égoïsme national me porterait à bénir cette guerre, qui nous a conduits à Rome et nous a délivrés d'un ami dangereux, toujours disposé à effacer les bienfaits par les offenses et singulièrement désagréable avec sa tendance à la religion du moyen âge. Mais les divisions entre les peuples cultivés me chagrinent comme des guerres civiles. »

Cette même épître d'« un bon italien » à « un bon allemand » se termine par un gracieux tableau de genre :

---

[1] D'Ancona, dans le *Carteggio*, II, p. 278, note 1.
[2] *Ibid.*, II, p. 199 ; cf. p. 204-205.

« Je me réjouis de tout cœur de la naissance de votre
Siegfried, auquel j'augure longue vie et belles qualités. Mon excellente femme, française de naissance, quasi
italienne d'éducation, identifiée à mes pensers politiques et philosophiques, a été jusqu'à présent, de même
que la meilleure, également la plus heureuse des mè-
res. Nos trois bambins sont en vie et grandissent vigou-
reusement sans avoir jamais souffert, fût-ce d'un mal
de tête. Puisse-t-il en être ainsi des vôtres ! »

La Française qui anime cette scène et qui répand des
flots de bonheur sur l'automne d'Amari, qu'il « aime
et estime pour son esprit comme pour ses vertus »,[1]
dut être enchantée, lorsque son mari, le 30 juin 1871,
fut élu membre associé de notre Académie des inscriptions et belles-lettres[2]. Amari, aussitôt averti de sa
nomination, écrit en français à Renan[3]. « Je ne crois pas
me tromper en faisant tomber sur vous la partie principale de la responsabilité de cet acte, par lequel la

[1] *Carteggio*, II, p. 420.

[2] Madame Michelet écrit de Hyères à Michele Amari le 26 janvier 1872 : « Combien nous avons été heureux des belles justices
qui vous ont été faites, et comme j'ai vu d'ici le visage et le
cœur de votre femme s'épanouir ! » Madame Jules Michelet, *Les
Chats*, p. 306. On trouve, *ibid.*, p. 309, une amusante déclaration
de guerre aux chats, faite en français par Amari et datée de
Florence 29 janvier 1872 : « Je n'aime pas la race féline.
Comme Hercule avec le serpent, je débutai dans mon enfance
par assommer, avec une barre de fer, un chat qui m'attaquait
fort lâchement. Ma haine date donc d'un demi-siècle. Je veux
bien fouiller l'histoire de ce détestable animal, mais c'est pour
le faire détester à tout le monde. Je ferai comme M. Hase qui,
en travaillant à la Bibliothèque de Paris sur les vies des saints
grecs, me disait : Ils me le paieront. Vous savez qu'il était allemand et qu'il faisait du voltairianisme avec ses amis fidèles. »
Suit, *ibid.*, p. 310-315, une curieuse monographie d'Amari sur la
prédilection des Arabes pour les chats, surtout d'après le
Hayât al-hayawân d'Ad-Damîrî.

[3] *Carteggio*, II, p. 200.

majorité de l'Académie a donné un témoignage aussi
brillant d'estime à un allié de Satan, qui, par-dessus le
marché, a contribué, en sa qualité de membre du
Parlement italien, à la spoliation du Saint Père, comme
les cléricaux ont l'habitude de l'appeler. » Renan répond
de Sèvres le 16 juillet [1] : « Comme vous pouviez bien le
croire, j'ai été de ceux qui ont participé au crime très
noir de l'élection de l' « allié de Satan » que vous dites ;
mais j'ai trouvé l'Académie si bien disposée à entrer
dans cette voie de perdition que je n'ai pas eu à la
pousser. »

Le Sénat italien ayant ouvert sa session dans Rome
capitale le 27 novembre 1871, le domicile d'Amari à
Florence n'était plus que provisoire, son « enseignement gratuit[2] » de l'arabe que temporaire. Amari
malade ne put pas se rendre à Rome pour assister
à l'inauguration du Parlement, pour féliciter de vive
voix son ami Francesco Perez qui venait d'être promu
sénateur[3]. La caravane, composée du père et de la
mère, des deux petites filles et du garçonnet, ne tarde-
rait pas à émigrer, surtout qu'un changement d'air
avait été prescrit par Cipriani[4] à la nerveuse et fragile
d'apparence Luisa Amari, une sensitive flexible et pen-
chée, exposée sans défense aux atteintes de la température variable, des émotions passagères, des moindres chocs qui troublaient sa quiétude instable. Le
déplacement nécessaire fut cependant ajourné jusqu'aux derniers jours de 1872 par les vacances du
Parlement, par des raisons de famille et par ces ater-

---

[1] *Carteggio*, II, p. 201.
[2] Plus haut, p. 194.
[3] G. Pipitone Federico, *Michele Amari e Francesco Perez*,
p. 116.
[4] *Id., ibid.*, p. 118.

moiements qu'on cherche volontiers avant de quitter les lieux, témoins de la vie passée, dépositaires des souvenirs, Le 8 septembre 1872, Amari écrit en français[1] : « Mes forces ne sont pas affaiblies, pas plus que mon cœur n'est refroidi aux sentiments de la patrie, de l'amitié et de la famille. J'ai même le bonheur d'éprouver dans mes vieux jours l'affection du foyer que je ne connaissais pas, et de sentir que la patrie est un être réel et vivant, non pas une espérance lointaine et un germe à développer. »

Le retard de cette nouvelle hégire devait, aux yeux d'Amari, avoir pour dernier terme l'achèvement de l'Histoire des Musulmans de Sicile avec ses copieux index. La seconde partie du volume troisième parut enfin en 1872, dix-huit ans après l'apparition du premier. Ce grand évènement, suivant de près la prise de possession de Rome par l'Italie, arrache à la joie débordante de l'heureux Amari un cri de victoire retentissant : « J'achève, s'écrie-t-il[2], dans la patrie unie et libre, un travail auquel je me suis préparé dans l'exil il y a trente ans, mù par un désir irrésistible de voir clair dans les ténèbres qui enveloppaient l'histoire de la Sicile avant les Normands et alléché par les facilités que m'offraient les écoles et les bibliothèques de Paris. J'abordai ce sujet avec l'âme d'un Sicilien qui souhaitait ardemment la liberté d'un petit État et désirait l'union de l'Italie, sans l'espérer prochaine. Je termine mon œuvre, pleinement convaincu que tous ces Italiens fraternisent de plus en plus, qu'ils voient dans l'unité et dans la liberté la sécurité et

---

[1] *Carteggio*, II, p. 209; lettre au prince Frédéric de Schleswig-Holstein.

[2] Amari, *Storia dei Musulmani di Sicilia*, III, 2 (Firenze, 1872), p. 895.

l'honneur de tous et de chacun, que le pays va croître
en sagesse, en prudence, en puissance, en richesse, et
que la Rome nouvelle, au lieu de l'oppression armée
de l'antiquité et des crimes du moyen âge, propagera
désormais dans le monde la juste liberté du travail et
la liberté illimitée de la pensée. »

La distribution des exemplaires ne se fit qu'au commencement de 1873, lorsque l'auteur avait quitté Florence pour Rome. Ernest Renan, dans son accusé de
réception du 11 janvier, écrit[1] : « J'ai reçu votre beau
et savant volume. Comme vous êtes heureux de pouvoir dire : *Exegi monumentum !* Je vous ai lu avec le
plus vif intérêt. Voilà de la grande histoire, aussi solide
par le fond des recherches que par l'esprit philoso-
phique qui les a inspirées et qui les anime. »

Le 2 décembre 1872, Amari avait accompli son coup
d'État de venir habiter Rome capitale. Le 5, il écrivait
de Rome à Francesco Perez qui, malgré ses devoirs
de sénateur, était à Palerme[2] : « Il y a trois jours que
je suis ici avec trois poupons et sans trois douzaines
de mille *lire* qui nous seraient nécessaires pour nous
mettre à l'aise. Or, j'ai trouvé une maison meublée, sise
Via di Porta Pinciana, no 37, au deuxième étage, bien
exposée, pas très élégante, mais pas très chère non
plus. »

[1] *Carteggio*, II, p. 209-210; cf. Longpérier, *ibid.*, II, p. 214.
[2] G. Pipitone Federico, *Michele Amari e Francesco Perez*,
p. 118.

CHAPITRE QUATRIÈME

Amari a Rome de fin 1872 jusqu'au milieu de 1882. — Huitième et neuvième édition du Vespro en 1875 et 1885, celle-ci achevée a Pise ou Amari vécut de 1882 a 1888. — Amari préside en 1878 le quatrième Congrès international des orientalistes a Florence et assiste en 1881 au cinquième a Berlin. — Il est le 30 mars 1882 l'ame de la séance académique tenue a Palerme pour le six centième anniversaire des Vêpres Siciliennes. — Retour a Rome en 1888. — Mort d'Amari a Florence le 16 juillet 1889. — Translation de ses cendres a Palerme. — Son monument y est a l'église San Domenico.

Qu'importait le luxe du logis, qui allait abriter ce couple parfaitement heureux, en camp volant dans un quartier salubre de Rome, près du roi, loin du pape, avec les terrasses du Pincio et les vastes jardins de la Villa Médicis purifiant l'air que la femme bien-aimée respirerait? Un changement, quel qu'il fût, ne pouvait être que salutaire à la nature mobile de Madame Amari, cette ennemie irréconciliable de la monotonie et de l'uniformité. Quant à la couvée, elle s'inquiétait peu de l'endroit où était posé le nid, pourvu qu'elle pût y gazouiller bruyamment et s'y ébattre en pleine liberté à la satisfaction de parents indulgents et tendres. Partout où la caravane établirait son foyer, il brûlerait des mêmes feux purs et répandrait autour de lui le même rayonnement lumineux. Le roman tardif d'Amari se déroule sans péripéties, sans secousses, sans heurts,

sans incidents, dans une atmosphère chaude, réconfortante, avec la compagne « digne d'adoration »[1], plus
jeune que lui, choisie entre toutes, qui a répondu à
son appel, qui lui a donné une lignée, qui veille sur lui
à l'instar d'une mère non moins que d'une épouse, qui
s'efforce de conserver et de prolonger ses jours, à grand
renfort de soins, de sollicitude, d'affection, d'amour.

L'enseignement, même privé, est irrévocablement
abandonné à Rome par le professeur émérite de l'*Istituto* de Florence. La deuxième session du nouveau
Sénat romain reconquiert Amari après une interruption forcée d'une année. L'ancien *pater conscriptus* ne
laisse pas à de plus jeunes les travaux des commissions et la rédaction des rapports. Seulement, de plus
en plus, il se confine dans les affaires siciliennes et
dans les questions où sont intéressées l'évolution de
l'instruction publique et l'organisation des musées [2]. A
Rome même, où « des écoles, des institutions scientifiques et littéraires remplacent les couvents [3] », l'enseignement supérieur italien et la science italienne voient
se dresser à leurs côtés la concurrence d'émules, véritables collaborateurs, dont la rivalité pacifique leur
impose une recrudescence tant d'initiatives hardies
que d'efforts incessants. La France témoigne de sa vitalité renaissante en créant de toutes pièces à Rome un
organe nouveau, sans compromettre le bon état de
l'ancien, l'Académie, créée en 1666, installée à la Villa
Médicis en 1802[4], où vivent côte à côte en commun les

---

[1] Amari, au commencement de 1881, dans le *Carteggio*, II,
p. 250.
[2] D'Ancona, *ibid.*, II, p. 390.
[3] Amari, *ibid.*, II, p. 215.
[4] Alphonse Bertrand, *L'art français à Rome*, dans la *Revue
des deux mondes* du 1er février 1904, p. 604.

architectes, les peintres, les sculpteurs, les graveurs et les musiciens. Amari assiste à la création d'une École française d'archéologie, instituée le 25 mars 1873 par un décret du Président de la République Thiers, placée au palais Farnèse, au-dessus de notre Ambassade près le Quirinal, et dirigée par un sage, Auguste Geffroy. Le 18 mai 1874, un décret de l'empereur Guillaume Ier, contresigné par le prince de Bismarck, réorganise l'Institut allemand de correspondance archéologique, qui datait de 1829, qui fut officiellement revendiqué par la Prusse le 2 mars 1871, en attendant qu'il devînt en 1874 institution de l'empire. Un mouvement aussi rapide, importé du dehors, avait communiqué sa vitesse à celui de l'Italie. D'une part, en 1874, elle modifia son enseignement supérieur sur un rapport de Michele Amari ; d'autre part, elle étendit le champ d'action de son *Accademia dei Lincei,* fondée le 3 juin 1847 à Rome par le pape Pie IX.

Jusqu'au 14 février 1875, cette académie pontificale était limitée aux « sciences physiques, mathématiques et naturelles ». Le Ministre de l'instruction publique du royaume d'Italie, Ruggero Bonghi, un encyclopédiste, professeur d'histoire ancienne à l'Université de Rome, tout en maintenant « l'autonomie » de la *classe* antérieure, lui adjoignit par le Statut une *classe* des « sciences morales, historiques et philosophiques »[1]. La nomination y précéda la cooptation et le roi Victor-Emanuel y appela le 9 mai 1875 Michele Amari, « professeur émérite, sénateur du royaume », sur la même

---

[1] Des rapports étroits se nouèrent immédiatement entre cette *classe,* « qui cultive des sciences analogues », et l'Institut archéologique allemand. Voir une lettre du 14 avril 1875, adressée par Quintino Sella à Michele Amari, dans le *Carteggio,* II, p. 219.

liste que Domenico Comparetti et Atto Vannucci, le
13 mai Terenzio Mamiani. Amari prit séance le 6 juin
parmi ses confrères de l'ancienne *classe*[1], avant que la
nouvelle ne fût régulièrement constituée.

Michele Amari, arrivé à Rome à la fin de 1872, s'était
logé avec les siens, au commencement de 1873, d'une
manière moins précaire, dans un appartement sis
29, *Via delle Quattro Fontane*, au deuxième étage, en
face les jardins du Quirinal[2]. La deuxième session du
Sénat terminée, comment employer ses loisirs de
vacances en dehors des mois brûlants d'été indolem-
ment consacrés à la cure d'air annuelle à *La Concezione*,
sur les coteaux de Fiesole, dans la *Via Bolognese*[3]?
L'historien et l'orientaliste n'étaient pas encore assez
acclimatés pour renouveler l'acier de la plume rouillée.
La convalescence s'achevait, mais, la crise étant con-
jurée, le repos absolu devenait incompatible avec la
santé recouvrée, avec le tempérament robuste, avec la
nature ardente d'Amari. Il s'enrôla, sans arrière-pensée
et sans réserve, parmi les adhérents d'un congrès
scientifique et laïque, que son ami, le comte Terenzio
Mamiani della Rovere proposait d'ouvrir à Rome même
au cours de l'été 1873, pour que l'écho des communications et des débats résonnât jusqu'au Vatican. Amari
seconda de toutes ses forces, de tout son zèle et de
toute son autorité personnelle son collègue militant
de la Chambre haute, autrefois l'un de ses compa-

---

[1] *Accademia dei Lincei. Atti.*, serie 2ª, II, 1874-1875 (Roma,
1875), p. LVII.

[2] Amari n'habitait plus là en 1881, mais 5, *Piazza del Esquilino*; voir *Carteggio*, II, p. 260; *Verhandlungen des fünften
Orientalisten-Congresses gehalten zu Berlin in September 1881*,
p. 8.

[3] O. Tommasini, *Scritti*, p. 350, plus précis que mon dire de
la p. 192.

gnons d'exil à Paris [1], ancien ministre comme lui,
son futur confrère des *Lincei*. Il s'associa allègrement
aux démarches multiples que le président désigné
faisait, d'une part auprès du Quirinal et des Ministres,
d'autre part auprès des adeptes dans les milieux in-
struits et populaires, en vue de ressusciter le *Congresso
degli Scienziati* [2], un revenant de 1839, qui avait fait le
mort de 1849 à 1870, qui s'était réveillé de sa longue
léthargie en 1870, qui venait de tenir à Sienne une
session préparatoire à la manifestation romaine, anti-
papale et anticléricale, de 1873 [3]. Amari, épris de
l'idée, essaya de lui gagner des souscripteurs et des
adhérents. Il écrit à Renan en français le 23 avril [4] :
« Pie IX a fait toujours nos affaires à merveille : il les
fait par ses sots discours, comme par l'encouragement
qu'il donne aux jésuites. » Adrien de Longpérier,
qu'Amari a convié imprudemment, se dérobe par des
subterfuges à une invitation que sa famille, ses convictions et ses accointances lui interdisaient d'accepter.
« L'Italie, écrit-il le 15 octobre 1873 [5], en ce moment-
ci, fait une expérience. Naturellement, comme tous les

---

[1] Plus haut, p. 111.

[2] Ces renseignements m'ont été fournis gracieusement par
M. A. D'Ancona; communication du 7 janvier 1905.

[3] La session suivante eut lieu à Palerme en 1875, à l'instigation et avec la coopération prépondérante de Francesco Perez;
voir G. Pipitone Federico, *Michele Amari e Francesco Perez*, p. 22.
M. A. D'Ancona m'a informé que Gaston Paris assista au Congrès de Palerme et y prononça un discours, signalé sous le
n⁰ 331 dans Joseph Bédier et Mario Roques, *Bibliographie de
Gaston Paris*, Paris, Société amicale Gaston Paris, 1904, p. 49.

[4] *Carteggio*, II, p. 212. Il est peu probable que cette lettre
émane de Florence, à moins qu'Amari ne l'ait écrite pendant sa
première fugue estivale à la *Concezione*, où sa femme avait été
élevée par les Sabatier comme leur fille adoptive.

[5] *Ibid.*, II, p. 214.

chimistes qui ont un alambic sur le fourneau, elle attend avec enthousiasme le résultat de la coction. Plus tard, lorsque l'alambic et l'enthousiasme seront un peu refroidis, il sera plus convenable d'aller causer avec elle sans crainte de l'impatienter. Je crois bien que je ne mourrai pas sans avoir revu l'Italie dégermanisée. »

Il y a plus de franchise dans les regrets sincères de Renan qui aurait vraiment aimé s'associer aux travaux, aux débats et aux réunions des *Scienzati*. Il écrit de Sèvres le 19 octobre [1] : « Il faut assurément des raisons impérieuses pour que je ne me sois pas rendu au Congrès de Rome. C'est bien, comme vous le dites, un événement dans l'histoire de l'esprit humain que ce fait d'une discussion scientifique libre se tenant dans la vieille capitale de la science orthodoxe, c'est-à-dire de la science faussée. Le royaume d'Italie, n'aurait-il pas rendu d'autre service à la libre pensée, aurait, par cela seul, bien mérité de ceux qui aiment la vérité. Présentez mes respects à M. Mamiani, à tous nos amis, et dites-leur que je suis avec eux d'esprit et de cœur. »

Le *Congresso degli Scienzati* n'avait été qu'un intermède bruyant sur un vaste théâtre, qu'un épisode de propagande à ciel ouvert, qu'une affirmation publique de convictions profondes et invétérées, qu'une bataille de tribune, en contraste avec la paix d'une vie intime, calme et retirée, que le mari et le père partageaient de nouveau avec l'historien, le littérateur et l'arabisant, sans parler du sénateur et, à partir de 1875, de l'académicien. Ce cumul d'occupations librement entassées et vaillamment affrontées se conciliait avec les habitudes immuables d'Amari, telles qu'il les avait contractées dans les temps héroïques du surmenage parisien [2]. A

[1] *Carteggio*, II, p. 214.
[2] Plus haut, p. 158, note 2.

Rome, comme à Paris, à Florence et à Turin, le travailleur infatigable et ponctuel se levait à quatre heures du matin, avec la seule différence que, maintenant, il marchait sur la pointe des pieds pour ne pas réveiller la marmaille endormie. Il préparait lui-même son café sans bruit, déjeunait rapidement et se précipitait au travail comme s'il craignait que sa mort, plusieurs fois annoncée et heureusement démentie [1], ne vînt à l'improviste le surprendre et l'empêcher de remplir le programme qu'il s'était tracé. La seule interruption régulière qu'il admette, c'est le moment où à sept heures « la bande d'ici à côté, laissée en plein sommeil, va se réveiller ». L'excellent père s'exprime tendrement [2] : « Ces visages frais, ces caresses, ces enfantillages charmants m'arracheront à mon bureau, je ne sais pendant combien de temps. »

Le 13 janvier 1875, Amari, en renouveau de production, à la veille de ses soixante-dix ans, précise ainsi en français l'emploi de ses matinées commencées avant l'aube [3] : « A quatre heures du matin il faut, après avoir pris mon café, profiter du silence de la maison pour travailler, soit à l'*Appendice* de mes textes arabes que l'on imprime en Allemagne [4], et aux corrections que M. Fleischer m'impose le plus souvent à raison et quelquefois à tort ; soit à la huitième édition de mes *Vêpres siciliennes*. Ces diables d'Allemands bouleversent à présent tous les recueils historiques, toutes les compilations ; ils travaillent à la démolition par escouades de vingt ou de cinquante docteurs ; ils ne

---

[1] Plus haut, p. 173, note 2.
[2] *Carleggio*, II, p. 226 ; lettre d'Amari, de Rome, du 19 novembre 1876, au prince Frédéric de Schleswig-Holstein.
[3] Amari au même, *ibid.*, II, p. 217 et 218.
[4] *Appendice* publié à Leipzig en 1875 ; voir plus haut, p. 162, n. 1.

laissent aucun événement de l'histoire du moyen âge
sans une nouvelle monographie. Vous concevez que je
ne veux pas rester en arrière, quoiqu'il me coûte beaucoup de lire l'allemand, ce que je n'ai commencé à
essayer que dans ma cinquante-huitième année [1]. Ce
n'est pas trop tôt, je l'espère. En attendant il m'a fallu
avaler et, qui pis est, acheter quatre ou cinq livres
allemands relatifs de près ou de loin à mon sujet. Et je
n'ai pas encore commencé ma nouvelle préface. »

La préface datée de *Roma, ottobre 1875,* comprend
une liste des auteurs allemands consultés pour la huitième édition, publiée à Florence en 1876 [2]. On y voit
figurer A. Busson, A. Dove, F. Gregorovius, Otto
Hartwig, A. von Reumont, Scheffer-Boichorst. Michele
Amari s'est enquis et s'est servi des références, mises à
sa portée par un effort persévérant, pour améliorer et
mettre au point sa précédente révision florentine [3] de
la première rédaction palermitaire [4]. S'il touche à cer-

---

[1] Ce renseignement paraît plus strictement exact que les
« 55 ou 56 ans à Florence », indiqués par Amari à Otto Hartwig
dans une lettre du 22 septembre 1881 (*Carteggio*, II, p. 255).
Voir aussi (*ibid.*, II, p. 204) une lettre au même du 12 septembre
1871, dans laquelle Amari gémit que l'allemand ne soit pas
entré dans les études de son adolescence et qu'il ne puisse le
déchiffrer qu'en ayant recours au dictionnaire. L'*Oportet stu-
duisse* lui revient souvent. Quoi qu'il en soit, la première
citation allemande qu'ait risquée l'érudit consciencieux me
paraît être de 1868, dans la *Storia dei Musulmani di Sicilia,* III,
parte prima, p. 209, note 3, où est allégué Zunz, *Zur Geschichte
und Literatur.* En 1851, Amari n'avait pas pu lire la version
allemande de ses *Vêpres*, qui parut alors à Leipzig d'après la
première édition florentine de même date.

[2] 2 vol. in-16. Cette *Prefazione* a été réimprimée en tête de la
9e édition (Milano, Hœpli, 1886, 3 vol. in-16), I, p. XLI-L.

[3] Firenze, 1866, 2 vol. in-16, dont on trouvera également la
Prefazione, ibid., I, p. XXXVII-XL.

[4] Palermo, 1842; voir plus haut, p. 106-108.

tains détails insignifiants, il respecte le fond et la forme, comme si ce vénérable *testo di lingua* lui paraissait intangible. « Plutôt, dit Amari [1], que de rapiécer le vêtement avec du drap d'autre main-d'œuvre et d'autre couleur, je veux donner le vieil ouvrage presque comme il naquit et le nouveau ainsi qu'il peut être. » En d'autres termes, les additions n'ont pas pénétré dans le texte, dont elles forment parallèlement « un commentaire suivi ». Le remaniement et le bouleversement ont été évités cette fois, sans que les exigences imposées par « les progrès de la critique historique » aient été ajournées ou repoussées.

Sans attendre que la préface de la huitième édition fût rédigée, pendant que l'imprimeur composait et tirait les feuilles du texte, Michele Amari s'accorda en février ou mars 1875, un petit voyage à Palerme [2] pour se rendre à l'appel de la *Societá Siciliana per la Storia Patria* qui venait de l'élire Président d'honneur [3]. C'était une victoire éclatante des conciliateurs sur les intransigeants, dont les suspicions avaient jusque-là tenu leur compatriote Amari en dehors de leur *Societá* locale, exclusive et asservie à des meneurs défiants. L'ostracisme contre le maître étant levé, il écrit de Rome le 11 février à son ami Perez qui est intervenu efficacement dans la lutte menée sur son nom [4] : « Cher Francesco, je n'ai pas encore donné mon nom à la *Societá Siciliana*, parce que

---

[1] *Prefazione* de la 8e édition, dans la 9e, I, p. xlii.

[2] A la fin de 1871, Amari avait été « obligé de se rendre à Palerme, à cause de la mort de son beau-frère » Del Fiore. Voir une lettre d'Amari à Madame Michelet, du 29 janvier 1872, dans Madame Jules Michelet, *Les Chats*, p. 208 ; cf. plus haut, p. 174, n. 1.

[3] Amari et d'Ancona, dans le *Carteggio*, II, p. 235, 269 et 392.

[4] G. Pipitone Federico, *Michele Amari e Francesco Perez*, p. 119.

je n'ai pas voulu m'introduire, avant d'y être appelé,
dans une compagnie, où j'ai assurément plusieurs amis,
mais où je pouvais me douter que quelques autres
m'auraient en haine à cause de mes défauts et peut-être
aussi de quelque bonne qualité. Je suis joyeux de l'invitation qui me vient de toi et je remercie la Société de
l'honneur qu'elle veut me conférer, honneur que j'accepte avec gratitude du pays où je suis né et où j'ai
passé les plus belles années de ma vie. Que je ne t'aime
pas, c'est ce que ne peuvent dire que les calomniateurs,
Bourboniens ou Sacristains. »

Michele Amari ne prévoyait pas alors que la vie lui
serait octroyée avec une telle prodigalité, que son intelligence et son talent persisteraient avec une telle plénitude qu'en juillet 1885 il ferait éclore une neuvième
édition définitive, transformée et recréée par le créateur
lointain de l'œuvre primitive. Il ne s'agissait pas cette
fois de discuter des idées sur les points contestés, ni de
mettre au courant les bibliographies italienne et allemande. Une nouvelle édition avait été rendue nécessaire
par de nouvelles trouvailles Deux registres « intermi-
nables » et « très importants » de diplômes inédits
avaient été copiés au printemps de 1882 par le chanoine
Isidoro Carini à Barcelone, où l'*Archivio de la Corona
de Aragon* le dédommagea des quatre mois au moins
que dura sa longue « déportation »[1] et publiés par lui à
Palerme en 1884. [2] Les agissements de Pierre III d'Aragon
dans sa lutte contre Charles Ier d'Anjou pour la posses-

[1] Le mot est d'Amari, 19 avril 1882, dans le *Carteggio*, II, p. 275.
[2] Isidoro Carini, lettre du 16 avril 1882, adressée de Barcelone
à Amari, *ibid.*, II, p. 271 ; voir aussi du même, *Gli Archivj e le
Biblioteche di Spagna in rapporto alla storia d'Italia in generale
e di Sicilia in particolare*, Palermo, Tip. dello Statuto, 1884,
3 vol., d'après D'Ancona, *ibid.*, II, p. 268.

sion de la Sicile venaient d'être « dévoilés ou éclaircis »
par les chartes angevines de Naples, étudiées et éditées
par Giuseppe del Giudice et par Camillo Minieri Riccio.[1].
Une refonte s'imposait afin d'embrasser dans un récit
continu des éléments d'origine et d'époque diverses.
Le rajeunissement du fond entraînait forcément le rajeunissement de la forme. En même temps qu'Amari
réformerait ou atténuerait des jugements politiques « ou
erronés ou trop durs », l'octogénaire, ennemi de la
routine, remaniant son improvisation juvénile au bout
de presque un demi-siècle écoulé, loin de s'obstiner à
son jargon sicilien de 1842, se proposait de supprimer
les provincialismes et les archaïsmes pour substituer
l'italien moderne, « la langue d'aujourd'hui », à la langue d'hier [2].

Dans l'intervalle entre l'achèvement des deux éditions, les dix années entre 1875 et 1885 furent mar-
quées pour Amari par nombre d'événements, dont il
importe de narrer les principaux. Son excursion à
Palerme en 1875 l'avait mis en goût. Il y retourna en
1877 et trouva la ville méconnaissable, tant elle avait
progressé depuis deux ans, tant elle était améliorée au
point de vue de l'industrie, de la richesse, de la tranquillité, tant le parti libéral — modérés et progressistes

---

[1] *Prefazione* de la 9e édition du *Vespro*, I, p. v. Sur le titre,
l'édition est donnée comme *corretta ed accresciuta dall' autore
secondo registri di Barcellona ed altri documenti e corredata di
alcuni testi paralleli*. Deux ans plus tard, Amari ajouta un quatrième volume, de même format (Milano, Hœpli, 1887), intitulé :
*Altre Narrazioni del Vespro Siciliano scritte nel buon secolo della
lingua. Appendice alla nona edizione del Vespro Siciliano*. Voir
ce qu'Amari en écrit de Pise à Isidoro Carini, le 30 juin 1886,
dans le *Carteggio*, II, p. 297, et la réponse de Carini (Roma,
le 1er juillet), *ibid.*, II, p. 298.

[2] *Vespro*, 9e édition, I, p. VI-VIII.

unis — y gagnait du terrain à la veille d'un triomphe imminent [1].

L'année précédente, un « véritable pavé était tombé sur la tête » d'Amari : la présidence du quatrième Congrès des orientalistes à Florence. Il écrit à Renan en français, le 3 octobre 1876 [2], un mois environ après que, le 31 août, son « acceptation » a été transmise par Angelo de Gubernatis dans la séance de clôture du troisième Congrès à Saint-Pétersbourg [3] : « Vous concevez que je n'aimerais pas que cette institution ou, pour mieux dire, cet essai expirât en Italie entre mes mains, comme il a failli trouver son tombeau à Saint-Pétersbourg. Je ne crois pas à la grande utilité des Congrès des puissances ni des savants, mais je reconnais que ces derniers gagnent toujours quelque chose à causer et à s'amuser ensemble. » Le nouveau roi Humbert Ier, sur le trône depuis le 9 janvier 1878, avait accepté, dans l'été de 1877, en qualité de prince royal, « le titre de protecteur du Congrès », qu'il ne récusa pas après son avènement [4]. L'ouverture solennelle eut lieu le 12 septembre 1878, en présence de son frère, le prince Amédée, duc d'Aoste, qui ne put assister, le 18, à la séance de clôture [5]. Malgré la concurrence de notre Exposition universelle [6], le Congrès de Florence fit bonne figure dans la série qui va se continuer le mer-

---

[1] *Carteggio*, II, p. 235, Amari à Otto Hartwig, 18 juillet 1877.

[2] *Ibid.*, II, p. 223.

[3] *Bulletin du Congrès international des orientalistes. Session de 1876 à Saint-Pétersbourg* (Saint-Pétersbourg, 1876), p. 130-131.

[4] *Carteggio*, II, p. 223, 225, 237 et 238; cf. *Atti del IV Congresso internazionale degli orientalisti*, II (Firenze, 1881), p. 336, 347 et 357.

[5] *Ibid.*, II, p. 344 et 357.

[6] *Carteggio*, II, p. 223. Renan et Bréal proposaient « de remettre l'ouverture au mois d'octobre ». Voir *ibid.*, II, p. 238.

credi 19 avril 1905, par la quatorzième session d'Alger [1].
On n'y verra plus ni François Lenormant, ni Ernest
Renan [2], ni Charles Schefer, qui rehaussèrent les assises
de Florence par les concours de leurs personnalités
élevées, dont l'humanité et la science déplorent la dis-
parition. Mais, parmi les Français, bien vivants aujour-
d'hui, qui prirent part alors à ce Congrès dont le président Amari désespérait qu'il attirât à Florence des
« hôtes orientalistes [3] », je signalerai Henri Cordier,
Gaston Maspero, Jules Oppert et le fondateur de ces
tournois internationaux Léon de Rosny [4]. Sur 217 adhérents, italiens et étrangers, il y eut 126 membres présents contre 91 absents [5]. Amari, pleinement rassuré,
prononça le discours de bienvenue à la séance inaugurale du 12 et celui de congratulations ultimes à la
séance finale du 18 [6]. Remarquable surtout est le premier, où il trace à ses confrères d'une semaine un programme tendanciel mettant au premier rang l'Afrique
septentrionale, ainsi que ses populations d'Arabes et
de Berbères [7], comme complément de l'Extrême-Orient
prépondérant à Paris, des études ariennes et hami-
tiques ayant prévalu à Londres, de l'Asie centrale,

---

[1] Un schisme momentané a dédoublé la 9ᵉ session de Londres. Deux Congrès successifs, indépendants l'un de l'autre,
ont été tenus à Londres, sous ce même numéro d'ordre, en
1891 et en 1892.

[2] Madame Ernest Renan, cette femme de grand esprit et de
noble cœur, avait accompagné son mari à Florence, comme il
appert du *Carteggio*, II, p. 242.

[3] *Ibid.*, II, p. 223.

[4] *Atti*, II, p. 338-344.

[5] *Ibid.*, II, p. 337.

[6] *Ibid.*, II, p. 344-349 et 357-361.

[7] Amari était curieux de « la langue et de la race berbère »;
voir le *Carteggio*, II, p. 224, et plus haut, p. 197. Il était déjà
hanté par le rêve d'une Italie méditerranéenne, rêve qui, en

point de mire politique et scientifique à la réunion de
Saint-Pétersbourg [1].

Aussitôt descendu du fauteuil de la Présidence qu'il
avait exercée, avec autorité et discernement, sur « notre
secte inoffensive » [2], Michele Amari fut désigné par le
nouveau Roi [3] comme Vice-Président du Sénat pour la
rentrée du Parlement au 20 décembre 1878 [4]. Renommé
en 1879, Amari se vit enlever, en 1880, de par la volonté
d'Agostino Depretis, le titre qui lui avait été conféré
deux ans auparavant. Le sénateur avait démérité, ayant
osé voter contre la suppression de l'impôt sur la mou-
ture [5]. Plus tard, en 1886, lorsqu'on voulut porter
Amari à la présidence du Sénat, il se rappela cette dé-
convenue pour écarter résolument une proposition
tardive [6].

La langue allemande écrite, qu'Amari était arrivé à
lire, à comprendre suffisamment et à faire entrer dans
ses citations [7], aurait pu lui fournir, avec un peu d'exer-
cice et d'habitude, un instrument maniable de conver-

1881, fut troublé par notre occupation de la Tunisie. Amari à
Renan, dans le *Carteggio*, II, p. 250-252; cf. p. 257, 268 n. et
271 n.

[1] *Atti*, II, p. 347; cf. le *Carteggio*, II, p. 224.

[2] Expression d'Amari, *ibid.*, II, p. 223.

[3] Les relations d'Amari avec Humbert Ier avaient été de prime
abord très cordiales ; voir *ibid.*, II, p. 237; cf. p. 239. Quant
à la reine, il la décrit (*ibid.*, II, p. 244) comme « aimable, belle,
cultivée au delà de tout ce qu'on peut supposer, aimée de
tous ».

[4] *Ibid.*, II, p 240 et 242.

[5] Amari et d'Ancona, *ibid.*, II, p. 246. « Le Sénat nommé par
le roi, ou plutôt par les ministres » ; Amari, *ibid.*, II, p. 253.

[6] *Ibid.*, II, p. 300. Amari octogénaire n'était plus à Rome,
mais commençait en « invalide », à Pise, sa quatre-vingt-
unième année.

[7] *Ibid.*, II, p. 253-254, et plus haut, p. 210.

sation, lorsque, en septembre 1881, il se rendit, en
compagnie d'Ascoli et de Flechia, au cinquième Congrès des orientalistes, dont le siège était Berlin. D'après
ses confidences à Otto Hartwig[1], il voyagea à la manière d'un sourd-muet et hâta d'autant plus son retour
à Florence, puis à Rome, que, malgré la courtoisie des
professeurs allemands, il souffrait de son ignorance
et s'ennuyait de parler par interprète, que le père de
famille s'accusait de faire tort à ses trois enfants si,
après avoir refusé les subsides du Ministère, il ne res-
treignait pas sa dépense à l'indispensable. C'est en vertu
de ces considérations qu'il ne répondit pas à l'invitation du plus fidèle correspondant, Otto Hartwig, et
qu'il s'abstint de faire un crochet par Halle, où il aurait
aimé faire sa connaissance personnelle, lui serrer la
main et parcourir sa riche bibliothèque. Mais il ne sut
pas résister à la tentation de s'arrêter au retour pour
quelques heures à Leipzig et de « se trouver face à face,
dit Amari[2], avec le bon Fleischer, ami épistolaire, et
qui, pour cela, ne m'était ni moins bienveillant, ni
moins aimé[3]. »

Le 12 septembre, à la séance d'ouverture coïncidant
jour pour jour avec la date de celle qu'il avait présidée
à Florence en 1878, Amari avait offert au Congrès de
Berlin deux primeurs : les premiers exemplaires, sortis
des presses depuis peu de jours, de sa *Biblioteca Arabo-*

---

[1] *Carteggio*, II, p 255, Michele Amari à Otto Hartwig, de
Florence, 22 septembre 1881 ; cf. p. 257 et 258.

[2] *Ibid.*, II, p. 254, même lettre.

[3] Plus haut, p. 162 et 209. Fleischer avait adhéré, mais n'avait
pas assisté au Congrès ; voir *Verhandlungen des fünften inter-
nazionalen Orientalisten-Congresses gehalten zu Berlin in September 1881* (Berlin, 1881). p. 4 et 19.

Sicula, traduite en italien [1], et de ses *Epigrafi arabiche di Sicilia*, recueil d'épigraphes tombales [2].

Le six centième anniversaire des Vêpres siciliennes allait avoir son échéance le 30 mars 1882. La commémoration de cette délivrance occupait Amari avant son départ pour Berlin, elle l'absorbe depuis son retour. Sa crainte la plus vive est que le souvenir de la libération aragonaise, qui a affranchi la Sicile de la domination angevine, ne fournisse une occasion aux sentiments anti-français [3] de s'épancher par des provocations inconsidérées. A propos de Charles d'Anjou [4], les têtes chaudes et les révolutionnaires comptaient peut-être dire son fait à la République voisine et à ses hommes d'Etat. Une solennité « académique » [5], avec « des discours lus et des travaux imprimés [6] », composés en vue de la circonstance par des Siciliens, avec des hommages aux ancêtres morts pour la bonne cause, avec la fierté de l'unité nationale englobant désormais la Sicile italienne et l'Italie sicilienne, voici quelle était,

---

[1] *Verhandlungen*, p. 46 et 126 ; cf. *Carteggio*, II, passages cités plus haut, p. 162, note 1. C'était l'édition in-4° dont Amari avait fait hommage au Congrès de Berlin.

[2] *Documenti per servire alla Storia di Sicilia pubblicati a cura della Società Siciliana per la Storia Patria*. Terza serie. Epigrafia. Vol. I, fasc. 2, Palermo, Virzi, 1881. Le premier fascicule avait paru avec la même estampille en 1879. Voir le *Carteggio*, II, p. 245 et 256.

[3] Amari, dans la courte introduction de « l'auteur au lecteur », placée en tête de son *Racconto popolare del Vespro Siciliano* (Roma, 1882) et reproduite intégralement en note dans le *Carteggio*, II, p. 263-264 ; cf. Amari, *ibid.*, II, p. 260, 263, 264, 271-275.

[4] *Ibid.*, II, p. 256, 258, 271, 273, 275, 276, 302.

[5] C'est ce qu'Amari recommande aux *schaikhs* palermitains ; *ibid.*, II, p. 249.

[6] D'Ancona, *ibid.*, II, p. 268, n.

aux yeux d'Amari, la manière la plus digne d'un peuple libre de faire connaître aux générations nouvelles les sacrifices sanglants affrontés par les insurrections anciennes. Amari lui-même s'était assigné « son tribut [1] » d'historien patriote dans cet échange de communications sur un même sujet qui serait, à ce moment précis, dans tous les cœurs et sur toutes les lèvres : la Narration populaire des Vêpres siciliennes était résolue par lui dans l'été de 1881 et Amari avait eu l'intention d'en écrire aussitôt le commencement dans sa villégiature de la *Concezione* [2]. Il ne se mit à l'œuvre qu'après son retour à Rome, au commencement d'octobre : le récit sommaire, qui se rattache plutôt à la 8ᵉ qu'à la 9ᵉ édition du *Vespro*, puisqu'il est antérieur aux accessions provenant de Barcelone et de Naples, fut publié à Rome en février, assez à temps pour être répandu à Palerme et dans l'île avant le grand jour [3].

Les massacres émancipateurs de 1282 ne pouvaient être prétextes d'illuminations et de bals, comme d'aucuns l'auraient voulu [4]. Le sang versé au XIIIᵉ siècle méritait d'être rappelé sans apologie par des hommages funèbres aux victimes, plutôt que d'être insulté au XIXᵉ par des réjouissances publiques, plus « populaires » que le *Racconto* [5] dans les rues qu'il avait douloureusement et cruellement arrosées [6]. La *Societá Siciliana per la Storia Patria* organisa pour le 30 mars 1882 une

[1] Amari, dans le *Carteggio*, II, p. 259.
[2] Amari, *ibid.*, II, p. 256.
[3] Amari, *ibid.*, II, p. 256, 259, 274.
[4] Amari, *ibid.*, II, p. 259.
[5] Le titre de ce résumé en 102 pages est : *Racconto popolare del Vespro Siciliano*, Roma, Forzani, 1882.
[6] Amari, dans le *Carteggio*, II, p. 260.

« séance extraordinaire [1] », qui serait tenue dans la
salle des pierres du Palais de ville [2], sous la présidence
du marquis de Torrearsa [3]. Cette fête politique, locale
et littéraire fut ouverte par une allocution du Président. Ensuite Francesco Lanza, prince di Scalea, aux
applaudissements unanimes de l'assistance distinguée
et nombreuse, offrit solennellement, en qualité de Président de la commission exécutive, à l'un des deux Présidents honoraires de la *Società* [4], à l'auteur du *Vespro*,
à Michele Amari, une médaille d'or frappée en son
honneur, par souscription des corps savants et enseignants, ainsi que des Sociétés et députations historiques d'Italie, et un album contenant les noms des
souscripteurs. Le marquis, très ému, ajouta quelques
paroles touchantes, affectueuses et passionnément dithy-
rambiques pour l'ancien ami, pour l'exilé d'autrefois, le
médaillé du jour. Le 16 avril, Isidoro Carini écrit de Barcelone à Michele Amari [5] : « Je comprends l'émotion du
vénérable marquis di Torrearsa. Un témoignage donné
d'un commun accord par un pays *entier* au *vrai* [6] mé-

---

[1] *Sesto centenario del Vespro. Tornata straordinaria della
Società Siciliana per la Storia Patria nel dì XXX marzo 1882.*
« Fascicule extraordinaire » (31 p. in-4°) de l'*Archivio storico
siciliano*, nouvelle série, année VII (Palermo, tipografia del gior-
nale « Lo Statuto », 1882. Le *fascicolo straordinario* est analysé
par D'Ancona, dans le *Carteggio*, II, au bas de la p. 269.

[2] *Sala delle lapidi del Palazzo di città*.

[3] L'orthographe du nom flotte entre Torrearsa et Torre Arsa.
En un seul mot dans le « Fascicule extraordinaire », elle est en
deux mots dans la liste des membres du bureau pour 1881, *ibid.*,
Nouvelle série, Année VI (Palermo, 1881), p. III. De même, le
plus souvent, dans les deux volumes des *Memorie della Rivoluzione Siciliana* dell' anno MDCCCXLVIII (plus haut, p. 150, n. 2).

[4] L'autre Président honoraire était le sénateur Francesco
Perez, l'ami et le correspondant d'Amari.

[5] *Carteggio*, II, p. 268-269.

[6] Les mots imprimés en italiques sont soulignés dans l'original.

rite, voilà ce qui se voit bien rarement. » Le bel ordre
du jour portait enfin, pour la clôture, la lecture par
Amari d'un discours, composé expressément par lui,
sur l'«Ordonnance de la République sicilienne de 1282».
La belle harangue historique se termina par des souvenirs plus actuels au « vaillant et loyal Victor Emanuel » et à « Giuseppe Garibaldi dans la vigueur de
l'âge »[2]. Il importait qu'en pareil moment, ces deux
grands noms, omis par les précédents orateurs, ne
fussent ni oubliés, ni passés sous silence.

Michele Amari, qui fut « l'âme[1] » de ce mémorial
sage, calme et rassurant au dedans et au dehors, se
prodigua dans les réunions privées qui suivirent cet
après-midi d'ovations pour les services rendus par
le « vieux patriote[3] » qu'il était. Le soir même, il fit
une conférence au Cercle philologique de Palerme
« sur l'origine de la dénomination *Vespro Siciliano*[4] ».
Le 2 avril, au banquet des journalistes, il suscita d'injustes polémiques par un toast inoffensif qu'il porta et
que certains auditeurs dénoncèrent comme une
offense aux légitimes susceptibilités italiennes vis-à-vis
la France. La presse s'empara de l'incident pour le
grossir, le dénaturer et l'envenimer. Amari, troublé
par ce malentendu, protesta contre les fausses inter-
prétations de ses pensées et de ses paroles, reprocha
vivement à ses concitoyens leur ingratitude contre leur
alliée de 1859 et fit un tableau enthousiaste de l'accueil
sympathique et empressé qu'aussitôt après et malgré

[1] *Archivio storico siciliano* de 1882, *Fascicolo straordinario*,
p. 31. Sur le maintien des relations personnelles entre Amari et
Garibaldi, voir le *Carteggio*, II, p. 221.

[2] Expression de Tommasini, *Scritti*, p. 347.

[3] Amari, dans le *Carteggio*, II, p. 265.

[4] Tommasini, *Scritti*, p. 346; D'Ancona, dans le *Carteggio*, II,
p. 395.

la première édition du *Vespro*, il avait reçu des Français les plus éminents [1].

Voici en quels termes, le 5 avril 1882, Amari fait ses adieux au Syndic de Palerme et à sa ville natale [2] : « Ma conscience me dit que j'ai été comblé de trop d'honneurs et qu'ils prouvent l'âme généreuse des citoyens dont ils émanent. Mais, je ressens de plus au fond de mon cœur combien est vrai le proverbe : l'amour se paye avec de l'amour. Mes concitoyens ont deviné, avec leur intuition si prompte et si sûre, mon attachement à cette cité splendide et à ce grand peuple. Oh ! quelle joie j'éprouve chaque fois que je revois Palerme toujours plus ornée, plus florissante par l'industrie et le commerce, plus civilisée, plus digne de la liberté dont jouit l'Italie, plus associée au sentiment national, qui est la gloire et la protection de tous ! »

La rentrée à Rome ne fut qu'une halte pour y prendre les dernières mesures et pour y faire les derniers préparatifs du départ pour Pise, selon un projet concerté entre le mari et la femme, inspiré par le désir de relever la santé défaillante de la chétive Luisa Amari, réalisé sans remise comme sous la pression d'une nécessité urgente. Et pourtant les années passées à Rome s'étaient écoulées dans le calme et dans la sérénité.

L'appartement, dans lequel Amari menait une vie claustrale d'ermite [3], mais d'ermite entouré et gâté par son entourage, n'était entre-bâillé qu'au profit de

[1] *Carteggio*, II, p. 232, 263 et 270-275 ; cf. plus haut, p. 112. « Jetons autant qu'il dépend de nous un drap mouillé sur ces matières inflammables. » Renan à Amari, le 22 avril 1882, *ibid.*, II, p. 276.

[2] *Ibid.*, II, p. 266.

[3] Amari, *ibid.*, II, p. 262. Il habita jusqu'à son départ 5, *Piazza del Esquilino* ; voir plus haut, p. 206, n. 2.

quelques amis intimes triés. Or, dans la rue, il était
impossible de ne rencontrer que ces privilégiés. D'autres
contacts fâcheux imposaient à sa notoriété au moins
des politesses dont il s'acquittait en maugréant : « Vrai
diamant que la civilisation n'avait pas facetté au détriment de son originalité, il conservait une ingénuité
aimable comme tous les vrais savants. Scrupuleux pour
tous ses devoirs, il était intolérant et montrait clairement son mépris aux personnes suspectes de peu
d'honnêteté. Souvent un salut ostensible provoquait
chez lui un grognement significatif qui amusait fort ses
amis présents. [1] »

Pour se soustraire au danger des impressions désa-
gréables, Amari se réfugiait dans son ermitage, s'y can-
tonnait et s'y enfermait, travaillait toujours, écrivait et
n'allait plus au Sénat qu'aux rares jours de séance,
parfois aussi quelques minutes pour y lire un journal
ou pour y consulter un livre à la Bibliothèque[2]. Après
sa maladie de Florence en 1872[3], il avait repris l'équilibre de son tempérament robuste, de sa santé de fer,
inaccessible aux refroidissements et aux maux de tête[4],
ses habitudes de lever matinal, de travail avant l'aurore[5],
d'humeur égale, d'activité sans surmenage, de sorties
quotidiennes, sans excès de fatigue, dans les rues et
les promenades les plus désertes, de courses à la cam-

---

[1] Extrait d'une lettre que Mme Amari m'a fait l'honneur de
m'écrire de Rome, le 6 mai 1902.

[2] Amari, dans le *Carteggio*, II, p. 262; cf. p. 259.

[3] Plus haut, p. 200.

[4] Amari, dans le *Carteggio*, II, p. 247; cf. p. 209, 245, 249, 256.
En 1878, Amari souffrit à l'œil gauche d'un mal extérieur passa-
ger, sans péril, mais non sans douleur, qui interrompit ses
travaux; cf. *ibid.*, II, p. 240.

[5] Tommasini, *Scritti*, p. 348; *Carteggio*, II, p. 226; cf. p. 307 et
plus haut, p. 158, n. 2.

pagne avec le bambin [1], d'internement le soir dans la
douceur suave des liens familiaux, dans le charme des
entretiens intimes avec la plus délicieuse des épouses.
Son mariage avec elle l'avait transfiguré [2]. Celle-ci se
levait très tard, vaquait à son ménage, faisait ou des
courses ou des visites, lisait, peignait [3], s'accordait la
sieste de midi et s'étendait volontiers quelques heures
pendant l'après-midi pour réserver le soir à son mari
un visage frais et reposé, une société réconfortante.
Quant aux trois enfants, c'étaient, au dire de leur
père, qui les choyait et les adorait « trois diables [4] »,
qui aimaient avec frénésie les jeux et les gâteaux [5], qui
« poussaient à vue d'œil, sains, éveillés et excellents [6] »,
qui se développaient normalement et qui, à part en
1877 une scarlatine inquiétante de Michelino, heureusement guéri [7], n'avaient jamais été malades. Leurs

[1] *Carteggio*, II, p. 245.
[2] Lettre de Mme Amari, du 6 mai 1902 ; plus haut, p. 223, n. 1.
[3] La « chère artiste » (Madame Michelet à Michele Amari,
Hyères, 26 janvier 1872, dans Madame Jules Michelet, *Les Chats*,
p. 306), élève d'Ary Scheffer, avait obtenu, en 1862, à l'exposition
régionale de Florence une médaille de bronze pour une nature
morte.
[4] *Carteggio*, II, p. 248.
[5] *Ibid.*, même lettre d'Amari à Tullo Massarani, du 23 décembre 1880 : « Chaque année, maintenant, vous jetez dans la
maison le tison de la révolte. Hier, à l'arrivée de votre triomphal
pain de Milan, il s'éleva, avant les cris de joie, certains cris stri-
dents comme ceux de l'aigle se jetant sur sa proie. Mon aînée
redevint une gamine de six ans ; Michele mit de côté le latin et
commença à distribuer des coups de poing d'allégresse à ses
sœurs, qui, à leur tour, voulurent prouver qu'elles sont nées
dans le siècle de l'égalité (j'espère bien que ce ne soit pas
l'émancipation) de la femme. En somme ce fut une ébullition,
une diablerie, une ivresse presque féroce. » Charles Dejob m'informe que le *panettone* est un gâteau milanais aux raisins de
Corinthe.
[6] *Ibid.*, II, p. 262.
[7] *Ibid.*, II, p. 232.

éducations allaient subir un temps d'arrêt par le transfert dans une résidence nouvelle, par un changement
de direction et de méthode sous d'autres maîtres, professeurs publics et particuliers, hommes et femmes.

Le 25 avril 1882, l'ancien Ministre des finances Quintino Sella écrit à Michele Amari, son confrère aux
Lincei[1] : « Je considère comme un désastre pour l'Académie et pour le Sénat que tu quittes Rome. Mais je
n'ose en dire davantage devant la sainteté des raisons
que tu m'allègues. Tes deux gentilles demoiselles, ton
petit si pétulant, dont j'ai vu si souvent, avec tant de
satisfaction, les faces dans la *Via Nazionale*, m'intéres-
sent trop, moi aussi, pour que je ne prenne pas à cœur
tout ce qui concerne leur bien. »

Le besoin impérieux du déplacement fut un facteur
déterminant dans la résolution prise par les Amari et
réalisée par eux le 3 juillet 1882[2]. Leur séjour à Pise,
où Amari pensait finir sa vie[3], dura six ans et demi.
Ils y déménagèrent au moins trois fois[4] avant de
reprendre le chemin de Rome, sans compter les départs
annuels pour la *Concezione*, où l'on séjournait chaque
été depuis l'entrée en vacances des enfants jusqu'en
octobre[5]. Une fois même, en 1885, on s'évada vers les
hauteurs de l'Abetone, à 1294 mètres au-dessus du

---

[1] *Carteggio*, II, p. 276.

[2] Amari, *ibid.*, II, p. 277.

[3] Amari, *ibid.*, II, p. 280.

[4] D'Ancona, *ibid.*, II, p. 278, n. 1. Peu durable fut l'enchantement produit sur Amari par sa première habitation, *Via Lavagna*,
à quelques pas de l'église *San Paolo a Ripa d'Arno*. « C'est, écrit
Amari, à Tullo Massarani (*ibid.*, II, p. 277), une petite villa assez
commode, avec un jardin comble de choux et de radis qui vont
être extirpés pour céder le terrain aux fleurs. »

[5] *Ibid.*, II, p. 212, 234, 253, 255, 256, 300, 305 ; G. Pipitone
Federico, *Michele Amari e Francesco Perez*, p. 118.

niveau de la mer. Les voyageurs montèrent en voiture à Pracchia le 26 juillet à deux heures et arrivèrent le soir à sept heures sur les sommets, d'où ils ne redescendirent qu'à la fin d'octobre. Amari venait d'achever la neuvième édition du *Vespro*, y compris la *Prefazione*, datée de *Pisa, luglio 1885* [1]. L'éditeur ne le harcèlera pas dans sa retraite et dans son besoin d'un repos bien gagné. Amari écrit à Tullo Massarani le lendemain de son ascension [2] : « Des fraises, j'en ai vu et mangé ; des fleurs, des sapins, j'en ai les yeux remplis, mais aucune bergerette, même laide. Par-dessus tout, l'air est délicieux, on sent la vie entrer dans les poumons et le sang circuler plus librement, avec plus de vigueur. Hélas ! que ne me rend-il celle de mes vingt ans, ni même celle de mes soixante ans ? Je m'essaie à gravir la pente et je retombe en bas. Mais les enfants courent sus à travers la montagne et à travers le bois, qui est une délice. Louise est fort contente de l'air qu'on respire ici. »

De retour au bercail de Pise, Amari reprit allègrement son collier de labeur incessant, se rendant à lui-même la justice qu'il « travaille à peu près comme dans sa jeunesse, quoique la 80ᵉ année s'approche, prête à tomber sur ses épaules [3] ». Il y a naturellement des hauts et des bas chez l'octogénaire. D'une part, le 30 juin 1886, il se plaint de sa « santé gravement altérée depuis deux mois, surtout des difficultés qu'il ressent à marcher vite, ou après le dîner et cela, d'après les médecins, sans lésion au cœur [4] ». « L'invalide » [5], d'autre part, reconnaît une semaine plus tard

---

[1] Plus haut, p. 212, et *Carteggio*, II, p. 292.

[2] *Ibid.*, II, p. 294.

[3] Amari à Renan, *ibid.*, II, p. 296.

[4] Amari, *ibid.*, II, p. 297 ; cf. p. 299 et 301.

[5] Amari, *ibid.*, II, p. 300 et 301.

que « pour le reste la machine va de l'avant comme le veut la physiologie [1] ».

Le 7 juillet 1886, Amari fut témoin de sa légitime apothéose, sanctionnée par l'opinion publique, au quatre-vingtième anniversaire du jour que ses père et mère, dès sa première enfance, lui avaient indiqué comme celui de sa naissance, leur dire étant confirmé par les registres de la paroisse de Sant' Antonio à Palerme [2]. Une commission, constituée à Palerme, s'était réunie le 25 février. De vieux amis d'Amari, le marquis di Torrearsa et l'archéologue Antonio Salinas y siégeaient avec de plus récents admirateurs du patriote et du savant. L'institution d'un Prix Amari, réservé aux études d'histoire sicilienne et de langues orientales, fut décidé à l'unanimité et la Faculté philosophico-littéraire de l'Université de Palerme fut chargée de le décerner [3]. Une souscription publique fut organisée. Ernest Renan et Gabriel Monod lancèrent un appel dans la *Revue historique* [4] pour « recommander cette souscription excellente à ceux de leurs confrères qui ont le goût du vrai en histoire ». Ernest Renan eut beau montrer « la trace lumineuse » laissée par Michele Amari dans les études sur la Sicile musulmane, en même temps qu'il vantait la « vive impression » que lui avaient fait éprouver « son courage, sa sérénité,

---

[1] Amari, dans le *Carteggio*, II, p. 299.

[2] Amari, *ibid.*, II, p. 298.

[3] D'Ancona, *ibid.*, II, p. 302-303. Le *Premio Amari* avait été imaginé, à l'imitation du *Fleischer-Stipendium*, institué à Leipzig en 1874 au cinquantième anniversaire du doctorat de Fleischer. Sur mon illustre maître, voir plus haut, p. 217, et la récente biographie, par Ignaz Goldziher, dans la *Allgemeine Deustche Biographie*, XLVIII (Berlin, 1904), p. 584-594.

[4] *Revue historique*, XXXIII (Paris, 1887), p. 393, reproduite par D'Ancona dans le *Carteggio*, II, p. 303.

sa haute philosophie, qui lui rappelait celle de Littré » ;
il eut beau retracer sa « vie si pure, si noblement
remplie » ; Gabriel Monod eut beau insister sur ce que
« Michele Amari a prouvé, lors de la souscription
ouverte pour le monument de Michelet, qu'il n'avait
pas oublié l'hospitalité de la France, ni l'accueil de ses
savants ». L'indifférence et l'oubli firent échouer cette
propagande hardie et généreuse de deux esprits aussi
nobles que persuasifs en faveur d'un de leurs rares
pairs. Si je suis bien informé, une seule adhésion se
joignit à la leur : celle de mon ami et collègue Henri
Cordier.

On n'infligea pas cette fois au vieillard les fatigues
incompatibles avec sa santé délabrée et l'affaissement
de son corps. L'enthousiasme ne déborda ni dans la
rue, ni dans le théâtre d'aucune cérémonie d'apparat.
L'*Accademia dei Lincei* envoya une adresse à son membre
transfuge pour le convier à revenir partager ses travaux
et à reprendre son assiduité coutumière. La *Crusca* ne
resta pas muette. La *Società Siciliana per la Storia Patria*
de Palerme n'oublia pas ses souhaits à l'un de ses deux
présidents honoraires. L'Université, l'École normale
supérieure [1] et les autres corps enseignants de Pise inter-

---

[1] Il a été question plus haut, p. 189, de cette École Normale
supérieure, dirigée en 1864 par Pasquale Villari. Fondée par
Napoléon Ier en 1813 comme sœur puînée et comme une « succursale » de la nôtre et destinée par lui à préparer le personnel
de l'enseignement secondaire dans la péninsule, elle ferma ses
portes en 1814 pour être rétablie par le Duc de Toscane Léopold II en 1846, annexée en 1860, dotée et réorganisée en 1862
par le ministre Matteucci afin qu'elle pût suffire aux besoins de
l'Italie unifiée. Mon confrère, Alessandro D'Ancona, si rensei-
gné et si obligeant, m'a mis à même d'étudier ce rouage, son
fonctionnement et ses effets, en m'envoyant: 1o *Notizie storiche
sulla R. Scuola normale superiore di Pisa*, dans les *Annali della
R. Scuola normale superiore di Pisa. Scienze fisiche e matemati-*

vinrent par leurs hommages et leurs félicitations. Les
cadeaux [1], les télégrammes et les lettres affluèrent avec
des congratulations officielles et privées, collectives et
personnelles, à l'homme du jour. Quant au roi d'Italie
Humbert Ier, en voyage le 7, il fit parvenir quelques
jours après à l'illustre Palermitain, en guise de « présent
réparateur », la grande croix des deux Saints [2], accompagnée d'une « très belle lettre », dans laquelle Sa
Majesté exprimait le regret de n'avoir pu donner aucun
signe autre de sa haute considération pour le jubilaire [3].

Les « Allemands bénis » célébrèrent les quatre-vingts
ans d'Amari à leur manière et pour leur compte, faisant bande à part malgré leur communion d'idées et
de sentiments avec les autres manifestants. Leur système a été appelé par Amari lui-même « l'oraison
funèbre des vivants » [4]. Docteur *honoris causa* de Leide
depuis 1875, de Tubingue depuis 1877, il reçut le
7 juillet 1886 un diplôme de docteur, emphatiquement
laudatif, décerné par *l'Ordo philosophorum* de l'Université de Strasbourg [5]. De Berlin il avait reçu en 1884
l'ordre civil pour le mérite, limité à 30 membres,

---

che, I (Pisa, 1871), p. I-XLVIII; 2º *Elenco degli alumni esciti
dalla R. Scuola normale superiore di Pisa fino all' anno 1896* (Pisa,
1896), 30 p.

[1] Francesco Perez est remercié de son « cadeau » par une
lettre tardive d'Amari du 26 novembre 1886, publiée par G.
Pipitone Federico, *Michele Amari e Francesco Perez*, p. 120.

[2] Les deux Saints sont Maurice et Lazare.

[3] Amari, dans le *Carteggio*, II, p. 301. Il y a une part de con-
jecture dans mon énumération des adresses envoyées et reçues
à cette occasion.

[4] *Ibid.*, II, p. 301.

[5] D'Ancona, *ibid.*, II, p. 395; cf. p. 301. La rédaction ampoulée
de ce diplôme, amusant specimen du formulaire amphigourique
conforme au protocole, a été reproduite tout au long dans
Tommasini, *Scritti*, p. 347, n.

simultanément avec son élection presque à l'unanimité de « membre correspondant » par l'Académie des sciences [1]. Plusieurs membres de sa *classe*, Weber, Mommsen, Kiepert, etc., lui firent parvenir le 6 juillet 1886 leurs vœux au nom de la Compagnie [2].

Le vétéran honoré, le « sage accompli » [3], comme l'appelle Renan, ne se résignait pas à vieillir. « Mes amis, écrit-il au lendemain de sa glorification publique [4], aiment à se faire illusion ou croient faire œuvre de charité en me flattant, mais je sens le poids d'une grave maladie. Je mange bien, je digère mieux, je dors tranquille et je puis encore travailler. Mais, à la suite du moindre mouvement un peu rapide, c'est la lassitude ou le vertige. »

Les symptômes de la décadence et du déclin n'empêchent pas Amari de faire des projets d'avenir et de ne pas considérer sa journée comme finie. Il continue à « courir les bibliothèques, à feuilleter les vieux manuscrits », à compulser et à compiler des documents pour une deuxième édition de l'*Histoire des Musulmans de Sicile* [4]. Sa revision, entreprise en 1885, n'avance pas assez vite à son gré. A l'automne de 1887, il se hâte dans l'espoir d'aboutir avant sa mort [5]. C'est un combat singulier à qui arrivera le premier, du lutteur infatigable ou de l'ennemie qui, sans en donner avis et sans demander l'autorisation, tranchera le fil de sa destinée [6]. Et cependant le milieu, dans lequel il s'inquiète parfois, est salutaire et fortifiant. Il écrit le 8 février

[1] Albrecht Weber, dans le *Carteggio*, II, p. 287-289.
[2] Amari, *ibid.*, II, p. 301.
[3] Renan, *ibid.*, II, p. 276.
[4] Amari, *ibid.*, II, p. 301 ; cf. plus haut, p. 226 et 227.
[5] Amari dans le *Carteggio*, II, p. 226, 256, 283, 301, 304-308.
[6] Amari, *ibid.*, II, p. 304.
[7] Amari, *ibid.*, II, p. 305 et 307.

1888[1] : « Il me plaît de pouvoir dire que Louise va
bien, que les enfants promettent et que je ne sens aucune maladie, excepté les incommodités de la vieillesse, qui ne m'ôtent pas la faculté de travailler comme
d'habitude ou à peu près. » Il se levait toujours
à quatre heures du matin, à cinq heures au plus tard,
et se mettait aussitôt à ses *Musulmans de Sicile* jusqu'à
dix heures et demie, puis les reprenait d'une heure à
cinq heures et demie de l'après-midi[2]. En dehors des
rhumatismes qui gênent sa marche, ses quatre-vingt-
deux ans ne lui ont apporté d'autre incommodité qu'un
affaiblissement sérieux de son ouïe. Il écrit de Rome
en français à Renan le 25 décembre 1888[3] : « Si l'oreille
s'endurcit un peu et si je n'ai plus mes bottes de dix
lieues, je peux travailler presqu'à mon ordinaire, et la
recherche du vrai continue de m'aiguillonner comme
dans les plus beaux jours de ma vie. Ce n'est pas ma
faute si les résultats sont fort médiocres. »

Amari continue sa lettre en annonçant à son ami
une grande révolution dans son existence, changement
violent et dangereux à son âge : « Nous sommes revenus à Rome à cause de mon fils qui entreprend les
études d'ingénieur[4]. A Pise, il n'y a pas d'École Supérieure pour cela. En outre ma famille s'ennuyait beaucoup dans cette ville morte[5], et moi aussi je sentais

---

[1] Amari, dans le *Carteggio*, II, p. 306.
[2] *Ibid.*, II, p. 307 ; cf. plus haut, p. 209.
[3] Amari, dans le *Carteggio*, II, p. 308.
[4] Michelino Amari, resté célibataire comme ses sœurs, est
électricien à Florence. La maison, qu'il y dirige, est dénommée
d'après Galilée (Communication de M. D'Ancona).
[5] Dès son arrivée à Pise, Amari écrivait le 18 juillet 1882 (*Carteggio*, II, p. 277-278) : « En passant de Rome à Pise, on ne peut se
soustraire à un sentiment de tristesse, comme dans la solitude.
Je l'ai éprouvé un tant soit peu moi aussi, nonobstant ma peau
dure. » Même note dans une lettre française à Renan du 30

l'éloignement des grandes bibliothèques..... Pourrai-je
vous dire : Au revoir ?.... Je n'espère pas que, dans ce
peu de vie qui me reste, vous ayez l'occasion de venir,
comme une fois, en Italie[1]. Ajournons donc notre
rendez-vous aux arches rougies au feu, où Farinata
degli Uberti et Frédéric de Souabe expient la hardiesse
de leur pensée, et, en attendant, serrons-nous la main. »
Quel stoïcisme impassible dans ces adieux prématurés
d'un libre penseur à un libre penseur !

L'*Accademia dei Lincei* recouvrait le plus ancien de
ses membres dans la section d'histoire, le Sénat l'un
de ses doyens. Amari réinstalla, non sans mélancolie[2],
ses meubles vagabonds, ses livres fréquemment em-
ballés et déballés, ses manuscrits nomades[3], *Via Fon-
tanella di Borghese*, vis-à-vis le *Palazzo Borghese*, dans
un domicile exigu[4], voisin du Sénat, pas trop éloigné
de l'Académie.

Le 3 février 1889, il lit devant ses confrères recueillis ses « Autres fragments arabes relatifs à l'histoire d'Italie »[5] ; le 19 avril, la politique coloniale

mars 1883 (*ibid.*, II, p. 282) : « Nous nous portons bien, quoique
ces petites demoiselles regrettent encore leurs amies de Rome
et le mouvement d'une capitale, qui croît de splendeur tous les
jours. »

[1] En septembre 1878 ; voir plus haut, p. 215.

[2] Lettre d'Oreste Tommasini du 28 février 1905.

[3] Amari a raconté (*Carteggio*, II, p. 277) l'odyssée de ses meubles et de sa bibliothèque de Rome à Pise et les fatigues
qu'avait endurées en 1892, « dans la confusion et la poussière »,
sa femme « à la constitution grêle ». Ces misères recommen-
çaient au passage par les mêmes stades en sens inverse.

[4] *Ibid.*, II, p. 311.

[5] Les *Altri frammenti arabi relativi alla storia d'Italia* furent
publiés après la mort de l'auteur par l'*Accademia dei Lincei* dans
les *Memorie della Classe di scienze morali, storiche e filologiche*,
Serie quarta, VI, (Roma, 1889), p. 5-31. C'est dans le même

de Crispi, qu'il approuve dans la question de l'Ery-
thrée, lui fait annoncer à Tullo Massarani qu'il batail-
lera contre lui à la rentrée du Sénat, c'est-à-dire en
novembre[1].

Les quatre-vingt-trois ans sonnés, qu'il s'attribuait
d'avance le 17 mars 1889[2], n'ont pas affaibli son zèle
pour l'étude au même point que ses forces. Sa devise
est toujours : *Laboremus*[3]. Il « continue à travailler,
ne pouvant pas faire autre chose, pas même la conversation, depuis que ses oreilles sont bouchées ou tout
comme »[4]. La deuxième édition des *Musulmans de
Sicile* n'est pas abandonnée, mais ajournée *sine die*. Un
an s'est écoulé sans que l'auteur s'en soit occupé particulièrement[5]. Or, pour mener à terme une aussi vaste
entreprise, l'effort d'Amari vieilli, affaibli, se survi-
vant, sinon par l'intelligence et le cœur, du moins par
la diminution de son être physique, aurait eu besoin
d'être « concentré »[6] sur un but poursuivi sans relâche
et sans concurrence. L'abandon de Pise pour Rome,
s'il favorisait les études du fils, avait été un élément de
perturbation dans celles du père. Les recherches préparatoires, les annotations sur les marges d'un exemplaire de la première édition, les monographies supplé-
mentaires rédigées constituent-elles une accumulation
de matériaux assez abondante et assez riche pour être
mise en œuvre utilement par la science orientale ? Pas

volume, p. 340-376, qu'a paru d'abord *La vita e le opere di Michele
Amari*, par Oreste Tommasini (plus haut, p. 89), avant d'être
réimprimée dans ses *Scritti di storia e critica*.

[1] Amari, dans le *Carteggio*, II, p. 310.
[2] Amari, *ibid.*, II, p. 309.
[3] Comme en 1876 ; voir *ibid.*, II, p. 225.
[4] Amari, *ibid.*, II, p. 310.
[5] Amari un mois avant sa mort à D'Ancona, *ibid.*, II, p. 395.
[6] Amari, *ibid.*, II, p. 306.

un grain ne saurait être perdu de la récolte faite par le puissant laboureur.

Le 11 juin, Amari résiste avec ce qui lui reste d'énergie aux « tentations d'un banquet jovial », qui réunira des professeurs et des étudiants siciliens [1]. Le valétudinaire, « contraint de se reposer à la fin du dîner et du déjeuner », s'excuse de ne pas accepter l'invitation et de ne pas venir, après le dîner, « offrir aux convives sa compagnie, la triste compagnie d'un invalide et d'un sourd ».

Le patriote, qui pressent sa fin prochaine, « envoie à la mère patrie le dernier salut et les derniers présages de sa piété filiale » par ces nobles paroles, les dernières que nous ait conservées le recueil de ses lettres : « Et néanmoins je ne renonce pas à porter mon toast à la santé des convives et des amphitryons et, avant eux tous, à l'Italie libre, une, indivisible, qui grandisse en territoire, en puissance, en prospérité et ne perde jamais la sagesse. »

Amari se courbait [2], baissait et traînait. Il était presque entièrement privé de ses oreilles, devenues de plus en plus paresseuses [3]. Ses yeux troubles étaient aveuglés par le soleil [4]. Aucun symptôme grave ne laissait cependant prévoir l'imminence du dénoûment. Son dernier sommeil fut précédé par un brusque réveil de ses facultés, qui se traduisit par une dernière matinée bien remplie, terminée subitement par la crise fatale. Le

---

[1] Amari, *ibid.*, II, p. 311.

[2] Pasquale Villari, dans les *Parole pronunziate da diversi oratori sul feretro del senatore Michele Amari* (voir plus haut, p. 90, note 4), p. 22.

[3] Plus haut, p. 231 et 233.

[4] Amari, dans le *Carteggio*, II, p. 310. Deux ans plus tôt, il se vantait encore de sa vue ; voir *ibid.*, II, p. 304.

14 juillet 1889 [1], il était parti de Rome pour Florence.
Il avait demandé que fût fixée au surlendemain une
séance du Comité, constitué en 1884 en vue d'élever
un monument à son ami et ancien collègue Atto
Vannucci dans Santa Croce, le Panthéon des illustres
Florentins [2]. Madame Amari avait fait le voyage avec
son mari, dont elle ne se séparait que le plus rarement
possible. Le couple descendit de la *Concezione* à sept
heures du matin et chemina en flânant à travers les
rues de Florence dans la direction de la *Biblioteca
Nazionale*. Amari, en passant le long du Dôme, fut
tout à coup assailli par un sombre pressentiment. Il
rappela à sa compagne bien-aimée que son grand-père
et son père étaient morts à l'improviste. Elle, toujours
souriante et accorte, pour le détourner de ces pensées
funèbres, lui montra une belle fleur exposée pour la
vente sur les degrés du temple. La fleur lui agréa et il
s'exclama que ses filles se seraient assurément réjouies
de la voir elles aussi. Parvenu à la *Biblioteca Nazionale*
à neuf heures, il y corrigea les épreuves des « Autres
fragments arabes » destinés aux Mémoires de la *classe
des sciences morales, historiques et philologiques des
Lincei*. Quand ils furent insérés, leur auteur avait suc-
combé depuis plusieurs mois [3]. En effet, arrivé à la

[1] Je suis Villari dans les *Parole pronunziate*, p. 22, en avance
d'un jour sur D'Ancona, dans le *Carteggio*, II, p. 364.

[2] Tommasini, *La vita e le opere di Atto Vannucci*, dans le recueil
de l'*Accademia dei Lincei* intitulé *Memorie della classe di scienze
morali, storiche e filologiche*, serie terza, XIII (Roma, 1884),
p. 380-399, et dans *Scritti di storia e critica*, p. 223-270. Cf. Amari,
dans le *Carteggio*, II, p. 33-40, 51-52, 56-57, 291, 300 ; D'Ancona,
ibid., I, p. 174 ; II, p. 291-292 et 364.

[3] Plus haut, p. 232. Le récit qui suit a été formé par une
combinaison de Tommasini, *Scritti*, p. 350-351 ; D'Ancona, dans le
Carteggio, II, p. 364, et Villari, dans les *Parole pronunziate*, p. 22.

Piazza San Marco, près de son ancienne habitation de la *Piazza dell' Independenza* [1], il se préparait à pénétrer dans son cher *Istituto di studi superiori*, où il était convoqué pour deux heures, afin de délibérer sur l'exécution du monument, qui ne fut inauguré que le 13 juin 1891 [2]. Amari fut renversé sur le seuil de l'édifice, au pied de l'escalier, par une défaillance qui le terrassa. Sur une chaise, qu'on lui apporta, il expira au bout de quelques minutes, sans avoir repris connaissance. Sa femme, accourue comme poussée par un instinct de sollicitude anxieuse, recueillit le dernier soupir du moribond. C'est à peine s'il put murmurer son nom et lui serrer la main. La rose, qu'il avait tant admirée le matin, fut placée sur sa poitrine refroidie, comme un hommage au dernier ravissement qu'il eût vraiment éprouvé et vivement exprimé. La douleur poignante du suprême adieu fut évitée par la mort foudroyante à son âme sensible, qui l'avait « souhaitée pour éviter aux siens et à lui-même les angoisses de la séparation [3] ». Le matin même de l'enterrement, sa veuve éplorée, les yeux mouillés de larmes, répétait : « C'était une grande âme [4]. »

Les obsèques du sénateur Michele Amari furent célébrées le 18 juillet 1889 à l'endroit qu'il eût choisi lui-même, dans une des salles de l'*Istituto*, « ce temple des études savantes et libres » [5], ce témoin du long enseignement d'Amari et de sa mort inopinée. Les orateurs qui parlèrent devant le cercueil furent Paolo

[1] Plus haut, p. 196.
[2] D'Ancona, dans le *Carteggio*, II, p. 291.
[3] Lettre de Madame Luisa Amari à H. D. du 6 mai 1902; cf. plus haut, p. 223 et 224.
[4] Paolo Boselli, dans les *Parole pronunziate*, p. 10.
[5] Paolo Boselli, *ibid.*, p. 5.

Boselli, ministre de l'instruction publique, au nom du gouvernement, Pietro Torrigiani, syndic de Florence, au nom des municipalités florentine et palermitaine, Pascale Villari, au nom de la *classe* des lettres des *Lincei*, Tullo Massarani, le dernier en date, mais non en affection réciproque, des amis [1] d'Amari, au nom du Sénat, Francesco Todaro, au nom des compatriotes du défunt, enfin Fausto Lasinio, le successeur d'Amari dans sa chaire de l'*Istituto* [2].

Tour à tour les « paroles prononcées » mirent en relief l'unité patriotique et scientifique de sa vie, ses inspirations de précurseur [3], son culte de la famille, de l'étude et de l'amitié [4], son caractère moral fidèle constamment à son devoir, son bonheur de mari et de père faisant le bonheur des siens, parlant d'eux avec l'accent d'un dévot qui parle de ses saints [5], sa conscience rigide et pure comme le cristal, son noble front de philosophe caressé par des ailes d'ange dans le silence du sanctuaire familial [6], sa foi dans la monarchie et son saint amour de la patrie petite et grande [7], sa célébrité européenne dans le monde des orientalistes et dans la république des lettres [8]. Ces oraisons funèbres après la mort étaient toutes à la même justesse de diapason que celles dont Amari souriait lorsque, trois ans auparavant, elles lui furent prodiguées de son vivant [9]. Francesco

---

[1] Nombreuses sont les lettres qu'Amari adressa à Tullo Massarani depuis la fin de 1878; voir l'index du *Carteggio*, II, p. 399 *b*; cf. plus haut, p. 224, 225, 226 et 233.

[2] Plus haut, p. 170, note 2.

[3] Paolo Boselli, dans les *Parole pronunziate*, p. 5.

[4] Pietro Torrigiani, *ibid.*, p. 14.

[5] Pasquale Villari, *ibid.*, p. 17 et 21.

[6] Tullo Massarani, *ibid.*, p. 27 et 28.

[7] Francesco Todaro, *ibid.*, p. 31.

[8] Fausto Lasinio, *ibid.*, p. 37.

[9] Plus haut, p. 229.

Todaro lui appliqua à bon droit, sans hyperbole de panégyrique, le dicton gravé sur le tombeau de Machiavel : *Tanto nomini nullum par elogium* [1].

La dépouille mortelle du défunt fut d'abord conduite à San Miniato al Monte, au-dessus de Florence, où elle reposa provisoirement auprès de celle d'Atto Vannucci [2]. Les deux collègues attendirent côte à côte la construction de leurs mausolées. Ils furent bientôt séparés. Les restes d'Amari, revendiqués par sa ville natale, furent exhumés le 21 mai 1890 avec le consentement de la famille et transportés de Florence à Palerme, sous la conduite d'une députation envoyée par le syndic de Palerme pour les réclamer et les rapporter. A la tête de cette délégation était l'admirateur d'Amari, qui lui avait remis publiquement une médaille d'or à l'occasion du six-centième anniversaire du *Vespro*, Francesco Lanza, prince di Scalea [3].

Le corps fut déposé le 24 mai, accompagné d'un imposant cortège, où figuraient toutes les catégories de la population, dans l'église des Capucins, asile temporaire où il séjournerait, pendant qu'à San Domenico on lui érigerait un monument définitif [4]. Le cadavre de Michele Amari, après avoir été ainsi ballotté de même que l'avait été sa personne vivante, finit par atteindre au repos le 12 janvier 1898 [5], à San Domenico, dans

[1] Francesco Todaro, dans les *Parole pronunziate*, p. 37 ; cf. G. Pipitone Federico, *Michele Amari e Francesco Perez*, p. 33.

[2] D'Ancona, dans le *Carteggio*, II, p. 366.

[3] Tommasini, *Scritti*, p. 353, n. 2 ; voir plus haut, p. 220.

[4] Tommasini, *ibid.*, *loc. cit.*

[5] G. Pipitone Federico, *Michele Amari e Francesco Perez*, p. 33. La date choisie n'eut rien d'arbitraire. Les honneurs suprêmes, rendus à Michele Amari plus de huit ans après sa mort, coïncidèrent ostensiblement avec le jour même où la Sicile entière célébra le cinquantenaire de la révolution palermitaine du 12 janvier 1848.

cette nécropole des illustres palermitains, où il avait été
précédé, un quart de siècle plus tôt, par le vénérable
Président du gouvernement révolutionnaire sicilien,
dont il avait été le ministre des finances, par l'intègre
et vertueux Ruggero Settimo [1].

Voici l'inscription, rédigée par Oreste Tommasini,
que « la Commune de Rome » avait fait graver en 1891
sur une plaque de marbre apposée à la dernière maison
qu'Amari y eût habitée [2] : *Michele Amari | Eccitatore fra
i primi | Del Risorgimento d'Italia | Storico della guer-
ra del Vespro | E dei Musulmani di Sicilia | Filologo
insigne | Simbolo dell' affetto perpetuo | Che saldò
l'Isola sua nativa | All' unità della patria | Senatore
del Regno | Ministro di Re Vittorio Emanuele II | Abitò
questa casa | E nella modesta operosità degli studii |
Vi compie l'anno LXXXIX | Ultimo dell' illibata sua
vita | Il Comune di Roma P. MDCCCXCI.*

Des témoignages posthumes affirmèrent la reconnaissance que ses concitoyens avaient vouée à l'illustre
Palermitain, au serviteur de la Sicile et de l'Italie. J'ai
vu, en la société du célèbre jurisconsulte, du sénateur
Pierantoni, à la Bibliothèque du Sénat italien, le buste
d'Amari, taillé dans un marbre chatoyant par L. Cam-
pisi. L'*Accademia della Crusca* de Florence, dont il
fut élu « membre correspondant » en 1867 [3], possède
probablement un buste de son *Socio corrispondente.*
Quant à l'*Accademia dei Lincei*, dont il fut nommé par

[1] Plus haut, p. 123, 126, 129, 148.
[2] Copie de l'inscription et révélation de son auteur, je les dois
à une aimable communication, faite le 5 mars 1902 par Mademoiselle Francesca Amari, la plus jeune entre les filles d'Amari.
Le *Carteggio*, d'où ont été éliminées les confidences de famille,
a admis par exception (II, p. 278-279) une lettre du 17 octobre
1882, adressée par Michele Amari à Francesca Amari.
[3] D'Ancona, *ibid.*, II, p. 365.

le roi membre lors de son dédoublement en 1875, elle
a placé dès 1890 son buste par Trabacchi dans la salle
où sont réunis les livres arabes. Il n'y a point de par le
monde d'académie qui n'ait annexé un musée de sculp-
ture, encombré de froides effigies [1]. Le buste d'Amari,
par le sculpteur Guastalla, figure aussi à Rome, à côté
de celui de Garibaldi, dans la promenade publique du
Pincio, parmi les Italiens illustres qui y ont été grou-
pés sur l'initiative de Mazzini en 1849. A Palerme, son
tombeau monumental comprend un buste [2]. Une statue
en pied lui a-t-elle été dressée sur quelque place publique de Palerme, de Florence, de Rome ou dePise?

Assurément, s'il a échappé à la profusion des statues,
il eût été le dernier à se plaindre d'une aussi décevante
injustice. Mais, si elle a été commise par ingratitude
ou par oubli, elle peut toujours être réparée. Avec
une légère variante de l'adage que la mémoire de
Machiavel a suscité, je dirai : *Tanto nomini nullus par
honos.*

---

[1] A l'Institut de France, les bustes en détresse sont descendus
dans les caves et ont escaladé les greniers. Mon confrère et
ami, Louis Leger leur a offert un palais somptueux, notre propriété de Chantilly, à la condition expresse qu'ils y seraient
exposés, classés et étiquetés. Voilà un vœu que j'applaudis fort
et qui mériterait d'être pris en sérieuse considération. Il y a
des chefs-d'œuvre dans la collection, sans parler de l'acte de
déférence et de justice, que nous serons par la suite tour à
tour récompensés d'avoir accompli envers nos aînés.

[2] Les renseignements sur les bustes d'Amari aux *Lincei*, au
Pincio et à Palerme émanent de Mademoiselle Francesca
Amari, lettre à Charles Dejob du premier mars 1902.

ÉPILOGUE

Le mercredi 8 avril 1903, à Rome, alors que le Congrès international des sciences historiques touchait à sa fin, je vis apparaître à l'Hôtel Michel où, ma femme et moi, nous étions descendus, une vision féminine pâle, émaciée, essoufflée, haletante, vacillante, chancelante, parvenue jusqu'au seuil par l'effort d'une volonté tenace, vision impuissante à faire un pas de plus en avant. Par bonheur, j'étais descendu au rez-de-chaussée, j'allais sortir, je soutins la visiteuse exténuée, je la fis asseoir dans le vestibule : je reconnus aussitôt le corps frêle, les traits fins, les yeux vifs de Madame Louise Amari. Elle venait nous prier de nous asseoir à sa table de famille le samedi soir 11 avril, au *Vicolo Tolentino*, 1. B. Elle espérait être assez valide, assez remontée jusque-là pour que son état de santé lui permît de présider le dîner. Amère déception ! Ses forces ne furent pas à la hauteur de sa vaillance. Elle dut s'abstenir et se ménager pour la veillée. Nos convives furent ses deux filles, les *signorine* Carolina et Francesca, Mlle Dora Melegari, l'évocatrice des *Ames dormantes*, enfin l'ami généreux des jours difficiles, le pur et charmant écrivain, le biographe et l'exégète de Machiavel, au cœur et au talent si appréciés par Amari, Oreste Tommasini. Après l'heure des agapes, une petite porte s'ouvrit mystérieuse et la déesse du lieu apparut. *Incessu patuit dea*. La grande ombre de Michele Amari avait plané sur les conversations rétrospectives, consacrées au passé, indifférentes au présent et à l'avenir. Il semblait que la porte étroite, refermée sur la déesse, allait

16

se rouvrir pour livrer passage au dieu. Il était présent
parmi nous, je l'affirme, bien que mes yeux ne l'aient
aperçu qu'en imagination. Son souvenir évoqué, son
exemple, le plus parfait des modèles, sa vie, un idéal
de sagesse et de vertu, sa pensée d'essence éternelle
étaient parfums répandus dans l'air que nous respi-
rions. Le mort parlait. Et nous l'écoutions en silence,
attentifs, respectueux, recueillis, fascinés, éblouis par le
prestige de suggestions captivantes et dominatrices.

VII

Adolphe Franck

(1809-1893)

Adolphe Franck

(1809-1893) [1]

Si Adolphe Franck avait vécu quelques mois plus longtemps, il aurait été, il y a huit jours, le héros d'une touchante cérémonie. L'Académie des sciences morales et politiques se faisait fête de lui remettre solennellement, le samedi 20 janvier 1894, une médaille commémorative, qui avait même été modelée d'avance, pour célébrer le cinquantième anniversaire de son entrée dans la compagnie. La mort qui, pendant plus de quatre-vingt-trois ans, avait condescendu à ne pas briser l'enveloppe fragile de cette âme solide, aurait bien dû lui accorder, comme faveur suprême, un sursis lui permettant, comme à son ami, le vénérable Barthélemy Saint-Hilaire en 1889, la satisfaction de se voir décerner l'apothéose des noces d'or académiques.

Né à Liocourt, dans le département de la Meurthe, le 9 octobre 1809, Ad. Franck appartenait à une famille estimée de modestes agriculteurs. Son père avait un goût marqué pour l'apiculture. Quant au jeune Franck, au milieu des essaims d'abeilles élevées par son père, il se montra, comme elles, avide de butiner partout où s'offrait à lui quelque occasion favorable. Le curé de l'endroit s'intéressa à ce petit juif, malingre et studieux. Il avait reconnu en lui un élève d'avenir et ne s'était pas trompé. Dès 1843, Ad. Franck passait le premier

[1] Allocution prononcée à l'Assemblée générale de la Société des études juives, le samedi 27 janvier 1894.

l'agrégation de philosophie, avec une avance sur des
concurrents de la force de Jules Simon et Émile Saisset ;
dans cette même année, il publiait *la Kabbale ou la
Philosophie religieuse des Hébreux*, en attendant la seconde édition de 1889 ; enfin, en 1844, à peine âgé de
trente-cinq ans, il s'imposait par la force de son talent
et l'ardeur de ses convictions aux suffrages de l'Académie des sciences morales et politiques, sur la recom-
mandation de Victor Cousin, le grand électeur d'alors.
C'était le premier juif qui pénétrât sous la coupole.
Aussi, dans mon enfance, le nom de Franck et sa haute
situation dans le monde académique étaient-ils associés si étroitement dans le respect public que l'on disait
M. Franck de l'Institut, comme on est accoutumé à
dire Louis de Rouvroy, duc de Saint-Simon, le marquis
Melchior... de Vogüé, le duc Albert... de Broglie.

La philosophie spiritualiste et le judaïsme monothéiste, telles étaient les deux préoccupations du précoce membre de l'Institut. Ou plutôt les deux conceptions se réunissaient dans son esprit et dans sa foi,
ainsi que deux anneaux d'une même chaîne. Dans sa
longue carrière, il n'a varié, tout en traitant les sujets
les plus divers, soit par la plume, soit par la parole,
dans sa chaire, j'allais presque dire, dans sa tribune
du Collège de France, que par des nuances, et encore
dans la forme plus que dans la pensée. Apôtre de la
vérité telle qu'il la concevait, il parlait sans ménage-
ment des doctrines qu'il réprouvait, s'acharnait contre
les opinions, s'attaquait violemment aux idées, se révol-
tait avec indignation contre la vogue de certaines théories et dénonçait avec véhémence les sources contami-
nées qui lui paraissaient empoisonner l'humanité. Je
ne résiste pas à la tentation d'alléguer devant vous un
fragment du dernier article qu'à l'occasion d'un livre

sur le pessimisme, Franck publia dans le numéro d'octobre 1892 du *Journal des Savants* : « Si l'on se passe
de Dieu, il faut se passer de toute cause et, se passer
de toute cause, c'est se passer de tous les effets, c'est
se passer de toute existence, c'est supprimer à la fois
le bien et le mal, la matière et l'esprit, Dieu, l'humanité
et la nature. »

Ce testament d'un philosophe théiste, ennemi irréconciliable de la rébellion, ne contient pas un mot
agressif contre les personnes. Jamais Franck n'a
manqué de courtoisie envers ses adversaires, même
alors qu'au Conseil supérieur de l'Instruction publique
sous l'Empire, il siégeait, lui, un laïque, comme seul
représentant du judaïsme dans un concile intolérant
de cardinaux, d'archevêques et d'évêques. Les polémiques excitaient sa verve implacable pour les erreurs,
exempte d'animosité envers les égarés. S'il combat à
outrance les fauteurs d'hérésie, comme il sait chercher,
encourager, louer, défendre, stimuler ses alliés ! Notre
Société naissante n'a pas rencontré de patron plus zélé
que lui, plus disposé à conspirer avec nous pour la
réussite de nos efforts en commun. Deux essais antérieurs, l'un pour constituer une Bible des familles et
pour créer des instruments de pédagogie juive, l'autre
pour former une bibliothèque historique du judaïsme,
soit par des œuvres originales, soit par des traductions
en langue française, avaient trouvé chez Franck un
initiateur enthousiaste, qui ne marchandait pas plus
son temps que l'énergie de son concours. La Société
des études juives allait en 1880 réaliser ces beaux
rêves, d'une part en fondant une Revue périodique[1],
d'autre part en inaugurant des conférences. Nous repre-
nions avec de meilleures chances de succès les tenta-

[1] La *Revue,* de prime abord trimestrielle, a pleinement réalisé

tives de nos devanciers qui, disons-le franchement, avaient avorté pour n'avoir point groupé, comme dans un faisceau, toutes les forces vives du judaïsme, pour être demeurées les œuvres exclusives de groups fermés, avec des exclusions préméditées.

La leçon nous a sagement profité. Car, notre Société a failli verser à ses débuts dans la même ornière pour avoir méconnu la nécessité de l'union sur le terrain mouvant du judaïsme actuel. Quelle déception pour nos espérances, quel symptôme d'infériorité, si nous nous étions associés à des sentiments inconsidérés d'orgueil intransigeant à l'égard de nos aînés, de nos guides naturels ! Dans une réunion préparatoire qui eut lieu chez notre premier président, M. le baron James de Rothschild, plusieurs soldats enrôlés sous notre bannière exprimèrent leur défiance à l'égard des généraux. Une jeunesse infatuée prétendit qu'il était surtout urgent de prendre ses précautions contre la gérontocratie envahissante. L'anarchie des propositions fut poussée à l'extrême. La nomination du bureau provisoire, composé exclusivement d'érudits, comme MM. James de Rothschild, président ; Arsène Darmesteter et Zadoc Kahn, vice-présidents, fut un

les espérances de ses fondateurs. La mort et les défections lui ont enlevé nombre de collaborateurs qui furent naguère sa parure et sa force. Et pourtant, son niveau scientifique n'a pas baissé. Son passé, après un quart de siècle de succès austères, est un sûr garant de son avenir. Une table générale des vingt-cinq premières années, qui paraîtra en 1905, permettra de constater les résultats obtenus par une critique rigoureuse, par un examen des faits religieux dégagé des préjugés de l'apologétique, exempt des entichements des polémiques, par des recherches fécondes, surtout dans les domaines de l'histoire et de la philologie. Les noces d'argent de la Société ont été célébrées par nous avec solennité le 14 mars 1905. A nos continuateurs de 1930 de lui assurer d'éclatantes noces d'or.

acte décisif déterminant le sens de notre orientation. Du triumvirat que nous avions élu pour diriger nos premiers pas, M. le Grand-Rabbin Zadoc Kahn reste seul sur la brèche, heureusement plus alerte, plus souriant et plus ferme à son poste que jamais. La mort impitoyable a fauché prématurément les deux autres artisans de la première heure qui, avec lui et avec Isidore Loeb[1], avaient sagement conduit notre Société naissante dans la bonne voie dont elle ne s'est jamais écartée.

Le numéro 1 de la *Revue* porte la date de juillet-septembre 1880. Il ouvre par un article d'un de ces anciens, mon illustre père, M. Joseph Derenbourg, qu'une minorité avait voulu éliminer par haine des supériorités. Un autre de ces précurseurs, qui sera toujours le plus jeune d'entre nous, M. Jules Oppert, nous a fait l'honneur d'être notre porte-drapeau pendant les années 1890 et 1891. Leur doyen, Adolphe Franck, un troisième épouvantail pour les mêmes cerveaux étroits, n'attendit pas que nous fissions un appel direct à son bon vouloir. Dès que la *Revue* eut donné sa mesure dans le numéro 2 d'octobre-décembre 1880, il en agréa le programme et donna sa haute et complète approbation à l'esprit qui animait la nouvelle Société. Non seulement il s'inscrivit spontanément parmi nos « membres souscripteurs », mais encore il s'empressa, dans

---

[1] Isidore Loeb est mort le 2 juin 1892 avant d'avoir donné sa mesure, aussitôt après avoir publié sa remarquable *Littérature des Pauvres dans la Bible*. Sa production, pour remarquable qu'elle soit, est encore dépassée par l'influence qu'il a exercée sur « le peuple juif » et sur la science juive. La direction qu'il leur a imprimée continue à les régir par l'autorité de son nom et de ses « Considérations », de son érudition et de sa méthode, de son caractère et de son talent. Quant à moi, je pleure l'ami dont je porterai le deuil jusqu'à mon dernier jour.

le *Journal des Savants* d'avril 1881 (p. 212-222), de nous faire une réclame fortement motivée et qui a largement contribué à l'épanouissement de notre renommée fraîche éclose. Après avoir cité des extraits de l'Appel anonyme à nos lecteurs, dont la contexture et le style trahissent le penseur et l'écrivain qu'était mon ami Isidore Loeb, Franck ajoute :

« Tel est l'esprit qui a présidé à la création du nouveau recueil et l'on reconnaît avec plaisir que jusqu'à présent il y est resté fidèle. Aussi la liste de ses rédacteurs ne se compose-t-elle pas uniquement de noms israélites ; on remarque parmi eux des noms honorablement connus de savants chrétiens ou étrangers au judaïsme. Quant aux sujets qui y sont traités, ils appartiennent à presque toutes les branches de l'érudition : à la philologie, surtout à la philologie biblique et talmudique, à l'histoire, à l'archéologie, à l'histoire littéraire, à l'épigraphie, à l'étude comparée des religions et des controverses religieuses. On y trouve également des notices bibliographiques et des critiques d'ouvrages nouveaux, que leur brièveté n'empêche pas d'être utiles et quelquefois très intéressantes. Elles appellent l'attention sur des publications savantes que leur origine étrangère ou leurs titres incompris déroberaient facilement à la connaissance du public français. »

On voit avec quelle sympathie Franck saluait l'aurore de notre Société. Elle a été une de ses dernières passions et elle s'en targue. Il a eu, pour lui faire la cour, des accents d'amoureux plein d'illusions sincères ; il lui a réservé dans son cœur une place qu'elle n'aurait pas osé revendiquer. Sa déclaration d'amour n'était pas l'explosion d'un caprice éphémère. Si nous la rappelons aujourd'hui, c'est que, loin de nous demander le secret, il nous a conviés à la répéter lors-

qu'un jour nous rendrions hommage à sa mémoire.
C'est ici même qu'à notre neuvième assemblée générale, le 25 janvier 1890, Ad. Franck s'exprimait en ces
termes : « Pour moi, je tiens pour un des meilleurs
souvenirs de ma vie l'honneur d'avoir, pendant ces
neuf ans, présidé deux fois vos réunions et rempli
trois fois la tâche enviée du conférencier. » Puis il ajoute
avec une tendresse pleine d'expansion dont j'ai conservé l'écho dans mon oreille, tant l'orateur avait su
régler ses intonations : « Si un jour quelqu'un de mes
auditeurs, de mes amis ou de mes lecteurs ne juge pas
au-dessous de lui d'écrire ma biographie, je le supplie
d'avance de ne pas oublier, parmi les modestes titres
que je pourrai présenter à l'estime de ceux qui me
survivront, les témoignages de bienveillance que j'ai
reçus de la Société des études juives. Je les place au
niveau des honneurs académiques et de l'avantage que
j'ai eu d'enseigner du haut de la chaire du Collège de
France. »

Dès le 30 novembre 1882, Ad. Franck avait honoré
notre deuxième Assemblée générale en nous apportant
une conférence sur *La religion et la science dans le
judaïsme*. Il nous priait modestement d'accueillir avec
indulgence sa maigre offrande, « comme le prêtre
accueillait le demi-sicle d'argent que les plus pauvres
en Israël déposaient autrefois sur le seuil du temple ».
Ce fut à notre cinquième Assemblée générale, le 17 décembre 1885, que Franck nous entretint d'une « bien
vieille histoire » qu'il sut rajeunir : *Le péché originel et
la femme d'après le récit de la Genèse*. Il terminait son
apologie de la femme par l'évocation d'une figure
idéale, dans laquelle je crois reconnaître, comme dans
un souvenir lointain, la compagne admirable qui lui
avait été enlevée le 10 octobre 1867, après l'union la

plus parfaite dans un ciel sans nuages [1]. Voici cette page exquise :

« La destinée de la femme est d'être, dans la mesure des moyens dont elle dispose et suivant le milieu où le sort l'a placée, la divinité du foyer, la providence des faibles et des petits, l'ange de la charité, la consolatrice des affligés, la messagère de la conciliation et du pardon, la gardienne du feu sacré, non pas de ce feu matériel que l'antique Rome confiait à la vigilance de ses Vestales, mais de la flamme divine à laquelle s'allument la piété, le patriotisme, l'esprit de sacrifice, l'amour de toute beauté morale, les saintes et vivifiantes espérances.

« Que la femme se présente devant nous, revêtue de cette parure, nous ne répéterons pas les paroles prononcées par Adam quand il vit pour la première fois sa compagne : C'est l'os de mes os et la chair de ma chair. Mais nous lui dirons, nous mettant à la place de l'humanité : Tu es l'âme de mon âme, la vie de ma vie, la plus chère et la plus précieuse moitié de moi-même. »

Puis Franck conclut, non sans une certaine pointe de coquetterie : « Mesdames, Messieurs, je finis sur ces mots. Si quelques-uns d'entre vous me reprochent d'avoir été trop favorable à une partie de cette réunion, ils m'accorderont du moins, en raison de mon âge, le mérite du désintéressement. »

Adolphe Franck, que ses états de service pour la défense de notre patrimoine moral et intellectuel

---

[1] Une pieuse pensée a fait choisir et grouper les éléments d'un volume que j'ai eu grand'peine à entrevoir : *Une vie de femme. Lettres intimes de Pauline Franck*. Tours, imprimerie Paul Bousrez, s. d. (1898). La cueillette s'étend de 1830 à septembre 1867.

avaient désigné pour la présidence en 1888, qui fut maintenu à notre tête en 1889, ouvrit le 19 janvier 1889 notre huitième Assemblée générale en qualité de président et la ferma à titre de conférencier. Le sujet de sa conférence était : *Le panthéisme oriental et le monothéisme hébreu.* « Assurément, dit-il en tête de la première de ces deux allocutions successives, vous auriez eu le droit de demander qu'on m'appliquât la loi qui interdit le cumul des fonctions. » C'est le cumul des services rendus que notre Société s'est bien gardée de récuser chez notre regretté confrère, et nous avons peut-être abusé de l'inépuisable générosité avec laquelle il nous prodiguait les trésors de sa parole.

Le charme de ces entretiens à la fois familiers et profonds ne s'évanouira pas, ainsi qu'une impression fugitive, pour ceux qui ont eu la bonne fortune de le ressentir. La lecture attentive de ces morceaux recueillis pieusement ne saurait remplacer l'action exercée par l'orateur sur son auditoire. Il le tenait en haleine, ralentissant parfois son débit, le hâtant par des effets bien préparés, sans que jamais la clarté eût à souffrir par trop de précipitation, sans que l'attention faiblît par suite d'une articulation traînante. Et ces résultats surprenants étaient conquis par une voix grêle, d'un timbre peu sonore. L'élan chaleureux d'une âme passionnée la faisait vibrer avec éclat et lui donnait une portée qui, sans fatigue, ni pour celui qui la maniait, ni pour celui qui l'entendait, la mettait en contact avec les foules amassées dans les plus vastes salles et amphithéâtres. Franck, qui a soutenu de son appui et de ses conseils mes débuts dans les études orientales, me répétait souvent un conseil qu'à mon tour je me permets de donner, en me réclamant de lui, à ceux qui aspirent à bien parler dans la chaire du professeur ou dans celle du prédicateur : « On ne réussit, disait-il, à se faire écouter, ni par les éclats de voix, ni par les cris où se perdent les unités acoustiques. Il importe bien plutôt de veiller à ce que chaque syllabe parvienne isolée au pavillon de l'oreille, sans se confondre plus avec celle qui l'a précédée qu'avec celle qui la suivra. C'est le principe dont l'application m'a permis d'obtenir avec des moyens limités des résultats considérables, facilement accessibles à ceux qui suivront mon exemple. »

L'intimité de Franck avec notre Société, resserrée par sa présidence de deux ans, se relâcha lorsqu'il fut rassuré sur notre destinée, lorsqu'il sentit que désormais nous étions en état de poursuivre notre route sans lisières. Il reporta son affection, sans réserve et presque sans partage, sur la Ligue nationale contre l'athéisme, dont il fut le fondateur, l'orateur et l'écrivain. La période de la lutte pour l'existence était close pour nous et il fallait à ce paladin octogénaire ce que nous ne pouvions plus lui offrir, un champ de bataille. Le Dieu de la religion naturelle, dont la négation l'exaspérait et le faisait bondir, c'était encore pour lui le Dieu d'Israël, en faveur duquel il rompait des lances, soit dans le journal de la Ligue, dans la *Paix sociale*, soit dans des homélies fanatiques qu'échauffait le plus ardent esprit de prosélytisme. Ce fut la dernière campagne de propagande qu'ait menée cet athlète infatigable, dont les forces déclinaient sans que sa volonté pût se résigner à un repos nécessaire.

Bien que Franck fût rassasié d'années, selon l'expression biblique, bien qu'il eût dépassé de beaucoup la moyenne de la vie humaine, ce fut un accident qui détermina la crise fatale, le 11 avril 1893. Lors des obsèques, M. le Grand-Rabbin de France, parlant au

nom du judaïsme français, se fit l'interprète éloquent
de notre Société et de ses regrets unanimes ; mais notre
deuil était trop profond pour se laisser confondre
dans l'émotion générale des cœurs affligés[1]. Nous
avions besoin d'épancher publiquement notre douleur
particulière dans cette salle même où, à trois reprises,
la parole de Franck avait excité votre légitime enthousiasme et provoqué vos applaudissements unanimes.
C'est pourquoi votre Président, sans affronter le genre
périlleux de l'oraison funèbre, a cru répondre à vos
sentiments intimes en venant déposer en votre nom,
sur la tombe de son éminent maître et ami, une gerbe
de fleurs et une couronne d'immortelles.

A peine Franck avait-il publié, en 1843, sa *Kabbale*
qu'un inconnu, Adolf Jellinek, traduisait en allemand
et commentait dans des notes originales la monographie du jeune professeur français. Ces deux hommes,
un moment unis par la communauté de leurs travaux,
sont de nouveau rapprochés par la mort. Après vous
avoir parlé de Franck, je suis amené par le hasard
des dates à vous rappeler les souvenirs qu'éveille la
vie si remplie et si glorieuse de Jellinek.

Il était né le 26 juin 1821 dans un village de Mo-
ravie, vint en 1842 suivre les cours de l'Université de
Leipzig, où il aborda de front les études orientales,
historiques et philosophiques, et où, après son doctorat, en 1845, la communauté juive se l'attacha comme
prédicateur. Il y resta jusqu'au moment où, en 1856,
il fut appelé à déployer son talent sur une scène
plus vaste, dans l'une des synagogues de Vienne, où
il prêcha pour la première fois le jour de *Simhat Tôrâ*
en 1857, sur le thème suivant : « Chaque homme a
son temps et chaque temps a son homme. » C'est à

---

[1] Zadoc Kahn, *Souvenirs et regrets* (Paris, 1898), p. 344-353.

Vienne qu'il est mort le jeudi 28 décembre 1893 à l'âge
de 73 ans, c'est là que son enterrement a eu lieu en
grande pompe le 31 décembre dernier.

Les deux maîtrises de Jellinek, aussi fécond comme
écrivain que comme orateur, étaient de premier ordre.
Isidore Loeb, qui s'y connaissait, le considérait comme
l'homme le plus intelligent qu'il eût jamais rencontré.
La nomenclature de ses publications, dans un catalogue publié en 1882 par le libraire Lippe, atteignait
déjà le nombre respectable de 109 numéros. Sur un
exemplaire annoté de sa main, Jellinek en ajoute deux
qui auraient été omises, et notez que sa production ne
s'est pas arrêtée, excepté dans les toutes dernières
années; notez que ses articles, disséminés dans les
Revues, ne sont point compris dans cette énumération. Quant à sa parole, aucun éloge ne pourrait en
donner une idée approchante à qui n'en a pas connu
l'impression irrésistible. Je l'ai entendu en 1867 et je
m'en souviendrai toujours. Le talent oratoire de Jellinek combinait les ressources d'un art consommé
servi par une voix magnifique avec un savoir étendu
et sûr qu'il dissimulait sous les artifices d'un langage
brillant et approprié aux circonstances. Le geste était
sobre et imposant. Condamné par une surdité incu-
rable à se replier sans cesse sur lui-même dans ses
méditations et dans ses recherches, il savait mettre la
science au service de la chaire et la chaire au service
de la science. Comme Franck, il avait le culte de la
femme, avec l'ambition de la relever sans abaisser
l'homme; comme Franck, il était un adversaire impitoyable du nihilisme religieux. Le judaïsme et la
science juive ont perdu en lui un de leurs serviteurs
les plus utiles et les plus fidèles, notre Société l'un de
ses membres étrangers dont l'adhésion réfléchie était
pour nous un titre de gloire.

VIII

Maximin Deloche

(1817-1900)

Maximin Deloche

(1817-1900)[1]

Messieurs, dans votre séance du 11 août 1899, Maximin Deloche intervenait avec sa véhémence habituelle, vous conjurant d'attribuer « un caractère pour ainsi dire officiel » aux notices nécrologiques, que, « en conformité d'une disposition réglementaire », tout membre élu dans votre Compagnie était tenu désormais de rédiger sur son prédécesseur. « L'Académie, disait-il en substance [2], alors qu'elle accorde un tour de faveur à la lecture d'une telle notice, donne un témoignage de respectueuse sympathie à la mémoire du membre qu'elle a perdu. » L'ardeur juvénile du vieillard ne laissait pas soupçonner que la procédure, dont il défi-

[1] *Notice sur la vie et les travaux de M. Maximin Deloche*, lue dans la séance de l'Académie des inscriptions et belles-lettres du 29 novembre 1901. Dans les trois éditions antérieures (voir *Bibliographie de H. D.*, n° 136), cette notice est accompagnée d'une *Bibliographie des principales publications de M. Maximin Deloche*, que je n'ai pas jugé à propos de reproduire dans les *Opuscules*. Il convient d'y ajouter maintenant 34. *Etude historique sur les Voies d'accès de Tulle*, dans le *Bulletin de la Société des lettres, sciences et arts de la Corrèze* de 1902, p. 141-150, ainsi que Henri Stein, *Bibliographie de Maximin Deloche*, dans le *Bulletin de la Société nationale des antiquaires de France* de 1902, p. 89-101. Signalons aussi avec éloge la *Notice biographique*, par Paul Monceaux, *ibid.*, p. 61-88.

[2] *Académie des inscriptions et belles-lettres. Comptes rendus des séances de l'année 1899*, p. 492 ; cf. Henri Wallon, *ibid.*, année 1898, p. 768, en tête de sa belle *Notice historique* sur Eugène de Rozière.

nissait le protocole et la formule, lui serait à bref délai
applicable. Il devait mourir six mois après, le 12 février 1900.

J'ai tardé plus que je n'aurais voulu à vous fournir
l'occasion de témoigner à la mémoire de Maximin
Deloche cette respectueuse sympathie qu'il avait récla-
mée pour ses confrères défunts, qu'il a conquise haut
la main dans les milieux divers où il a déployé ses
brillantes facultés, qu'il était fier d'inspirer à l'unanimité de ceux qui ont eu le privilège d'être ses confrères.
Et moi-même, en parlant de lui, puis-je oublier que le
jour de son admission parmi vous, le 22 décembre 1871,
a été pour moi un jour de grande allégresse, puisque,
par une coïncidence remarquable, mon père et l'homme
éminent dont votre bienveillance m'a fait le successeur,
avaient l'un après l'autre recueilli la majorité de vos
suffrages pour remplacer dans notre Compagnie décimée Caussin de Perceval et Huillard-Bréholles?

C'est sous les auspices de ces deux frères jumeaux
par votre adoption que je vous demande la permission
de placer ces notes qui, en dépit de mon zèle, portent
les marques trop évidentes de mon incompétence.

I

Jules-Edmond-Maximin Deloche naquit à Tulle le 27 octobre 1817, dans l'ancien couvent des Récollets, sis rue de la Barrière, autrefois un monastère, puis une prison, depuis 1806 la Manufacture d'armes, actuellement une caserne[1]. Son père, un Champenois de Charleville, avait fait les campagnes du premier Empire et se trouvait à la fin de 1812 au passage de la Bérésina. A son retour en France, il fut détaché à la Manufacture d'armes en qualité de garde d'artillerie, y fut logé, s'y maria ou plutôt s'y remaria[2] avec Mlle Lanot, fille du conventionnel[3], s'y fixa et eut de sa seconde union deux fils, l'aîné Gustave, né en 1815, qui fut avoué à Tulle avant de fournir une carrière administrative comme préfet et comme directeur des asiles du Vésinet et de Vincennes, le cadet Maximin, celui dont j'essaie d'évoquer devant vous la physionomie.

L'enfant était heureusement doué. On l'envoya, auprès de la maison paternelle, au vieux Collège, dont la façade regardait les quais de la Corrèze et que remplace maintenant, sur le mamelon Ouest, derrière les

[1] En 1904, la municipalité et le Conseil municipal de Tulle ont donné le nom d'*École Maximin Deloche* à un groupe scolaire nouvellement construit non loin du Lycée, au dessus de la caserne des Récollets. On y parviendra du Lycée par la future *Avenue Maximin Deloche*.

[2] Deloche père s'était marié en premières noces avec une Italienne et de cette union provint celui de ses petits-fils qui a été connu dans le monde artistique sous le pseudonyme de Campocasso. Parmi ses neveux et ses petits-neveux, je signalerai les Leloir, une dynastie de peintres et d'aquarellistes.

[3] Par sa mère, Maximin Deloche était apparenté à notre confrère Henri Meilhac, qui lui écrivait : « Mon cher cousin », aux obsèques duquel il fut appelé à conduire le deuil le 9 juillet 1897.

tours, le vaste Lycée tout flambant neuf. Le principal
et les professeurs, assemblage varié d'éléments disparates, ont été esquissés dans des croquis humoristiques
par un excellent élève qui suivit de près le jeune Maximin sur les bancs et qui était dans les classes des
petits, alors que celui-ci était dans celles des grands,
par M. Emile Fage, président de la *Société des lettres,
sciences et arts de la Corrèze*[1]. Or, l'écolier nous inté-
resse plus que l'école. « Il était, m'écrit M. Emile
Fage, intelligent, laborieux, très appliqué à ses devoirs
et bien ordonné en toutes choses. Ses études furent
brillantes ; elles faisaient bien augurer de son avenir.
Ses aptitudes variées, également ouvertes du côté des
lettres et de l'histoire, servies par un esprit méthodique et fécondées par un travail assidu, permettaient
d'entrevoir l'éclosion prochaine d'une marquante personnalité intellectuelle. » Si M. Emile Fage, dans cette
lettre du 17 janvier 1001, peut être qualifié de prophète après l'événement, il reflète avec l'exactitude d'un

---

[1] Emile Fage, *Souvenirs d'enfance et de jeunesse* (Tulle, 1901),
p. 139-150, 167-172, 181-203, 216-219 ; du même, *Maximin Deloche*,
dans le *Bulletin de la Société des lettres, sciences et arts de la Corrèze* de 1902, p. 129-139, et dans *Mélanges, Portraits et paysages*
(Tulle, 1905), p. 245-258. M. Emile Fage a bien voulu me conseiller et me renseigner avec son expérience, son autorité et sa
« façon de donner », qui rehausse encore le prix de ce qu'il m'a
donné si généreusement. La *Société des lettres, sciences et arts
de la Corrèze*, dont le siège est à Tulle, y a été fondée le 14 novembre 1878. Maximin Deloche en fut d'abord le président effec-
tif, puis le président d'honneur depuis 1880 jusqu'à sa mort. Un
autre groupe, la *Société scientifique, historique et archéologique
de la Corrèze*, s'était constitué deux mois auparavant, le 9 septembre 1878, à Brive, sous la présidence d'honneur de notre
ancien confrère, le comte Ferdinand de Lasteyrie. Lorsque
celui-ci mourut, le 13 mai 1879, elle acclama comme son successeur à vie son fils, notre président de 1901, M. le comte Robert
de Lasteyrie.

ancien souvenir l'impression produite par le jeune Deloche sur ses maîtres et sur ses condisciples. Deloche
lui-même se rappela toujours avec émotion les années
qu'il avait passées avec les uns et les autres. Il écrivait
en 1893 [1] : « Le collège est mieux qu'une hôtellerie de
passage ou qu'un manège organisé pour l'entraînement des esprits : c'est une autre patrie, la patrie intellectuelle. »

L'éducation musicale de l'adolescent s'ajoutait par
surcroît, comme un complément et une distraction, à
son instruction classique. Il avait hérité de son père
le goût de la musique. Celui-ci, guitariste distingué,
initia le futur compositeur aux premiers principes de
l'art, pour lequel votre confrère conserva toujours une
prédilection très vive et presque un regret de ne s'y être
pas consacré. Quelle illusion fréquente chez les hommes
d'être prêts à sacrifier leurs succès légitimes à la chi-
mère d'un mirage !

Bachelier ès lettres à 17 ans, Deloche partit pour
Toulouse, où il fit son droit. Je n'ai pas réussi à retrouver sa thèse de licence, dont la soutenance eut lieu
vers la fin de l'année scolaire 1835-1836. Le choix du
sujet [2] fournit quelque indice sur les voies latentes par

---

[1] Fragment d'une lettre de M. Deloche à M. Emile Fage, lue par
celui-ci le 4 janvier 1894 au premier banquet, qu'il présidait, de
l'Association des anciens élèves du Collège et du Lycée de
Tulle.

[2] Mon ami et confrère, M. Auguste Longnon, m'a révélé un
passage, écrit par notre savant confrère, M. Paul Viollet, dans
son *Histoire du droit civil* (Paris, 1893, p. 876, note 2). A propos des articles 913-916 du Code civil sur le droit de tester, il
renvoie à « une étude comparative de la loi de germinal, an
VIII, et du Code civil dans Deloche, *Thèse de licence.* Toulouse,
1836 ». M. Paul Viollet, qui devait ce renseignement au témoignage oral de Maximin Deloche, ajoute sur la même autorité :
« Deloche préfère aux solutions du Code civil celles de la loi de
germinal. »

lesquelles son esprit s'acheminait vers la science et vers l'érudition.

Il prit de longs détours pour y parvenir [1]. Muni de son diplôme, il s'inscrivit en 1837 au barreau de Bordeaux comme stagiaire [2], à l'instigation d'un parent, M. Lacoste, avocat près la cour royale de cette ville depuis 1817, ami personnel de Jules Dufaure. Celui-ci avait fait, en 1823, ses débuts d'orateur au Palais de justice de Bordeaux, et y avait, en 1832, succédé comme bâtonnier de l'ordre à ce même M. Lacoste. Son nom y figura au tableau jusqu'en 1852. J'emprunte textuellement ce qui suit à l'allocution que notre confrère, M. Maxime Collignon, a prononcée le 9 janvier dernier, en quittant la présidence de la *Société des antiquaires de France* [3] : « Un jour, M. Dufaure vient à Bordeaux pour y plaider dans un procès. L'avocat de la partie adverse est indisposé. M. Deloche le remplace, et si brillamment que son adversaire de la veille devient pour lui un protecteur dévoué, l'emmène à Paris et le fait entrer au Ministère des travaux publics. »

---

[1] Un de nos regrettés confrères, Edmond Le Blant, a parcouru une carrière analogue à celle de Maximin Deloche. Comme lui avocat, musicien, fonctionnaire public, il est devenu comme lui un archéologue consommé, ainsi que l'ont montré deux de ses biographes, M. Amédée Hauvette, *Notice nécrologique*, dans le *Bulletin de la Société nationale des antiquaires de France* de 1899, p. 59-77; et M. Henri Wallon, *Notice*, dans nos *Comptes rendus* de 1906, p. 609-644.

[2] Deloche est inscrit au barreau bordelais dans le tableau arrêté fin décembre 1837 et dans celui de fin décembre 1838. Il habitait à Bordeaux place du Marché-aux-Veaux, 12, ce qui a son intérêt; car c'est le coin le plus pittoresque et le plus ancien de la ville, le centre de la Cité communale, la Place par excellence au moyen âge, celle des proclamations, des émeutes et des marchés. (Communication de M. Camille Jullian).

[3] *Bulletin de la Société nationale des antiquaires de France* de 1901, p. 60.

Le 12 mai 1839, après la chute du ministère Molé, Dufaure, affilié à la coalition par laquelle il avait été renversé, reçut du maréchal Soult, président du Conseil, le portefeuille des travaux publics. Le 3 octobre de la même année, Deloche était appelé comme rédacteur de 2e classe au 2e bureau de la Direction des mines. Le 1er février 1844, il devenait sous-chef de bureau dans le même service, puis donnait sa démission le 8 mai 1846, ayant été nommé, le 5 mai, par le Ministre de la guerre, alors chargé du service de l'Algérie, chef du bureau des ponts et chaussées et des mines à la Direction nouvellement créée des travaux publics à Alger.

Maximin Deloche, rédacteur et sous-chef, sans manquer aux obligations imposées par ses fonctions administratives, avait fait profession d'adepte initié aux secrets de la composition musicale [1]. Plus d'un collègue blâmait cette concurrence à la bureaucratie et la dénonçait comme une incorrection. Deloche persévérait dans son péché, malgré les remontrances de ses supérieurs qu'offusquaient ses succès dans les salons et dans les concerts [2]. Il ne se contentait pas d'écrire, on gravait de lui des romances, des ballades, des mélodies, des nocturnes, des chansonnettes et jusqu'à une féerie dans le goût du temps, avec une pointe de sentiment, comme chez ses émules, Loïsa Puget,

[1] Ce paragraphe et le suivant ont été reproduits dans la *Revue musicale* de 1901, p. 453-454.

[2] Plusieurs romances mises en musique par Deloche ont été réimprimées en 1868 dans une collection intitulée : *La muse des cafés-concerts. Romances et chansonnettes de divers auteurs.* Elles portent la note suivante : A l'avenir, les compositions de M. Deloche seront publiées sous le nom de Jules Valry. » C'est en vain que, mes amis et moi, nous avons fait des battues pour découvrir un morceau de musique signé de ce pseudonyme.

Joseph Darcier, Pierre Dupont, Paul Henrion, Gustave Nadaud. Disciple quelque peu indépendant de nos confrères Fromental Halévy et Henri Reber, il maintint toujours son idéal à une certaine hauteur en n'accommodant que des poésies sans vulgarité et sans licence. *La Rêveuse*, sur des paroles d'Arsène Houssaye, est assurément sa vierge la moins farouche. Si j'avais la jolie voix de ténor, avec laquelle Deloche faisait valoir ses mélodies en s'accompagnant lui-même au piano, si, comme lui, j'avais appris à chanter chez Manuel Garcia, le frère de la Malibran et de Madame Pauline Viardot, je serais mieux en état que par mon témoignage de vous faire goûter l'inspiration musicale de votre confrère.

Dans son album de 1843, se rencontre entre autres romances : *Jeanne et ma montagne*, Limousine [1]. Et nous voici par le sujet conduits vers le terroir pour lequel Deloche éprouva une passion dominante. La petite patrie dans la grande patrie exerçait sur le Tulliste transplanté un charme irrésistible et l'enserrait dans des liens qu'il ne chercha jamais à rompre. Les chansons populaires du pays natal eurent pour lui, dans cette période de sa vie, le même attrait qu'il ressentit ultérieurement pour le passé historique et géographique du Limousin. Un quart de siècle plus tard, *La belle Lisette*, légende tulliste, ressuscitée par lui et

[1] Les paroles ne sont ni de Maximin Deloche, qui n'a jamais versifié, ni d'André Lemoyne, auquel, par une confusion avec l'éditeur de même nom ou à peu près (Henri Lemoine), elles ont été attribuées. Elles sont en réalité d'Emile Barateau. Voir, dans la Publication officielle de notre Académie, p. 13, le *Discours* prononcé par notre éminent confrère, M. Edmond Perrier, aux funérailles de M. Deloche, le jeudi 15 février 1900, et la rectification dans le Compte rendu de la séance tenue par l'*Association corrézienne* le 25 février 1900.

par lui communiquée avec amour à Ambroise Thomas en 1867, n'a t-elle pas disputé presque jusqu'à la veille de la représentation les préférences du compositeur d'*Hamlet* à la mélodie norvégienne devenue au 4ᵉ acte « l'émouvante lamentation d'Ophélie » [1] ? Deloche, s'il n'orchestra plus lui-même ses œuvres récentes, ne cessa pas de noter pour son entourage de parents et d'amis, en particulier pour ses petits-enfants, les airs qu'il imaginait ou qu'il recueillait. A-t-il collaboré aux revues spéciales qui s'imprimaient à Paris aux environs de 1840 ? Je l'ignore, je ne connais que sa *Notice musicale sur Renaud de Vilback*, publiée à Paris en 1844. Pour courte qu'elle soit, elle nous révèle son esthétique musicale, son culte pour Mozart, « ce génie sublime qui seul, avec Raphaël d'Urbin, a reçu le surnom de Divin, et qui, ainsi que Raphaël, a passé sur notre terre comme un brillant météore », son désaveu « de l'influence et du système habituel de M. Halévy », son admiration pour les mélodies du « fécond Rossini », son goût pour l'orgue, « ce divin instrument qui, par ses ressources infinies, peut seul suppléer à l'orchestre », sa passion pour la franchise, la clarté, l'originalité dans les idées et dans la forme des accompagnements, pour la simplicité dans les moyens et la puissance dans l'effet. La liberté de conscience littéraire est aussi prônée dans cet opuscule comme la dernière conquête libérale du siècle, et Deloche y paraît un peu désabusé de Paris, « immense cité, où les grandes passions et les grandes existences s'agitent sous l'éternel brouillard qui l'enveloppe ».

La nostalgie du Midi et du soleil détermina Deloche

[1] Edmond Perrier, *Discours*, Publication officielle, p. 14 ; cf. Jules Tiersot, dans la *Revue des traditions populaires*, XII (1897), p. 144.

à échanger son poste de Paris contre une situation officielle qu'on lui offrait à Alger. Mais la préoccupation de soustraire sa santé à « l'éternel brouillard » et le désir naturel d'avancement ne furent pas les seuls mobiles de cette grave décision. D'une part, le ministère reprochait à son serviteur de n'être pas à lui sans partage ; d'autre part, l'Algérie française, dans son âge héroïque, ce champ où la bataille était en permanence, où la révolte d'Abd-el-Kader, même après les défaites de l'émir, couvait sous la cendre, où la colonisation n'avait pas encore dépassé l'état embryonnaire, c'était la terre promise pour l'activité d'un esprit laborieux, pour l'initiative d'un talent organisateur, pour la combativité d'un lutteur qui, une fois épris d'une conception ou convaincu d'une théorie, aimait à frapper d'estoc et de taille ses contradicteurs.

Au moment où, en 1846, Deloche débarquait à Alger, le maréchal Bugeaud, duc d'Isly, gouverneur général, après avoir agrandi et pacifié la colonie, n'avait pas pu empêcher l'immixtion des bureaux de Paris dans ce qu'ils prétendaient à diriger et à organiser de loin et avait dû subir la concentation à Alger d'une administration centralisatrice [1]. L'ordonnance organique du 15 avril 1845 y avait créé les quatre Directions de l'intérieur, de la justice, des finances et des affaires arabes. Plus d'un an après, l'ordonnance du 22 avril 1846 en ajoutait une cinquième, celle des travaux publics, dont les attributions s'étendaient à tout le littoral pour les travaux maritimes et à toute l'Algérie pour le service des mines [2].

---

[1] Camille Rousset, *La conquête de l'Algérie*, II, p. 31-33.
[2] Ministère de la guerre. *Tableau de la situation des établissements français en Algérie*, 1846-1849. Paris, Imprimerie Nationale, novembre 1851, p. 77.

L'organisation de ce nouveau service compta Deloche parmi ses artisans de la première heure. Mais, à peine ébauché, l'édifice fut abandonné.

A la fin de mai 1847, le maréchal Bugeaud ayant été rappelé en France, un système contraire prévalut, la Direction des travaux publics fut supprimée à Alger et, par une ordonnance du 1er septembre, on créa dans chacune des trois provinces une Direction des affaires civiles. Deloche, son emploi d'Alger n'ayant pas été maintenu, fut envoyé à Constantine comme chef du bureau des travaux publics, de l'agriculture et de la colonisation. Le duc d'Aumale, le héros de la Smalah, nommé gouverneur général le 11 septembre de cette même année après l'intérim du général Bedeau, délégua son futur confrère à Bône, avec le titre de sous-directeur, à la suite de troubles qui avaient éclaté dans cette ville [1]. Je suppose que Deloche, après la répression, avait été chargé d'une mission temporaire pour rétablir l'ordre dans les finances de la cité et pour rassurer les populations. Le général Cavaignac, investi du gouvernement général par la République de 1848 après l'exil du duc d'Aumale, rendit le 26 mai un arrêté qui ramenait Deloche à Constantine comme secrétaire à la Direction des affaires civiles. Le 9 décembre, par assimilation à la métropole, les trois provinces de l'Algérie étant devenues trois départements, Deloche fut maintenu à Constantine comme conseiller de direction d'abord, puis, par arrêté du 8 février 1849, nommé conseiller de préfecture du département de la province et désigné pour remplir les fonctions de secrétaire général de la préfecture. Ce fut en cette qualité également qu'il fut transféré à Oran, par arrêté du 25 juin 1850.

[1] Ce fut une échauffourée toute locale, sur laquelle les détails me manquent.

Je ne pense pas que ce déplacement ait été mis à exécution par Deloche, dont la santé avait été ébranlée par son séjour prolongé en Algérie. Il était atteint de fièvres palustres. Son estomac ne digérait plus facilement sous un ciel de feu sans ombre et sans pluie. La vie nomade, avec une succession continue d'étapes diverses, lui pesait maintenant. Les circonstances avaient voulu qu'il traversât l'Algérie sans rencontrer sur sa route ces antiquités romaines qui auraient éveillé ses aptitudes endormies d'archéologue [1]. Il aspirait sans doute aussi à se créer une famille. Le décret qui ordonnait son changement de résidence le trouva peut-être déjà rentré en France et en Limousin. J'ai quelque raison de croire qu'il y était revenu dès les premiers jours de 1850, à la suite d'un épisode qui avait eu Constantine pour théâtre et qui avait été de la part du bouillant Deloche une infraction au protocole du fonctionnaire public. Ne s'était-il pas avisé de se battre en duel avec un chef de bataillon des tirailleurs indigènes, en garnison dans cette ville ? « Des deux champions qui croisaient ainsi le fer, a dit spirituellement notre confrère Maxime Collignon [2], l'un ne devait plus porter un jour que l'inoffensive épée d'académicien ; l'autre devait illustrer la sienne à Inkermann et à Sébastopol : c'était Bourbaki [3]. »

---

[1] Sur le tard, Deloche parlait de son séjour en Algérie comme ayant décidé de sa vocation, et M. Louis Farges s'est fait l'écho des propos fréquents qu'il tenait volontiers à ce sujet ; voir sa notice sur Deloche dans la *Revue encyclopédique* du 12 mai 1900. Je crois que Deloche, comme son biographe, se faisait illusion sur cette phase de son évolution.

[2] *Bulletin de la Société nationale des antiquaires de France* de 1901, p. 60.

[3] Cet épisode est resté inconnu aux deux biographes du général Bourbaki : « un de ses anciens officiers d'ordonnance » Louis

L'inaction était incompatible avec la nature de Maximin Deloche. Les loisirs qu'il subissait, l'interruption forcée de sa carrière, son retour au pays dans un état de santé, sinon alarmant, du moins précaire, sa réclusion à Tulle ou aux environs par ordonnance des médecins, son besoin de travailler toujours et quand même, ses réflexions de solitaire replié sur lui-même, les vides d'une existence trop peu remplie à son gré, amenèrent Deloche à percevoir l'appel pressant de sa vocation impérieuse, de celle qui l'a illustré, de celle que vous avez encouragée par vos récompenses avant de la consacrer par vos suffrages. Par intuition, par instinct, sans la préparation régulière de notre merveilleuse École des Chartes, Deloche avait trouvé sa voie qu'il suivit en silence jusqu'au jour où l'archéologue inattendu surgit et réclama sa place au soleil, où l'autodidacte inconnu, après l'avoir conquise, la défendit avec acharnement contre les attaques des censeurs et des détracteurs. En attendant, il se recueillait dans l'étude et les personnes admises dans son intimité étaient les seuls témoins de son activité dans un domaine qu'il avait d'abord limité à son pays d'origine, qu'il avait ensuite peu à peu étendu en même temps qu'il l'étayait et le consolidait.

Les premiers fondements étaient posés, lorsque Deloche, remis du mal qui l'avait fait renoncer provisoirement à sa besogne administrative, fut replacé dans les cadres le 1er août 1853 et rentra au Ministère de l'Agriculture, du commerce et des travaux publics comme rédacteur au 1er bureau de la Division des

d'Eichthal (Paris, 1886) et le commandant Grandin (Paris, 1898). Deloche reçut-il une blessure ou s'en tira-t-il avec une contusion ? En tout cas, cette rencontre n'eut, ni pour lui, ni pour son adversaire, de suites graves.

mines. On lui tint compte de son dossier et de son âge pour ne point immobiliser le transfuge dans les grades inférieurs. Dès le 1ᵉʳ décembre 1853, il passe comme sous-chef, faisant les fonctions de chef, au 2ᵉ bureau de la Division de l'exploitation des chemins de fer. Entre temps, Deloche, qui était catholique, s'était marié à Paris le 3 avril 1854 [1] avec une protestante, Mademoiselle Fourcade Prunet, une personne de tête et de cœur, fille d'un médecin. La tolérance réciproque scella la paix et le bonheur dans l'union qui ne fut pas de longue durée. Mᵐᵉ Deloche devait être emportée en septembre 1861 par l'épidémie de diphtérie qui fit tant de victimes dans la capitale. Elle avait assisté et sans doute contribué par son impulsion bienfaisante aux premiers succès du savant.

Ses débuts dans l'érudition ne sont pas antérieurs à la fin de l'année 1855. Le 20 novembre, Bourquelot lit en son nom la première partie d'un mémoire devant la Société des antiquaires de France qui, dès le 16 avril 1856, l'élisait parmi ses membres résidants. Alexis de Tocqueville, qui venait de publier l'*Ancien Régime et la Révolution,* lui écrit le 10 août 1856 [2] : « Rien n'est plus agréable que de se voir si complètement compris et si apprécié par un esprit distingué et de trouver un juge si bienveillant dans un homme dont on estime tout à la fois le talent et le caractère. Vous

---

[1] La date exacte est fixée par une lettre de Jules Dufaure, datée du 2 avril 1854 : « Ne doutez pas, mon cher Monsieur Deloche, du sentiment de très vive affection avec lequel j'assisterai demain, si je le puis, à votre mariage. » Ce document m'a été communiqué avec quelques autres par Mᵐᵉ Debord, la fille de Maximin Deloche.

[2] Lettre inédite communiquée par Mᵐᵉ Debord, qui en possède encore deux autres envoyées de Tocqueville, par Saint-Pierre-Église (Manche), le 28 août et le 10 octobre 1856.

savez que vous êtes pour moi cet homme-là. » C'est à
« cet homme-là » que, dans le cours de la même année,
vous décerniez une troisième médaille au concours des
Antiquités de la France; en 1857, il obtenait la première,
en même temps qu'il était nommé chevalier de la
Légion d'honneur. Deux années de suite, en 1860 et en
1861, vous lui avez accordé le second prix Gobert. En
1865, vous lui témoigniez votre estime croissante par
l'octroi du prix de numismatique ancienne fondé par
Allier de Hauteroche. Pour ne rien omettre d'essentiel,
je dirai que, le 1er juillet 1861, Deloche avait été chargé
de diriger le 1er bureau de la Division du personnel
dans ce même Ministère où son noviciat remontait à
octobre 1839.

Son avancement demeura stationnaire jusqu'au remaniement par lequel les travaux publics furent débar-
rassés de leurs annexes, et qui valut à l'agriculture et
au commerce réunis le bénéfice de l'autonomie. Le 28
juillet 1869, Deloche fut compris dans la constitution
du nouveau département ministériel, comme chef de
la Division du secrétariat général et du personnel. Mais
son ambition légitime aspirait à d'autres honneurs. Il
vous avait apporté à plusieurs reprises des communications qui avaient été appréciées par cette élite à
laquelle il les adressait et dont l'approbation était son
rêve, en attendant que votre choix porté sur lui réalisât
son idéal. Vous lui avez donné satisfaction, ainsi que
j'ai dit en commençant, le 22 décembre 1871. Et,
comme pour relier ses deux existences, vous avez profité de sa présence pour le choisir dès le 12 juillet 1872
comme l'un de vos deux commissaires pour la vérifi-
cation des comptes de 1871, de sa compétence avérée
pour le réélire chaque année. Le 13 octobre 1873, il
était élevé au grade d'officier dans l'ordre national de

la Légion d'honneur. L'administration enchérissait par
cette distinction sur celle par laquelle vous aviez comblé ses vœux. Elle attestait encore le prix qu'elle atta-
chait à son concours en le nommant, le 1er juin 1875,
Directeur de la comptabilité centrale et de la statistique. En 1878, vous faisiez un nouvel appel à son dévouement et à son expérience en l'appelant à siéger parmi
vos représentants dans la Commission administrative
centrale pour administrer les propriétés et les fonds
communs aux cinq Académies. Il ne déclina votre dési-
gnation annuellement renouvelée et le secrétariat, dont
ses collègues lui maintenaient la charge comme au
mieux entendu dans les affaires, qu'à la fin de 1895,
lorsque l'âge et la fatigue l'eurent contraint à résigner « ce mandat qui lui a été confié durant près
de 21 années consécutives »[1]. Promu commandeur
de la Légion d'honneur le 3 février 1880, il fut, le 28
du même mois, admis à faire valoir ses droits à la
retraite à titre d'ancienneté de services et nommé
Directeur honoraire.

Une légère claudication, conséquence d'un refroidissement contracté en 1880 à une soirée chez Gambetta,
qui était alors président de la Chambre des députés,
avait condamné Deloche à brusquer ce dénouement.
Le rhumatisme, qui avait raidi son genou droit, sans
empirer, passa à l'état chronique et il prit la détermination d'aller vivre à la campagne, assez près de Paris
pour ne pas manquer les séances de son cher Institut,
assez loin pour consommer une rupture définitive avec
ses habitudes invétérées d'assiduité quotidienne au
Ministère. Il s'en était autrefois rapproché, lorsqu'en

---

[1] *Académie des inscriptions et belles-lettres. Comptes rendus des
séances de l'année 1896*, p. 82.

1860 il avait quitté la rue Montholon, 14, pour venir habiter rue de l'Université, 34, puis en 1873, rue de Solférino, 13. Le voisinage de son frère Gustave l'attira d'abord à Vincennes, où il s'établit rue de la Prévoyance, 19, puis, dans l'espoir d'un air plus vivifiant et d'une quiétude plus douce, à Saint-Maurice où, en dehors de son frère, de sa belle-sœur et de ses neveux[1], seuls ses proches, ses amis intimes et... les candidats à l'Institut et aux Antiquaires venaient procurer quelque distraction au solitaire dans ses deux ermitages, sis depuis 1884 au 60, depuis 1887 au 8 de l'avenue de Gravelle. Paris le reconquit en 1891 : le vieil étudiant, qui ne vieillissait pas, s'installa côte à côte avec la jeunesse studieuse, tout près du Luxembourg, sur le versant Est de la Montagne Sainte-Geneviève, rue Herschel, 5. Ce fut un refroidissement, causé par une imprudence, qui eut raison de sa santé jusque-là persistante en dépit des heurts et des secousses. Aussi, j'en appelle à vos souvenirs, quels ne furent pas votre saisissement, votre surprise et votre consternation, lorsque la nouvelle se répandit parmi vous que Maximin Deloche, qui participait activement à vos travaux quelques semaines auparavant, avait été emporté subitement le 12 février 1900 !

[1] Gustave Deloche quitta l'Asile national de Vincennes pour être retraité en janvier 1886; il est mort à Tulle le 24 janvier 1892.

II

Maximin Deloche, dont la production scientifique fut
tardive, rattrapa le temps perdu par une rare fécondité. La *Notice musicale sur Renaud de Vilback* clôt en
1844 une ère, celle où le compositeur et le chanteur
récoltaient des succès dans un genre qui avait la vogue.
Celui-là cesse ensuite d'écrire, excepté pour le cercle
restreint de quelques privilégiés, celui-ci fredonne à
mi-voix et le séjour en Algérie arrête l'expansion de
leur renommée mondaine. C'est un autre homme qui
revient en France et au nom duquel, le 20 novembre
1855, Bourquelot lit la première partie d'un mémoire
manuscrit intitulé : *Études sur les Lemovices Armori-
cani* [1]. Il est en train de remanier son travail pour le
livrer à l'impression, lorsque (je reproduis les termes
émus dont Deloche s'est servi) une « inconcevable
attaque » contre Étienne Baluze fait tressaillir d'indignation le fervent Tulliste. En face de « si injustes et si
ingrates paroles », il se constitue le champion de celui
qui, au xviie siècle, avait été, comme on l'a dit, « son
grand ancêtre dans l'érudition française » [2]. Son éloquent pamphlet, daté de 1856 [3], atteste, non seulement
la science solide dont il s'était muni et les fortes études

[1] *Annuaire de la Société impériale des antiquaires de France*
de 1855, p. 136; cf. p. 145 et 147. Voir surtout les *Mémoires* de
cette Société, année 1856, p. 46-108. sous le titre de : *Les Lémovices de l'Armorique, mentionnés par César.*

[2] Émile Fage, *Étienne Baluze* (Tulle, 1890), p. 133.

[3] M. Deloche, *Étienne Baluze,* dans le *Bulletin de la Société
archéologique et historique du Limousin,* VI (Limoges, 1855),
p. 81-94 ; tirage à part, Paris, 1856. Professeur d'histoire au Lycée
de Tulle en 1901, M. Ch. Godard a consacré la thèse latine,
qu'il a soutenue le 5 février 1902 devant la Faculté des lettres

auxquelles il s'était astreint, mais encore la passion ingénue et généreuse, inconsciente et peut-être aventurée, qui animait sa pensée et enflammait son langage.

Le silence était rompu et chaque année allait apporter au monde savant des manifestations de cette force imprévue, spontanée, secrètement acquise et développée, soudainement révélée, dont l'action puissante n'avait été mise en mouvement par les leçons d'aucune école. Votre verdict favorable, renouvelé à deux reprises, était pour le *Cartulaire de l'Abbaye de Beaulieu*, publié par Deloche en 1859, une juste compensation des critiques peu bienveillantes dirigées contre son éditeur et un encouragement flatteur pour celui en considération duquel vous l'avez rendu. Quant à lui, il ne perd pas la tête et excelle à se défendre contre le plus qualifié de ses agresseurs. Il taille sa plume la plus aiguë pour atteindre le côté faible de la polémique, par endroits discourtoise, que Léon Lacabane a ouverte contre lui dans la *Bibliothèque de l'École des chartes*. Le troisième coup de griffe est prémédité, on t'annonce d'avance, mais il ne sera pas donné, Deloche l'ayant paré en 1861 par ses *Divisions territoriales du Quercy aux* ixe, x^e *et* xie *siècles*. L'année précédente, il avait adressé une *Réponse* aux observations froidement réfléchies de M. Alfred Jacobs, un géographe érudit trop oublié aujourd'hui.

de Paris *De Stephano Baluzio Tutelensi* à la revision du procès de Baluze, et ses conclusions lui sont plutôt favorables. Notre savant confrère, M. A. de Boislisle, prépare sur cette même question un ouvrage considérable, dans lequel il s'appliquera à démontrer que, chez Baluze, le caractère n'a pas été toujours et partout au niveau de l'érudition. La sévérité de son jugement ressort de l'appendice VIII au tome XIV de sa belle édition de Saint-Simon. *Mémoires*, p. 533-558 : *Le Cardinal de Bouillon, Baluze et le procès des faussaires*.

En 1860, Deloche démontre par son *Principe des nationalités* qu'il ne se désintéresse pas des questions contemporaines [1]. C'est son *Discours sur l'histoire universelle*. « Les nations sont voulues de Dieu », tel en est l'épigraphe, emprunté à un mandement de Mgr Berteaud, évêque de Tulle. « Les débris des races et des nations, dit-il [2] (je cite en abrégeant), ont fait un travail, d'abord caché, aujourd'hui patent, pour parvenir à se rejoindre, à renouer des relations violemment interrompues... Ce travail... est sacré, car il n'est point l'œuvre de l'homme, mais celle de Dieu même. » L'unité de l'Italie trouve en Deloche un apôtre enthousiaste, il prodigue ses encouragements aux promoteurs de l'unité allemande et réclame, comme un droit pour la France, les frontières naturelles avec la possession des pays situés sur la rive gauche du Rhin. On ignorait alors quelles déceptions le principe des nationalités réservait à la France, quelle expiation cruelle il infligerait à l'empereur Napoléon III, qui lui avait subordonné sa politique extérieure, qui en avait fait l'apologie dans ses discours et l'application dans ses actes. Seules quelques individualités clairvoyantes, comme notre confrère Charles Schefer, prévoyaient alors qu'il entraînerait après lui le démembrement de la France [3].

Parmi les sujets qui avaient séduit Deloche, alors qu'il faisait son apprentissage de savant, étaient les problèmes soulevés par les monnaies mérovingiennes du Limousin. Ce fut pour lui une matière pour ainsi

---

[1] Trente ans plus tard, Deloche saisissait l'occasion d'un hommage pour s'essayer à dégager les inconnues d'un problème, qui plus que jamais est à l'ordre du jour, l'affaiblissement de la natalité en France; voir nos *Comptes rendus* de 1890, p. 368-371; cf. ceux de 1886, p. 408-410.

[2] M. Deloche, *Du principe des nationalités*, p. 31.

[3] Plus haut, p. 164.

dire inépuisable, étant donné le grand nombre des espèces monétaires qui lui passèrent sous les yeux. La *Revue numismatique*, dirigée par nos confrères le baron de Witte et Adrien de Longpérier, accueillit en Deloche une excellente recrue qui y collabora sans interruption de 1857 à 1863. Il continua cette série successivement et concurremment dans tous les reueils ouverts à de pareilles recherches. Je les énumère en suivant l'ordre chronologique de leur premier contact avec Deloche numismate : *Bulletin de la Société nationale des antiquaires*, *Bulletin de la Société archéologique du Limousin* à Limoges, *Revue archéologique*, *Mémoires* et *Comptes rendus de l'Académie des inscriptions et belles-lettres*, *Bulletin de la Société scientifique, historique et archéologique de la Corrèze* à Brive, *Revue numismatique*; *Bulletin de la Société des lettres, sciences et arts de la Corrèze* à Tulle, *Revue belge de numismatique* publiée à Bruxelles. La bibliographie détaillée et minutieusement exacte, publiée par M. Henri Stein dans le *Bulletin de la Société nationale des antiquaires de France*[1], démontre que Maximin Deloche cultiva cette spécialité pendant plus de quarante années, de 1857 à 1898.

Il s'y est montré un novateur méthodique, fixant les règles et leurs applications. Ce fut Deloche qui, le premier, fit ressortir pleinement l'importance des styles régionaux pour la classification des monnaies du VIIe siècle. La multitude des lieux portant le même nom rendait impossible la détermination de celle, entre ces localités homonymes, où une monnaie de l'époque mérovingienne avait été frappée, tant qu'on ne s'était pas avisé qu'il fallait recourir à un autre élément d'information. Cet élément, le style, Deloche l'a dégagé et

---

[1] Plus haut, p. 259, note 1.

mis en lumière. Le dessin de l'effigie et de ses détails, la forme de la croix, la disposition des ornements secondaires comme les grènetis varient suivant les régions et, sauf exception, dissipent toute confusion entre une pièce de l'Est de la Gaule et une pièce sortie de l'atelier de l'Ouest, entre une monnaie du Nord et une autre provenant de la région méridionale. Permettez-moi d'alléguer un exemple. Si Deloche a pu, entre les localités dont le nom est tiré de *Breciaco*, adopter Bersac, dans la Haute-Vienne, comme le lieu d'origine d'un tiers de sol d'or frappé par le monnayeur Ursulfus, c'est que le buste gravé au droit de cette pièce est de même dessin que les bustes dont est orné le champ des pièces frappées par des contemporains à Limoges [1]. On est donc fondé, sans hyperbole laudative, à reconnaître que Deloche, élargissant le cadre de ses études consacrées à des types monétaires, les a comparés habilement, en a saisi les rapprochements et les séparations, et a posé quelques-uns des principes généraux qui régissent la numismatique mérovingienne.

Si Deloche a eu des précurseurs dans l'interprétation des chiffres xxɪ et vɪɪ sur les monnaies d'or mérovingiennes, qui pourrait lui contester le mérite personnel d'avoir eu l'intuition qu'ils devaient être rattachés à la formule *De selequas*, et d'être ainsi parvenu le premier à en préciser la valeur exacte [2]?

---

[1] M. Deloche, *Description des monnaies mérovingiennes du Limousin* (Paris, 1853), p. 9-21 et 204; cf. Prou, *Catalogue des monnaies françaises de la Bibliothèque Nationale. Les monnaies mérovingiennes* (Paris, 1892), p. 407.

[2] *Revue archéologique*, nouvelle série, XL (1880), p. 172-176; cf. E. Babelon, dans le *Journal des Savants* de février 1901, p. 119.

Les cachets et anneaux mérovingiens ne s'adjoignirent aux monnaies de même origine dans le champ
d'études de votre confrère qu'en 1880, au moment où il
s'était affranchi de ses corvées administratives. Il vous
entretient le 16 avril 1880 d'un anneau-cachet d'or mérovingien orné au chaton d'une cornaline gravée antique, moins de deux mois après qu'il a recouvré sa
liberté. Et il ne s'arrêtera plus de décrire dans la *Revue
archéologique* « un nombre considérable de bijoux de
ce genre, en usage sous le Bas Empire, puis dans les
États barbares et particulièrement dans la Gaule mérovingienne » [1]. C'étaient pour lui d'amusantes récréa-
tions ; c'est pour nous un divertissement de savourer
ses déchiffrements ingénieux de monogrammes, auxquels sont consacrées des notes courtes, incisives, spi-
rituelles, documentées, mais où parfois des esprits
sceptiques ont soupçonné quelques habiletés de presti-
digitateur. Les résultats qui se sont dégagés de ces
notes éparses ont été consignés en 1896 dans vos *Mémoires*, où Deloche s'est étendu sur *Le port des anneaux
dans l'antiquité romaine et les premiers siècles du moyen
âge.* Enfin il a « conçu le dessein de former un recueil
où ces petits monuments seraient classés méthodique-
ment, soigneusement commentés, et accompagnés d'un
résumé succinct des notions utiles qu'on en peut tirer ».
Ce recueil, le premier de cette sorte qui ait paru, est
précédé d'une longue et substantielle introduction. Deloche eut encore la joie de vous l'offrir lui-même dans
votre séance du 10 novembre 1899. Il vous apportait
par cet hommage son testament scientifique.

[1] M. Deloche, *Étude historique et archéologique sur les
anneaux sigillaires et autres des premiers siècles du moyen âge.
Description de 315 anneaux, avec dessins dans le texte* (Paris,
1900), p. 1.

Le classement des objets décrits, pour peu que la provenance en fût connue, d'après les provinces ecclésiastiques et les diocèses, ramenait Deloche en arrière vers le sujet plus ample, dont ses études sur les monnaies avaient été l'entrée en matière, devenue une partie accessoire, dont son *Corpus* des anneaux était l'appendice, devenu la conclusion : les *Lémovices de l'Armorique*, le *Cartulaire de l'Abbaye de Beaulieu*, avec les enseignements de sa préface si suggestive, la *Géographie historique du Limousin et ses subdivisions*, lecture inaugurale remarquée à la 26ᶜ session du Congrès scientifique de France qui tint ses assises à Limoges en 1859, le mémoire justificatif *Des divisions territoriales du Quercy*, la *Description des monnaies mérovingiennes du Limousin* laissaient pressentir, comme des aboutissants logiques, les belles *Études sur la géographie historique de la Gaule et spécialement sur les divisions territoriales du Limousin au moyen âge*, qui ont reçu l'hospitalité chez vous dès 1861 et 1864 dans les *Mémoires présentés par divers savants*, et *La trustis et l'antrustion royal sous les deux premières races*, un volume compact, qui ne doit pas seulement à l'étrangeté de l'intitulé le succès qu'il a obtenu, mais qui, en 1873, a sanctionné avec éclat le choix récent par lequel vous aviez accordé vos préférences à son auteur.

Deloche y aborde, sans préambule, le problème qu'il se propose de résoudre : « La trustis, dit-il, compagnonnage guerrier, et l'antrustion, compagnon volontaire des rois francs, représentaient, en Gaule, une des institutions fondamentales des conquérants et correspondaient à l'un des organes essentiels de l'ancienne société germanique. » Sommes-nous, ajouterai-je, des Celtes, des Germains ou des Ligures ? Ou bien notre race mélangée est-elle une combinaison de ces trois

éléments à des doses que la chimie ethnographique n'a
pas encore évaluées avec précision[1] ? Ce sont des
questions sur lesquelles Deloche a plusieurs fois varié,
mais qui ne pouvaient nullement modifier sa conception originale de l'antrustionat. J'en emprunte la défi-
nition et la caractéristique à un savant, que Deloche
tenait en particulière estime et qui m'inspire pleine
confiance, M. Maurice Prou, le successeur de notre
Arthur Giry dans sa chaire de l'École des chartes[2] :
« Dans le compagnonnage royal, ceux qui tenaient au roi
par les liens les plus étroits étaient les *antrustions*. Leur
nom vient du mot *trustis*, qui signifie ordinairement
aide, protection, et qui, par extension, désigna le corps
des antrustions et, enfin, une troupe d'hommes armés...
Les antrustions formaient la garde particulière du roi
mérovingien ; ils tenaient la place des *protectores* impé-
riaux ; comme eux, ils formaient une *scola* placée sous
les ordres du maire du palais. Ce n'étaient pas néces-
sairement des hommes libres, au moins à l'origine ;
car, au viie siècle, les serfs n'étaient plus admis dans ce
corps d'élite. Les antrustions avaient entrée, comme les
autres palatins, dans le conseil royal ; on leur confiait
des missions extraordinaires. Mais, en retour des obligations auxquelles ils étaient tenus envers le roi, ils
avaient certains privilèges. D'abord leur personne était
protégée par un triple *wergeld*, c'est-à-dire qu'au cas
où l'un deux était tué, le meurtrier payait 600 sols, soit

---

[1] M. Deloche s'est peut-être exagéré en dernier lieu la part
des Ligures dans notre formation ; voir *Des indices de l'occupation par les Ligures de la région qui fut plus tard appelée la Gaule*,
dans le tome XXXVII de nos *Mémoires* (Paris, 1897); cf. l'extrait
paru dans la *Revue celtique*, XVIII, p. 365-373.

[2] Maurice Prou, *La Gaule mérovingienne* (Paris, 1897), p. 46-
47 ; cf. les conclusions identiques de P. Guilhiermoz, *Essai sur
l'origine de la noblesse en France au moyen âge* (Paris, 1902).

une amende trois fois plus forte que celle dont le meur-
tre d'un Franc libre entraînait le paiement. De plus,
une procédure particulière avait été établie en leur
faveur. L'antrustionat ne formait pas une noblesse, la
qualité d'antrustion était essentiellement personnelle,
elle ne passait pas du père au fils. »

La trustis et l'antrustion, voilà un chapitre de nos
origines que Deloche a élucidé d'une manière définitive. Les commencements de notre histoire constituent
le lien commun qui unit ses disciplines favorites :
géographie historique, numismatique et sigillographie
mérovingiennes. Le *Principe des nationalités* s'y rattache par l'utopie généreuse qu'il imagine : une France
complétée au milieu de peuples unifiés, satisfaits de
leur sort et alliés avec elle. Le patriotisme rétrospec-
tif enflamme son érudition. Il s'échauffe dans sa discussion avec un autre bon Français, M. Albert Réville,
qui avait écrit deux articles, « pleins de remarques
originales et d'hypothèses vraisemblables [1] », sur le
druidisme et sur l'armée gauloise à la bataille d'Ale-
sia [2]. Le déblaiement et la conservation des arènes de
Lutèce n'ont pas de plus vaillant, ni de plus obstiné
défenseur. Une École nationale de géographie lui
paraît une institution nécessaire, qu'il préconise avec
la chaleur entraînante d'une conviction qu'il voudrait
rendre contagieuse, tant elle est profonde et sincère !
Le caractère essentiel qui donne de l'unité aux œuvres
éparses, souvent fragmentaires, de cet infatigable travailleur, réside dans son amour de la terre natale,
ville, province, région, pays. Tulle, la Corrèze, le

[1] Ce jugement est emprunté à M. Camille Jullian, *Vercingétorix*
(Paris, 1901), p. 398.
[2] Lettre signée Maximin Deloche, dans la *Revue des Deux
Mondes*, tome CCXXXVIII (1877), p. 465-472.

Quercy et le Limousin, Lutèce, Paris et notre Académie, la Gaule et la France ont eu en lui un adorateur
constant, dont les effusions se sont prolongées pendant
la seconde moitié du xixᵉ siècle. Il a concentré ses
efforts sur l'étude de la contrée, petite et grande, où il
était né, où il avait grandi, où il avait vécu, à laquelle
il avait voué son affection. La France n'oubliera pas
une vie de labeur consacrée par un de ses enfants les
mieux doués et les plus actifs à la poursuite et à la
découverte de ses titres de noblesse.

III

Ni l'administrateur, ni le savant n'avaient étouffé chez Deloche l'homme de cœur foncièrement bon, bienveillant pour les inférieurs, compatissant aux misères du prochain, sensible avec affinement, expansif par franchise, désireux de plaire et de persuader, serviable avec empressement, se prêtant volontiers au badinage, évitant de nuire à qui que ce soit. Écoutez-le plutôt et vous aurez plaisir à reconnaître son accent oratoire [1] : « Charité ! Charité ! c'est-à-dire sollicitude et assistance aux humbles et aux souffrants ; absence d'envie et de convoitise à l'égard des puissants et des heureux ; indulgence, amour, pour tous ceux qui composent avec nous le grand corps social : telle est la loi qui, de l'Écriture, doit passer dans le fait, de la prédication dans les mœurs, et à laquelle doit obéir fidèlement tout véritable ami de l'humanité, tout soldat dévoué du progrès. » Et, dans son indignation contre les accusateurs de son illustre compatriote Étienne Baluze, Deloche se souvenait qu'il avait été avocat et, dominé par des considérations de sentiment, il disait avec éloquence : « Conservons avec piété, exaltons avec ferveur ces gloires si pures, vraiment nationales, qui ne traînent point après elles, comme tant d'autres gloires, un triste et lugubre cortège de douleurs et d'infortunes ! En elles consiste notre plus précieux héritage, dépôt sacré qui nous fut légué par nos pères et que nous devons transmettre intact à nos enfants. »

Ce programme, ainsi généralisé à propos d'un

---

[1] M. Deloche, *Étienne Baluze* (tirage à part), p. 16.

problème particulier, a été rempli par Deloche
dans sa vie mouvementée ainsi que dans ses nombreux écrits. Il s'est partout imposé, comme un devoir
qu'il revendiquait, la mission de rechercher, de maintenir et de perpétuer les traditions. Son bon sens de
Corrézien et de Français a indiqué non seulement la
voie à l'érudit, mais encore au musicien, à l'administrateur, à l'académicien. Dès qu'il fut entré parmi
vous, il devint l'arbitre des litiges que soulevait parfois
l'application de votre règlement. Faisant face au bureau, il épiait le moindre relâchement dans sa vigilance, et, la surprenait-il en défaut, il bondissait,
redresseur de torts, paladin armé de pied en cap, oubliait pour un moment son infirmité, se soulevait sur
le pied gauche pour rehausser sa taille, réclamait avec
instance et attendait avec impatience un comité secret
pour dénoncer certaines tolérances, pour discuter le
sens strict et rigoureux d'un article, pour soutenir avec
impétuosité son exégèse, pour repousser prestement
toute objection, se cramponnait à la table d'une main
noueuse, la frappait à coups redoublés de l'autre et
prodiguait ses talents sans compter pour un point de
détail avec autant d'exubérance que pour un point de
doctrine. Dans les élections, bien que l'acception des
personnes ne le laissât pas indifférent, il était surtout
préoccupé de maintenir dans votre sein, entre les branches rivales jalouses de leurs droits, cet équilibre dont
les nouveaux domaines conquis par la science risquent
sans cesse de modifier les conditions.

Ce n'était pas sans résistance que Deloche acceptait
les modifications obligatoires et qu'il faisait plier son
respect pour le temps jadis devant les nécessités pres-
santes imposées par la marche en avant de l'humanité.
« Animé de cet esprit large et libéral qui faisait jadis

le charme de notre société française [1] », il n'était certes pas un rétrograde. Mais il déplorait la propension de chaque âge à démolir ce que des générations ont construit. Or, la loi de continuité dans ce monde ordonne que des conservateurs éclairés comme Deloche lancent des avertissements salutaires pour assurer l'avenir des institutions héréditaires, dont ils se constituent, à un moment donné, les gardiens rigides et inflexibles. Les procès-verbaux de vos comités secrets portent les traces de cette opiniâtreté, comme aussi les dossiers des archives ministérielles. Elle est tout à l'honneur de votre confrère.

Au moment où la guerre de 1870 éclata, Deloche allait avoir 53 ans. Resté à son poste civil de chef de division dans Paris assiégé, il ne se contenta pas d'être le plus ponctuel et le plus discipliné des gardes nationaux, en même temps que le plus régulier et le plus zélé des fonctionnaires, en attendant qu'il devint le plus assidu et le plus appliqué des académiciens. Le besoin de dépenser ses réserves d'activité, les suggestions de son cœur chaud et la vivacité de ses élans patriotiques le poussèrent à examiner les moyens par lesquels il parviendrait à soulager efficacement ceux des Corréziens, réfugiés à Paris, sur qui pesait le plus lourdement le fardeau des souffrances obsidionales.

Notre éminent et aimable confrère, M. Edmond Perrier, un Tulliste comme Deloche, vous a révélé un secret que Deloche avait bien gardé, étant peu disposé à divulguer ses actes de charité [2]. « Aux approches de

---

[1] Discours de M. le comte Robert de Lasteyrie à notre séance publique annuelle du vendredi 16 novembre 1900. Voir les *Comptes rendus de l'Académie des inscriptions et belles-lettres* de 1900, p 591. Notre président associait dans un juste éloge Deloche et Ravaisson, qui « tous deux », ajoutait-il, « ont vécu en sages ».

[2] Edmond Perrier, *Discours.* éd. de notre Académie, p. 15.

l'heure de la faim, alors que chacun eût été presque excusable de ne penser qu'à lui-même. Maximin Deloche ne pensa qu'aux misères de ses compatriotes, enfermés comme lui dans le cercle prussien; il pensa à ceux pour qui la prévoyance avait été impossible, à ceux que la maladie avait atteints, aux femmes, aux enfants, aux vieillards dont la débilité augmentait la souffrance, aux isolés privés de leurs proches et de leurs amis. Quelques Corréziens s'étaient réunis pour veiller sur leurs jeunes compatriotes, soldats de l'armée de Vinoy; il accourut et, dans un grand élan de solidarité, il fit surgir de ce groupement éphémère l'*Association corrézienne...* Il en dirigea lui-même pendant dix ans les travaux [1]. A cette œuvre toute de charité il continua ses plus ardentes sympathies, même après qu'une cruelle infirmité, survenue en 1880, l'eut condamné à un repos relatif; il en demeura le président honoraire et profondément honoré. »

A partir de 1880, il se réserva pour notre Compagnie, pour ses confrères, pour ses visiteurs. Vous vous le rappelez invariablement coiffé d'une calotte en velours noir qui effleurait seulement le haut de son front développé et méditatif. Au repos, ses paupières étaient baissées sur les yeux presque fermés. S'animait-il, ses yeux sortant de leurs orbites devenaient pétillants, son regard interrogateur scrutait les pensées avec une expression d'ironie sans cruauté, de malice sans méchanceté; sa bouche souriait, finement empreinte de bonhomie narquoise. Sa verve un peu gouailleuse rappelait aux auditeurs que la Corrèze est plutôt l'antichambre du Midi que la prolongation de la France

---

[1] Je signale aux amateurs de pensées saines, délicatement et éloquemment exprimées, le charmant discours que Deloche prononça devant l'*Union corrézienne*, le 13 février 1876.

centrale. Deloche avait un beau nez, régulier de forme, aux narines gonflées et vibrantes. Sa figure rasée était terminée par un bouquet de barbe écourtée et arrondie. Quant à son vêtement, soigneusement, presque coquettement ajusté, il était en drap noir, avec le gilet montant jusqu'à la barbiche. Les manchettes blanches ressortaient seules sur le fond uniformément noir du costume [1].

Sa conversation était charmante, parce qu'il était d'humeur causeuse et de nature sociable. Si je n'avais suivi que mes goûts, je serais allé souvent écouter sa parole familière et sans prétention, mais non sans saveur. Il m'interpellait par mon prénom pour me mettre à l'aise. Plus d'une fois, il m'a raconté ses commencements, parlé de sa musique, montré ses monnaies et ses anneaux, exposé ses théories et ses déchiffrements, tandis que (et je m'en accuse) j'avais l'esprit détourné par d'autres préoccupations. Pourquoi n'ai-je pas profité de ses doctes confidences, pourquoi n'a-t-il pas trouvé en moi un disciple attentif à ses leçons, pourquoi ai-je laissé passer les occasions de m'instruire dans ce qu'il connaissait si bien? Je ne prévoyais pas alors que je serais appelé à résumer devant vous la carrière et les écrits d'un savant, dont je sens vivement que je ne suis pas préparé à discerner et à expliquer la supériorité.

[1] Une exquise photogravure, représentant Deloche dans son cabinet de travail, tel que nous l'y avons vu pendant ces dernières années, a paru dans la *Revue encyclopédique* du 12 mars 1900, p. 380 *b*. Voir aussi la gravure sur bois, représentant Deloche sexagénaire, dans le *Lemouzi*, organe de la *Ruche corrézienne*, n° 54 (février 1900). p. 17 *a*. C'est entre les deux que se place le portrait en buste de Maximin Deloche septuagénaire, publié d'après un excellent cliché de Pierre Petit et fils dans le *Monde illustré* du 17 février 1900, p. 108.

Mon incapacité d'apprécier et de louer Maximin
Deloche selon ses mérites sera bientôt compensée, je
l'espère, par un panégyrique émanant d'un maître
informé, d'un juge compétent. En effet, dans votre
séance du 4 février 1898, vous avez pris la résolution
suivante que vous avez incorporée dans votre règlement : « 1º Il y a lieu de faire la notice biographique
de chacun des membres décédés de la Compagnie,
sans préjudice de l'Éloge qui pourra être fait de quelques-uns d'entre eux, en séance publique, par le Secrétaire perpétuel. 2º Pour les membres ordinaires et pour
les membres libres, la notice biographique sera confiée d'office au successeur du défunt [1]. » La tâche que
votre indulgence m'a imposée, j'ai essayé de l'accom-
plir dans la mesure de mes moyens. L'amertume des
regrets que j'éprouve de mon insuffisance ne sera adoucie que le jour où notre vénéré et bien-aimé Secrétaire
perpétuel, M. Henri Wallon, remplacera mon esquisse
par un portrait de son contemporain, digne du modèle
et destiné à occuper une place d'honneur en pleine
lumière dans la galerie de ses *Notices historiques*, qui
sont autant de chefs-d'œuvre [2].

---

[1] Voici le complément de cette législation inédite : « 3º La notice biographique sera accompagnée d'une notice bibliographique. 4º Pour les associés étrangers, il sera, dans chaque cas,
statué par décision spéciale de la Commission des travaux littéraires. 5º Enfin, si, pour cause de force majeure, le nouveau
membre se trouvait dans l'impossibilité de faire la notice deman-
dée, il serait statué par décision spéciale de la Commission des
travaux littéraires, comme ci-dessus, à l'article 4. »

[2] Cet espoir est irrévocablement déçu, M. Henri Wallon ayant terminé, le 13 novembre 1904, sa longue et belle existence, toute de
vertu active et de dévoûment à la France, à l'Institut, à la science
et aux savants.

IX

Une Famille sémitique de Sémitistes
Les Derenbourg

Une famille sémitique de sémitistes.
Les Derenbourg[1].

I

LES ORIGINES

Le fondateur de cette dynastie d'orientalistes est mon grand-père, Hartwig (Sebî Hirsch) Derenburg. De mon bisaïeul, je sais seulement qu'il se nommait Jakob Derenburg. Où mon grand-père est-il né et en quelle année ? Ni son épitaphe au cimetière de Mayence, ni la préface de sa comédie intitulée *Yôschebê têwél*, « Les habitants du monde », composée à l'imitation de *Layyescharîm Tehillâh* de Mose Hayyîm Luzzato et imprimée à Offenbach en 1789[2], ne nous renseignent à ce sujet. Le berceau de la famille, auquel elle a emprunté son nom, est Derenburg, un saint lieu de pèlerinage, appartenant au district de Halberstadt, dans la province de Magdebourg. Ce fut de là qu'elle émigra à Offenbach, Francfort-sur-le-Mein et Mayence, où Hartwig Derenburg s'était fixé avant la publication de sa pièce, puisqu'il l'a signée en qualité de « précep-

[1] Des fragments de cette notice ont paru dans la *Jewish Encyclopedia*, IV (New-York, 1903), p. 530 *b*-532 *b*, avec deux photographies.

[2] La Bibliothèque parisienne de l'Alliance israélite, depuis peu transférée à l'École Orientale, rue d'Auteuil, 59, possède un exemplaire sous la cote 1329 D.

teur chez Mme Brendeli, veuve de Beer Hamburg, à Mayence ». D'autre part, il l'a dédiée au « savant et généreux Salomon Fürth, à Francfort, au fils duquel il y a donné des leçons ».

L'œuvre édifiante de Hartwig Derenburg a un but d'enseignement et de moralisation. Grâce à elle, « les habitants du monde » doivent apprendre comment on arrive à repousser le mal et à choisir le bien. R. No'ah Hayyîm Hirsch, Grand-Rabbin de la communauté juive de Mayence, encouragea l'auteur à imprimer les 88 paragraphes de ses scènes dialoguées, où huit personnages évoluent et se donnent des répliques comme représentants de huit péchés capitaux, que le redresseur de torts, « le maître de la paix », *Sar schalôm*, le pasteur de la communauté, flétrit et réprime. Ainsi que plus tard Gœthe dans la *Fille naturelle*, Hartwig Derenburg s'abstient de donner des noms propres à ses personnages. Mais, de même qu'on a la clef des êtres vivants que Gœthe a mis sur la scène sous le voile de l'anonyme [1], de même, les contemporains de Derenburg ont reconnu à travers le masque transparent les principaux membres de la communauté juive de Mayence, auxquels leur rabbin, « le maître de la paix », R. No'ah Hayyîm Hirsch, adressait de justes remontrances. Cette production n'eut pas de lendemain. Son auteur, d'une part, ouvrit un restaurant juif pour ses coreligionnaires, d'autre part, oublieux de sa misère, il s'absorba dans les pratiques d'un judaïsme rigoureux, dans l'étude orthodoxe de la Bible et du Talmud. Son

---

[1] Cette comparaison m'est suggérée par les deux très intéressants articles de M. Michel Bréal dans la *Revue de Paris* des 1er et 15 février 1898 : *Une héroïne de Gœthe. Les personnages originaux de la « Fille naturelle »*. L'auteur a réimprimé cette série dans *Deux études sur Gœthe* (Paris, Hachette, 1898, in-12).

fils aîné, Jakob Derenburg, né à Mayence en 1794, s'étant voué au droit et étant devenu de bonne heure un maître avocat[1], Hartwig Derenburg espéra se continuer et se survivre dans son Benjamin, dans Joseph (Naftalî) Derenburg, mon père regretté, né à Mayence le 21 août 1811. Hartwig Derenburg y mourut en 1836, sa femme, ma grand'mère, en 1839.

[1] Jakob Derenburg, devenu Jakob Dernburg, après des succès d'orateur, qui le firent choisir par la communauté juive de Mayence comme son « Præses » (parnâs), écrivit en 1824 dans le *Geist* de Michel Creizenach quelques articles sur le serment et sur le culte juifs, ainsi que sur la méthode défectueuse appliquée à l'étude du Talmud, en 1831 des considérations (*Betrachtungen*) sur trente-deux thèses talmudiques, puis abandonna le judaïsme et le barreau vers 1837. Il ne fit qu'un court passage à l'Université régionale de Giessen comme professeur ordinaire à la Faculté de droit et devint bientôt *Oberappellationsrath* à la Cour suprême hessoise de Darmstadt. Il y mourut le 23 mars 1878. Ses deux fils, mes cousins germains, Heinrich et Friedrich Dernburg ont accentué l'essor de la famille vers les carrières libérales. Le premier, successivement professeur de droit à Zurich, Halle et Berlin, membre à vie de la Chambre des seigneurs, a célébré en 1902 le cinquantenaire de son enseignement et en 1904 celui de ses publications souveraines en droit romain et en droit prussien. Son frère Friedrich, informé et spirituel, manie une plume alerte avec une verve juvénile. Transfuge de la presse politique, il a échangé son épée de combat de la *Nazional Zeitung* contre la houlette pacifique du chroniqueur littéraire au *Berliner Tageblatt*. Mon petit cousin, neveu de Michel Bréal, Ernst Landsberg, professeur ordinaire de droit romain et de droit pénal à l'Université de Bonn, par ses cours et par ses écrits, maintient non interrompue la chaîne de mes parents jurisconsultes.

II

JOSEPH DERENBOURG [1]

(1811-1895)

L'acte de naissance de mon père, rédigé en français à Mayence, chef-lieu du département français du Mont-Tonnerre, désigne ses parents comme « Hartwig Derenburg, cabaretier, et Helene Gundersheim, son épouse ». Une éducation exclusivement rabbinique fut donnée à l'enfant jusqu'à l'âge de treize ans.

Chaque jour, de huit heures à midi le matin, de huit heures à minuit le soir, mon grand-père oubliait la *Garküche* à l'enseigne : *Zur goldenen Kanne*, aux clients affamés et altérés, pour former son élève studieux à la lecture de la Bible et du Talmud, avec les commentaires, alors presque sept fois centenaires, de Raschî. La complicité de sa mère, soutenue par ses oncles maternels, les Jacques de Hanovre, permit au talmudiste accompli de treize ans, muni d'un diplôme attestant la haute compétence de l'adolescent en ces matières, d'aborder les études classiques. Quand il se sentit suffisamment préparé, il entra en *Secunda* au *Gymnasium* de Mayence ; puis, muni de son *Abiturientendiplom*, il fréquenta les Universités de Giessen d'abord, où trois semestres étaient obligatoires pour

[1] W. Bacher, *Joseph Derenbourg, sa vie et son œuvre*, dans la *Revue des études juives*, XXXII (1896), p. 1-38. Tirage à part de même date, avec un portrait. Un résumé de cette notice a paru dans le *Bulletin de la Société de linguistique de Paris*, IX, 4, n° 42 (juillet 1896), p. CLVIII-CLXXVIII.

les Hessois, puis de Bonn. L'hébraïsant empirique et asservi à la tradition était devenu un savant laïque et novateur, un philologue et un sémitiste à Giessen. L'enseignement de G. W. Freytag en fit à Bonn un arabisant, que la société et l'amitié d'Abraham Geiger, non moins que sa vocation décidée, conservèrent à la science juive.

Ayant renoncé définitivement au rabbinat, le jeune docteur en philosophie quitta en 1834 Bonn pour Amsterdam, où un préceptorat lui avait été dévolu dans la famille Bischoffsheim. Son élève Raphaël, son futur confrère à l'Institut, ayant émigré à Paris en 1838, afin d'y suivre les cours de l'École centrale, mon père l'y accompagna et s'y fixa. En 1841, il devint associé de la pension Coutant, qui se l'attacha comme directeur moral et religieux des élèves juifs. Le 21 août 1843, il épousait à Nancy Delphine Moïse, dite Meyer, le jour même où il avait accompli ses 32 ans. Je renonce à dire de ma mère le bien que j'en pense, moi, son fils aîné, qu'elle créa à son image le 17 juin 1844. Quelques mois après, mon père recouvrait la nationalité française. Joseph Derenburg, puis Dernburg[1], s'appelait désormais Joseph Derenbourg. Agrégé d'allemand en 1850, professeur suppléant de cette langue au lycée Henri IV pendant l'année scolaire 1851-1852, correcteur de première classe en 1852, puis correcteur des textes orientaux en 1856 à l'Imprimerie Impériale, chargé à la même époque de rédiger le catalogue des manuscrits

---

[1] La signature J. Dernburg se lit dans Girault de Prangey, *Essai sur l'architecture des Arabes et des Mores.* (Paris, A. Hauser, 1841), *Appendice*, p. IV. Dans une lettre du 13 juillet 1844 de Graf à Ed. Reuss, « der Jude Dernburg » est signalé parmi les auditeurs du samedi au cours de Reinaud ; cf. *Eduard Reuss Briefwechsel mit... Carl Heinrich Graf* (Giessen, Ricker, 1904), p. 202.

hébreux de la Bibliothèque Impériale [1], Joseph Derenbourg persévéra en même temps dans son œuvre pé-
dagogique : fidèle à la pension Coutant jusqu'au 31
décembre 1866, il prit ensuite et garda jusqu'en 1864
la direction d'une institution de jeunes gens, qu'il avait
fondée 30, rue de la Tour-d'Auvergne. Décoré de la
Légion d'honneur le 15 août 1859, le chef d'institution
libéré, devenu l'auteur des *Notes épigraphiques*, l'historien de la Palestine depuis Cyrus jusqu'à Adrien,
fut élu, le 22 décembre 1871 [2], membre de l'Institut
(Académie des inscriptions et belles.lettres), en même
temps que mon prédécesseur dans la docte compagnie,
Maximin Deloche, « ce savant, à la fois musicien,
administrateur, historien, géographe, numismate, glyp-
tologue, sigillographe, épigraphiste [3] ».

Si mon père succédait nominalement à son ancien
professeur A. P. Caussin de Perceval, en réalité il était
désigné pour occuper la place laissée vacante par la
mort de Salomon Munk, survenue le 7 février 1867.
Dès le 3 mai 1868, il avait recueilli la succession de son
illustre ami comme membre du Comité central de
l'Alliance Israélite, dont il fut l'un des deux vice-présidents depuis 1878 jusqu'à sa mort. Je ne parlerai que
pour mémoire de son passage au Consistoire israélite

[1] Les bulletins de Joseph Derenbourg, rédigés de 1853 à
1856, sont conservés à la Bibliothèque Nationale, sous les
numéros 1300 à 1304 du fonds hébreu; cf. aussi 1305 à 1307; voir
Catalogues des manuscrits hébreux et samaritains (Paris, 1866),
p. 233.

[2] Quel merveilleux exemple du libéralisme français que l'élection à l'Institut de France d'un juif mayençais, sept mois et
demi après le traité de Francfort !

[3] Hartwig Derenbourg, *Discours*, dans les *Atti del Congresso
internazionale di scienze storiche*, IV (Roma, 1904), p. XVIII. Ma
Notice sur Deloche occupe dans les *Opuscules* les p. 257-291.

de Paris de 1873 à 1876. En 1877, le mauvais état de sa
vue le contraignit à résigner ses fonctions à l'Imprimerie Nationale ; mais, au même moment, il était
appelé, avec le titre de Directeur-adjoint [1], à enseigner
l'hébreu rabbinique à l'École des hautes études (section
des sciences historiques et philologiques). Il a conservé
cette chaire, tardivement créée pour lui par Wadding-
ton, jusqu'en juin 1895. Ma mère avait eu encore la
joie de voir son mari, à 66 ans, débuter dans l'enseignement supérieur, presque à l'âge habituel de la retraite. Elle mourut après une cruelle maladie le premier jour de *soukkôt*, le quinze tischrî 5640 (2 octobre
1879).

Dans l'isolement de son veuvage, mon père, dont les
yeux baissaient, dont l'intelligence avait conservé sa
fraîcheur et son activité, réussit à s'adjoindre et à former des secrétaires aussi dévoués que méritants : feu
L. Bank, leur doyen ; mon cher collègue, après avoir
été mon cher disciple, Mayer Lambert ; mon ami
Isaac Broydé entre autres. Je m'enrôlai comme volontaire dans ce bataillon d'élite [2].

Le 21 août 1891, le quatre-vingtième anniversaire
de Joseph Derenbourg fut célébré à Paris par des
députations, par des adresses et des discours, par des
envois de télégrammes et de lettres, enfin par des
mémoires que publièrent à cette date en son honneur
ses amis et ses admirateurs [3]. Le Nestor des études

[1] Joseph Derenbourg fut nommé Directeur d'études le 4 janvier 1884.

[2] La restitution du laboratoire, avec son directeur, ses prépa-
rateurs et son outillage perfectionné, a été tentée par moi dans
l'*Avant-propos* que j'ai mis en tête de R. Saadia, *Œuvres com-
plètes*, V (1899), *Version arabe du Livre de Job*, p. xix et xx.

[3] La rédaction d'un volume collectif ne prévalut pas cette fois et,
pour ma part, je regrette que l'exemple n'ait pas rencontré d'imi-

juives, malgré l'affaiblissement graduel de sa vision
réduite à ne plus distinguer que le blanc et le noir, le
jour et la nuit, ne se ralentissait pas dans sa production,
dans son labeur acharné, faisait des projets pour l'avenir,
publiait en 1893 le premier volume des Œuvres com-
plètes de Saadia, dont la série annoncée en comprenait
douze[1]. Un mois de vacances bien gagnées était tout ce
que s'accordait chaque année le vieillard resté debout
qui, dès les fortes chaleurs, partait gaiement avec un
de ses secrétaires pour sa villégiature préférée d'Ems.
Sous prétexte d'y soigner sa gorge, il se réjouissait d'y
rencontrer nombre de rabbins et d'hébraïsants, accou-
rus de toute part à ce rendez-vous périodique pour
avoir la bonne fortune d'échanger leurs idées avec
les siennes, de puiser à cette source intarissable d'information et de science. Ce fut pendant l'un de ces pèleri-
nages que, dans la nuit du 28 au 29 juillet 1895, Joseph
Derenbourg s'éteignit à Ems, loin des siens, assisté

tateurs. Les auteurs de ces dédicaces isolées et indépendantes
furent Philippe Berger, Adolf Berliner, Maurice Bloch, Auguste
Carrière, Henri Cordier, James Darmesteter, Hartwig Derenbourg, Abraham Epstein, Moritz Friedländer, Ludwig Geiger,
J. Guttmann, A. Harkavy, Marcus Jastrow, Zadoc Kahn, Mayer
Lambert, Israël Lévi, Isidore Lœb, Joël Müller, Ad. Neubauer,
Jules Oppert, Salomon Reinach, Moïse Schwab, Moritz Steinschneider, Heymann Steinthal, Henri Weil, Dr Victor Widal. Sur
cette manifestation, voir James Darmesteter dans le *Journal
asiatique* de 1892, II, p. 99-100 ; Moïse Schwab, dans les *Archives
israélites* du jeudi 27 août 1891, p. 278 *b* et 279 *a*. Si, par hasard,
j'ai oublié le nom d'un des participants, c'est défaillance de ma
mémoire, ce n'est pas refroidissement de ma gratitude.

[1] La besogne, interrompue en 1899, va être reprise sous peu
avec un regain d'ardeur, avec les concours assurés de Wilhelm
Bacher, d'Adolf et de Samuel Poznanski, avec des renforts de
collaborateurs zélés et compétents, avec des ressources accrues
en documents manuscrits et imprimés, avec des concours
moraux et financiers acquis. Il ne s'agit plus de douze, mais de
seize volumes.

par deux de ses amis intimes, les rabbins J. Guttmann de Breslau et Simonsen de Copenhague. Le Consistoire de Paris fit à son ancien membre, le 4 août, au cimetière du Père-Lachaise, des obsèques discrètes et touchantes, dont sa famille a gardé et gardera le souvenir ému. Sur sa tombe entr'ouverte, des discours éloquents furent prononcés par M. le grand-rabbin de France Zadoc Kahn [1], par MM. Gaston Maspero [2], Narcisse Leven, Abraham Cahen, Maurice Bloch, Auguste Carrière [3].

La bibliographie de « mon guide dans la vie et dans la science [4] » est trop touffue pour que je tente l'inventaire de cette littérature vaste et dispersée. Après mûre réflexion, je me contente de donner ici quelques suppléments, additions et rectifications aux quatre listes dressées par Moïse Schwab dans son précieux *Répertoire des articles relatifs à l'Histoire et à la Littérature juives parus dans les Périodiques de 1783 à 1900* [5], par Mark Lidzbarski dans son Manuel d'épigraphie sémitique du Nord [6], par A. Gascard dans sa *Table métho-*

---

[1] Zadoc Kahn, *Souvenirs et regrets* (Paris, 1898), p. 387-398.

[2] *Funérailles de M. Derenbourg. Discours de M. Maspero, président de l'Académie.* Publication de l'Institut, 1895. — 10.4 p. in-4º.

[3] Auguste Carrière, *Joseph Derenbourg*, dans l'*Annuaire de l'École des hautes-études*, (section des sciences historiques et philologiques) de 1897, p. 31-40.

[4] Dédicace de mon opuscule *Les Monuments sabéens et himyarites de la Bibliothèque Nationale*, écrit pour les 80 ans de mon père.

[5] Paris, Durlacher, 1899-1903, 2 vol. en 3 tomes. 99 numéros sont recensés dans le *Répertoire*, I, p. 82 *b*-85 *a*, sans parler des additions, p 454 *a* et 486 *b*. Or, le *Répertoire* ne fait état ni des *Comptes rendus de l'Académie des inscriptions et belles-lettres*, ni du *Journal asiatique*, ni de la *Revue archéologique*.

[6] Mark Lidzbarski, *Handbuch der nordsemitischen Epigraphik* (Weimar, 1898), *Bibliographie*, index, p. 85 *a*, 498 *c*.

dique de la Revue critique d'histoire et de littérature [1],
par moi dans le volume quatrième de l'Encyclopédie
juive [2]. J'ajouterai une cinquième source d'omissions
préméditées. Toutes les fois que les publications pater-
nelles s'enchevêtrent dans les miennes, je les ai acca-
parées au profit de ma bibliographie complète, donnée
plus loin dans sa plénitude et ses détails, sans lacunes
voulues. On verra ainsi combien a été féconde pour moi
la collaboration du père et du fils, du maître et de
l'élève.

L'énumération suivante, classée dans l'ordre chronologique, dépouillée de ses éléments essentiels, demeure abondante et riche :

1. *Over de noodzakelijkheid van het Godsdienst-Onder-
wijs,* dans les *Jaarbœken voor de Israëliten in Neder-
land* [3], IV (Gravenhage, 1838), p. 347-360.

2. *Leerredenen door Israëliten in het Nederlandsch
gehouden, ibid.,* p. 364-377.

3. *Het Amsterdamsche Opper-Rabbinaat.* 2 stukjes.
Amsterdam, 1839. Ce pamphlet anonyme a été reconnu
par son auteur; voir M. Roest, *Snippers mit de onde
doos,* dans *Nieuw. Isr. Nieuwsbode* de 1880, nos 6, 8, 30
et 31 ; (Dr J. H. Dünner), dans S. Seeligmann, *Catalog
der reichhaltigen Sammlung...* nachgelassen von N. H.
Van Biema, Amsterdam, 1904, p. 196, n° 3364.

4. *Inscriptions de l'Alhambra.* Appendice à Girault

[1] Paris, Ernest Leroux, 1894, index, p. 229 (nos 5914, 6357,
6822, les autres articles signés J. D. étant de James Darmesteter) et 300.

[2] *The Jewish Encyclopedia,* IV (New-York, 1903), p. 531.

[3] C'est d'après le même recueil, III (1837), p. 369-392, avec
portrait, que Moïse Schwab, *Répertoire,* I, p. 83 a, n° 11, a attribué avec raison à Joseph Derenbourg l'article anonyme intitulé
Carl Asser, le nom de l'auteur étant donné dans Jost, *Israeli-
tische Annalen* de 1839, 9, p. 20 et suiv.

de Prangey, *Essai sur l'architecture des Arabes et des Mores, en Espagne, en Sicile et en Barbarie*. Paris, A. Hauser, 1841 (et non 1851, dans la *Jewish Encyclopedia*), xxviii p.

5. Travaux préparatoires pour une édition critique du *Ta'rîfât* d'Al-Djordjânî, avec traduction française et notes. Spécimen des p. 1-8 de la Traduction et des notes. Paris, s. d. (1842)[1].

6. *Livre de versets ou première instruction religieuse pour l'enfance israélite en versets extraits de la Bible.* Paris, au bureau des Archives israélites, 1844, 54 p. in-16.

7. Les *Séances de Hariri*, publiées en arabe avec un commentaire choisi par Silvestre de Sacy. Deuxième édition revue sur les manuscrits et augmentée d'un choix de notes historiques et explicatives en français par M. Reinaud et M. Derenbourg. Paris, Hachette, 1847-1853 (et non 1847-1851, dans la *Jewish Encyclopedia*). 2 tomes in-4o, 216 et 780 p.

8. *Quelques réflexions sur la conjugaison et les pronoms dans les langues sémitiques*, dans le *Journal asiatique* de 1850, I, p. 86-98.

9. *Catalogue des manuscrits hébreux de la Bibliothèque Impériale*. Paris, 1852-1856. Manuscrits 1300-1304 (Cf. 1305-1307) du Fonds hébreu de la Bibliothèque Nationale. « Ce travail a servi de base au présent Catalogue », dit le rédacteur du *Catalogue* imprimé

---

[1] Jules Mohl, *Vingt-sept ans d'histoire des études orientales*, (Paris, 1879-1880, 2 vol. in-8o), I, p. 16-17 et 218 ; Hartwig Derenbourg, *Avant-propos* à R. Saadia, *Livre de Job*, p. xxii. L'édition de G. Flügel (Lipsiæ, 1845, in-8o) n'a rien ôté de leur valeur aux matériaux accumulés par Joseph Derenbourg et tenus à la disposition de qui voudra les mettre en œuvre. Il n'en a tiré lui-même que : *Un vers du Ta'rîfât expliqué*, dans le *Journal asiatique* de 1869, I, p. 255-256.

20

(Paris, 1866, in-4°), Hermann Zotenberg; voir p. 233 *a* et *b* et plus haut, p. 161, n. 3; 300, n. 1.

10. Travaux préparatoires pour une édition projetée, avec traduction française, d'Al-Mas'oûdî, *Les Prairies d'or*. Paris, 1852-1858 [1].

11. *Notice sur les premières publications de la Société de M'kitzé Nirdamim*, dans le *Journal asiatique* de 1865, II, p. 262-281.

12. *Quelques observations sur le passage du Kitâb al-Fihrist relatif au Huzwaresch*. *Ibid*. de 1866, I, p. 440-444; cf. II, p. 25.

13. *Explication d'un mot difficile dans le Livre d'Ezra*. *Ibid*. de 1866, II, p. 401-415.

14. *Une traduction hébraïque du livre de Hénoch*. *Ibid*. de 1867, I, p. 91-94.

15. *La prononciation du tschîm*. *Ibid*. de 1867, I, p. 94-96.

16. *Sepher Taghin. Liber coronarum* publié par M. l'abbé Bargès. Compte rendu, *ibid*. de 1867, I, p. 242-251.

17. *Quelques observations sur l'accent zakeph-katon en hébreu*. *Ibid*. de 1867, I, p. 251-253.

18. *Essai sur l'histoire et la géographie de la Palestine d'après les Talmuds et les autres sources rabbiniques*. Première partie. *Histoire de la Palestine depuis Cyrus jusqu'à Adrien*. Paris, A. Franck, 1867, 486 pages gr. in-8°. Traduction hébraïque, par Braunstein, avec des additions et corrections par A. Harkavy, Saint-Pétersbourg, typographie Behrsohn et Rabbi-

[1] Jules Mohl, *livre cité*, I, p. 475, 552-553; II, p. 82, 150; *Les prairies d'or*, texte et traduction par C. Barbier de Meynard et Pavet de Courteille, I, (Paris, 1861), p. i-ii et xi; Joseph Derenbourg, *Deux passages dans le IVᵉ volume des Prairies d'or de Masoudi*, dans le *Journal asiatique* de 1868, I, p. 253-254.

nowiz, 1896, pour la revue *Ham-Mêlîs*, 246 p. in-8° [1]. — Deuxième partie. *Géographie de la Palestine*. Matériaux puisés aux mêmes sources, sur fiches, avec quelques pertes, antérieures à leur prise de possession par la Bibliothèque de l'Université de Paris, à la Sorbonne. Ces notes y sont libéralement mises à la disposition des travailleurs ; voir Hartwig Derenbourg, *Avant-propos* à R. Saadia, *Livre de Job*, p. XXIII.

19. *Notes épigraphiques* I-IX dans le *Journal asiatique* de 1867 à 1869 ; cf. *ibid*. de 1868, II, p. 78 ; de 1869, II, p. 25. Tirage à part resté sur le marbre, publié seulement en 1877, 144 p. in-8°. Une table des matières est donnée dans le *Journal asiatique* de 1872, II, p. 330 *a*, et dans Lidzbarski, *Handbuch*, p. 36, n° 410.

20. *La Médaille de Fourvière*, dans la *Revue israélite*, I (1870), p. 4-8.

21. *Le stèle de Mesha*, dans le *Journal asiatique* de 1870, I, p. 155-160 ; cf. *Revue israélite*, I (1870), p. 113-116 ; 193-198.

22. *Manuel du lecteur*, d'un auteur inconnu, publié d'après un manuscrit venu du Yémen et accompagné de notes, dans le *Journal asiatique* de 1870, II, p. 309-550. Tirage à part, Paris, Henry Sotheran, Joseph Baer et Cie, 1871, 243 p.

23. *Une stèle du temple d'Hérode*, dans le *Journal asiatique* de 1872, II, p. 178-195 ; cf. *Revue israélite*, IV (1873), p. 17-20.

24. *Analyse d'un mémoire sur l'immortalité de l'âme*

[1] L'édition française, épuisée et rare, n'a été tirée qu'à 500 exemplaires. Mon ami, M. Nahum Slousch, qui, nourri des anciens textes, a gagné une maîtrise glorieuse dans la prose hébraïque moderne, m'assure que l'éditeur de la traduction Braunstein a eu l'audace d'en faire imprimer dix fois autant.

chez les Hébreux, dans les *Comptes rendus de l'Académie des inscriptions et belles-lettres* de 1873, p. 78-85 ;
cf. p. 16, 85-86, 146-147, 151. Voir aussi *L'immortalité de l'âme chez les Juifs, ibid.* de 1882, p. 213-219 ;
cf. p. 184 et *ibid.* de 1883, p. 9.

25. *Inscription bilingue de Aïn-Youssef,* dans la *Revue
archéologique* de 1876, I, p. 175-179; cf. *Journal asiatique* de 1876, II, p. 37 ; de 1883, II, p. 65.

26. *Quelques observations sur les inscriptions du Safa,*
dans les *Comptes rendus* de 1877, p. 269-273 ; cf. p. 257.

27. *Cachet hébraïque trouvé en Mésopotamie, ibid.* de
1878, p. 168-171 ; cf. p. 148.

III

HARTWIG DERENBOURG

On comprendra que, lorsqu'il s'agit de poser devant moi, comme un peintre se servant à lui-même de modèle, je marque seulement les étapes de ma carrière objectivement, en spectateur impartial autant que je le puis, *sine ira et studio*. Né à Paris le 17 juin 1844, j'ai fait mes études classiques aux lycées Charlemagne et Bonaparte (celui-ci le lycée Condorcet actuel). Bachelier ès-lettres en 1860, licencié ès-lettres en 1863, docteur en philosophie de Gœttingen en 1866, j'ai étudié l'hébreu, l'arabe et les langues sémitiques à Paris, où mes maîtres ont été le grand-rabbin de France Ulmann, mon père et Reinaud ; à Gœttingen, où j'ai été l'élève d'Ewald, de Bertheau, de Wüstenfeld et de Théodor Benfey ; à Leipzig, comme disciple de Fleischer [1] et de Krehl. Lors de ma rentrée à Paris, au printemps de 1866, j'ai eu l'honneur de travailler sous la direction de Salomon Munk [2] jusqu'au moment où, à l'automne de cette même année, je suis entré au Département des manuscrits de la Bibliothèque Impériale pour y continuer le Catalogue des manuscrits arabes interrompu depuis qu'en 1859, Michele Amari avait quitté la terre d'exil pour

---

[1] *Morgenländische Forschungen*. Festschrift Herrn Professor Dr H. L. Fleischer zu seinem fünfzigjährigen Doctorjubiläum am 4. März 1874 gewidmet von seinen Schülern H. Derenbourg, H. Ethé, O. Loth, A. Müller, F. Philippi, B. Stade, H. Thorbecke. Leipzig, Brockhaus, 1875.

[2] Moïse Schwab, *Salomon Munk* (Paris, 1900), p. 179-181 ; cf. *Comptes rendus de l'Académie des inscriptions et belles-lettres* de 1900, p. 417.

rentrer dans sa patrie [1]. Le 31 août 1870 est la date à la
fois de ma démission comme employé de la Bibliothèque et de mon mariage, à Paris, avec Betty Baer, fille
de Herrmann Joseph Baer, le grand libraire de Francfort-sur-le-Mein. Celui-ci me confia la direction d'une
succursale fondée à Paris.

Sous l'impulsion de ma femme, je restai adonné à mes
études de prédilection et, dès 1875, j'étais presque simultanément nommé professeur d'arabe et de langues sémitiques au Séminaire israélite de Paris, sur les cadres
duquel je figure encore comme professeur honoraire,
et chargé d'un cours de grammaire arabe à l'École spéciale des langues orientales vivantes. En avril 1879, je
réalisai mon rêve d'adolescent d'occuper un jour, dans
cet établissement d'enseignement supérieur, la chaire
d'arabe littéral, occupée jusqu'en 1838 par Silvestre de
Sacy et supprimée en 1867 à la mort de Reinaud. En
1880 et en 1905, le Ministère de l'instruction publique,
qui m'avait, en 1876, délégué comme l'un de ses deux
représentants au 3ᵉ Congrès international des orientalistes de Saint-Pétersbourg, me chargea de missions
scientifiques à l'Escurial et dans les bibliothèques de
l'Espagne pour y rechercher et pour y cataloguer les
manuscrits arabes. Le résultat le plus important de
mon premier voyage d'exploration fut la découverte, à
l'Escurial, de l'*Autobiographie* d'Ousâma, document
capital sur l'histoire des premières croisades [2].

En 1881, Ernest Renan me fit attacher comme auxiliaire à la Commission des inscriptions sémitiques de
l'Académie des inscriptions et belles-lettres. Je fus

---

[1] Plus haut, p. 168.

[2] Voir mon *Avant-propos* en français à la traduction allemande, par le pasteur Schumann, de l'*Autobiographie* d'Ousâma (Innsbruck, Wagner, 1905).

chargé spécialement, sous la direction de mon père, de la partie himyaritique et sabéenne.

Deux chaires m'échurent depuis lors : en 1884, celle de langue arabe à l'École des hautes-études, section des sciences historiques et philologiques ; en 1885, celle d'islamisme et religions de l'Arabie à l'École des hautes-études, section des sciences religieuses, qui venait d'être créée.

Chevalier de la légion d'honneur en février 1897, j'ai été élu, le 1ᵉʳ juin 1900, membre de l'Institut (Académie des inscriptions et belles-lettres). Jamais je n'exprimerai en termes assez chaleureux la reconnaissance que j'éprouve envers mes confrères qui m'ont accordé ce couronnement de ma carrière. Quel vif regret pour mon cœur de ne pas voir parmi nous chaque vendredi mon père, non plus qu'Ernest Renan et Gaston Paris, non plus que plusieurs de ceux que j'ai tant aimés !

Les années, en s'écoulant, m'ont comblé, puisque je suis devenu commandeur de la Couronne d'Italie, officier de l'instruction publique, membre honoraire de l'Académie de l'Histoire de Madrid, membre honoraire de l'Institut égyptien du Caire, membre honoraire de la *Society of Biblical Archeology* de Londres, membre du Conseil de la Société asiatique, membre du Conseil de perfectionnement de la Mission scientifique française du Maroc, membre du Comité central de l'Alliance israélite, membre du Conseil de la Société des études juives, vice-président du Conseil d'administration de l'École de travail israélite, membre du *Foreign Board of consulting editors* de la *Jewish Encyclopedia*. J'ai été l'un des directeurs de la *Grande Encyclopédie*, dont les 31 volumes portent ma signature.

Je n'ai ni enfant, ni neveu. Avec moi s'éteindra la dynastie des Derenbourg orientalistes.

X

Bibliographie de H. D.

(1866-mars 1905)

Bibliographie de H. D.
(1866-mars 1905)

BIBLE ET JUDAÏSME

1. *Version arabe d'Isaïe* de R. Saadia ben Josef Al-Fayyoûmî, publiée avec des notes hébraïques et une traduction française d'après l'arabe par Joseph Derenbourg et Hartwig Derenbourg. Paris, Ernest Leroux, 1896, in-8º, vii-150 et 116 p.

2. *Version arabe du Livre de Job* de R. Saadia ben Josef Al-Fayyoûmî, publiée avec des notes hébraïques par W. Bacher, x-122 p. Accompagnée d'une traduction française d'après l'arabe par J. Derenbourg et H. Derenbourg. Paris, Ernest Leroux, 1899, in-8º, 68 p., introduite par un *Avant-propos* de xxiii p., signé : Paris, ce 29 juillet 1900, 5ᵉ anniversaire de la mort de mon père. Hartwig Derenbourg.

3. *Les mots grecs dans le livre biblique de Daniel*, dans les *Mélanges Graux* (Paris, Ernest Thorin, 1884), p. 232-244. Traduction anglaise par M. Jastrow jʳ, dans *Hebraica*, IV (1887), p. 7-13.

4. Nœldeke (Th.). *Histoire littéraire de l'Ancien Testament*, traduit de l'allemand par MM. Hartwig Derenbourg et Jules Soury. Paris, Sandoz et Fischbacher, in-8º et in-12, iv-389 p.

5. *Catalogue des manuscrits judaïques entrés au British Museum de 1867 à 1890*, dans la *Revue des études juives*, XXIII (1891), p. 99-116 et 279-301.

6. Henri Gréville, *La juive*. Notice, *ibid.*, IV (1882), p. 306-307.

7. D. H. Müller und J. von Schlosser, *Die Haggadah von Sarajevo*. Compte rendu dans le *Journal des Savants* de 1898, p. 657-668. 2ᵉ édition dans les *Opuscules d'un arabisant*, Paris, Charles Carrington, 1905, p. 49-68.

ÉPIGRAPHIE SÉMITIQUE

I. ÉPIGRAPHIE PHÉNICIENNE

8. *Corpus Inscriptionum Semiticarum* ab Academia inscriptionum et litterarum humaniorum conditum atque digestum. Pars prima, inscriptiones phœnicias continens. Comptes rendus dans la *Revue des études juives*, III (1881), p. 310-319; VIII (1884), p. 145-152.

9. *Les Inscriptions phéniciennes du Temple de Seti à Abydos*, publiées et traduites d'après une copie inédite de M. Sayce, par Joseph et Hartwig Derenbourg, dans la *Revue d'assyriologie et d'archéologie orientale*, I, 3 (1885), p. 81-101, avec 4 planches.

10. *L'Inscription de Tabnit, père d'Eschmounazar*, dans la *Revue de l'histoire des religions*, XVI (1887), p. 7-15.

11. *Un sceau phénicien*, dans la *Revue des études juives*, XXIII (1891), p. 314-317.

12. *Une nouvelle inscription phénicienne de Citium*, *ibid.*, XXX (1895), p. 118-121.

13. *Note sur l'étymologie de Massalia, Marseille*, dans Michel Clerc, *Les Phéniciens dans la région de Marseille avant l'arrivée des Grecs*, p. 14-15, extrait de la *Revue historique de Provence*, I (Marseille, 1901); cf. *Répertoire d'épigraphie sémitique*, I, 5 (1903), p. 254-255.

II. ÉPIGRAPHIE ARAMÉENNE

14. *Pinamou, fils de Karil*, dans la *Revue des études juives*, XXVI (1893), p. 135-138.

15. *Un dieu nabatéen ivre sans avoir bu de vin, ibid.*, XLIV (1902), p. 124-126.

III. ÉPIGRAPHIE DU YÉMEN

16. *Corpus Inscriptionum Semiticarum*, ab Academia inscriptionum et litterarum humaniorum conditum atque digestum. Pars quarta, inscriptiones himyariticas et sabæas continens :

Fasciculus primus, 1889, p. 1-102 in-folio, avec les planches I-XII (sous la direction de M. Joseph Derenbourg).

Fasciculus secundus, 1892, p. 103-174, avec les planches XIII-XVIII (sous la direction de M. Joseph Derenbourg).

Fasciculus tertius, 1900, p. 175-322, avec les planches XIX-XXVII.

17. *Les Noms de personnes dans l'Ancien Testament et dans les inscriptions himyarites*, dans la *Revue des études juives*, I (1880), p. 56-60.

18. *Études sur l'épigraphie du Yémen*, I et II, 1, par MM. Joseph et Hartwig Derenbourg, dans le *Journal asiatique* de 1882, I, p. 361-394 ; de 1883, II, p. 229-277 ; de 1884, II, p. 322-331, avec 5 héliogravures Dujardin. Voir *Erklærung*, signée Joseph und Hartwig Derenbourg, dans la *Zeitschrift d. deutschen morg. Gesellschaft*, XXXVIII (1884), p. 152.

19. *Les Monuments sabéens et himyarites du Louvre*, par MM. Joseph et Hartwig Derenbourg, dans la *Revue*

d'assyriologie et d'archéologie orientale, I, 2 (1885), p. 50-65, avec 4 planches. Il y a des exemplaires avec le titre de *Nouvelles études sur l'épigraphie du Yémen*.

20. *Yemen Inscriptions, the Glaser Collection in the British Museum*, dans le *Babylonian and Oriental Record*, I (1888), p. 167-180 et 195-205.

21. *Un nouveau roi de Saba' sur une inscription sabéenne inédite du Louvre*, dans les *Études de critique et d'histoire*, par les membres de la section des sciences religieuses, 1re série (Paris, Ernest Leroux, 1889), p. 93-97.

22. *Les Monuments sabéens et himyarites de la Bibliothèque Nationale*, cabinet des médailles et antiques. Paris, Léopold Cerf, 1891, 45 p. in-18, avec une héliogravure Dujardin.

23. *The himyaritic Inscription 32 of the British Museum*, dans le *Babylonian and Oriental Record*, V (1891), p. 193-196.

24. *Le dieu Allâh dans une inscription minéenne*, dans le *Journal asiatique* de 1892, II, p. 157-166.

25. *Une épitaphe minéenne d'Égypte, inscrite sous Ptolémée, fils de Ptolémée*, dans le *Journal asiatique* de 1893, II, p. 515-528.

26. *Nouveau Mémoire sur l'épitaphe minéenne d'Égypte, inscrite sous Ptolémée, fils de Ptolémée.* Paris, Ernest Leroux, 1895, 34 p. in-8°, avec une héliogravure Dujardin.

27. *Le dieu Rimmôn sur une inscription himyarite*, dans *Semitic Studies in Memory of... Alexander Kohut* (Berlin, S. Calvary and Co, 1897), p. 120-125.

28. *Les Monuments sabéens et himyarites du Musée d'archéologie de Marseille*, dans la *Revue archéologique* de 1899, I, p. 1-15; voir *Répertoire d'épigraphie sémitique*, I, 3 (1901), p. 150-160.

29. *Nouveaux textes yéménites inédits*, publiés et traduits dans la *Revue d'assyriologie et d'archéologie orientale*, V, 4 (1902), p. 117-128, et pl. VI et VII ; cf. *Répertoire d'épigraphie sémitique*, I, 5 (1903), p. 255-267.

30. *Faux et faussaires yéménites*, dans le *Journal asiatique* de 1903, I, p. 162-165 ; cf. *Répertoire d'épigraphie sémitique*, I, 5 (1903), p. 267-269.

31. *Nouveaux envois du Yémen*, dans la *Revue archéologique* de 1903, I, p. 407-412, avec une gravure phototypique ; cf. *Répertoire d'épigraphie sémitique*, I, 6 (1904), p. 344-350.

32. *Premier Supplément aux Monuments sabéens et himyarites du Louvre*, dans la *Revue d'assyriologie et d'archéologie orientale*, VIII, 2 (1905), p. 33-46 ; cf. *Répertoire d'épigraphie sémitique*, II, 1 (1905).

32. *Le culte de la déesse Al-'Ouzzá en Arabie au* IVe *siècle de notre ère*, dans le *Recueil de mémoires orientaux*. Textes et traductions publiés par les professeurs de l'École spéciale des langues orientales vivantes à l'occasion du XIVe Congrès international des orientalistes réuni à Alger (avril 1905). Paris, Ernest Leroux, 1905), p. 31-40 ; cf. *Répertoire d'épigraphie sémitique*, II, 1 (1905), p. 1 et suiv., avec une héliogravure Dujardin.

IV. ÉPIGRAPHIE PROTOARABE

33. *L'inscription nabatéo-arabe d'An-Namára*, dans le *Répertoire d'épigraphie sémitique*, I, 6 (1904), p. 361-366.

POÉSIE ARABE ANTÉISLAMIQUE

34. *Le Dîwân de Nâbiga Dhobyânî*, texte arabe, publié pour la première fois, suivi d'une traduction française et précédé d'une introduction historique, dans le *Journal asiatique* de 1868, II, p. 197-297 ; 301-439 ; 484-515. Tirage à part, Paris, Maisonneuve et Cie, 1869, 272 p. in-8°.

35. Complément. *Nâbiga Dhobyânî inédit*, d'après le manuscrit arabe 65 de la Collection Schefer, *ibid.* de 1899, I, p. 5-55. Tirage à part, Paris, J. Maisonneuve, 1899, 55 p. in-8°.

36. *Le poète antéislamique Imrou'ou l-Kais et le dieu arabe Al-Kais,* dans les *Études de critique et d'histoire,* par les membres de la section des sciences religieuses, 2e série, (Paris, Ernest Leroux, 1896), p. 119-123.

37. Imruulkaisi *Mu'allaka*, edidit Augustus Mueller, Halis, Barthel, 1869. Compte rendu dans la *Revue critique* de 1869, II, p. 129-133.

38. H. Thorbecke, *Antarah, ein vorislamischer Dichter*, Leipzig, 1867. Compte rendu dans le *Journal asiatique* de 1868, I, p. 454-462. 2e éd. dans les *Opuscules d'un arabisant*, p. 1-9.

39. W. Ahlwardt, *Sammlungen alter arabischen Dichter*. I, *Elaçma'ijjàt.* Berlin, Reuther und Reichard, 1902. Compte rendu dans le *Journal des Savants* de 1903, p. 68-69.

40. R. E. Brünnow, *The twenty-first volume of the Kitâb al-aghâni*. Leyden, Brill, 1888. Compte rendu dans la *Revue critique* de 1888, I, p. 281-283.

ISLAMISME

41. *La Composition du Coran*, leçon d'ouverture du cours d'arabe professé à la salle Gerson (Sorbonne), dans la *Revue des cours littéraires de la France et de l'étranger*, VI (1869), p. 312 *b*-318 *a*. 2ᵉ éd. dans les *Opuscules d'un arabisant*, p. 11-33.

42. J. M. Arnold, *Der Islam*. Aus dem Englischen. Gütersloh, Bertelsmann, 1878. Compte rendu dans la *Revue critique* de 1878, II, p. 65-66.

43. R. Dozy, *Essai sur l'histoire de l'islamisme*. Traduit du hollandais par Victor Chauvin. Leyden, Brill, 1879. Compte rendu dans la *Revue critique* de 1880, I, p. 146-149.

44. Ed. Sayous, *Jésus-Christ d'après Mahomet*. Leipzig, O. Schulze, 1880. Compte rendu *ibid.* de 1880, I, p. 149-152.

45. *La Science des religions et l'islamisme*. Deux conférences faites le 19 et le 26 mars 1886 à l'École des hautes-études (section des sciences religieuses), publiées dans la *Revue de l'histoire des religions*, XIII (1886), p. 292-333 ; réimprimées dans la *Bibliothèque orientale elzévirienne*, tome XLVIII, Paris, Ernest Leroux, 1886, in-32, 95 p.

46. Otto Loth, *Das Classenbuch des Ibn Saʿd*. Leipzig, Hinrichs, 1889. Compte rendu dans la *Revue critique* de 1869, II, p. 196-200.

47. Lucien Gautier, *Ad-Dourra al-fâkhira*. La perle précieuse de Ghazâlî. Traité d'eschatologie musulmane. Genève, H. Georg, 1878. Compte rendu dans la *Revue critique* de 1880, II, p. 61-63.

HISTOIRE DE LA PHILOSOPHIE
ET DES SCIENCES

48. Hoffmann, *De hermeneuticis apud Syros aristo-teleis*. Lipsiæ, Hinrichs, 1869. Compte rendu dans le *Journal asiatique* de 1870, I, p. 304-306.

49. *Le commentaire arabe d'Averroès sur quelques petits écrits physiques d'Aristote*. Communication sur le manuscrit XXXVII de la Bibliothèque Nationale de Madrid, faite au deuxième Congrès de philosophie de Genève, publiée dans Ludwig Stein, *Archiv für Geschichte der Philosophie*, XVIII (Berlin, 1905), p. 250-252.

50. *Les Traducteurs arabes d'auteurs grecs et l'auteur musulman des Aphorismes des philosophes,* dans les *Mélanges Henri Weil* (Paris, A. Fontemoing, 1898), p. 117-124.

51. *L'histoire des philosophes attribuée à Ibn Al-Kiftî*, à propos de *Ibn Al-Qiftîs Ta'rîh al-hukama'*, auf Grund der Vorarbeiten Aug. Müllers herausgegeben von J. Lippert (Leipzig, Dieterich, 1903). Article publié d'abord dans le *Journal des Savants* de 1904, p. 630-639, puis dans les *Opuscules d'un arabisant*, p. 35-48.

52. *Deux exemplaires à Madrid du Dioscoride arabe*. Communication sur les manuscrits CXXV et CCXXXIII de la Bibliothèque Nationale de Madrid, faite au deuxième Congrès de philosophie de Genève, section de l'Histoire des sciences, publiée dans Kahlbaum und Sudhoff, *Mitteilungen zur Geschichte der Medizin und Naturwissenschafften*. Hamburg und Leipzig, L. Voss, III, 5 (1904), p. 477-478.

LINGUISTIQUE

I. LANGUES SÉMITIQUES

(Hébreu, Araméen, Arabe, Éthiopien.)

53. Abou 'l-Walîd Marwân ibn Djanâh (Rabbî Yônâh), *The book of hebrew roots*, publié par Ad. Neubauer. Oxford, Clarendon Press, 1875. Compte rendu du premier fascicule dans le *Journal asiatique* de 1874, I, p. 556-559.

54. *Opuscules et Traités* d'Abou 'l-Walid Ibn Djanah de Cordoue, texte arabe publié avec une traduction française par Joseph Derenbourg et Hartwig Derenbourg. Paris, Joseph Baer et Cⁱᵉ, 1880, in-8°, cxxiv et 400 p.

55. *Le Kitâb al-moustalhak d'Ibn Djanâh*, dans la *Revue des études juives*, XXX (1895), p. 298-299.

56. *Quelques observations sur l'antiquité de la déclinaison dans les langues sémitiques*, dans le *Journal asiatique* de 1867, II, p. 373-401.

57. *Noms sémitiques des deux bois servant à la production du feu*. Communication faite à la Société de linguistique, le 4 mars 1882, résumée dans son *Bulletin*, V, p. LXIV-LXV.

58. Land, *The Principles of Hebrew Grammar*. London, Trubner, 1876. Compte rendu dans la *Revue critique* de 1876, II, p. 369-373.

59. A. Rœdiger, *Chrestomatia syriaca*. Editio altera, Halis Saxonum, sumptibus Orphanotrophei, 1868. Compte rendu dans la *Revue critique* de 1869, I, p. 17-19.

60. Rubens Duval, *Traité de grammaire syriaque*,

Paris, F. Vieweg, 1881. Compte rendu dans la *Revue critique* de 1881, II, p. 433-447.

61. Al-Asmaʿî, *Das Kitâb al-wuhusch,* herausgegeben von R. Geyer. Wien, Temsky, 1888. Compte rendu dans la *Revue critique* de 1889, II, p. 61.

62. *De pluralium linguæ arabicæ et æthiopicæ formarum omnis generis origine et indole scripsit et Sibawaihi capita de plurali* edidit Hartwig Derenbourg Parisiensis. Gottingæ, 1867, 14 et 31 p. in-4°.

63. *Le Livre de Sibawaihi.* Traité de grammaire arabe par Sîboûya, dit Sîbawaihi. Texte arabe publié d'après les manuscrits du Caire, de l'Escurial, d'Oxford, de Paris, de Saint-Pétersbourg et de Vienne. Paris, Joseph Baer et Cⁱᵉ et Jean Maisonneuve, 1881-1889, 2 vol. in-8°, XLIV et 460 p.; II et 498 p. À cette publication du texte se rattache étroitement *Sibawaihi's Buch über die Grammatik*, nach der Ausgabe von H. Derenbourg und dem Commentar des Sîrâfî übersetzt und erklært von G. Jahn. Berlin, Reuther und Reichard, 1894-1900, 30 livraisons gr. in-8°. Il paraîtra, je l'espère, des index communs à l'édition arabe et à la traduction allemande ; voir ma notice dans la *Revue critique* de 1902, I, p. 170-172, où, p. 171, n. I, je signale la contrefaçon égyptienne de mon édition *princeps :* 2 vol. gr. in-8', imprimés à Boûlâk en 1316 et 1317 de l'hégire = 1898 et 1899 de notre ère. « *Billiger Neudruck der Ausgabe v. H. Derenbourg mit derselben Vocalisation »,* dit le *Bücher-Catalog 285* d'Otto Harassowitz (Leipzig, 1905), p. 52, nᵒ 1192.

64. W. Wright, *The Kâmil of Mubarrad.* Leipzig, 1864-1881. Compte rendu des parties 1 et 2 dans le *Journal asiatique* de 1866, II, p. 259-265.

65. J. Barth, *Taʿlab's Kitâb al-Fasîh.* Leipzig, Hinrichs, 1876. Compte rendu dans la *Revue critique* de 1876, I, p. 301-303.

66. Paul Brönnle, *The Kitâb al-maksûr wa'l-mamdûd by Ibn Wallâd*, London, Luzac, 1900. Compte rendu dans le *Journal asiatique* de 1901, I, p. 376-379.

67. Ibn Khâlawaihi, *Livre intitulé Laisa* sur les exceptions de la langue arabe, par Ibn Khâloûya, dit Ibn Khâlawaihi, texte arabe publié d'après le manuscrit unique du *British Museum*, dans *Hebraica*, X (1894), p. 88-105, et dans *American Journal of semitic Languages and Literatures*, continuation des *Hebraica*, XIV (1898), p. 81-93 ; XV (1898 et 1899), p. 32-41 et 215-223 ; XVIII (1901), p. 36-51. La seconde moitié du texte arabe est encore inédite.

68. G. Jahn, *Ibn Ja'îsch Commentar zu Zamachschari's Mufassal*, I. et II. Heft, Leipzig, Brockhaus, 1876-1877. Compte rendu dans la *Revue critique* de 1877, II, p. 393-396.

69. *Gawâlîkî's Almu'arrab* herausgegeben von Ed. Sachau, Leipzig, Engelmann, 1867. Compte rendu dans le *Journal asiatique* de 1867, II, p. 338-345.

70. *Le Livre des locutions vicieuses* de Djawâlîkî, publié pour la première fois d'après le manuscrit de Paris dans les *Morgenländische Forschungen* (Leipzig, Brockhaus, 1875), p. 107-166.

71. Caspari's *Arabische Grammatik*. Vierte Auflage, bearbeitet von August Müller. Halle, Buchhandlung des Waisenhauses, 1876. Compte rendu dans la *Revue critique* de 1876, II, p. 17-21.

72. Lane, *An Arabic-English Lexicon*, Book I, Part 6, London, Williams and Norgate, 1877. Compte rendu dans la *Revue critique* de 1878, I, p. 57-60.

73. *Chrestomathie élémentaire de l'arabe littéral*, avec un glossaire, par Hartwig Derenbourg et Jean Spiro. Paris, Ernest Leroux, 1885 ; 2ᵉ éd., Paris, chez le même, 1892, in-18, xiv et 220 p.

74. A. Socin, *Arabische Sprichwörter und Redensarten*. Tübingen, Laupp, 1878. Compte rendu dans la *Revue critique* de 1878, I, p. 397-399.

75. *Essai sur les formes de pluriels en arabe*, dans le *Journal asiatique* de 1867, II, p. 425-524. Tirage à part de 105 p., à la librairie Franck, rue de Richelieu, 67.

76. Fleischer, *Beiträge zur arabischen Sprachkunde*. Leipzig, Hirzel, 1864, 1865 et 1867. Notice dans le *Journal asiatique* de 1860, I, p. 107-108.

77. Prym, *De enuntiationibus relativis dissertatio linguistica*. Pars prior de euntiationibus relativis arabicis agens. Bonn, Habicht, 1868. Compte rendu dans la *Revue critique* de 1868, II, p. 337-338.

78. *Sur les formes de l'infinitif arabe*. Communication faite à la Société de linguistique le 24 avril 1869, résumée dans son *Bulletin*, I, p. LI.

79. *Notes sur la grammaire arabe*, dans la *Revue de linguistique*, III (1869), p. 135-156, et IV (1871), p. 321-337.

80. *Lettre imprimée* en tête de Mahmoud Rouchedy, *Dictionnaire de médecine français-arabe* (Paris, 1870), p. XVII-XVIII.

81. J. Rœdiger, *De nominibus verborum arabicis commentatio*. Halis, in librario Orphanotrophei, 1870. Compte rendu dans la *Revue critique* de 1870, I, p. 161-163.

82. *Leçon d'ouverture* de la conférence d'arabe, à l'École des hautes-études (section des sciences historiques et philologiques), extrait dans *L'Université*, II, (1885), p. 54 a.

83. P. Donat Vernier, *Grammaire arabe*. Beyrouth, Imprimerie catholique, 1891-1892. Compte rendu dans le *Journal asiatique* de 1893, I, p. 537-546; cf. *ibid*. de 1896, II, p. 173-177.

II. A∪TRES FAMILLES DE LANGUES

84. Stanislas Julien, *Syntaxe nouvelle de la langue chinoise fondée sur la position des mots*. Premier volume, Paris, Maisonneuve, 1869. Compte rendu anonyme dans la *Revue critique* de 1869, II, p. 145-146.

85. Abel Hovelacque, *La linguistique*. Paris, Reinwald, 1876. Compte rendu dans le *Journal asiatique* de 1876, I, p. 585-588.

86. G. Barone, *Vita, precursori ed opere del P. Paolino da S. Bartolommeo (Filippo Werdin)*. Napoli, Morano, 1888. Compte rendu dans la *Revue de l'histoire des religions*, XVII (1888), p. 354-355.

CATALOGUES DE MANUSCRITS ARABES

87. Catalogue des manuscrits arabes 883 à 1626 de l'Ancien Fonds et, à partir du n° 535, d'une partie des manuscrits du Supplément arabe de la Bibliothèque Nationale, Catalogue formant les manuscrits 4502 à 4504 du Fonds arabe de cet établissement. 3 vol., 356, 374 et 387 feuillets (Slane, *Catalogue*, p. III et 715).

88. Catalogue des manuscrits 1959 *bis* à 2287 du Supplément arabe de la Bibliothèque Nationale ; manuscrit 4505 du fonds arabe de cet établissement, 86 feuillets (Slane, *Catalogue*, p. 715 *b*).

89. *Les Manuscrits arabes de l'Escurial*, tome I (I Grammaire ; II Rhétorique ; III Poésie ; IV Philologie et Belles-Lettres ; V Lexicographie ; VI Philosophie). Paris, Ernest Leroux, 1884, XLIII et 527 pages gr. in-8°.

Tome II. Extrait contenant : VII Morale et politique, offert au XIIᵉ Congrès international des orientalistes (session de Rome), Paris, 1899, 81 pages gr. in-8°. Publié comme II, fascicule I, à Paris, Ernest Leroux, 1903, avec des *Observations critiques sur les manuscrits arabes de l'Escurial*, p. v-xxvii.

90. *Lettre* du 6 juillet 1883 à M. Barbier de Meynard sur les manuscrits de Germain de Silésie conservés à l'Escurial, dans le *Journal asiatique* de 1883, II, p. 307-308 et 550.

91. W. Pertsch, *Die arabischen Handschriften der Herzoglichen Bibliothek zu Gotha*, I-III. Gotha, Perthes, 1878-1881. Compte rendu dans la *Revue critique* de 1882, I, p. 201-211 et 221-229.

92. W. Ahlwardt, *Die Handschriften-Verzeichnisse der Königlichen Bibliothek zu Berlin*, VII. *Verzeichniss der Arabischen Handschriften*, I, Berlin, 1887. Compte rendu, *ibid.* de 1888, I, p. 41-44.

93. *Les manuscrits arabes de la Collection Schefer à la Bibliothèque Nationale*, dans le *Journal des Savants* de 1901, p. 178-200, 299-324, 374-393. Tirage à part de 76 pages in-4°, avec l'addition d'un index des titres cités, en vente chez J. Maisonneuve.

94. *Notes critiques sur les Manuscrits arabes de la Bibliothèque Nationale de Madrid.* Extrait des *Homenaje à D. Francisco Codera.* (Zaragoza, 1904), p. 571-618. Tirage à part (Paris, 1904), 52 pages gr. in-8°.

HISTOIRE POLITIQUE ET LITTÉRAIRE, BIBLIOGRAPHIE ET BIOGRAPHIE ORIENTALES

I. HISTOIRE ANCIENNE DE L'ORIENT

95. Ernest Vinet, *L'art et l'archéologie*. Paris, Didier, 1874. Notice dans le *Journal asiatique* de 1876, II, p. 540.

96. Georges Perrot et Charles Chipiez, *Histoire de l'art dans l'antiquité*. Paris, Hachette, vol. I-VIII, 1882-1904. Comptes rendus dans la *Revue des études juives*, VIII (1884), p. 152-157, et XLVIII (1904), p. 296-297.

97. Gaston Maspero, *Histoire ancienne des peuples de l'Orient classique. I. Les origines. Égypte et Chaldée.* Paris, Hachette, 1895. Notice *ibid.*, XXX (1895), p. 139-140.

II. HISTOIRE DU KHALIFAT D'ORIENT

98. Abù Hanifâ Ad-Dînaweri, *Kitâb al-akhbâr at-tiwâl*, publié par Vladimir Guirgass. Leide, Brill, 1888. Compte rendu dans la *Revue critique* de 1888, II, p. 61-64.

99. *Un Abrégé du Fakhrî*, dans le *Journal asiatique* de 1867, II, p. 359-361.

100. *Al-Fakhrî.* Histoire du khalifat et du vizirat depuis leurs origines jusqu'à la chute du khalifat 'Abba-side de Bagdâd (11-656 de l'hégire = 632-1228 de notre ère), avec des prolégomènes sur les principes du gouvernement, par Ibn At-Tiktakâ. Nouvelle édition du texte arabe. Paris, Emile Bouillon, 1895, 50 et 497 pages gr. in-8°. Une édition, calquée sur la mienne, a été publiée au Caire en 1317 de l'hégire (1898 de notre ère) par la « Société pour l'impression des ouvrages arabes », 304 p. in-8°.

101. *Un passage tronqué du Fakhrî sur Aboû 'Abd Allâh Al-Barîdî, vizir d'Ar-Râdi Billâh et d'Al-Mouttaki Lillâh*, dans la *Festschrift* pour les soixante-dix ans de Theodor Nœldeke. Giessen, J. Ricker, 1906.

III. HISTOIRE D'ARABIE ET D'ÉGYPTE

102. *'Oumâra du Yémen. Sa vie et son œuvre.* Tome

premier. Autobiographie et récits sur les vizirs d'Égypte. Choix de poésies. Paris, Ernest Leroux, 1897, XVI et 400 pages gr. in-8°.

Tome deuxième (partie arabe). Poésies, épîtres, biographies, notices en arabe par 'Oumâra et sur 'Oumâra. Paris, Ernest Leroux, 1902, p. XVII-XXX et 401-696 gr. in-8°.

Tome deuxième (partie française). *Vie de 'Oumâra du Yémen,* en cours d'impression, pour paraître au commencement de 1906.

IV. HISTOIRE DES SELDJOUKIDES

103. Th. Houtsma, *Recueil de textes relatifs à l'histoire des Seldjoucides.* Vol. I et II, Leide, Brill, 1886-1889. Compte rendu dans la *Revue critique* de 1889, II, p. 22-26.

V. HISTOIRE D'ESPAGNE

. 104. *Quatre Lettres missives* écrites dans les années 1470-1475 par Aboû 'l-Hasan 'Alî, avant-dernier roi more de Grenade. Texte arabe publié pour la première fois et traduction française dans les *Mélanges orientaux* (Paris, Ernest Leroux, 1883), p. 1-28. 2ᵉ éd., sans le texte arabe, dans les *Opuscules d'un arabisant,* p. 69-85.

105. Etudes sur l'histoire de la pédagogie en Espagne, pour Paul Mel[l]on, *L'Enseignement supérieur en Espagne*, Paris, Armand Colin, 1898, 133 p. in-8°.

VI. HISTOIRE DES CROISADES

106. *Ousâma Ibn Mounkidh.* Un émir syrien au premier siècle des croisades (1095-1188,. Texte arabe de l'*Autobiographie* d'Ousâma publié d'après le manuscrit

de l'Escurial. Paris, Ernest Leroux, 1886, xii et 183 pages gr. in-8°.

107. *Autobiographie d'Ousâma.* Traduction française d'après le texte arabe, dans la *Revue de l'Orient latin,* II, 3 et 4 (1894), p. 327-565. Tirage à part sous le titre de : *Souvenirs historiques et récits de chasse,* par un émir syrien du xiie siècle. Autobiographie d'Ousâma Ibn Mounkidh intitulée : *L'Instruction par les exemples.* Traduction française d'après le texte arabe. Paris, Ernest Leroux, 1895, vi et 238 p. in-8°. Traduction allemande par le pasteur Georg Schumann, précédée d'une préface inédite en français, par H. D., intitulée : *Comment j'ai trouvé à l'Escurial le manuscrit de l'Autobiographie d'Ousâma.* Innsbruck, Wagner, 1905, xii et 287 p. in-8°.

108. *Ousâma poète.* Notice inédite tirée de la *Kharîdat al-kasr,* par 'Imâd ad-Din Al-Kâtib (1125-1201), dans les *Nouveaux mélanges orientaux* (Paris, Ernest Leroux, 1886), p. 113-155.

109. *Un passage sur les Juifs au xiie siècle,* traduit de l'*Autobiographie* d'Ousâma, dans la *Jubelschrift zum siebzigsten Geburtstag des Prof. Dr H. Graetz* (Breslau, S. Schottlænder, 1887), p. 127-130.

110. *Note sur quelques mots de la langue des Francs au xiie siècle,* dans les *Mélanges Léon Renier* (Paris, F. Vieweg, 1887), p. 453-465.

111. Ousâma Ibn Mounkidh, *Préface du Livre du bâton.* Texte arabe inédit, avec une traduction française, dans A. Lanier, *Recueil de Textes étrangers* (Paris, A. Lanier, 1888), p. 1-11.

112. *Vie d'Ousâma.* Paris, Ernest Leroux, 1889-1893, x et 730 p. gr. in-8°.

113. *Anthologie de textes arabes inédits,* par Ousâma et sur Ousâma. Tirage à part du chapitre XII de la *Vie d'Ousâma* (Paris, Ernest Leroux, 1893), 149 p.

114. *Femmes musulmanes et chrétiennes de Syrie au* XII*ᵉ siècle.* Épisodes tirés de l'*Autobiographie d'Ousâma,* dans les *Mélanges Julien Havet* (Paris, Ernest Leroux, 1895), p. 305-316.

115. *Les Croisades d'après le Dictionnaire géographique de Yâkoût,* dans le Recueil in-4° dit *Centenaire de l'École des langues orientales* (Paris, Ernest Leroux, 1895), p. 71-92.

116. *Les continuateurs du comte Riant : Hagenmayer, Kohler, Rœhricht,* dans le *Journal des Savants* de 1902, p. 339-341.

VII. HISTOIRE LITTÉRAIRE

117. M. Steinschneider, *Die arabische Literatur der Juden.* Francfort-sur-le-Mein, Kaufmann, 1902. Compte rendu dans le *Journal des Savants* de 1904, p. 588-589,

118. *Divan de Férazdak,* publié avec une traduction française par R. Boucher. 1ʳᵉ livraison. Paris, Labitte, 1870. Compte rendu dans *The Academy*, I (1870), p. 216 *b*-217 *a.*

119. Ibn At-Taʿâwîdhî, *Dîwân,* texte arabe publié par D. S. Margoliouth, Misr. 1905. Compte rendu dans le *Journal des Savants* de 1905, p. 50-51.

120. *Il divano di 'Omar ben Al Fared tradotto e paragonato col canzoniere del Petrarca,* per P. Valerga, Firenze, 1874. Compte rendu dans la *Revue de linguistique,* VII (1875), p. 380-381.

121. *Al-Mostatraf,* par Al-Abschîhî, traduit en français par G. Rat. Paris et Toulon, 1899-1902. Compte rendu dans le *Journal des Savants* de 1902, p. 397-399.

122. *Discours* prononcés dans la sixième séance (jeudi 9 avril 1903) de la section III (Histoire des littératures) du Congrès international des sciences historiques, dans les *Atti del Congresso internazionale di scienze storiche,* IV (Roma, 1904), p. XVI-XVIII.

VIII. BIBLIOGRAPHIE

123. *Notice sur quelques imprimés arabes de Tunis,* dans le *Journal asiatique* de 1870, I, p. 152-155.

124. *Bibliographie des croisades au* xiie *siècle.* Table alphabétique des principaux manuscrits et des ouvrages imprimés jusqu'en 1893, dans la *Vie d'Ousâma,* p. 639-651, à 2 colonnes.

125. *Bibliographie de l'Égypte musulmane,* inédite, bien qu'imprimée, dans 'Oumâra du Yémen, II (partie française), pour paraître chez Ernest Leroux en 1906, p. 6-19.

126. A. G. Ellis, *Catalogue of arabic books in the British Museum.* London, 1894-1901, 2 vol. in-4°. Compte rendu dans la *Revue critique* de 1902, I, p. 421-422.

127. *Supplément aux bibliographies de Joseph Derenbourg,* dans les *Opuscules d'un arabisant,* p. 304-309.

128. *Titres scientifiques de M. Hartwig Derenbourg* (Janvier 1900). Chalon-sur-Saône, imprimerie E. Bertrand, 1900, 10 p. in-8°.

129. *Bibliographie de H. D.,* dans les *Opuscules d'un arabisant,* p. 313-336.

IX. BIOGRAPHIE

130. *Al-Batalyoûsi,* dans la *Revue des études juives,* VII (1883), p. 274-279.

131. *Léon l'Africain et Jacob Mantino, ibid.,* VII (1883), p. 283-285.

132. *Guillaume Postel.* Travaux préparatoires pour sa biographie, utilisés en partie dans G. Weill, *De Gulielmi Postelli vita et indole.* Paris, Hachette, 1892, 127 p. in-8°.

133. *Silvestre de Sacy* (1758-1838). Une esquisse bio-

graphique dans l'*Internationale Zeitschrift für allgemeine Sprachwissenschaft*, III (Leipzig, 1886), p. I-XXVIII,
avec portrait d'après une lithographie de Delpech. —
2e éd., augmentée d'un Avant-propos. Paris, Léopold
Cerf, 1892. — 3e éd. Édition du centenaire de l'École.
Paris, Ernest Leroux, octobre 1895, 64 p. gr. in-8°,
avec la reproduction du médaillon de Silvestre de
Sacy par David d'Angers. — 4e éd. Édition nouvelle,
revue et corrigée en 1903, avec la *Bibliographie de Silvestre de Sacy*, par Georges Salmon. Le Caire, Imprimerie de l'Institut français d'archéologie orientale, 1904,
CXVI pages in-4°, avec la reproduction de la lithographie
faite par Julien Boilly.

134. *Adolphe Franck*. Allocution prononcée à l'Assemblée générale de la Société des études juives le
samedi 27 janvier 1894. — 2e édition, dans les *Opuscules d'un arabisant*, p. 243-256.

135. *Notice biographique sur Michele Amari* (1806-
1899) d'après sa correspondance, dans le *Journal des
Savants* de 1902, p. 209-222 ; 486-498 ; 608-622 ; revue,
continuée et complétée dans les *Opuscules d'un arabisant*, p. 87-242.

136. *Maximin Deloche. Académie des inscriptions et
belles-lettres. Notice sur la vie et les travaux de M. Maximin Deloche*, par M. Hartwig Derenbourg, membre de
l'Académie, lue dans la séance du 29 novembre 1901.
Paris, 1901 (Institut. 1901. 33). Avec une *Bibliographie
des principales publications de M. Maximin Deloche*.
42 pages in-4°. — 2e édition, dans les *Comptes rendus
de l'Académie des inscriptions et belles-lettres de 1901*,
p. 871-903. Tirage à part de 34 pages in-8°, avec un
Post-scriptum à la page 29. — 3° édition, avec de
légères corrections et un portrait, dans les *Mémoires
de la Société des lettres, sciences et arts de la Corrèze*,

XXIV (Tulle, 1902), p. 5-41. — 4ᵉ édition, mise au courant, dans les *Opuscules d'un arabisant*, p. 255-289.

137. *Derenburg (Derenbourg)*, dans *The Jewish Encyclopedia*, IV (1903), p. 530 *b*-532 *b*. Restitution des articles sous leur forme primitive dans les *Opuscules d'un arabisant*, p. 293-311.

138. *Louis de Clercq*. Nécrologie, dans le *Boletin de la Real Academia de la Historia*, XLIII, ɪᴠ (Madrid, octobre 1903), p. 353-356. Reproduit dans la *Revue internationale de l'enseignement*, XLVIIII, 11 (Paris, novembre 1904), p. 433-435.

139. *Gaston Paris*. Nécrologie, avec une bibliographie ibérique de Gaston Paris, dans le *Boletin de la Real Academia de la Historia*, XLIII, ɪᴠ, p. 356-360. Réédition dans la *Revue internationale de l'enseignement*, XLVIII, 11 (novembre 1904), p. 435-437.

140. *Walter Scott, Champollion le jeune et Abel Bergaigne*. Propos de voyage et de table, tenus dans l'Isère au *Meeting* de l'Association franco-écossaise de 1903, *ibid.*, XLVII, 2 (Paris, février 1904), p. 145-149 ; cf. *Comptes rendus de l'Académie des inscriptions et belles-lettres* de 1903, p. 438, et Paul Mellon, *3ᵉ Meeting franco-écossais* (Dole, 1904), p. 67-68 et 124-127.

VARIA

141. *Opuscules d'un arabisant*. Paris, Charles Carrington, 1905, 337 p. in-8°.

142. *Papiers et correspondance de la famille impériale*. Paris, Imprimerie Nationale, chez L. Beauvais, 1870-1871, 25 livraisons formant 2 volumes, dont le second arrêté à la page 288. Deux lettres de Fr. Ritschl à l'empereur Napoléon III et à Mᵐᵉ ..... [Cornu], la pre-

mière datée du 14 avril 1865, la seconde sans date, probablement du même mois. Traduction française, avec le texte allemand de celle-ci, II, p. 197-201.

143. Henri Bordier, *L'Allemagne aux Tuileries*. Paris, Beauvais, 1872, de xvi et 512 pages. « Collection de faits divers », par « un Français soucieux de sa patrie », dont les traductions ont été révisées par un collaborateur innommé.

144. *La Grande Encyclopédie*. Paris, 1885-1903. 31 vol. in-4º, l'un des membres du Comité de direction étant H. D.

145. *The Jewish Encyclopedia*. New-York, Funk and Wagnalls Company, 1901-1905. 9 vol. publiés sur 12, l'un des membres du *Foreign Board of consulting editors* étant H. D.

146. *Encyclopedia of Religions*, 12 vol. in-4º, qui paraîtront à New-York dans les années 1906 et suiv., H. D. étant directeur du département de l'islamisme.

TABLE DES MATIÈRES

ALENÇON. — IMP. VEUVE FÉLIX GUY ET Cie.

Les Quatrains d'Omar Khayyam traduits du persan, publiés avec une introduction et des notes par Ch. GROLLEAU. **Prix : 10 fr.**

Omar Khayyam et les Poisons de l'Intelligence, par Laurent TAILHADE. **Prix : 5 fr.**

Le Poète Aveugle. Extraits des Poèmes et des Lettres d'Aboû'l-Alâ 'Al-Ma'arrí, introduction et traduction, par Georges SALMON. **Prix : 10 fr.**

Journal du Capitaine François (1792-1830), publié d'après le manuscrit original, préface de Jules CLARETIE, de l'Académie française. **Prix : 15 fr.**

La Destinée de l'Homme, par John FISKE, traduction et préface de Charles GROLLEAU. **Prix : 4 fr.**

Tortures et Tourments des Martyrs Chrétiens par le R. P. Antonio GALLONIO. **Prix : 20 fr.**

Le Pharaon, roman sur l'Egypte ancienne, par BOLESLAS-PRUS. **Prix : 3 fr. 50**

L'Egoïste, par George MEREDITH. **Prix : 3 fr. 50**

Catalogues de livres de fonds et d'occasion, franco sur demande.

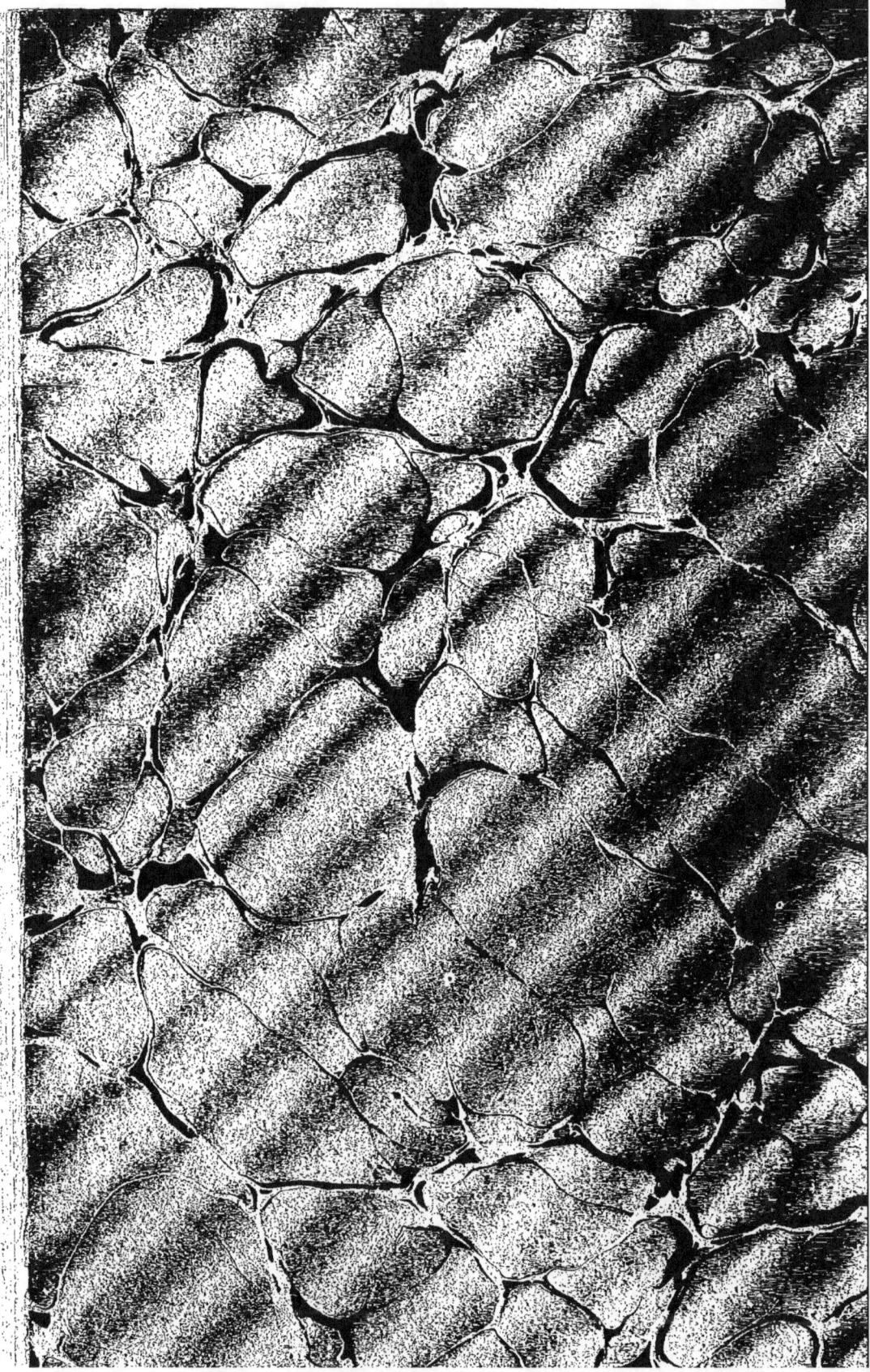

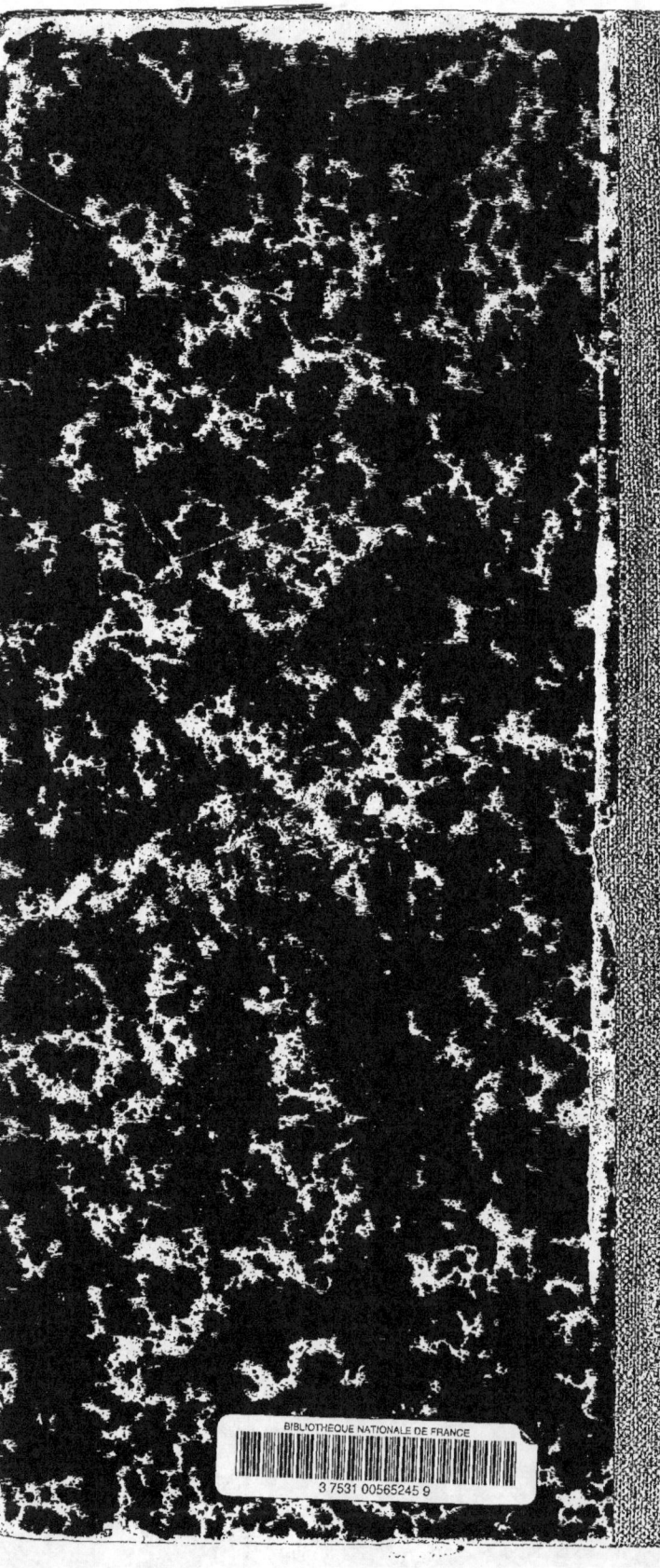

www.ingramcontent.com/pod-product-compliance
Lightning Source LLC
Chambersburg PA
CBHW060932030726
47503CB00003B/561